②倪匡珍藏限量紀念版

衛斯理傳奇之

邂逅

（含：地底奇人·衛斯理與白素）

倪匡 著

無窮的宇宙，
無盡的時空，
無限的可能，
與無常的人生之間的永恆矛盾，
從倪匡這顆腦袋中編織出來。

——金庸

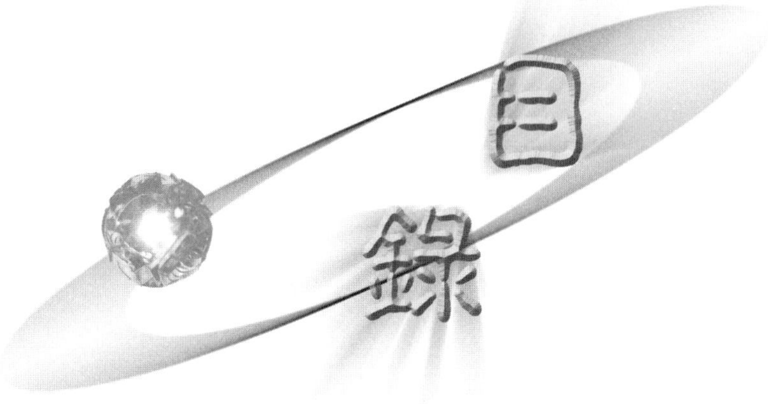

地底奇人

衛斯理與白素

地底奇人

地底奇人
地底奇人

序言

「地底奇人」這本書，要做相當詳細的說明才行。這個故事，當日在明報副刊刊出時，就以「地底奇人」為名。目的，是想寫一些中國傳統幫會中的奇人，結果，也還是只寫成了一個傳奇故事。

這個故事有它的重要性，因為在這個故事中引出了衛斯理故事中，一個極其重要的人物：白素。

白素在這個故事出場，和衛斯理認識，一直發展下去，到後來，受讀者喜愛程度，尤在衛斯理之上了！

這故事寫的相當長，本來想刪去一半，可是發現極困難，只好將之分成兩半，前一半是「地底奇人」，後一半，索性另外冠以他名，事實上是上下兩冊的另一形式。

倪匡

第一部：奇異的盲者和紙摺的猴子

天氣十分悶熱，炎陽灼人。我坐在寫字樓的辦公桌前，向下面的行人望去，只見途人匆匆，大城市就是這樣，幾乎每個人都沒有空，每個人的時間都不夠用。

但我在這幾個月來，卻是一個例外。

從巴斯契亞回來之後，我一直想忘記那整件事情。

但是我卻做不到。我眼前老是浮起黎明玫的影子來。她伴著鑽石花，長眠地下，結束了傳奇的一生。

直到這個月，我才稍為振作點精神，每日上午，來寫字樓坐坐。在我的出入口公司中，我有一間私人的辦公室，我只是來坐坐，因為對於出入口的業務，我一竅不通，一切自有我的經理負責。

這一天，正當我望著街中的時候，桌上的傳話機，突然響起了女秘書蔡小姐的聲音，道：「衛先生，有客人要見你。」

「客人？」我反問：「我沒有約過任何人來見我啊？」

我只想一個人靜靜地獨處一隅，所以我幾乎摒絕了一切交際，當然更不會約人來公司見我的。

「衛先生，你是沒有約任何人，但是那客人卻說非見人不可。」

「好吧。」我想了一想：「是甚麼樣的人？」

「是一個——應該是兩個——」蔡小姐的聲音非常猶豫。

「蔡小姐，今天你收到幾封情書？」我開玩笑地問她。蔡小姐是這幢大廈之中有名的美女，全大廈中寫字樓的職員，包括已婚的與未婚的，都以能邀請到她去吃飯而為榮。

她說得那樣含糊，甚至連客人是一個人或兩個人都分不清楚，大概今天又有了太多的約會，令得她無所適從，我像是可以看到她臉紅了起來一樣，為了不使她太難堪。我立即道：「請客人進來吧！」

「全都進來？」她猶豫著。

「究竟有幾個人？」我也有點不耐煩了。

「衛先生，要見你的，只是一個，但是我怕他們兩人，一齊要進來。」蔡小姐如此回答，她簡直有點語無倫次了！

在那一剎那，我陡地想起，她這樣說，是不是來人正威迫著她呢？我的警覺性立時提高，沈聲道：「請他們一齊進來！」

對這件事情作出決定後，我關掉了傳話機，立即拉開抽屜，抽屜中放著那柄象牙柄的手槍，同時，我按動了辦公桌上的一個鈕，原來鋪在桌上的一塊玻璃，豎了起來，擋在我的面前。

這是一塊不碎玻璃，可以當得起點四五口徑的手槍近距離的射擊，它也曾救過我一次命的。

我在蔡小姐的語音中，聽出了事情有些不尋常，因此我才立即作好準備，將那塊避彈安全玻璃，豎在我的面前的，這塊玻璃，因為室內光線巧妙的佈置，如果不是仔細看，是很難發現的。如果來人心懷不軌，一進門，就拔槍向我射擊的話，那麼，他的槍彈射不中我，而只是擊在避彈玻璃上，我就可以從容還擊了。上一次，避彈玻璃救了我的性命，就是在這種情形之下所發生的事。我準備好了沒有多久，門上便響起了「卜卜」的聲音，我沈住了氣，道：「進來。」我看著門柄旋動，門被推了開來，一時之間，我的心情，也不免十分緊張。可是片刻之間，我卻感到面上一陣熱辣辣的發燒！我的生活，令得我的神經，太過似病態地緊張，進來的並不是我想像中的甚麼「匪徒」，同時，我也完全明白了蔡小姐的話。

進來的是兩個人，可是要見我的只是一個人，而兩個人又必須一起進來。

這一切，全都非常簡單，因為兩個人中，有一個是盲者，沒有另一個人的帶引，他根本不可能在陌生的環境中走動！那盲者是一個老年人，大約已有六十歲以上年紀，穿著一套純白色的唐裝，手中握著一根雕刻得極其精緻，鑲著象牙頭的手杖。

他的上衣袋中，露出一條金錶練，還扣著一小塊翡翠的鍊墜，這一切，都表示他是一個非常富有的人。他一進門，便除下了黑眼鏡，所以我立即可以看出他是瞎子。

那引他進來的，是一個穿著校服，十二三歲的小女孩。

這樣的兩個人，當然不會用暴力來對付我的，我立即令防彈玻璃又平鋪在桌上，又關上了抽屜。

那時候，我卻又不免奇怪起來！這個老者，他來找我做甚麼？

他進來之後，手杖向前點了一點，走前了一步，我欠身道：「請坐，請坐。」

他坐了下來，從口袋中摸出了一張名片，交給了小女孩，小女孩又交給了我，我接過一看，只見上面印著三個字：于廷文。

這三個字，對我一點意義也沒有，因為我從來也未曾聽說過這樣的一個名字。

我又仔細地向他打量了一下，一面客套著，一面在猜度他的來意。

我剛才的緊張，也並不是完全沒有理由的，因為我從科西嘉回來之後，除了滿懷悵惘之外，甚麼也沒有得到，可是，另有一些人，卻以為我已然得了寶藏，正要想向我分肥！而那些想向我分一杯羹的人，又都是一些亡命匪徒，一旦相逢，便隨時都有大戰的可能。

客套了一陣之後，我單刀直入地問：「于先生，你來見我，究竟是為了甚麼？」

于廷文順著我聲音發出的方向，用他顯然看不到任何東西的眼睛望著我，徐徐地道：「有一筆大買賣要找你談一談。」我立即道：「于先生，你找錯人了，你不應該找我，而應該去找經理。」

于廷文突然大笑起來。他的笑聲十分宏亮，令得我已然鬆弛了的神經又緊張了起來。他笑了好一會，才道：「衛老弟，這筆大買賣，只有你和我兩個人，才能夠做成功！」

他對我的稱呼，又令得我吃了一驚，我已然知道他絕不是尋常的人物，我的手輕輕在寫字檯的另一個掣上，按了一按，一架性能極好的錄音機，已然開始了工作。

我會意地笑了笑，同時我也相信，于廷文一定不是他真的名字，我道：「于先生，你既然來找我，當然應該知道，我有的時候固然不是太守法，但都只限於懲戒一些法律所無法制裁的壞蛋，至於太過份的事情，我是絕不會做的！」

于廷文並不立即回答，他向身邊的小女孩道：「給我一支煙。」

那小女孩在茶几上的煙盒中，取出了一枝煙出來，他接了過來，點著了火，深深地吸了一口，道：「衛老弟，完全不用犯法。」

「噢，真的？」我的語調，十分懶洋洋。

他突然向前欠了欠身，道：「那是一大批金條，各國的紙幣，」他的聲音急促起來，道：「還有許多，那實在是太多了，而且，這些完全是無主之物，我們可以——」

我不等他講完，便大聲地叫了起來，道：「不！」他陡地一呆。我立即又道：「又是甚麼寶藏麼？于先生，對不起得很，我要失陪了。」

于廷文立即站了起來，又呆了一會，像是在自言自語，道：「難道我找錯人了？」

我經過了尋找隆美爾寶藏這一連串的事以後，我相信今後，再有甚麼人，向我提起甚麼寶藏的話，我都會同樣地，毫不客氣地下逐客令的！

于廷文的聲音，在微微地顫抖，那使他膠東口音更濃，他道：「老弟，你甚至於不願意聽我說一說？」我道：「對不起，我不願意。」他嘆了一口氣，道：「好！」他並沒有再耽擱下去，一轉身就出了門。

我在他走了之後，將錄音帶放了一遍，又放了一遍，突然之間，我閃過了一個念頭，因為我在于廷文的聲音之中，不但發現了極度的失望，而且，還發現了相當程度的恐懼！

我連忙撥了一個電話號碼，對方聽電話的，是一個一心希望做偵探的年輕人，他就在我的公司中做事，有著極其靈活的頭腦，他的名字叫郭則清。

我一等電話接通，立即道：「小郭，是我，剛才從我辦公室出去的那一老一少，你注意到了沒有？」

「當然，那個年老的，可能是一個退休了的財閥，但是他的出身，不會太好，因為他的手很粗，而且……」他滔滔不絕地說著。

我不等他再詳細地分析下去，便道：「好，你立即去跟蹤他，不要讓他發覺。」郭則清興奮地答應著。我收了線，從窗口向外望去，只見于廷文和那小女孩，已然到了對面馬路，他們在對面馬路站了一會，像是無所適從一樣。接著，我便看到郭則清也穿過了馬路。

于廷文向前慢慢地走著，郭則清跟在後面，不一會，他們三人，已然沒入在人的洪流之中，看不到了，我打了一個呵欠，又在椅上坐了下來。

過了一會。我走出了辦公室，向蔡小姐道：「小郭來找我，叫他打電話到我家中去。」

蔡小姐顯然還記得剛才的話，紅著臉點了點頭，她的確十分美麗，而且很端莊，難怪整座大廈中的男子，都為她著迷。

沒有多久，我便回到了家中，和約好了的三個朋友，玩著橋牌。我根本已經將于廷文的事，完全忘記了。等到我三個朋友告辭，看了看鐘，已然是將近下午五點了，可是郭則清卻還沒有打電話來。我立即打電話回公司，公司中的人回答我，他還沒有回來。

我想了一想，覺得事情有兩個可能：一個是，于廷文是財迷心竅的瘋子，他和我講的話，絕無意義。另一個是，他講的話，實有其事。當我派小郭去跟蹤他的時候，當然我心中認定于廷文是第一類的那種人。

可是如今看來，我的估計不對了，我使郭則清投入了一個極大的危險之中。

我開始為小郭耽心起來。而這種耽心，越來越甚，一直到午夜，電話鈴聲才大震起來，我從床上一躍而起，抓起了聽筒，道：「小郭麼？」「不是小郭，小郭出事了！」那正是我經理的聲音，我吃了一驚，道：「他出了甚麼事？他如今在那裏？」「在醫院中，他受了重傷，你快來！」

「老天！」我不由自己叫了起來，向外看去，天正在下雨，我也來不及更換衣服，就在睡衣外面，穿上了一件雨衣，駕著車，在午夜寂靜的道路上飛馳著，二十分鐘後，我已然到了醫院。

兩個警方的人員，已然在等著我，一個是李警官，我們很熟的。我立即問：「小郭在那裏，他出了甚麼事？我可以見他麼？」因為我當時委實是太緊張了，所以顧不得甚麼禮貌，就這樣氣急敗壞地追問。

他尚未回答，一個醫生已然走了出來，道：「恐怕你不能夠。」

我吃了一驚，道：「甚麼？他……他……」我甚至沒有勇氣將「死了」兩個字說出來。因為，如果郭則清死了的話，那麼，這個有頭腦，有前途的年經人，便等於是我派他去送死的！

醫生想了一想，道：「他還沒有脫離危險期，他的傷非常奇怪，像是被人放在打樁機上，用力壓過一樣！內臟、骨節，都受到損害，有內出血的現象……」

我不等醫生講完，便知道小郭是受了甚麼傷的，他當然不是被人放在打樁機下壓傷的，而是被身懷高明的中國武術的人打傷的！

小郭雖然也跟著我練過幾天拳術，但是如果他遇到了身懷絕技的高手，他能夠不立即死亡，已然是十分僥倖的事了。我立即問道：「照你看來，他不妨事麼？」

醫生遲疑地搖了搖頭，道：「很難說，如果到明天早上，他情況還沒有惡劣的變化，那麼便算是脫離了危險期了。」

李警官立即道：「警方要向他問話，因為另外有一件命案，要聽聽他的意見。」「另外有一件命案？」我感到越來越不尋常。醫生道：「我看至少在一個月內，你這個目的，不能達到，而且在一個月後，能不能達到目的，還成疑問。」

我和李警官齊聲問道：「為甚麼？」

醫生道：「他傷得非常重，他能夠活下來，幾乎是一個奇蹟。即使脫離了危險期，他在一個月之間，絕不能開口，而在一個月之後，他是不是會因為腦部震盪過劇而失去一切記憶，也沒有辦法預料，根據醫例，像他這樣重傷的人，被救活之後，成為白癡的，佔百分之四十，失憶的，佔百分之五十六……」

醫生說到這裏，攤了攤手，不再說下去。李警官在我的肩頭上拍了拍，道：「我們出去再說吧！」我心中充滿了疑問。根據醫生的說法，即使經過一個月的治療，小郭完全復原的希望，只有百分之四這麼少！

我和李警官一齊來到警車上，各自點著了支煙，靜默了好一會，他才道：「郭則清是你公司中的職員？」我點了點頭，道：「不錯。」他又問道：「他平時為人怎麼樣？」我道：「很好，聰明、有頭腦、勤力，有時不免有點童心，但不失為一個有前途的好青年。」

李警官苦笑了一下，道：「童心?當真一點不錯，你看，這是我們發現他時，他抓在手中的東西！」他一面說，一面打開了公事皮包，遞給了我一樣東西。

我一看之下，不由得呆了一呆，道：「這……這是甚麼意思？」李警官聳了聳肩，道：「除了他自己以外，誰知道那是甚麼意思？」

我又仔細地看那東西，那是一隻用白卡紙摺成的猴子。十足是小學三四年級學生的玩意兒，約莫有十公分長，四公分寬。郭則清雖然有童心，但是卻還不至於到這地步，我翻來覆去地看著都隻紙摺的猴子，當然，我知道其中必有緣由，但是我卻想不出來是甚麼道理。

我不想將那紙摺的猴子立即交還，我只是問：「你們是在那裏發現他的？」李警官道：「在郊外，一條非常冷僻的小徑旁，九時左右，附近的鄰人，打電話投訴聽到救命的叫聲，天下著雨，搜索很難進行，直到近十一時，我們才發現他，和另一個屍體。」

「另一個屍體？」我一面用心地觀察著那隻白卡紙摺成的猴子，一面問道：「是誰？」

「我們沒有法子辨別他的身份，他全身衣服，都被脫去了，他是一個瞎子。」

「一個瞎子？」我幾乎叫了起來。「是的，約莫有六十上下年紀，沒有任何可以證明他身份的線索，但郭則清的衣袋中，卻有著他的名片，使我們知道他是誰。」「那隻紙摺的猴子，是抓在他手中的？」

「正是，他緊緊地抓著，我們要用力弄開他的手指，才能取下來——」他見到我不斷地在翻來覆去地看著那紙摺的猴子，突然停止了講話，道：「怎麼，這猴子中有甚麼秘密麼？」

我將那紙摺的猴子還了給他，道：「抱歉得很，我發現不出甚麼，或許將它拆開來，可以有點線索。」我在將那紙摺的猴子還給他的時候，大拇指在一邊上，用力地捺了一下。

這又是我「非法的舉動」之一，因為實際上，我已然發現了一點線索，我的舉動，是消滅了這一點線索！因為我想憑我自己的力量，來懲戒傷害小郭的兇徒。

我所發現的線索，是在那紙猴子上，有著指甲劃過的痕跡。

那些痕跡雖然很淡，但是已足夠使我看清，那上面是一個英文字，和兩個阿拉伯數字。當然，在我的大拇指用力一按之下。那些痕跡，便消失去了。那個英文字，是一個人名「湯姆生」，而那兩個阿拉伯字，則是一個「2」，一個「5」字，我記得，兩個字離得很遠，那當然是郭則清還清醒的時候，所留下的。

我不知道他在跟蹤于廷文的過程之中，曾經遇到過一些甚麼事。而這個經過，可能至少在一個月後，方能知道，而更有可能，永遠是一個謎。如今，我知道的，是于廷文已然死了，而郭則清留下了「湯姆生25」幾個字，我就要在這一些線索中，去發現這個可能永遠是一個謎的真實部分！

這當然是一件極其困難工作，我捧著頭，一直到天明，仍然不知道那兩個字是甚麼意思，而對於整件事的經過，仍然是一團糟。

我開了一瓶凍啤酒，作為早餐，打電話到醫院中，謝天謝地，小郭的傷勢，沒有惡劣的變化，也就是說，他已然渡過了危險期。困擾了我半夜的「湯姆生25」究竟是甚麼意思，我仍然未曾想出來。

當然，我還有一個線索可循，也是警方所不知道的線索，那便是那個帶領于廷文來找我的小女孩子，我記得她是穿了校服來的，而且我更記得她繡在校服上的徽號是甚麼學校。

我洗了一個冷水浴，靜坐了二十分鐘，一夜未睡的疲勞，立時驅散（這絕不是甚麼「神話」，二十分鐘的靜坐和調勻內息，也就是「內功」的修練，在內功有了基礎的人而言，是足可以抵得上八小時的睡眠。）

然後，我再在書桌之前坐了下來，計劃今天要做的事。我想了沒有多久，便已然出門，首先我到醫院中去看小郭。小郭仍然像正常人那樣地躺著，全身也仍然紮著紗布，甚麼線索都不能提供。然後，我和警方通了一個電話，和一個便衣偵探，一起到了那家學校，用了半小時的時間，我便找到了昨天來到我寫字樓的那個小女孩子。

我們作了如下的幾句談話：「昨天你帶來我辦公室的那個人，是你的甚麼人？」「甚麼人？」她睜大了眼睛：「我根本不認識他！」

「那你是怎麼和他在一起的？」

「噢！他是瞎子，在鬧市中過馬路是有危險的，我領他過馬路，他又請我帶他上來，反正我考完了試，有的是時間，我就答應了他。」

我沒有理由不相信她的話，只好離開了這家學校，又到發現小郭的地方，徘徊了將近一個小時，仍然一點收穫也沒有。中午，我頹然地回到家中。

我絕不是一個好偵探，一個好的偵探。必須要受過系統的訓練，而我所懂的，卻只不過是一些皮毛！我在回家的途中，考慮著要請那幾個私家偵探朋友，來幫我忙查明這件事。

才回到家中不久，從我祖父時代起，就在我們家當工人的老蔡，拿了一封電報給我，道：「十一點鐘送來的。」

我接過電報來一看，電報發自紐約。

我不禁大是奇怪起來。我的朋友極多，甚至在阿拉斯加附近、愛斯基摩村中，也有我的生死之交，但是我絕想不出，有甚麼人在紐約，會有緊要到這樣的事情。而必須拍電報給我！

我想了並沒有多久，便拆開了信封，電文很長，只看稱呼，我已然一楞。那稱呼是這樣的：「親愛的斑鳩蛋」！我幾乎按捺不住心頭怒火，這是我最感心煩的一天，但是卻有人打了一封電報來給我，稱我為「親愛的斑鳩蛋」！我手一揮，想將那封電報，順手扔去，不再去看它。可是，就在電報將要脫手的一剎那，我陡地想起了「斑鳩蛋」三個字來。那是很久以前的事情，久遠到我自己也幾乎想不起來了，但是卻還有人記得。那大概是我十四歲那年的事情吧，那時，我們還住在平靜的鄉村之中，有一次，我在田野中找斑鳩蛋，卻被一條大蜈蚣在臉上爬過，腫著臉回到家中，塗上了黑色的藥膏，從那個時候起，一直到我脫離了童年，人家只叫我「斑鳩蛋」而不叫名。我不再討厭這個稱呼了，反而感到一陣親切的感覺。我展開電文，看下去，那電報就像信一樣，可見發電人是如何地有錢而且不重視金錢。電文道：「你想不到我會打電報給你吧，我是誰，你猜一猜。猜不到，請看最後的署名。」我立即知道，那一定是一個女孩子，女孩子最喜歡這一套！你猜我是誰啊？誰耐煩猜呢？我立即看電文最後的署名，那是再長也不能長的一串：「不懂事的小花貓、八音鐘的破壞者、『珍珠鱗』的屠殺者和八哥兒的解剖者。」我幾乎立即叫了出來：「老蔡！」老蔡傴著背，走了進來，我揚了揚手中的電報，笑道：「老蔡，你猜這是誰拍來的？」

老蔡眨著眼睛。我道：「老蔡，你可還記得，將阿爺八音鐘拆成一個個齒輪的是誰？將阿爹的八哥兒的舌頭拔掉的是甚麼人？將那對名貴的珍珠鱗金魚殺了的是誰？」

「紅紅！」老蔡拍手叫道：「她打電報來幹甚麼？不是要來吧，我的老天！」

紅紅是我的表妹，她比我小八歲，父母都是美國留學生，有他們的「新法教育」，在那種教育之下，紅紅就成了直到如今，連老蔡提起都害怕的人物。她當然不是三頭六臂，青面獠牙。在我的記憶當中，她實是十分可愛。但是可怕的，是她的腦袋和雙手。你永遠不能估得到在她腦細胞活動之後，會有甚麼結果，你也永遠不知道她的雙手，在將舉世罕見的各種金魚用水果刀割開之後。又會去做甚麼。那年夏天(就是我成為「斑鳩蛋」的那年)，她曾和我一起，在鄉下渡過一個夏天，鄉下的女孩子，都只敢遠遠地站著望她，而男孩子呢，離得她更遠！」

我笑道：「讓我看看！」我再接下去看，道：「老蔡，你快準備吧，她今天下午四時到，要我去接她，你告訴她，我沒有空，你去吧！」老蔡捧著頭，叫道：「老天，紅紅要來了！老天！」

老蔡一面叫，一要看著我的居室，像是阿里巴巴四十大盜，立時要闖進來一樣，我忍不住笑道：「老蔡，紅紅如今已長大，你還怕她作甚麼？」

「阿理！」老蔡苦笑著：「甚麼人都會改，紅紅，到了八十歲也是一樣。」

我道：「沒有法子，她來，我們不能不理，你到時候去接她吧，我要出去，可能會晚一些回來。」

老蔡無可奈何地點了點頭。

我匆匆地吃了飯，又駕車來到了辦公室。我再一次開動了錄音機，于廷文和我的對話，又在我耳際響了起來，我確實聽出，于廷文在最後的一句話中，不但失望，而且，還含著極大的恐懼。

如今他已死了，他的死，無論如何，和我對他的建議一口拒絕，甚至連問也不問一句有關的。我捧住了頭，感到極度的後悔。

但事已如此，後悔已然沒有用的了。我在辦公室中，坐了片刻，看了看時間，已然到了昨天于廷文來找我的時候，我的心中，陡地閃過一個念頭：與其在此呆坐，何不設想一下，昨天郭則清跟蹤于廷文所經過的路途，自己也去走上一遍呢？郭則清是從這裏出發的，他受傷的地點我也知道。我去走一遍，或者會有甚麼發現的！我一打定了主意，立即便離開了辦公室，棄車不用，一路步行而出，出了市區，才截了一輛街車（因為在想像中，于廷文可能一直步行的）。在將到目的地之前，我又下了車。可是，一直到了目的地，還是一無發現，那地方我已然來過一次的了，這一次，我更詳細地檢查著，這裏很荒涼，的確是行兇的好所在。有一大片野草·已然被踐平，那當然是他們動武的所在。可是我仔細地看了一下，卻發現比較深的腳印，只有一種，那是于廷文昨天所穿的軟底鞋。

其餘的腳印，都很淺，不像有武功的人所留下來的。我心中不禁感到十分奇怪，于廷文死於內傷，是甚麼打死他的？

打死他的人，又怎麼可能留下那種較淺的腳印來？我背負雙手，不斷地徘徊著，忽然間，我陡地停在一棵樹旁。

在那棵只有一握粗細的樹身上，以一枚棗核釘，釘著一件東西。那件東西，在茂密的樹葉中，不是仔細尋找，的確不易發現。我立即竄向前去，那東西乃是一隻用白卡紙摺成的猴子，長約十公分，和昨天晚上見過的那一隻一模一樣。

而那枚棗核釘，正釘在紙摺猴子的頭部，烏光閃閃，極之鋒銳。我看了沒有多久，正想伸手將之取下來之際，突然間，我感到有甚麼不對，那是一種突如其來，幾乎是下意識的感覺。

這一種感覺，是很難說得出所以然來的。而受過系統的中國武術訓練的人，對於這一種感覺，也來得特別敏銳，就是武俠小說中所寫的「耳聽八方」。在剎那間，我感到有一件物事，向我背後壓來。可能那只是一片落葉，也有可能，那是一隻大鐵鎚，總之，是有東西，悄沒聲地向我背後，擊了過來。

我連忙轉過身來，橫掌當胸，準備反擊。可是當我轉過身來之後。我卻呆住了。

暮色籠罩，荒草悽悽，眼前竟甚麼東西也沒有！我絕不認為剛才那種難以言喻的感覺，乃是幻覺，我呆了一呆，正想發話將剛才存心偷襲我的人引出來，突然間，我覺出背後，掠起一股極其輕微的微風。那一絲微風，是來得如此突然和迅捷，以致我尚未轉過身來時，背上一陣劇痛，已被甚麼東西，在我背上，重重地擊了一下！

那一下，令得我衣服破裂，肌肉發燒，向前一個踉蹌，我並不立即站穩身形，反而就勢向前撲倒，當然，我立即回頭看去。暮色益濃，我眼前仍是沒有任何敵人！這地方，實在荒涼得可以，雖在盛暑，但是我卻生出了寒意！剛才那一擊之沈重，若不是我也不是普通之輩的話，只怕早已昏了過去！可是，同我發出那一擊的人，卻影蹤全無！我明白小郭何以會身受重傷的了，因為剛才那一擊，若是擊在他的身上，已然是可以令得他昏迷不醒，像如今一樣！我仍然躺在地上，仰著頭，只有這樣，我才可以避免不被人在背後偷襲。四周圍靜到了極點，我吸了一口氣，運氣鎮痛，冷冷地道：「怪不得人人說臥虎藏龍，閣下剛才這一下偷襲，也確是出類拔萃！」我一面說，一面用銳利的目光，四面搜索著，可是卻並無絲毫發現。

我的話，也得不到絲毫的回音，幾乎要以為剛才那一擊，是來自甚麼鬼怪的。

我又接連說了幾句話，想將對方激出來，但是卻一點用處也沒有。天色越來越黑，我小心地站了起來，我剛一站起，在黑暗之中，只見一條如蛇也似的影子，由一株樹上掠出，一點聲息也沒有，又已然向我襲了過來！我連忙打橫跨出一步。

可是，那一條黑影的來勢，實是快到了極點！我剛一跨出，黑影也在我腰際，重重地砸了一下，我連忙伸手去抓時，那條黑影，已然向樹上縮了回去，我正待向樹上撲去之際，背後，又掠起了一股微風，不待我轉身，背心又重重地著了一下！

那一下，打得我眼前金星亂迸，胸口發甜，身不由主，跌倒在地上。

這時候。我已然毫無疑問，可以肯定，四周圍伏有本領高強的強敵，而且，還不只一個！他們當然是隱伏在樹上，而他們用來擊我的東西，可能是極長的長鞭，從我連中三鞭的力道來看，這些人，每一個人，武術上的造詣，都可以和我相等，我極可能步于廷文和郭則清的後塵！

我一跌倒在地之後，心中迅速地轉著念頭，手在地上一按，又站了起來，這一次，對方的攻擊，來得更快！

我才一站起，後頸上，又重重地捱了一下。那一下，幾乎令我的頭骨折斷！我又再次地仆跌在地，也在我倒地的剎那間，我已想出了應付的辦法，我倒地之後，呻吟了幾聲，便屏住了氣息，一動不動。我裝成昏了過去。實則上，我那時與真的昏迷，距離也不很遠了。四周圍仍是靜得出奇。我把眼睛打開一條縫，留心地看著。至少過了半小時，才聽得三下，極其輕微的聲音，從我三個不同方向，躍下了三個人。那三個人全都十分矮小，在黑暗中看來，簡直像是三個小孩子，他們一落地之後，便向我身旁滑來，其中一個，手一伸，「刷」地一聲響，一條長鞭，已然揮出，捲住了我的雙腿，再一抖手，將我的身子，整個倒提起來，向外面揮了出去！這時候，我的心中，實是矛盾到了極點！當然，我可以就著揮出之勢，一躍而起。

但如果這樣的話，則不免要和他們正面交手，我也一定不是敵手，因此，我決定仍然一動不動，只有這樣，我才有可能知道這三個人的來歷，和那紙摺的猴子中，究竟包含著甚麼秘密。

我只是心中祈求著我在著地的時候。頭都不要碰到石塊。我被揮出了丈許，幸而只是跌在草地上，我扎手扎腳地躺著。

那三個人，又像鬼魂似地掠了過來，其中一個，又揮出了長鞭，再將我揮向半空！

第二次落地，我的後腦，碰在一個樹根上，腦中「嗡」地一聲，幾乎昏了過去。我拚命支持著，保持我頭腦的清醒。

第三次，我又被揮起，這一下，我被揮得更遠、更高，跌下來的時候，一根樹枝，在我腰際，重重地撞了一下，我幾乎忍不住地叫出聲來！

我額上的汗珠，點點而下，我希望他們不要發現我在出汗，因為他們一發現這一點，便可以知道我並未曾真正地昏過去。

第二部：神秘莫測的女郎

我在期待著第四下、第五下的被揮起，但是卻沒有繼續，看來他們三人，每人出手一次，便認為足夠了。

我在半昏迷的狀態中，覺出他們又來到了我的身邊，各自發出了一聲冷笑。

他們三人，在冷笑了一聲之後，並未出聲，便又掠了開去，我心中不禁大是著急，因為他們如果一句話也不交談的話，我等於是白白地捱了一頓打！但是，我又不能出聲，再將他們叫回來！

我睜開眼來，只見他們已將沒入黑暗之中，這才聽得一人道：「就在十六晚上麼？」另一人道：「是，聽說人已快到齊了。」又是一個人道：「白老大還在人世，倒是想不到的。怎麼樣，我們除了聽他的話以外。就沒有別的辦法可想了麼？」

其餘兩人一起道：「到時候再說吧，只怕沒有一個，是好說話的！」他們一面說，一面已然向外掠了開去，後面還有幾句話，但是我卻已聽不真切。

本來，在他們三人，離開之後，我鬆了一口氣，已經幾乎要真的昏了過去，可是我一聽得「白老大居然還在人世」這一句話之後，心頭怦怦亂跳。精神為之一振，在他們三人走後。我一骨碌地躍了起來。躍起之後，我不禁深深地吸了一口氣！白老大！這幾乎是沒有可能的事情，白老大怎會還在人世？他如果沒有死，那麼這些年來，他在什麼地方？白老大是一個絕不肯安份守己的人物，他能夠這麼多年，不讓人聽到一點資訊，那簡直是不可想像的事。雖然白老大一直是一個極其神秘的人物，除了知道他姓白之外，一直沒有人知道他的姓名，因為在後期的青幫中，他是老大，所以不論是青幫還是其他江湖上的人物，都叫他「白老大」。

剛才將我痛擊一頓的那三個人，當然也不是善類，他們要爭執些什麼，「十六晚上」又是什麼意思？于廷文為什麼要死在他們的手中？

問題實在是太多了，我感到骨節隱隱發痛，正當我想離開這裏的時候，突然聽得一陣嬌笑聲，傳了過來，稍過一會，一個女子的聲音道：「三位伯伯，你們也太不小心了！」另有一個男子的聲音道：「怎麼？」

我一聽那個男子的聲音，便認出正是剛才襲擊我的三人之一，他們竟已然去而復轉！

我連忙重又躺在地上，才一躺下，已然聽得一陣腳步聲，漸漸走近。那個女子聲音道：「這裏昨天晚上，剛出過事情，今天又有人傷在此處，給警方知道了，難免生疑，當然要將他移開去。」

那三人道：「還是姑娘想得週到，可謂虎父無犬女了！」

那女子又笑了一下，道：「三位伯伯別逗我了，我算得什麼？」我偷偷地睜開眼來，只見走在最前面的，是一個身材十分修長的女子，一頭長髮，幾達腰際，更顯得她嫵媚到極。

我無法看清她的臉面，因為那天十分陰暗，星月無光，我等到他們來到我的身邊，又閉上了眼睛；只覺出身子被兩人抬了起來，走了一段路，我不斷地睜開眼睛來偷看，發現他們正抬著我，向公路走去。不一會，已經來到了路上，路旁早有一輛汽車停著，那是一輛那一年最新的美國車，顏色是嬌嫩的蘋果綠，那女子搶前一步，打開了行李箱的箱蓋，抬著我的兩個人，便將我放了進去，又將行李箱蓋關上。

在他們關上行李箱蓋的時候，我以極其迅速的手法。做了一下小手腳。我迅速地摸到了一隻鉗子，放在箱蓋下，所以蓋子其實並沒有合上，他們以為我早已傷重昏迷，並未曾注意到這一點。

接著，我便聽到四個人上車聲，車子開動了，駛出了並沒有多遠，車子又停了下來。我聽得那女子道：「三位伯伯，再見了！」

那三人道：「再見，十六晚上。」那女子道：「是，紙猴為記。」那三個人各自笑了一聲，腳步聲便遠了開去，車子繼續向前開動。

我心中不禁大是高興。將行李箱蓋，托開了一些，只見那三人已然只剩下了一個小黑點，駕車的，只是那個女子了……

我攀住了車身，從行李箱中，爬了出來。那女子顯然沒有發覺她要棄去的人，已然爬了出來，我不知道她要怎樣炮製我，我在行李箱上，伏了一回，看出車子正向市區馳去。

我手足並用，沒有多久，便已然攀住了車窗。然後，我握住了門把，突然將門打開，等到那女子回過頭來時，我已然坐在她的身邊了！

在那一瞬間，那女子顯然大吃一驚，她回過頭來，向我望了一眼，整輛車子，突然顛簸起來，車胎在路面，發出難聽的「吱吱」摩擦聲。

「小姐，」我說：「小心駕駛！」

不等我把話講完，車子的行駛，已然恢復了正常，她打量著我，我也打量著她。

她約莫二十三歲年紀，十分美麗，我只能這樣說；因為她的確十分美麗，如果不是她面上那種冷冰冰的神情，和眼睛中那種不應該有的太過堅定的神采的話，我一定可以給予她更多的形容詞。

我們對視了好一會，她才道：「你是誰？」聲音也是冷冰冰地。

我繼續地和她對視。她再一次問：「你是誰？」她一面望著我說話，一面熟練地駕駛著車子。已然接近市區，車輛也多起來了。

「我？」我給了她一個微笑，可是在我笑的時候，下顎卻在隱隱作痛，「我就是給你放在行李箱中的那個人，小姐，你準備將我怎麼樣？」

她的面上，露出了一個一閃即逝的訝異神情，道：「我準備再過去些。將你放在路上，用車子在你身上輾過去！」

我心中不禁暗暗吃驚。

我竭力表示輕鬆，聳了聳肩，道：「一件意外的交通失事？」她簡單地道：「看來像是意外傷人，不顧而去。」我突然一轉身，伸手握住了她的手臂，道：「小姐，咱們不必再做戲了！」

她並不掙扎，我的手，陷入在她腴白的手臂之中，她只是轉過頭來。冰冷地望著我，使得我不由自主地鬆了手。

就在我鬆開五指的一剎間，她的目光，在我手上所戴的紫晶戒指上，停了一停，突然發出了幾下冷笑，將車駛入了一條冷僻的街道，停了下來，道：「衛先生，請下車吧！」

我心中暗暗地吃了一驚，那隻紫晶戒指，是我最喜愛而又值得紀念的一件飾物，我戴著它已有十多年了，差不多人只要一見這戒指，便可以認出我的身份來。

可是，眼前那個富家小姐一樣的女子，居然也能在我的紫晶戒指中，而叫出我的名字，使我對她的身份，更加莫名其妙。

我當然不肯就此下車，只是一笑。道：「小姐，你已知道了我是什麼人，我卻不知道你的身份，這未免有點不公平吧！」

她突然笑了一笑，我發現她笑的時候，更加美麗，令人如沐春風，我幾乎忘了自己，衣衫破爛，滿臉泥汙，而起了要吻一吻她朱唇的衝動。

當然，我並沒有那樣做。可是，她大約是在我熱切注視著她的，有一點異樣的眼光之中，看出了我的心意，她半轉過了頭去，望向外面。

我道：「你是什麼人？」

她「格格」一陣嬌笑，道：「衛先生，這不公平，你並沒有告訴我你是什麼人！」

我自然知道她的意思，她是自己猜到我的身份的，便也令我猜一猜她的身份。

可是她的身上，實是毫無可資作為辨別身份的東西，非但如此，她身上，似乎還籠罩著一層無形的神秘的濃霧，將她真正的身份，隱藏了起來，使得她變成一個神秘莫測的女子。我聳了聳肩。道：「好，在這一點上，我承認失敗了！」

她向我一笑，道：「不必難過。」

我眼睛在車廂中仔細的搜索著，看到了她身邊的手袋，道：「我要吸一枝煙。」她又是一笑，將手袋向我拋來道：「你自己拿吧！」

我身上也有香煙，我之所以向她要煙。那是因為想要看一看她手袋的內容，想不到她已然洞察了我的心意，這不免使我大感窘迫。我只是訕訕一笑，道：「聽說女人的手袋，是一個秘密，我能打開？」她只是報我以一陣嬌笑。

我打開手袋，首先看到的，便是在手袋之中，有七八隻白卡紙摺成的猴子！

當時，我雙手震動了一下，幾乎將手袋掉了下來，我找到了香煙，又將手袋合上，在這些動作中，我已然以極其迅速的手法，偷了其中的一隻紙摺猴子，貼在掌心之中。

她像是並沒有注意，道：「我也要一枝。」

我點著了兩枝煙，遞給了她一枝，已然趁著取打火機的那一刻，將偷來的紙摺猴子，放入了袋中。

我們默默地抽著煙，她突然一笑，將煙湊到紅唇上，她的一切動作，完全只像是要深深地吸一口煙，可是，就在香煙將要湊到她的唇旁之際，她卻一揮手，香煙被燃著的那一小粒火，向我右眼，疾彈了過來！

這一下變化，是來得那麼意外，以致我全然不知道預防，眼前紅影一閃，我連忙閉上眼睛時，右眼的眼皮之上，已然覺得一陣劇痛，我哼了一聲，雖然她是一個美麗的女子，我也陡地向前，疾快地打出了一掌。

那時候，我雙目閉著，看不清什麼，只覺得那一掌，像是打在她的胸前。

只聽得她怒叱了一聲，我胸前突然又受了兩下重擊，身子向後一仰，後腦正好撞在車門之上，整個人，已然向車外疾跌了出去。

我一跌出車外，連忙睜開眼來。可是，我仍然什麼都看不見！並不是因爲黑暗，而是因爲光亮！她打著了車頭燈，直射在我的身上，強烈的燈光，令得我的雙目，如同對準了太陽一樣，同時，我聽得馬達的吼聲。我知道她仍然在實行她原來的計劃，要將我輾死！我幾乎是本能地，向外翻滾出去，「嗚」地一聲響，車子在我身旁擦過！

我眼前一黑，從亮到暗，在剎那間，仍然是什麼也看不到，但是，我立即一躍而起，我剛躍了起來，閃電也似的車頭燈，又向我直射了過來，那輛大型的、顏色嬌豔的美國車，此際看來，像是一頭上古時代的怪獸一樣，發著怒吼，又向我疾衝了過來，我想不到她在片刻之間，已然掉轉車頭，腳步尚未站穩，又向旁滾去。但是她的駕駛術，實在是十分高超，我才向一旁滾去，車胎和地面摩擦，發出極其難聽的，驚心動魄的吱吱聲，又向我衝了過來。那條路，極其僻靜，這時候，一個行人也沒有，而那條路的一面是山，另一面，卻是斜斜向下的山坡。我知道，如果我滾下山坡去的話，她自然不能再駕著車子來追我。但是我剛才滾出之際，急切之間，卻是向著山巖那一面滾去的，跟著車頭離我越來越近，我已然再無退路，只得奮力躍起了幾尺，一伸手，抓住了一株山縫中橫生的小樹，整個身子，向上一翻，掛在小樹上。

在那一剎間，我不免有點可惜，因為她駕車的來勢，是如此急驟，只怕難免撞在山石之上，車毀人亡！可是，事情的發展，證明我的耽心，完全是多餘的，我才一躍起，車子已然在離山石半尺處，陡地轉了彎，我只見她的手臂，從車窗中伸了出來。

那時，我雖然迭受創傷，但這份警覺性卻還在，我見她的手中，像是握有一團黑漆漆的物事，連忙身子一移，藉著濃密的樹葉，將身子隱藏了起來。

也就在此際，只聽得「拍」、「拍」、「拍」三下，極其輕微聲響過處，我身旁石屑四散，有的，還濺到了我的身上！

那分明是她在以無聲手槍，同我射擊！

我身上並沒有槍，除了隱伏不動之外，別無他法可想，只見車子駛出了十來碼，便停了下來，車門打開，她已然下了車，向前走了幾步，突然間，又是「拍」、「拍」兩聲，我感到左臂被一顆子彈擦過，一陣疼痛，身子也晃了一晃。

那一株小樹，本來就不是十分結實，給我壓在上面，已然彎曲得十分厲害，這時候。再一顫動，「格」地一聲。樹已然斷跌了下來。

我連忙反手抓住了石角。身子才得以不跌。

但是，我的面前，卻已經全然沒有掩護的物事，我離地只不過五六尺，而離她只不過丈許遠近，她手中，套著滅聲器的手槍，正對準著我，我也可以看到她美麗的面容。我沒有法子避得過去了。若是我向上攀，她一樣可以擊中我。而如果我向她撲去，其結果也是完全一樣，因此，我索性一動不動，只是背貼著巖石，手抓住了石角，存身在石壁之上。她站在那裏，也一動不動，只是槍管在作輕微的擺動，像是在選擇，將子彈送入我身子的什麼部分，來得恰當些一樣。

我只是望著她，她冷冷地道：「衛先生，我的小手槍射擊成績，是九百三十五環。」

我竭力使自己的聲音，聽來不至發抖，不至於像一個懦夫，道：「不錯，這已是接近世界第一流射擊手的成績了。」

此際，我唯一的希望，便是希望有車子經過，令得她不敢肆無忌憚的行事。可是所有的汽車，不知都到什麼地方去了。她又踏前了一步，道：「在這樣的距離中，我可以射中蒼蠅！」

我咽了一口唾沫，道：「小姐，你像是一頭殘忍的貓，當我是什麼，是你爪下的老鼠麼？」她突然揚起手槍「拍」地一下，子彈正在我耳際半寸處掠過，擊在巖石之上。

我心中迅速地想著：一般的槍都是七發子彈，她已然發射了六槍，槍膛之中，至多還有一顆子彈而已！

如果我使她再發一槍，而這一槍卻又打不中我的話，那麼，她將是老鼠，而我則是貓了！我立即道：「小姐，這一槍懲戒我，十分好，剛才，我那一掌，擊中了你的什麼地方？」這句話，實在是十分輕薄的。

因爲我剛才那一掌，觸手處軟綿綿地，分明是擊中了她的胸前，而我還特意以這樣的語調提出來，當然是輕薄得很。

而且，這一句話，也說得十分危險。我的目的，是想激怒她，使她再給我以死前的極端恐懼，一槍向我鬢邊擦過之類，那麼，她槍膛中的子彈，就射完了。

但是，卻也有可能，她因此而勃然大怒，將子彈直接地送入我的心臟之中！我是將自己的生命，在作孤注一擲的賭博。

如果她真的被激怒了，從而再存辱我之心，那麼，我便能逃得一命，否則，恐怕只有死路一條了。

我剛講完了那一句話，呼吸便不由得急促起來。

徼天之幸，「拍」的一聲。一顆子彈，在我右額旁邊掠過，我右額上，還感到了一陣灼痛。和聞到了頭髮被灼焦的氣味，可知那一顆子彈，是在我右額如何近的地方掠過的！我立即大笑起來，道：「一二三四五六七，小姐，你手中的，已然是空槍了！」

我話才一講完，手一鬆，已然飛身，向她撲了下去，她的身形，也是極其靈巧，連忙向外，閃了開去，我一衝前，伸手便抓，雖然未曾將她抓中，但是「嗤」地一聲，卻將她的衣裙，撕下了一大塊來。

她一個轉身，便向汽車掠了過去。

我連忙追向前去，她手揮處，手中的槍向我，拋了過來，我一伸手，便將槍抓住，也就在那一個耽擱間，她已然上了車，我再趕前一步，車子已然向前，疾馳而出！

我當然追不上汽車，定了定神，正想將抓住手中的槍，向外拋去之際，陡然之間，我呆了一呆。就著橙綠色的路燈，我看得十分清楚，托在我手掌中的，是一柄點四五口徑，可以放八發子彈，性能極佳的手槍！我呆了好一會，才按動了槍柄上的機鈕，「拍」地一聲，子彈殼彈出來，在子彈殼中，果然還有著一顆子彈！存在槍膛之內！憑這顆子彈，她只消手指一鉤便可以取我的性命，但是她卻沒有那麼做！剛才，我還以爲我總算反敗爲勝。但如今，我才知道，我徹頭徹尾地失敗在她的手中了！我茫然地向前，走了幾步，在路邊一張椅子上，坐了下來，我自己不知道坐了多久，腦中一片混亂，像是電視機沒有校好的時候一樣，腦中所泛起的畫面雜亂地、迅速地移動著、變換著。

在這些畫面中，有著她柔長的黑髮的盤旋，也有著在誘人的紅唇的微笑，更有著她明澈的眼睛的對我的嘲弄。我一定坐了很久，因爲當一陣腳步聲驚起我的時候，向下望去，一幢一幢的大廈中所露出來的燈火，已經不是太多了。

我看到三個人，同我走來。來到了我的面前，我已然看清，那是三個阿飛，其中一個年紀較長的，手一晃，彈開了彈簧刀。惡狠狠地指著我，道：「手錶，快除下來！」

我一肚子的怨氣，正無處去出，那三個阿飛還來撩撥我，當真是自投羅網。

我冷冷地望著他們，只見另外兩個，只不過是十七八歲年紀，站在那裏，身子在不斷地擺動，口在嚼著口香糖，沒有一點地方像人，甚至不像是一頭畜牲，我霍地站了起來，一伸手，已然握住了那大阿飛的手腕，大阿飛殺豬也似地怪叫起來。另外兩個小阿飛，拔腿想逃，但是我一腿掃出，「砰砰」兩聲，他們已然跌倒在地！

我順手一揮，將大阿飛揮出了三四步，那大阿飛呻吟著，倒在地上，想要爬起來，我拾起他手中的彈簧刀，來到了他的身邊。

他身子縮成一團，篩糠也似地抖了起來，我感到作嘔，在他臀都，用力地踢了一腳，踢得他向山坡下，直滾了下去，將那柄彈簧刀，「拍」地一聲，折成了兩截，拋在那兩個小阿飛的身旁，才大踏步地走了開去。

不一會，我已然來到了另一條街上，等了沒有多久，便有街車駛來，上了車，看了看手錶，已然是淩晨一點鐘了。

到了家門口，我付了車資，下了車，一抬頭，不禁心中一奇。我家中上上下下，燈火通明，向前走了兩步，忽然看到門口，坐著一個人，我更是吃了一驚，仔細一看，只見那是老蔡。

老蔡看到了我，也抬起頭來，我更加奇怪，因爲老蔡的頭髮，已然剃得精光，而他的面上，也泛著極其憤懣的神色。

我連忙道：「老蔡，半夜三更，你還坐在門口幹什麼？」老蔡哭喪著臉，道：「你自己進去看一看吧，阿理，我要辭工了！」我更加詫異，老蔡簡直已是我們家中的一份子，「辭工」兩字，出自他的口中，簡直是難以想像的事。而且，我此際衣衫破爛，面上、手臂上，全是血跡，他也不問一問我。

由此可知，家中一定是發生了極大的變故。

我連忙問道：「什麼事？老蔡，發生了什麼事？」

老蔡激動得講不出話來，好一會，才道：「紅紅！」我心情一鬆，道：「紅紅怎麼了？」

他攤了攤手，道：「你自己去看吧。」

我笑著拍了拍他的肩頭，道：「老蔡，你爲什麼突然剃起光頭來了？」

老蔡苦笑道：「紅紅說，我的面孔，像……像什麼……尤……納……」

我笑道：「一定是尤伯連納！」老蔡道：「對了，那該死的尤伯……連納，紅紅說，我很像那個尤伯連納，所以我應該剃光頭，是她動手的。」

我也禁不住苦笑道：「紅紅也太胡鬧了！」

老蔡道：「胡鬧的事還有哩，你進去一看就知道了，阿理，我辭工了，誰像什麼尤伯……我又不姓尤！」我扶著他，推他進了屋，道：「別胡說，我去教訓紅紅，我要……」

我才講到此處，便陡地楞住了。這時，我已然來到了客聽之中，一時之間，我實是雙眼發直，差一點暈了過去。

我連忙用雙手遮住了眼睛，不忍再看下去，老蔡在我耳旁道：「阿理，我老頭子受不住了！你看，這像什麼樣子？」

老蔡說他受不住了，當然有理由的，因爲，我也受不住了！

客廳正中牆上所掛的四幅，陳半丁所作的花鳥條屏，已然不知去向，而旁邊牆上，我最喜愛的，可以說是無價可估的那幅日本最有名的畫家，雪舟等揚所畫的一幅山水小斗方，也已不見了。

原來掛著四幅條屏的地方，則掛著一幅不知是什麼東西的東西。那是印象派圖畫，我知道，可是要命的卻是，這幅印象派的圖畫，正是那四幅陳半丁的條屏，和一幅雪舟等揚的斗方，剪碎了所拼成功的！我出了一身冷汗，老蔡道：「阿理，你看那邊！」我循他所指看去，只見一對康熙五彩大花瓶，是我阿爺的唯一遺物，也已然成了碎塊，而被奇形怪狀地疊成了一堆，我實在忍不住，幾乎像人猿泰山一樣地怒吼道：「紅紅！」

樓上傳來了她的聲音，道：「理表哥，你回來了麼？」蹬蹬蹬一陣響，從樓梯上跑下一個人來，我一看之下，又是一呆。

回頭看老蔡時，他更是轉過頭去！我承認天氣非常熱，也以為在家中，衣著不妨隨便一些。可是紅紅，唉，她簡直是沒有穿什麼衣服，那一套和比基尼泳衣多不了多少布的怪衣服，根本遮不住她美滿的曲線。她衝下了樓梯，我想要責罵她的話，卻都縮了回去。

她站在我的面前，我本來，甚至準備提起她來，狠狠地打她一頓屁股的，可是。你能夠打一個十歲少女屁股，又怎能打一個成熟了的大姑娘的屁股呢？

紅紅完全長大了，她絕不是我想像中的小姑娘，而是成熟的，美麗的少女。她的身材，更是美滿到了極點，我只是嘆了一口氣，道：「你來了！」

她卻突然驚呼一聲，道：「表哥，你怎麼了，有血！受傷了！」

我在沙發上坐了下來，道：「不錯，我受傷了，你……」我指了指牆上和屋角，道：「你還有什麼破壞麼？」她臉上現出一個極其委屈的神情，叫嚷道：「破壞？表哥，那一幅畫，和那一座雕塑，是現代美術的精品，我得意的傑作！」我無力地道：「你可知道你用的原料是什麼？」她攤了攤手，道：「那有什麼關係，你知道，一個藝術家的靈感來了之後，是怎麼樣的，我一進這裏，就回憶起了童年的種種，靈感來了，那一幅畫，我題名為童年的歡樂，那雕塑題名為……」她的面上，突然紅了一下，續道：「叫作『和表哥在一起的夏天』。」

我更是有氣無力，道：「好！好！不過我看名字還得改一改，『童年的歡樂』，應該改成『魔鬼的歡樂』，那花瓶的碎片，不妨稱之為『表哥的眼淚』！」紅紅嘟起了嘴，道：「原來你一點也不懂現代藝術！」

我無力地站了起來，道：「是的，我不懂！」她眼中幾乎是蘊滿了眼淚，道：「理表哥，我……損壞了你心愛的東西了麼？我以為你會稱讚我的傑作的。」我苦笑著，道：「你的傑作，只有這兩件麼？」

紅紅道：「本來，我還想在你的書房中——」我捧住了頭，大聲叫道：「紅紅——」紅紅道：「但是老蔡死也不肯讓我進你的書房。」我心中對老蔡感激得難以名狀，道：「老蔡，你救了我的一命！」老蔡無可奈何地笑著，我道：「好了，紅紅，以後，別再弄他媽的現代藝術了。」紅紅睜大了眼睛，大感興趣地問道：「他媽的？是什麼意思？」我因為一時氣憤，衝口而出，怎麼也料不到紅紅竟會查根究底，我只得嘆了一口氣，岔了開去，道：「紅紅，我受了傷，你是看到的。你該去睡了！」

紅紅道：「不，表哥，我幫幫你紮傷，表哥，我在美國的雜誌上，讀到了一段有關黑手黨之間的糾葛，你爲什麼受傷的，可是又有新的冒險行動？下次和我一起去！」我嚇了一大跳，紅紅是說得出做得到的！我連忙道：「不！不！只不過是手槍走火。」她攤了攤手，道：「手槍走火？那沒有什麼刺激可說的。」我向我的臥室走去，紅紅要跟著進來，我不得不將她拒之於門外，道：「紅紅，我要洗澡，換衣服，你還是在外面等我吧！」紅紅老大不願意地扭著身子，走了開去，我望著她的背影，不禁搖頭嘆息，她以爲自己是什麼人？是瑪利蓮夢露麼？不然爲什麼要這樣走路呢？從美國回來，學現代藝術、再加上紅紅從小就蹦蹦跳跳，我有被成千成萬的火星人衝進了家中的感覺。

我將門關上，先將臂上的傷裹紮好，子彈只不過是在手臂外擦過，傷勢並不太重，我又洗了一個澡，換上睡衣，然後，將那隻紙摺猴子和那柄裝有滅聲器的槍，取在手中，悄悄地開了門，向著書房走去，我準備再花一夜的時間，詳詳細細地思索一下整件事情的來龍去脈。

可是，我才來到書房門口，紅紅一聲尖叫，又將我嚇了一大跳。我回過頭去，只見她向我做著鬼臉，道：「表哥，你叫我睡，爲什麼你自己不睡？」

她已經披上了一件長睡衣，看來實是十分美麗，我道：「我有事情——」不等她開口，我就道：「你別來打擾我！」

紅紅調皮地向我笑一笑，道：「好！」

我進了書房，將門關上，開了燈，將那柄槍放在抽屜中，取出那隻紙摺的猴子來，立即，我便發現，那紙摺的猴子，也有著指甲劃出的痕跡。我一看便認出，那也是「湯姆生25」等字樣！

我不由得呆了半晌，又是「湯姆生25」！本來，我以為在郭則清手中那隻紙摺猴子上的那幾個字，是小郭劃上去的，現在，我才知道不是。「湯姆生25」，究竟是代表著什麼呢？是一個軍火走私團的暗號，代表著二十五枝湯姆生槍麼？有可能。但是，紙摺的猴子，又有什麼用呢？

我正在苦苦地思索著，突然，窗口傳來了「嗨」地一聲，我抬頭一看，只見一個漆也似黑的大頭，正在我的窗外窺視！我看見嚇了一跳，身子向後一仰，就地一滾，已然滾到了一張皮沙發的背後。可是也就在此際，忽然聽得一陣嬌笑聲，那是紅紅，我連忙站起身來，紅紅已然從窗中跨了進來，道：「表哥，你忘了陽台是可以通到你的書房的麼？」

她手中拿著一隻木刻面具，那便是我剛才看到的怪臉，我站了起來，道：「紅紅，你再要胡來，我真要打你了！」紅紅卻一笑置之，來到了書桌之旁，拿起了桌下的那隻紙摺的猴子，向我揚了一揚：「表哥，這是什麼玩意兒？」

我沒好氣地道：「我也不——」我才說出了三個字，突然聽得「嗤」地一聲響，緊接著，便是「砰」地一聲巨響，那是檯燈燈泡破裂的聲音，同時，晶光一閃，似有什麼東西，從窗外飛射了進來，我心知已然發生了巨變，連忙一躍向前，向紅紅撲了過去，將她抱住，滾了幾滾，立即又聽得「叭」地一聲，有什麼東西，落到了我的桌下。我立即向窗外看去，只見黑影一閃，尚未看清是什麼樣人，便已然不見，我連忙站了起來，開著了另一盞燈，先向紅紅望去，只見她絲毫也沒有害怕的意思，反倒充滿了興奮，道：「表哥，你生活中時時充滿這樣的刺激麼？」

接著，她又低聲道：「表哥，你剛才抱得我太緊了，你看，你弄疼我啦！」

我向桌下一望，一柄長約七寸的匕首，插在桌面之下。我向那柄匕首苦笑了一下，道：「紅紅，剛才如果不用力，那柄匕首，可能已插在你的頭上了！」

紅紅得意地笑了一笑，道：「表哥，那不是更刺激了麼？」

我只得點了點頭，道：「是，更刺激了！」一面說，一面向桌上走去。

匕首尖插入桌面，匕首上，還穿著一張小小的白卡紙，上面寫著幾個字，道：「衛先生，聰明人是少管閒事。」

就是那麼一句簡單的話。紅紅挨在我的身邊，道：「表哥，要管！」

我回過頭來，幾乎和她的鼻尖撞了一下，我將她輕輕地推開了一些，道：「紅紅，明天，你到我朋友郊外的別墅中去住！」

紅紅幾乎是毫不考慮地道：「我不去！我要參加你的冒險活動。」

第三部：一個通靈會

我大聲道：「紅紅，這可不比在鄉下摸魚搗鳥蛋，你隨時可能有生命的危險的！」她搖了搖頭，道：「我不怕。」我道：「你不怕，我怕，你要是有了什麼差錯，姨媽和姨丈不將我罵死，我也受不了，一句話，明天，你離開這裏。」

紅紅倔強地道：「我不離開呢？」我道：「你不離開，我走，我到阿拉斯加去！」紅紅呆了半晌，道：「表哥，原來你那樣討厭我，我，我還當你會歡迎我來的啦！」她一面說著，一面眼圈當然紅了起來。

我連忙道：「紅紅，我怎麼會討厭你，我是爲了你的安全著想，這幾天，我正處在一件極其令我困惑的事情之中！」紅紅忙道：「什麼事？」我道：「什麼事我也弄不清楚，但至少已有一個人死了，一個人昏迷不醒，可能成爲白癡，而我，今天晚上，也是死裏逃生！」

紅紅默言不語，我知道她又在動腦筋，想玩什麼新花樣，卻想不到她道：「表哥，我不來打擾你，明天，我搬到你朋友郊外的別墅去住。」我忙道：「好，我朋友是運動健將，跑車選手，現代藝術的愛好者。他一定可以令你過一個有意義的假期的！」紅紅不再說什麼，向門口走去。

她走了出去，我又坐了下來。

直到淩晨五時，我紊亂的腦中總算已經理出了一個頭緒來。第一點，我肯定，事情和白老大有關。當然，更和大量的財富，有著關連，而且，不只是白老大一人，三山五嶽的人物，只怕都在參與這件事。其二，「十六晚上」，那當然是日子。今天是陽曆十三日，陰曆的二十四日。「十六晚上」，是指陰曆還是陽曆呢？大概是指陰曆，因爲像白老大這種青幫頭子，都帶有濃重的中國氣息，很少以陽曆計算日子的。

其三，我決定不顧一切恐嚇，繼續「管閒事」，而且，還希望再有人來恐嚇我，至少，可以再給我一點線索。

我索性擬了兩段稿，明天送到報上去登廣告，稿是這樣的：「白先生，短函收到，恕難照辦。衛。」在旁人看來，這一點也代表不了什麼，但白老大（我相信送匕首來的人和他有關）可以知道，另一段則是：「湯姆生：25之約，毋忘。」那是我的「花招」，希望人家以爲我已然知道了那幾個字的秘密。

在做完了那些事後，我才睡了過去，第二天早上，十一點左右醒來，才一打開房門，便見老蔡哭喪著臉，站在房門口。他顯然已等我許久了，我忙問道：「又怎麼了？」老蔡道：「紅紅走了！」

我不禁吃了一驚，道：「走了？什麼意思？可是一個人出去玩玩？」老蔡道：「不，她將行李什麼都帶走了，我問她上那裏去，她說既然沒有人關心她，她上那裏去，都沒有必要說的。」我呆了一會，問道：「她旁的什麼也沒有說？」老蔡道：「什麼也沒有說，但是我卻記得她截住的那輛的士的車牌！」

我鬆了一口氣，說：「好，你到的士公司去走一次，向司機問一問，紅紅去了什麼地方，將她接回來。」老蔡欲言又止，終於點了點頭，道：「好。」這一件事情，算是解決了（當時我是如此以爲的），在這幾天中，我實在不能再添多什麼麻煩，因爲麻煩已經夠多了。

我漱洗之後，匆匆吃了東西，又到醫院去看小郭，小郭雖然未死，但是情形卻毫無好轉，我在病床面前，呆了好一會，心中又感到無限的內疚。同時，我的腦海中，也迅速地盤旋著「湯姆生25」這幾個字的意義，因爲這幾個字的意思，弄不清楚，什麼都解決不了。

至於那紙摺的猴子，神秘的外衣，至少已然揭開了一些，那是從少女的一句話中得來的。那少女對那三個揮鞭擊我的人說：「紙猴爲記」，可知那紙摺的猴子，乃是一種信物。

我知道，憑我一個人的智力，只怕難以解決這一個問題，因此我決定去找我一個當私家偵探的朋友。這位朋友在偵探學上的成就極高，可以稱得上大名鼎鼎，他說在這裏，如果寫出他真姓名的話，會有「做廣告」的嫌疑，因此，我爲他取了一個假名，稱他爲黃彼得。

我到了黃彼得的事務所，他卻出去了，我等了他整個下午，也未見他回來，只得留下了條子，告訴他我有一件他極感興味的事，請他到我家中一次。天色傍晚，我回到家中。

老蔡仍是哭喪著臉，在門口等我。我不經意地道：「紅紅回來了麼？」老蔡道：「沒有。」我又不禁冒起火來，道：「她不肯回來麼？」老蔡搖頭道：「不，我找到了的士司機，他說他載了紅紅。到了一家酒店門口，紅紅下了車，可是那家酒店的侍者，卻看到紅紅在門口等了一會，又截了另一輛的士走了，不知她去了什麼地方！」我嘆了一口氣，麻煩，再加上麻煩，這幾天不知交的是什麼運？

我一言不發，也沒有心思吃飯，只是坐在陽臺上，等黃彼得來，一直到了九點左右，才聽到門鈴聲，接著，便是黃彼得的聲音，叫道：「斯理！斯理！」我連忙道：「你快上來！」

黃彼得向樓上而來，他是一個三十五六歲的人，學識相當淵博，興趣也極其廣泛。他的外形，十分普通，像是一個洋行的普通職員，絕看不出他是有名的私家偵探。他在我的對面，坐了下來，握了握手，道：「我也恰有一件很有趣味的事。」我苦笑了一下，道：「還是我先說我的事。對你來說，一定是有趣味的。對我來說，卻頭痛之至！」他點頭道：「好，你先說。」我便將從于廷文來找我起，一直到最近的所有的事，都講給他聽。

黃彼得聽完之後，冷靜地道：「有趣得很，我的事，和你的事竟有聯帶關係。」我道：「什麼聯帶關係？」黃彼得的聲音，更變成了懶洋洋地，道：「就是湯姆生25這幾個字。」我立即道：「彼得，你別賣關子，那幾個字，究竟是什麼意思？」黃彼得一笑，道：「說穿了，一點也不稀奇，就是湯姆生道，二十五號。」我呆了一呆，道：「你何以如此肯定？」黃彼得望著天空，道：「我本來已經知道，事情定有蹊蹺的了，如今聽得你那樣說法，我更可以肯定，這是一件非比尋常的大事！」

我並不發問，雖然我心中的問題，多似天上的繁星。因爲我知道他的脾氣，你越是發問，他便越會將事情扯得更遠，令你越發心急。

他點著了煙，吸了幾口，又道：「你知道，我對靈魂學很有興趣——」

我心中暗嘆了一口氣。果然，他從十萬八千里之外談起，不知要多少時間，方可談入正題！以解決我心中的疑問。

我只得點了點頭，黃彼得笑道：「今天晚上，就可以有一件事來證明——」我不禁大聲道：「什麼事，莫非是鬧鬼麼？」

黃彼得道：「是鬧鬼。」我連忙道：「我沒有興趣。」

黃彼得道：「你非得有興趣不可，因爲鬧鬼的便是湯姆生道二十五號。」

我實際上，在他第一次說出了「湯姆生25」的意義之際。已然相信他的判斷的了，因此我只得道：「好，你說下去。」

黃彼得道：「湯姆生道二十五號，是一所已有七十年歷史的巨宅。」我譏笑道：「這才有鬧鬼的條件哩！」

黃彼得並不理會我的嘲笑，道：「如今，這所巨宅之中，只住著兩個老人，他們的名字，想必你也知道，就是田利東和他的太太。」

我點了點頭，道：「這是大富翁，我當然知道他的名字，他們的獨生兒子，不是在幾年之前汽車失事而死的麼？怎麼樣？可是那寶貝花花公子回魂了？」

那個大富翁有一個寶貝兒子，是誰都知道的事情，那個寶貝，前幾年駕車墜崖而死，已經到陰間去尋快活去了，莫非是他變了鬼？黃彼得苦笑道：「不是，是他們的外甥女。」

「外甥女？」我感到很奇怪，因為未曾聽說田利東有什麼外甥女。「是的，」黃彼得道：「她叫做蘿絲，是田太太妹妹的女兒，很早就成了孤女，一直由田家收養著，兩老夫婦十分疼愛她，將她當作是自己的女兒一樣。蘿絲是一個十分好靜的女孩子，幾乎整天在家中不出去，在半年之前，突然死去的。」

我感到了一點興趣，道：「突然死去，你這是什麼意思？」黃彼得道：「當時，我也曾和警局一齊調查這件事，但是卻沒有結果。她死得很平靜，面上沒有一點痛苦的神情，身上也沒有一點傷痕，作了解剖之後，只發現她的心臟機能阻塞而死，這是嚴重心臟病患者常有的現象，但是蘿絲卻一直沒有心臟病，所以她究竟是如何死的，依然是一個謎。」

我伸了伸身子，道：「這倒不奇，據我知道，有幾種不常見的毒藥，就可以令一個人死亡之後，使全世界的解剖醫生，都找不出原因來。」

黃彼得點了點頭，道：「我也相信蘿絲的死，被害的成份很大，可是，在那大宅之中，誰會毫無動機，毫無目的地去害一個像蘿絲那樣可愛的少女呢？我足足調查了三個月，才放棄了這件事，想不到蘿絲居然冤魂不散，顯起靈來！」

我哈哈大笑起來，道：「彼得，你快要改行了，去作洋行職員吧，我用你！」

黃彼得愕然道：「爲什麼？」

我笑道：「每一個被害的人，都顯靈說出兇手的名字，你們當偵探的，還有什麼事情做？」

黃彼得有點薄怒，道：「你怎麼了？我在和你說正經的事情！」

我略有歉意，因爲我深明黃彼得的脾氣，若不是真有其事，他是不會那麼認真的，我點頭道：「對不起，你說下去。」

黃彼得又點著了一枝煙，道：「從半個月前開始，每到午夜，田利東兩夫婦，總聽到客聽中那架鋼琴，發出清脆的聲音，所彈奏的，是蘿絲平時最喜歡彈的樂曲，田利東夫婦，有幾個晚上，甚至看到鋼琴旁有人影子，一見他們出來就飄了開去！」

我也感到事情不是那麼簡單，一言不發，只是聽黃彼得說下去。

黃彼得道：「一個星期以前，田利東邀我在他的住宅，睡上一晚，我就睡在蘿絲生前所睡的那間房間，一交子夜，我就聽到有鋼琴聲，和女子的嘆息聲，我悄悄地走出房門，見到黑影一閃，便自沒有了蹤跡，那晚我很清醒！」

我心中迅速地在轉念，想著那究竟是怎麼一回事，但是我卻想不出所以然來。

黃彼得繼續道：「這件事在一些富家太太間，傳了開去，以致令得那所大宅，更少人來往。直到昨天，才有一個人，來毛遂自薦，說他精於百靈之術，能使死去的蘿絲，和田太太通話，並且，還可以由人旁觀，時間就在今晚。」「地點呢？」我說：「當然是在湯姆生道二十五號了？」黃彼得道：「正是。」我站了起來，來回踱了幾步，道：「降靈會這種事，我倒很感興趣，但是我想不通湯姆生道二十五號鬧鬼，和我所遭遇到的事，會有什麼關係？」黃彼得道：「很多事，在一開始的時候，好像是絕無關係的，但是發展下去，很可能兩件事根本就只是一件事情！」事情以後的發展，證明黃彼得的話是對的，但當時，我卻是將信將疑。

黃彼得道：「那召靈專家，定在今日午夜，召降蘿絲的靈魂，我們不妨早一點去，可以對那裏的環境，作進一步的觀察。」

我點了點頭，正要說什麼時，忽然，聽得我的臥室之中，傳來「拍」地一聲，像是什麼東西跌落地的聲音，陽台是既通臥室，又通書房的，這時候，我和黃彼得，正坐在靠書房的那一端，並看不到臥室中的情形，我立即叫道：「老蔡，是你麼？」

可是，卻沒有人回答，我連忙又一步竄到臥室的門口，臥室中一片漆黑，我橫掌當胸，向前跨出一步，開著了燈。

只見衣櫥的門開著，一隻衣架，跌在櫥外，那分明是剛才「拍」地一聲的來源，而櫥中的衣服，也有些淩亂。

黃彼得也立即跟了來，他一看之下，便道：「曾有人躲在衣櫥之中！」

我兩步跨到了衣櫥之前，黃彼得也跟了上來，道：「躲在你衣櫥中的，是一個女子。」

我怔了一怔，道：「你怎麼知道？」

黃彼得伸手，在一件西裝衣上，拈起了一條長長的頭髮，道：「這就是證明。這個女子，身高約在一七〇公分左右。」，在中國女子來說，那已然算很高的了，我立即想起那個令我幾乎死去的少女來。

那少女，有著頎長的身材，本來我已然疑心，昨晚飛刀示警的就是她，如今看來，躲在我衣櫥之中的，定然是她了！我呆了半晌，苦笑了一下道：「去，今晚我和你一齊到湯姆生道二十五號去！」

黃彼得笑了起來，道：「你知道躲在衣櫥中的是誰了麼？」我尷尬地笑了一笑，道：「別胡說！」我們兩人又交談了一會，十點鐘出了門，十時三十分，便已然到了湯姆生道二十五號。湯姆生道二十五號，是一所極其宏偉的巨宅，連僕人在內，只住了六個人。加上建築物已然上了年齡，連燈光都顯得有點半明不暗，更增重了陰森的氣氛。一個僕人將我們引到了客聽中，那客聽大得出奇，放著七八組沙發，在一個角落中，有一架大鋼琴，水晶燈的光芒，顯然不能顧及整個客廳，我發現客廳中只有一個人，坐在一個陰暗的角落上，在看著一本雜誌，見到我們，只是略爲抬了抬頭。那人既坐在這樣陰暗的角落，卻又戴了一副黑眼鏡，還戴著一頂插有羽毛的帽子。真不知他是怎麼能看到東西的，他身材很纖細，若不是上唇留著一撇小鬍髭，幾乎使人疑心。這是一個穿上了男人衣服的女子，在一瞥之間。他立即以雜誌遮住了面。

剎那間的印象，只使我覺得這人，有點面熟，但是卻想不起在什麼地方見過。如今是在田利東的家中，我當然不便冒昧地去問人家是什麼人。我只是向他多望了幾眼，便和黃彼得在大廳上踱來踱去，又走到鋼琴面前，仔細地看了幾眼，卻看不出有什麼異樣來。

到了十一點多鐘，又有幾個人前來。兩個是很有名的作家，一位金先生，一位董先生，還有一個大胖子，一進客廳，便大聲自我介紹，說是╳╳公司的董事長，一向不信有鬼，接著，也沒有什麼人睬他，便哈哈大笑了起來。我的注意力，一直放在那坐在陰暗角落，留著小鬍子的那人身上。

那人似乎也覺察到我在注意他，一直捧著雜誌，不肯放下來，這更引起我的疑心。

接著，警局中有兩個高級警官也來了，黃彼得於是站起來和他們交談著。

到了十一時三十分，主人田利東夫婦，才陪著一個穿著黑色西裝的中年人，一齊來到了客廳。

那中年人的一雙眼，幽幽地像是在閃著綠光，大廳中便增加了一層神秘的氣氛，各人都靜了下來，個個都臉帶驚奇地望著那人。

我仔細打量著那個「召靈專家」，發覺他眼神之中，確乎有著一種奇異的光彩，那種光彩，使得他看來，本身就像是一個幽靈！

那「召靈專家」確實的年齡，很難估計，大約總在五十歲上下，面容十分瘦削，這個人的面型，是屬於一看便不容易忘的那種。主人夫婦和召靈專家一出現，神秘的氣氛，越來越濃了。

主人點頭，向眾人招呼著，眾人也都站了起來，作爲回禮，只有在屋角的那個留著小鬍子的人，仍是大模大樣地坐著，臉上的黑眼鏡也不除下來。

田利東面上現出了一個不滿的神色，以他的社會地位而論，確是很少受到這種不禮貌的對待的。但是他卻並沒有出聲。這些情形，都仔細地看在眼中，使我對那人，更加留意。

田利東咳嗽了一聲道：「各位，我向大家介紹杜仲先生。」那「召靈專家」欠起身來，使我注意的是，他向人抱了抱拳。這是一種幾乎已被人遺忘了的中國禮節，我再向他望一眼，他面上仍是籠罩著神秘的氣氛，可以說毫無表情。

田利東接著又道：「杜先生是召靈家，嘿……召靈這件事，我也不十分相信，但杜先生聲言可以做到，在座各位，也不是外人——」他講到這裏，不由自主，又向那留著小鬍子的人看了一眼。

在他的行動中，我可以肯定，田利東一定是不認識那個人的。那個人，可能是知道這裏會有很多客人來，而藉詞混進來的。

我雖然已經勘破了那人的身份，可是在這裏，我既不是主人，當然也不便出面干預，只有多加注意。田利東接著道：「——這次事情，還希望各位，最好不要向外宣揚！」

田利東話才講完，那位胖董事長，一連講了七八聲「一定照辦」才罷。

我看了看手錶，時間已經將近十一點五十分了。只見田利東坐下之後。杜仲——召靈專家，他的名字，分明是杜撰的，那是一味中藥的名稱——站了起來，緩緩地從一個皮包中，取出了兩根指頭粗細的香來，一直劃了好幾根火柴，才將香點著。

我推測那姓杜的，可能是一個高級催眠術的專家，而絕對不是什麼召靈專家。

此際，看了他突然點著了兩根粗香，我又不禁懷疑起他不知是否另有目的來。

但是，我仔細地嗅了嗅香味，卻又不覺有異狀。

杜仲將香點著，平舉著，慢慢地來到鋼琴旁邊，將香插在一隻小花瓶中，緩緩地舉起手來，道：「關燈！」

無論是一舉一動，甚至聲調神情，那位召靈專家都顯得異常神秘。

在一旁侍立的二人，向田利東望來，田利東道：「照杜先生的吩咐去做。」「拍」地一聲，水晶吊燈熄了。就算那盞水晶吊燈亮著，因爲大客廳實在面積太大，光線也不是十分強烈。如今，大吊燈一熄，客廳之中，更是一片黑暗。好一會，我什麼也看不到，直到眼睛適應了黑暗，我才看到那幾點香火，剛好將那架大鋼琴，籠罩在一層深紅色的光芒下。杜仲就站在那幾點香火的旁邊，幽紅的香火。映著他的面龐，使他看來，像是非洲腹地的巫師，神秘怪異到了極點。

大廳中一點聲音也沒有，我向各人看去，當然看不清楚他們的臉面，但是卻可以意識地覺出，每個人的注意力，都集中在杜仲的臉上。我深信杜仲的行動，一定有著目的，但我卻想不出他究竟是為了什麼來。或許他只是設計一個騙局，來騙田利東夫人的錢吧？可是，盤桓在我腦中的另一些事，卻不容許我將問題設想得如此簡單。

我相信「湯姆生25」，就是湯姆生道二十五號，也就是目前在舉行著這個充滿神秘氣氛的降靈大會的地點。到目前為止，我仍然未能夠在這兩者之間，找出什麼聯繫來。杜仲的雙眼，似開非開，似閉非閉，頭微微的昂著，嘴唇掀動，發著聽不出聲音的話。

突然間，「噹」地一聲響，衝破了靜寂，接著，又是一連十一響。那是一座自鳴鐘在報時，已然是午夜了？鐘聲引起了一陣耳語，黃彼得也對我低聲道：「當心，時間到了！」

黃彼得的話，才一講完，鐘聲兀自悠悠未絕之際，杜仲突然以夢遊人一樣的聲音叫道：

「聽！」

客廳中立即又靜了下來。

一陣清脆悅耳的鋼琴聲，陡地響起。

那一陣琴聲，分明是從鋼琴中傳出的，但這時，鋼琴面前，卻並沒有人，而且，琴蓋也仍然緊緊蓋著。

黃彼得輕輕地碰了一碰我，道：「你怎麼解釋？」

我低聲道：「很容易，一座小巧的錄音機，便可以達到如今的目的了。」

我還聽到田太太的啜泣聲，突然間，杜仲踏前了一步，面上的神色，更加嚴肅了，他來到了空無一人的鋼琴椅上，微鞠了一躬，道：「蘿絲小姐，你回來了，讓所有的客人，仔細欣賞一下你的琴聲。你為什麼不將這個鋼琴蓋揭了開來呢？」

在杜仲講那幾句話的時候，我幾乎笑了起來，因為他的言語以及態度，委實是太滑稽可笑了，簡直就像是個瘋子一般。可是，在他那幾句話一講完之後，不可思議的事情發生了！

我看得非常清楚，只聽得像是有一個少女，輕輕地嘆了一口氣。

老實說，在這樣的境地之中，聽到了那樣的一下幽幽的嘆息之聲，的確是很令人毛骨悚然的。緊接著，鋼琴的蓋已然慢慢地自動地揭了開來。

在鋼琴旁邊，只有杜仲一人。

而杜仲的雙手，正放在胸前，人人可見，揭開琴蓋的，莫非當真是蘿絲的靈魂？大廳中增加了不少濃重的呼叫聲，我正在設想，杜仲可能是一個魔術師，利用黑暗的光線，用黑絲將鋼琴蓋提了起來。這樣做法，對於一個能幹的魔術師來說，絕非什麼難事。

可是，另一件費解的事．又突然呈現在所有人的面前：在琴蓋被揭開後，琴鍵正在跳動著，完全像有兩隻手在上面按動一樣！

叮咚的琴聲，本來是十分悠揚動聽的，可是此際，卻籠上了一種鬼氣，令得人呼吸急促，使人遍體生寒，如臨鬼域！

琴鍵的自動跳動，這當真是難以解釋的事，大約過了十來分鐘，琴鍵停止了跳動，琴聲也停了下來。

杜仲又向著空無一人的凳子道：「蘿絲小姐，你可願和你的姨媽，說上幾句嗎？」

田利東太太歇斯底里地叫道：「蘿絲，有什麼話，快對我說啊！」

杜仲接著，便後退了一步，道：「田太太，她有話要和你說，希望你走近來。」

田太太的身形，顫巍巍地來到了鋼琴旁邊，她雙手微微發抖，向前摸索著。

杜仲立即阻止她的行動，道：「田太太，靈魂是摸不到的。」

就著幽紅的香火，我可以看出田太太已經滿面淚痕，道：「蘿絲，你有什麼話，快說！」

杜仲伸出一隻手來，道：「田太太，蘿絲的話，一定要通過我的掌心，才能使你聽得到，你將耳朵貼在我的手掌上來。」

田太太點著頭，依言而爲，把耳朵貼在杜仲的掌心，一動不動地傾聽著。

她側著頭，面部恰好對著我，我可以看到她面上的神情變化，忽憂忽喜，最後，變得十分嚴肅，道：「蘿絲，一定要這樣麼？」

在這些時間中，我們什麼也沒有聽到。

但是，看田太太的情形，她顯然是聽到了什麼的，她發出了一句話之後，又點了點頭，道：「蘿絲，既然你如此說法，我自然照你的話去做……好……好，我答應你，不講給任何人聽。」

她講完了那幾句話後，又失聲叫道：「蘿絲！蘿絲！」杜仲將手慢慢地放了下來，道：「她的靈魂，已然遠去了！」

田太太重又流起淚來，叫道：「利東！利東！」

田利東立即道：「開燈！」

大吊燈又亮了起來，田太太走到田利東的面前，道：「利東，蘿絲說——」她才講了三個字，便突然住口不言。

我自始至終，只是盯著那個召靈專家，黃彼得低聲道：「你信了麼？」

我立即道：「不，我一點也不信，這其中一定有重大的陰謀！」

我的話可能說得大聲了些，每個人都向我望了過來，杜仲的面上死板板的，毫無神情地瞪著我。田太太道：「不對，杜先生的確將靈魂召來了，我親耳聽到她對我說了話！」我聳了聳肩，道：「彼得，我們走吧！」

這時候，我也發現那個一直戴著太陽眼鏡的人，也已經站起身來，向外走去，黃彼得和其他人幾句寒暄，使那人比我們先出門。

等到我們出去的時候，只見那人已然登上一輛街車，幸而我眼尖，還能看出那輛街車的車牌。

在歸途上，黃彼得問我：「我也同意這其中一定有陰謀，但是杜仲所做到的一切，不是太神秘些了麼？」

我答道：「乍看，像是十分神秘，其實有許多，都是容易解釋的。」

黃彼得道：「不錯，琴蓋可以用黑線吊起，琴音可以用小型錄音機達到目的，甚至田太太聽到的話，也可以由小型錄音機，通過杜仲的手掌，以極微的音量，送入田太太耳中，但是，琴鍵怎麼會自己跳動呢？」

我想了一想，道：「只怕那架鋼琴中，另有我們所不知的古怪。彼得，我決定今晚，再到田家的大廳中去查勘一番。」

他轉過頭來望我，道：「你準備不經過主人的同意就行事麼？」

我點了點頭，道：「是的。」

黃彼得半晌不語，道：「可要我和你一起去？」我想了一想，道：「不必了，你也有你的事，你首先要弄清楚，田太太在杜仲的掌心中，究竟聽到了一些什麼話！」

黃彼得道：「我儘量去設法。」說話之間，車子已經到了我家的門口，迎面駛來了一輛街車，我一看那車牌，不由得震了一震，連忙打開車門，一躍而下，用手將那輛街車攔住。

因為那正是我適才看到那個留著小鬍子的人登上的那輛，居然會在我家的附近出現，我現在是不能不問上一問。

我立即問司機，道：「剛才你的客人，可是一個留著小鬍子的男人？」司機點點頭道：「不錯。」我立即道：「他是在那裏下車的？」司機望了我一眼，道：「你是什麼人？」

黃彼得走了過來，替我解了圍，他道：「我是私家偵探！」司機順手向前面一指，道：「在那裏下車的！」

我循著他所指的地方看去，心中不禁「怦怦」亂跳，的士司機所指的，正是我家的門口！我連忙又問了一句：「你沒有弄錯？」

的士司機不耐煩地向我望了望，道：「當然不會弄錯！」我回過身來，對黃彼得道：「在田家的時候，你可曾經注意那個留著小鬍子，戴著黑眼鏡的人？」黃彼得道：「我未曾注意，什麼事？」

我想了一想，決定還是不多說的好，因為事情茫無頭緒，要說也無從說起，我只是道：「沒有什麼了，明天，我將今晚再到田家去的結果告訴你！」黃彼得叮囑道：「小心些，私自進入人家的住宅是犯法的！」我笑了一笑，道：「只要你不通風報訊就行了！」

我們兩人分了手，我取出了鑰匙，準備由前門進出，可是一轉念間，我卻轉到了後門，推了一推，後門鎖著，仔細地看了看鎖孔，又沒有撬壞的痕跡。

後門的鑰匙，一向是由老蔡保管的。當然，如果有百合鑰匙的話，要將門弄開，也並非難事，可是，那個傢伙，他從田家出來之後，逕自到了我的家中，是為了什麼事情呢？我在後門口徘徊了半晌，總覺得事情非比尋常，我決定先偷入我自己的家中，看個究竟，我退後了幾步，抬頭看時，二樓有一扇窗打開著，要從那扇窗爬進去，是輕而易舉的事情，不到兩分鐘，我已達到了目的，推開了門，在黑暗中仔細傾聽。

這時，已經是午夜了，照理，老蔡早就應該睡了，可是，我卻聽到，他像是在對人講話，由於他的聲音不高，我又在樓上，因此，我只聽得斷斷續續的幾個字，那像是他向一個人在哀求著什麼，道：「我……實在……不能……再……不能……」

我心中一凜，身形飄動間，已然下了樓，老蔡的聲音，靜了下來。

過了一會，又聽到老蔡嘆了一口氣，我悄悄地向他的房間掩去，到了房門口，才道：「老蔡，你在作什麼？」我那句話才一出口，就聽得老蔡的房中，傳來「砰」地一聲響。

我心知事情有異，連忙抓住了門把，可是門卻下著鎖，我連忙道：「老蔡，你沒事麼？」老蔡的聲音顯得很不自然，道：「我已睡了。」我道：「那剛才和誰在說話？」老蔡道：「沒……沒有啊，怕是我在講夢話吧。」

我道：「你快將門打開來！」過了一兩分鐘，老蔡才開了門，我一步踏了進去，四面看了一看，只見一張椅子跌倒在地上，其他並沒有什麼異狀，我望定了老蔡，開門見山地道：「老蔡，你有什麼事在瞞著我？」老蔡神色一變，道：「沒有，阿理，我怎會有事瞞……著你。」他的態度，令我更是心中大為起疑，可是老蔡是看著我長大的，他實在不應該有什麼事情要瞞著我的！

我不再多說什麼，只是望著老蔡，他的態度，顯得十分忸怩不安，道：「阿理，你……你是什麼時候回來的？」

我並不回答他的問題，只是道：「老蔡，有一個留著小鬍子的男人，進了我們的屋子，你沒有見到他麼？」老蔡的面色，變得更加白了，他的聲音甚至在微微發抖，道：「沒……有。」

他口中雖然在說「沒有」，可是他的神情，分明已表明他見到了那個人。

但是，他為什麼又要代那個人隱瞞呢？如果說老蔡竟會和什麼人串通來害我，那是不可想像的事。

但是如今，這不可想像的事，已經擺在我的眼前。我「嗯」地一聲，故意道：「那也許是我弄錯了，你快睡吧，我還有事要出去。」

老蔡唯唯答應著，我裝著疑心已然消解的神態，走出去了，在客廳中坐了一會，熄了燈，放重了腳步上樓梯，可是一上樓梯之後，又立即走了下來，隱身在黑暗之中，望著老蔡的房門。

果然，不出我所料，老蔡的房門，慢慢地打了開來，他的光頭，探了出來，左右看了一回，又縮了回去。我清晰地聽得他在說：「快走！」

緊接著，一個人鬼鬼祟祟地從他的房中，走了出來，一看那人身形，我已經可以料定，那正是在田家惹我注意的那個人！我心中暗暗冷笑，仍然不動聲色。

那人出了老蔡的房間之後。輕輕地向前走著，我看他走出的方向，乃是向通向地窖的一扇門走去的，就悄沒聲地跟在後面。

果然，來到了通向地窖的門旁，那人取出了鑰匙，將門打了開來。

我只感到一陣痛心，因爲地窖的鑰匙，也是由老蔡保管的，如今竟落在那個人的手中，那麼，那人的行事，當然是全部和老蔡串謀好了的！

我心中不禁，暗暗感嘆：連老蔡也不能相信了，我還能相信什麼人？

我一等那人，推開了地窖的門，立即一個箭步，竄了前去，在他剛要將門關好的時候，趕到了門前，伸手將門推住，冷冷道：「朋友，不必再玩把戲了！」

那人像是陡地吃了一驚，立即向下躍了下去，我只聽得一陣「乒乒」之聲。

地窖中漆也似黑，我站在門口，無疑是暴露了身形，因此，我也立即一躍而下，屏住了氣息，厲聲道：「這裏並沒有其他的出路，你還想能逃得出去麼？」

我聽得一陣喘息聲，在我丈許開外，傳了過來，我繞了一個半圓，雖然看不見什麼，可是我根據聲音的判斷，已繞到了那人的身後，正當我要向那人撲去的時候，「拍」地一聲，地窖中的電燈立即亮了。

這一下變化，倒是大大地出乎我的意料之外，我首先向前，「呼」地擊出一拳，立即抬起頭來看時，只見站在地窖門口的，正是老蔡。

我後退一步，以背靠牆，準備迎接老蔡和那個人對我的攻擊，可是當我看到了那個留小鬍子的人時，我不禁瞪大了眼睛，一句話也講不出來！

雖然我眼前沒有鏡子，但是我相信我的神情，一定是滑稽到了極點！

那個留小鬍子的男人，唇上的鬍子已經不見了，黑眼鏡跌在一旁，帽子也滾在一邊，一頭長髮，雖然還穿著西裝，但分明是一個女子。而且，這正是我的寶貝表妹紅紅，她正在用力地搓她的小腿，想是剛才摔了下來，跌得著實不輕！

我吸了一口氣，正想大發脾氣，可是我看到了兩樣東西，又將我的火氣，消了下去。

我所看到的第一樣東西，是地窖中紅紅的行李，和一張帆布床。接著，我接觸到了紅紅充滿幽怨、含著淚水的眼光。

我嘆了一口氣，道：「紅紅，你這算是什麼呢？」

紅紅不回答，反倒「哇」地一聲，大哭了起來，我望向老蔡，老蔡苦著臉，道：「紅紅一定不讓我告訴你，她說，我一講出來，她就跳海去。」我搖了搖頭，道：「那麼，她根本沒有離開過這所屋子？」老蔡難爲情地點了點頭。

我走到紅紅的身邊，將她扶了起來，她穿的是我的西裝，我立即又明白了，「紅紅，在我和黃彼得講話的時候，躲在衣櫥中的是你？」

紅紅不望我，倔強地道：「是又怎麼樣？」

第四部：夜探巨宅見奇人

我輕輕地拍了拍她的肩頭，道：「紅紅，今晚你已經有了冒險的經歷了，以後還要怎樣？」

她倏地轉過頭來，道：「你今晚還要到田宅去，我也要去！」

我幾乎跳了起來，今晚我再進田宅，是犯法的勾當，黃彼得都不要他去，紅紅要去，這成甚麼話？我沈著臉道：「不行。」

紅紅掙脫了我，一拐一拐地走到帆布床旁邊，坐了下來。道：「不行就罷。」

我當然知道她這四個字的意思，是她要自己去，那比和我一起去更糟糕，試想，她如果出了甚麼事，我能夠不理會麼？

我只得強忍了氣，道：「紅紅，你聽我說。」紅紅一擰頭，道：「我不要聽，我甚麼都知道了！」我大聲道：「既然你甚麼都知道了，你難道不明白事情的兇險麼，你爲甚麼還要生事？」她也毫不示弱地大聲反問我：「你爲甚麼要生事，你是警官麼？」

我反手一掌，打在一隻啤酒箱上，將那隻啤酒箱打得碎成片片，道：「你能麼？」她冷笑了一聲，道：「我會用腦筋，比你一身蠻力有用得多！」

我聳了聳肩，道：「好了，小姐，你的腦筋，用到印象派傑作上面去吧！」她瞪著眼睛望定了我，面上還帶著淚痕，可是那樣子倒像她是勝利者。

「你知道那紙猴子有甚麼用處？你說！」她問道。

我怔了一怔道：「那……」

「那甚麼？」她冷笑了一聲：「告訴你，那是一種『通行證』，是某一種人的身份證明。」

我呆了一會，覺得她的推測，倒也不是胡來的，但我總不能承認她已摸到了事情的門路，反問道：「你怎麼知道？」紅紅笑了，道：「我當然知道，從你對黃彼得所說的那些話中，我知道了整個事情的梗概，整件事情，根本一線相通！」好傢伙，她倒反而一本正經地教訓起我來了！

我索性也坐了下來，道：「好，我倒要聽聽你的高見。」紅紅呶了呶嘴唇，道：「第一，瞎子于廷文，對你說的全是真話。」我笑了起來，道：「第二？」

紅紅道：「你不要笑，瞎子說有一大筆無主的財富，我說是真的，那是因爲瞎子死了，當然是因爲有人不想這件事洩密的緣故。」我想了一想，道：「算是有理。」紅紅道：「第二，湯姆生道二十五號今晚的鬼把戲，拆穿了說，十分簡單，只不過是有人想田利東夫妻，不要再在那裏住下去而已！」我真的有點吃驚了，這一點，我也曾想到過，我當真未曾想到紅紅還有那麼強的分析能力。因此我立即道：「目的是甚麼呢？」

紅紅更是神采飛逸，道：「目的當然是有人要利用這所大宅，那筆財富，就在這所大宅中！大概那筆財富，有幾個人要分享，他們議定了一齊發動，所以相互之間，才用紙摺的猴子，表明身份。」

我不住地點著頭。紅紅又道：「至於那個剩下一顆子彈，而不將你擊斃的少女，我看，她是愛上了你。」

「胡說！」我第一次對她的話，提出了抗議。紅紅嘆了一口氣，道：「我但願我是胡說，表哥，你說我能不能和你一起去？」

我站了起來，踱了半晌方步，道：「紅紅，這不是鬧著玩的！」

她攤開了雙手，道：「我並不是在鬧著玩啊！」我硬了硬心腸，道：「好，那你就跟我一齊去吧！」她整個人跳了起來，撲向我的身上歡叫著，蹦跳著，我卻和老蔡兩人，相視苦笑！

半小時後，我們已經來到了湯姆生道二十五號的門外。鐵門緊閉，靜到了極點。我握著紅紅的手，道：「紅紅，現在你要退卻，事情還不遲。」她堅決地搖了搖頭，正在此際，我突然看到一條人影，自遠而近，閃了過來！

我一見那條黑影來勢如此快疾，便知道絕非普通的夜行人，連忙一拉紅紅，兩人緊貼著牆壁而立，只見那人影，來到了田家的外面，停了下來，發出了一下低微的嘯聲來。緊接著，只聽得田宅中，也響起了一下相同的聲音，那人一聳身，已經躍過了丈許來高的圍牆，到了田家。我和紅紅，正隱身在牆下陰暗的角落中，那人行動，又像是十分匆忙，他顯然未曾發現我們。

我低聲道：「紅紅，你看到了沒有，這些人，全都高來高去，連我也未必是他們的敵手，你還是快回家去吧！」紅紅一笑，道：「我知道，這些人都身懷絕技。但是他們能敵得過這個麼？」她一面說，一面一揚手，我定睛一看，只見鎖在抽屜中的那柄象牙的小手槍，不知在甚麼時候，已被她取到了手中！

我知道那一定又是她逼著老蔡所幹的好事，我嘆了一口氣，道：「紅紅，你當真想將事情弄得不可收拾，心中才高興麼？」

她低聲道：「你得原諒我，我在美國，有幾個好朋友，大家都約定在暑假之中，要做一件最驚險的事，回到了美國之後，再相互比較，其中大家公認經歷最驚險的人，立即可以成為英雄，我有幾個好朋友，已經聯袂到新幾內亞吃人部落中去了，我這樣做，算得了甚麼？」

我呆了半晌，不禁無話可說。

的確，紅紅目前，硬要和我在一起，不但阻礙我的行事，而且對她本身來說，也極其危險。可是無論如何，總比逼得她到新幾內亞吃人部落中去探險好得多！我低聲道：「那你一切行動，都得聽我的指揮！」紅紅喜道：「好表哥，我自然不會亂來的！」

她不會「亂來」！我只得苦笑了一下！我們在黑暗之中，又等了片刻，沒有甚麼動靜，便悄悄地來到了大門口，大門鎖著，但是卻容易攀上去，我雙足一頓，已然躍進了門內，紅紅則攀著鐵枝，爬了上來，她行動倒不像我想像中的那樣遲緩，不一會，我們已經在院子中了。我們以最輕的腳步，向大廳的門口走去，門鎖著，我繞到了窗前，取出預先準備好的濕毛巾來，將濕毛巾鋪在玻璃上，輕輕一拍，玻璃便碎了，雖然在靜寂之極的夜中，但用了這個方法，玻璃的碎裂，一點聲音也沒有發出來，我用毛巾裹起了碎玻璃，拋向一旁，探手進去，拔開了窗栓，向紅紅一招手，便已從窗口，爬進了漆黑的大廳中！

幾個小時以前，還在這裏，親眼看到過神秘的「靈魂出現」的現象，如今，四周圍一片漆黑，心中不禁起了一陣懼然之感，紅紅也緊緊地靠著我，我等了一會，不見有甚麼動靜，才從懷中摸出小電筒來。

紅紅靠得我更緊，身子在微微發顫，不知她是害怕，還是興奮。

我向她附耳低聲道：「如果你去吃人部落的同學，作了人家的大餐的話，那你的經歷，一定可以得冠軍。」

她低聲道：「快用電筒照照看，大廳中是不是有人。」

我一聽得紅紅這樣說法，心中不禁一動。照理說，如果大廳中，有第三個人的話，我應該首先能夠覺察得出來，因為我是學中國武術的人，而中國武術注重「神」，就是心意上的敏銳反應，要有過人的耳力、目力，才能夠在武學上有較深的造詣。

可是，我在那時候，卻絕對沒有大廳中有第三個人的感覺。

本來，我已經立刻要打亮電筒了，可是一聽紅紅的話，我立即放棄了這個打算。因爲萬一有第三個人的話，我一亮電筒，豈不是等於暴露了目標，只得被人攻擊？

我呆了一呆，以低到不能再低的聲音問道：「你爲甚麼會有這樣的感覺？」

紅紅的聲音，在微微發抖，道：「你……在我的右邊，可是剛才，我……我好像覺得有人緊靠著我，站在我的左面！」

我自度膽子極大，可是一聽得紅紅說出這樣的話來，也禁不住毛骨悚然，立即道：「別亂說。」紅紅道：「或許是我的錯覺，但是我……我卻並不是在……亂說！」

我握住了她的右臂，向旁緩緩地移動著，同時，我右手不斷向外摸索著。

不一會，我便摸到了一張沙發的靠背，只費了幾秒鐘，我已經知道那是一張長沙發，我憑著記憶，想起了那一張長沙發的地位，便低聲道：「我們先蹲在這張沙發背後再說。」

紅紅點了點頭，我們兩人，一齊在沙發背後，蹲了下來，我這才在沙發背後，探出半個頭來，按亮了小電筒，向外照射。

小電筒的光線，並不十分明亮，但是已足夠使我看清大廳的每一個角落。

我緩緩移動著電筒，微弱的光柱，在一張又一張沙發上照射著，一個人也沒有，當我將面前的部份，全都照射完畢，正想下結論，說大廳之中，並沒有人時，突然覺出紅紅的身子，猛地一震。

同時，她握住我手臂的五指，也變得那樣地有力，竟使我感到了疼痛，她喉間，也發出了奇怪的聲音，像是窒息了一樣。

我正想問她是爲了甚麼時，小電筒一揚，光柱一側，射到了我們背後的一張單人沙發上，霎時之間，我只感到全身一陣發熱，呼吸也不由自主，緊促起來。

我睜大雙目，呆呆地緊盯著那張單人沙發，一動不動，嘴裏更是說不出話來。

那張單人沙發，離我和紅紅兩人所藏身的長沙發背後，只不過幾尺遠近，剛才，我照射著大廳，只是注意遠處，卻並沒有注意到就在自己的身後，如此之近的地方，會有人在！一點也不錯，那個小沙發上，坐著一個「人」。我之所以在如今，覆述這件事情的時候，在人字，加上了一個引號，那是因爲，在我藉著小電筒的光亮，看到這個人的一刹那間，我起了一種那並不是人，而是一個鬼的感覺！

當然，我當時並沒有呆得多久，至多也不過三秒鐘，我立即手臂一震，先將紅紅整個人，揮過了沙發，然後我陡地站了起來。我發覺紅紅已經被眼前的景象，嚇得連人都軟了。這實在是很難怪她的，我一生經歷如此之多，那時候心中也不禁怦怦亂跳。

坐在沙發上的那個人，是一個女子。她穿著一身雪白雪白的紗衣服，整個人，像是籠罩在一重白色的煙霧之中。而她的面色，也是那樣蒼白，以致令得人在向她一望之際，根本來不及去辨別她是老是幼，是美是醜，心中便生出了一陣寒意。而更令得人心悸的，還是她的一對眼睛，在電筒的微光之下，她的眼珠，完全是停住不動的，死的一樣！我站了起來之後，左掌當胸，電筒的光柱，仍然停在她的身上。她忽然微微地抬起頭來，面上仍是一點神情也沒有，眼珠也仍是一動不動，發出極低聲音來，道：「請坐啊！」

我身子緊靠著沙發，紅紅則已經爬了起來，跪在沙發上，道：「你……是人是鬼？」那少女仍是用那種聽來令人毛髮直豎的聲音道：「你說呢？」

紅紅的呼吸，十分急促，我向她擺了擺手，示意她不要多說，沈聲道：「小姐，你當然是人，又何必扮鬼嚇人？」這時候，我已經定下了神來，我以爲我一言揭穿了對方的面目，對方一定會難以再扮得下去。

怎知那女子面上仍是死板板地，毫無表情，甚至那眼珠也不轉動一下，道：「你們到這裏來，是想和我作伴麼？」我凝神望著她，突然之間，小電筒向前，疾伸而出，向她肩頭上撞去。

我撞的是她肩頭上的「肩井穴」，如果撞中的話，會在雙臂，產生一陣劇痛，即使是一等一的硬漢，也不免呻吟出聲的。

可是，在我的小電筒，撞中了她的穴道之際，卻只感到軟綿綿地，像是撞在一團棉花上面一樣，她仍然坐在沙發之上不動，宛如完全沒有事一般。

紅紅低聲道：「她是鬼，說不定就是蘿絲！」那女子忽然道：「誰在叫我？」

我只感到背脊上的涼意，在逐漸增加！

紅紅道：「你真是蘿絲麼？」那女子道：「人家這樣叫我！」

我心中迅速地轉著念頭，眼前這個女子，只有兩個可能。一個可能，她是鬼魂，雖然眼前的情形，十分怪異，但是我卻不願相信這是事實，另一個可能，她是一個在中國武術上，有著極其深湛造詣的人，因此，才能夠在連身子都不動一動之際，將我攻向她的力道化去。

我覺得第二個可能，更接近事實。因為，自從瞎子于廷文，揭開了這一連串神秘事件之事以來，我已經遇到了不少武術高強的人，再遇上一個，當然並不出奇。

我冷笑一下，道：「小姐，你裝得很像，但是你卻實是弄錯了，我們兩人，非但不怕鬼，而且，你如果是鬼的話，我們兩人，還會感到極大的興趣哩！」

我這句話一說，那女子的身子，開始動了一動，我立即又道：「你失策了，你嚇不走我們！」

那女子道：「好，那麼，我便趕走你們。」

我低聲一笑，道：「小姐，這屋子是有主人的，你不怕驚動主人麼？」那女子陡地站起身來，手一揮，兩隻手指，發出輕微的「拍」地一聲。眨眼之間，一陣輕輕的腳步聲，從四面傳了過來，我立即轉頭看時，只見四個黑衣人，已經走了近來，每個人都蒙著面。我感到了處境的危險，但是我卻維持著鎮定。紅紅的面色，異常激動，她已經舉起了手槍，可是，她剛一揚起手來，只聽得「刷」地一聲，一條又細又長的軟鞭，斜刺裏飛了過來，鞭拍在槍身上一捲一抖，槍已脫手飛去！紅紅不由得大吃一驚，低呼道：「表哥！」

我向她瞪了一眼，索性坐了下來，道：「不錯，小姐，我只不過是爲了滿足好奇心，究竟是甚麼事情，你和我說清楚了，我馬上就走。」那女子站了起來，我心中立即一動。

她坐在沙發中，我根本不可能認出她是誰來。可是她一站起來之後，頎長的身形，長髮披肩，分明就是我幾乎死在她車下的那個少女！

只見她伸手在臉上一抹，一張清麗絕俗的臉龐，頓時出現在我的眼前。我定睛一看，心想：取下了那層極薄的面具，果然是她！

只聽得她道：「我們已經不只一次地警告過你，我也已經可以有過一次取你性命的機會，你不應該不知道？」

我點了點頭，道：「是。」

那少女又道：「你也不是初在江湖上走動的人，何以不知道硬要管人家的事，是犯了大忌的？」

我吸了一口氣，道：「我並不是沒有理由的，我的好朋友郭則清，只怕從今以後，要成白癡了！」

那少女聳肩一笑，道：「如果你想追究這件事的話，那麼，你和你的表妹，都可能成為白癡！」老實說，這時候我心中，實是十分怨恨紅紅。如果不是她在側，我一定已經和他們動起手來了，可是如今有紅紅，我如果與他們動手，那麼，誰來照顧紅紅呢？我又向紅紅瞪了一眼，紅紅也像是看出了我的心意，面上的神情，顯得十分委屈，那少女頓了一頓，又道：「好了，你是明白人，我們也不必多說了，我本身自然不足道，在你身旁的四個人，他們的名字，你大概也曾聽到過，崇明島神鞭三矮子，你聽到過麼？」

我向旁一看，那三個矮子，就是曾在郭則清遇狙之處，向我進攻過的三人。

崇明島神鞭三矮，出鞭如電，那是長江下游，出了名的人物，也是青幫在長江下游的頭子，我抽了一口氣，道：「幸會，幸會。」

那少女又向另一人一指，道：「這位乃是地龍會的大阿哥——」

她只講了一句，我不由得失聲低呼，道：「就是在上海獨戰薄刀黨，令得黃金榮刮目相看，待為上賓的那位麼？」

那是一個方面大耳，神態十分威嚴的人，大約五十上下年紀，他向我拱了拱手，那少女道：「衛先生，你知道你是闖不出去的了？」我不願認輸，但是我卻不得不面對事實，苦笑了一下，點了點頭。

紅紅自然不知道那些人的來歷，是代表了甚麼，她只是大感興趣地聽著，甚至忘了驚恐。

那少女又道：「衛先生，家父敬你是一條漢子，因此儘可能不願與你，十分爲難。」

我連忙道：「令尊是誰？」

她淡然一笑，道：「家父姓白。姓名向無人知，人人稱他爲白老大。」

我不得不呆了半晌，才道：「失敬，失敬。」

白老大乃是青幫在中國大陸上，最後一任的總頭目，多年來，生死未卜，我也是直到幾天前，才在神鞭三矮子的口中，知道白老大未曾死去。

白老大可以說是奇人中的奇人，有關他的傳說之多，是任何幫會組織的頭子所沒有的。中國民間的秘密幫會，本來就是一種十分神秘，而近乎了不可思議的異樣社會形態，白老大便是在這種社會形態中的第一奇人。

（我要請讀者注意的是，我所提到的中國幫會組織，絕不同於現下的一些黑社會人物。那樣專門欺負擦鞋童、舞女、向弱小的人敲詐，他們只是一些人渣而已，和中國幫會的組織精神，是風馬牛不相及的。）

白老大之奇，乃是奇在他一個人，像是兩個人一樣。

我的意思，當然不是說白老大會「一炁化三清」，一個人變成兩個人。我是說白老大一方面，是青幫最後一任的首領，而且是中國幫會之中第一人物。但是在另一方面，他卻又是好幾個國家的留學生。據我所知，他不但有電力博士、物理博士、化學博士、海洋博士等銜頭，而且還曾經出過好幾本詩集，和在美國學過交響樂，充任過一個大交響樂團的第一小提琴手。

如今，我卻面對著他的女兒，而且，老實說，聽得她說白老大稱我是一條漢子之際，我感到十分高興，因爲這是一個不易得到的榮譽。

白小姐道：「今天晚上，我可以作主，由得你們離開這裏，但如果你再一次落入我們手中之際，我們就不客氣了。」我想了一想，道：「白小姐，有一件事我很不明白，像打死于瞎子，打傷小郭，這都不是白老大素昔的行徑！」白小姐略頓了一頓，才道：「不錯，這些事，都是我哥哥主持的——這你不必多管了，剛才我所說的，你可能做得到？」

我向四周圍看了一看，苦笑道：「我可以不答應？」

白小姐向我嫣然一笑，她是十分美麗的少女，這一笑，更顯得她動人之極。

我本來已經拉著紅紅的手，向外走去，這時候，忽然停了下來，道：「白小姐，敢問芳名？」

她怔了一下，像是不提防我會發出這樣的一個問題來的，向我望了片刻，才道：「我叫白素。」我一笑，道：「差一點就是白蛇精了。」她又同我笑了一笑，我忽然覺得，自己寧願多在大廳中耽上一會，而不願驟然離去，白素望著我的眼色，也有點異樣。

紅紅在一旁，輕輕地拉了拉我的衣袖，道：「今晚已經完了。」

我向白素點了點頭，道：「白小姐，再見了。」

白素的聲音，十分惆悵，道：「衛先生，我們最好不要再見了。」

我自然明白她的意思，是要我絕對不再去管他們的事。在當時，我心中也的確已經決定，不再去管他們了，你不能設想和白老大作對，會有甚麼後果的。可是，在半個小時之後，因爲一件意外的事，卻改變了我當時的決定，終於使我不得不捲入這個漩渦之中。

白素講完了話之後，已經轉過身去，神鞭三矮將手槍還給了紅紅，和地龍會的大阿哥，也立即悄沒聲地，向後退了開去，我和紅紅，仍然由窗口中爬了出去，來到了大鐵門附近，我回過頭去，見到白素站在窗口，她一身白紗衣服，映著星月微光，看來十分顯眼。

我和紅紅，從鐵門上攀了出去，紅紅落地之後，第一句話，便對我說道：「我的判斷沒有錯。」我向她望了一眼，道：「甚麼沒有錯？」紅紅幽幽地道：「那個美麗而又神秘的女孩子，她的確在愛著你。」我立即道：「不要亂說。」紅紅道：「你其實早已同意我的話了，又何必反斥我？」

我感到了無話可答，只是道：「我們快離開這裏吧，別多說了。」紅紅道：「你難道真的不再理會他們的事了麼？」我點頭道：「不錯，你不知道白老大是何等樣人，我實在不想和他作對。」紅紅道：「原來你怕事。」我苦笑了一下，道：「你不必激我，白老大也不是甚麼壞人，他講義氣，行俠事，是中國幫會中的奇才，我相信他們如今在做的事，必與社會無害。」紅紅冷笑了一聲，道：「我看完全不是那麼一回事。」我不禁一怔，道：「爲甚麼？」紅紅道：「一個人死了，一個人極有可能，成為白癡，這難道和社會無害麼？扮鬼騙人，還有那位無緣無故死亡的蘿絲。甚至那位飛車而死的花花公子。只怕都有關係！」

我正待出聲回答時，忽然聽得一個聲音接口道：「小姐，你的推理能力，令我十分佩服！」那聲音突如其來，我和紅紅兩人，都嚇了一跳，這時候，我們正在一條十分靜僻的街道上，在路燈之下，有著幾張供人休息的長椅，就在一張長椅之上，一個人以十分傲然的姿態坐著。

他穿著一身白西服，大約二十五六歲年紀，相貌十分英俊。

他一面在說話，一面正在拋動著一頂白色的草帽，他的一身裝束，使人會誤會他是一個富家公子。但是我一眼就看出他絕不是那類人，因為他的面上，帶著一股英悍之氣，絕不是滿面病容，無所事事，整日徵逐酒色的二世祖所能有的，我和紅紅，立即停了下來。

紅紅問道：「你是什麼人？」

他仍然坐著，像是大感興味地向紅紅上下打量了幾眼，那種眼色，就像紅紅是他手中的草帽似的。

我不想多生事，拉了拉紅紅，道：「我們走吧！」那年輕人卻懶洋洋地道：「衛先生，你何必老遠地趕回家去？就在這兒休息吧！」我一聽他這句話，面色便自一沈，道：「朋友，你這話是什麼意思？」

那年輕人突然揚聲大笑了起來，手一拋，那頂草帽落到了他的頭上，他一手插在褲袋之中，驕不可言地站了起來，道：「我是說，你不妨就在這裏休息——永遠地休息。」我一聽得那年輕人如此說法，心中也不禁大是生氣。我從來也未曾遇到過一個人，態度如此之狂，講出話來，挑釁的意味如此之濃的，即使是以前的對頭，「死神」唐天翔，也不見得這樣驕狂！

當下我乾笑了一下，道：「原來是這樣，誰令我能達到永遠休息的目的呢？」

那年輕人「哈哈」一笑，雙肩抖動，不但驕狂，而且顯得他十分輕浮，我開始更不喜歡他起來，只聽得他道：「我……」

我冷冷地道：「我們不必說話繞彎子了，你想將我打死，是不是？」

那年輕人伸手在衣袖上略拍了一拍，拍去了一些塵埃，若無其事地道：「正是。」我回頭向紅紅望了一眼，只見她正瞪大了眼睛，望著我們兩個人，我連忙示意，叫她向後退開去，紅紅還老大不願。

等紅紅退開幾步之後，我才道：「那麼，你就該下手了！」

他又聳了聳肩，道：「衛斯理，你若是死了，不知死在誰的手中，豈不是可惜？」

我早已看出眼前這年輕人，有著極度的自大狂，自以爲是十分了不起的人物，也正因爲如此，所以我一直不問他是何等樣人。如今，他那一句話，分明是要我向他詢問他的身份，我因爲心中對他的厭惡，越來越甚，所以連這一點滿足，都不讓他有，只是冷笑道：「什麼人都一樣，還不快下手麼？」

那年輕人濃眉一揚，面上現出怒意，「哼」地一聲，道：「你當真不知死活麼？」我也冷笑了一聲，道：「你既然找到了我，就該知道衛某人是怎樣的人，想我對你叩頭求饒麼？別做你的大夢了！」

那年輕人更是滿面怒容，倏地向前，踏出了一步。我聽得他才踏出一步之際，全身骨節，發出了一陣極是輕微的「格格」之聲。

我心中不禁猛地一怔，暗暗驚嘆道：「這傢伙在武術上的造詣好深！」

我立即後退了一步，身形微矮，左掌當胸，掌心向下。這乃是寓守於攻之勢，我知道我們兩人之間，惡鬥難免，但是我卻要等他先出手，以逸待勞。他跨出了一步之後。身形一凝，陡然之際，我只覺得眼前白影一閃，他已經向我撲了過來！

我立即身子向旁一閃，避了過去，但那年輕人出手，好不快疾！就在我閃身避開之際，手臂上一陣疼痛，同時，「嗤」地一聲，衣袖已被抓破，手臂上也現出了三道血痕！

那年輕人的動作，快到根本不容我去察看手臂上的傷勢究竟如何，就在我向旁閃開之際，他整個身子，強向外一扭，竟然硬生生地轉了過來，又已向我撲到。我一上來便已被他制了先機，知道如果再避下去，更是不妙。因此，就看他撲過來之勢，身子微微一側一俯，左臂一伸，突然向他攔腰抱去！這一下怪招，果然令得他呆了一呆！

我也知道，這一抱，絕無可能將他抱中，而且，就算將他抱中了，他只要一用力，我的手臂，反而要被他打斷！

但是這一下，卻有分散對方注意力的好處，無論對方如何精靈，也不免一呆。像這樣的招式，我共有三招，乃是我大師伯因爲感謝我救了他恩人的兒子，「死神」唐天翔，特地授我的。我大師伯武術造詣極高，那三招，乃是他經過了無數次惡鬥之後所創出來的，叫作「幻影三式」，這三式中，所有的怪動作，都只不過是眩人耳目，分散對方的注意力而已。

當下我見對方，略呆了一呆，立即足下一滑，欺身向前，在他的身旁，疾擦而過，反手一掌，已向他的背後，拍了下去！

那年輕人的身手，實是十分矯捷，我一掌才拍下，他已經陡地轉過身來，揚掌相迎，我左手左腳，一齊向上踢出，攻向他的胸部，使出了「幻影三式」中的第二式。

他身子向後一仰，我哈哈一笑，右掌「砰」地一聲，已經擊中了他的腰際！

那一掌，我用的力道極大，擊得他一個踉蹌，向外跌了出去！

我心中不禁暗讚大師伯這「幻影三式」之妙，向對方攻出一掌一腳，卻全是虛招，待對方的注意力完全被轉移之際，右掌卻已經趁虛而入！中國武術，不是只憑蠻力，最主要的，還是無上的機巧，在這「幻影三式」中，又得到了證明！

當時，我一掌將那年輕人擊出，心中十分高興，只當對方，雖然趾高氣揚，但是卻只是無能之輩，所以並沒有立即追擊。

要知我這一自滿，卻是犯了錯誤，那年輕人一退出之後，面上的神色，變得獰厲之極，咬牙切齒，雙足一頓，身子立即彈了起來，我眼前人影一晃間，他已經向我一連攻出了三四掌！我連忙搖身以避，一連退開了四五步，方始將他那一輪急攻，避了開去，他縱身一躍，追了上來，我身子陡地蹲了下來，左手支地，整個身子橫了過來，雙腿一齊向他下盤、疾掃而出！

這一招，類似「枯樹盤根」，果然，使得他雙足一蹬，向上躍起了兩尺。可是，這卻是「幻影三武」中的第三式。雙腿掃到一半，突然一曲，人已站起，不等他的雙掌拍下，我頭頂已重重地撞中了他的小腹！

我這一撞，不是我自誇，那年輕人口中發出了一下極是痛苦的怪聲，整個身子，立即向外跌翻了出去！但是我仍然不得不承認他武學造詣極高，因爲他經我如此重擊，在跌翻出去之後，竟然並未重重地跌倒在地，身子一挺，重又站在地上！

我看出他面色鐵青，眼中殺機隱射，心中實是怒到了極點！

中國武術，講究一個「氣」字，雙方動手之際，一不能氣餒，二不能氣散，三不能氣躁，而在狂怒之下，則容易氣躁氣散，所以我有心要將他激怒，一聲長笑，道：「朋友，我甚至沒有躺下，更談不上永遠的休息了！」

我只當我這句話一說，他更會立即大怒，狠狠地撲了上來。怎知我的估計，完全不對，我並不知道他性格的陰鷙深沈的一面，他一聽了我的話後，面上的怒容，反爲斂去，換上了一副極其陰森的面色。

我的話，反倒提醒了他，我並不是像他想像中那樣容易對付的人物！只聽得他道：「衛斯理，你的確名不虛傳！」我略一抱拳，道：「不敢！」

他「哼」地一聲，道：「拳腳上已見過功夫了，不知你兵刃上如何？」我心中一凜，本來，我以爲他連吃了兩次虧，應該知難而退了！而我也的確十分希望他知難而退，因爲那「幻影三式」，本是以轉移對力的注意力取勝，一次使過之後，並不能反覆施爲，第二次就不靈了。

而那年輕人，被我一頭撞中了小腹之後，片刻間，便能神色自若，可知他一定是大有來歷之人，武術造詣，也是極高，再要拼鬥下去，不知誰勝誰負，而我卻不只一個人，還有紅紅，需要我的保護！

因此，我怔了一怔，一面「哈哈」大笑，一面擺手向後，向紅紅示意，叫她取出手槍來。紅紅十分聰明，立即取出那柄象牙柄的手槍，對住了那年輕人，道：「好了，別打了！」那年輕人怔了一怔，一伸手，除下草帽來，向紅紅彎腰鞠躬，道：「遵命，小姐。」可是，他一個「姐」字剛出口，手一揮間，那頂草帽，「嗤嗤」有聲，向紅紅直飛了過去！

我連忙叫道：「快讓開！」

紅紅一生之中，可以說從來也未曾遇到過這樣的情形。

而且，在她眼中看來，飛過來的，只不過是一頂草帽而已，草帽又焉能傷人？

所以，她對我的警告，並不在意，我心中大急，一個側身，待向她撲去時，眼前晶光一閃，「霍」地一聲，急切間也看不到對方使的是什麼兵刃，已然向我攻到，同時，我也聽得紅紅的一聲驚呼！

我聽得紅紅的一聲驚呼，心中更是慌亂！不錯，那年輕人所拋出的，只是一頂草帽，但紅紅也有可能受傷的。

紅紅受傷，有兩個可能，其一是在草帽的帽沿上，可能鑲有銳利的鋼片；其二，如果草帽恰好擦中她的要穴，她也不免受損。

武俠小說中的所謂「飛花傷人、摘葉卻敵」，那是經過了藝術誇張，小說家的想像力之外的說法，當然不能想像一片樹葉，向人拋去，便能制人於死命。但是這並不等於說，如果力道運用得巧了，極其輕巧的東西，便可以使鉅大的力量消失。我們可以舉一個例，一個體重二百磅，渾身是肌肉的大漢，力道自然是十分強的，但是如果能令得他身子一部或全部發癢的話，那麼他全身的力道，也會完全消失了，比你狠狠地打他，還要有用。當時，我並不知道紅紅究竟是遇到了什麼的傷害，但從她那一聲驚呼來看，她毫無疑問，是碰上了出乎意料之外的事。

所以，當我心中一慌，連忙向後避開時，不免慢了一慢。而我在那一慢之際，我左肩之上，已經感到了一陣熱辣辣的疼痛！我當然知道已經受了傷，在當時的情形之下，我實是自保無力，實在沒有法子，再去照顧紅紅，我身形疾晃，向後疾退而出。

在我退出之際，那百忙之中，向紅紅看去，只見她左手捧住了右手脈門，那柄手槍，落在她的腳旁，面上現出了驚訝莫名的神色。

就在那一瞥間，我已經放下心來，因爲我知道，紅紅並沒有受什麼傷，帽沿上，並沒有鑲鋼片，只不過是在草帽疾飛而出之際，帽沿恰好在她右手脈門上擦過，那一擦，已足夠令得她右臂發麻，棄槍於地上了。

我心中一定神，精神爲之一振，將手按在腰際，身子再向後退了開去。

才退到一半，手臂一振間，已經將我一直纏在腰際，備而不用的那條軟鞭，揮了出來，向前揮出了一個圓圈，將自己全身各個要害護住！

這時候，我才看清，那年輕人所用的兵刃，乃是一柄西洋劍。但是劍身卻是只不過兩尺長短。他那柄劍，分明是西洋劍中的上品，劍身柔軟之極，在揮動之際，也可以彎曲得如同一個圓圈一樣，極之靈便。

他見我揮出了軟鞭，身形略凝，但立即又向我刺了三劍，劍劍淩厲無匹。

那三劍，卻被我揮鞭擋了開去，我們兩人，各自小心翼翼，片刻之間，已然各攻出了十來招。仍然是難分難解。

我心中正在設想，用什麼方法，可以出奇制勝之際，突然聽得一陣腳步聲，傳了過來。

我一聽得腳步聲，心中還在暗忖，如果來的是巡夜的警察的話，我和他的打鬥，可能就此不了了之，因爲誰都不會和警方惹麻煩的。

因此，我也希望有警察前來，將我們這一場打衝散，可是，腳步聲迅即來到了近前，我回頭一看時，不由得倒抽一口冷氣！

疾奔而來的三人，身形十分矮小，簡直就像是三個小孩子一樣，不是別人，正是神鞭三矮！那年輕人一見神鞭三矮趕到，出手更是狠辣，劍光霍霍，每一劍，都是攻我的要害之處。神鞭三矮到了近前，略停了一停，「呼呼呼」三聲，三條長鞭，揮了起來，向我頭頂，直壓下來！我本來就不知道那年輕人的來歷，神鞭三矮趕到之際，我還只當他們會顧及江湖規矩，不會出手對任何一方，加以幫手。

可是如今，看他們毫不猶豫，使出鞭向我招呼的情形，分明是和年輕人一夥！我心中這一驚，實是非同小可！

就在神鞭三矮那三條神出鬼沒的長鞭，挾著「呼呼」風聲，將要鞭到我身上，而我在眼前的情形之下，絕無可能再去對付他們之際，那年輕人突然喝道：「你們不要動手，由我來收拾他！」神鞭三矮答應了一聲，道：「是！」那三條軟鞭。本來離我頭頂，已不過兩尺，可是隨著那一個「是」字卻又倏地收了回去。

他們三人，長鞭一收之後，立即身形一晃，已閃開丈許，將紅紅圍住。

我一見這等情形，心中更加大急，連忙側頭去看紅紅時，只覺得頸際一涼，那年輕人的劍尖，已經遞到了我的咽喉！我連忙上身向後一仰，一鞭橫揮而出，總算勉力避開了這一劍，但是一條領帶，卻已被削去，我不禁出了一身冷汗。

避開了這一劍之後，我身形疾退，只見神鞭三矮一圍住紅紅，並沒有什麼動作，心中才略為放心了些。但是眼前的局勢，已經十分明顯，神鞭三矮一旦出現，實是有敗無勝了！

第五部：七幫十八會的隱秘

因爲，即使我能夠勝得過這個年輕人，神鞭三矮，也不肯輕輕放過我。

從剛才，那年輕人一句話，神鞭三矮立即聽從的情形來看，我對那年輕人的身份，已經略爲猜到了一些，他極可能就是白素的哥哥，白老大的兒子，將郭則清打量的兇手！

我軟鞭霍霍抖動，盡展生平所學，兩人又鬥在一起，片刻間，又是十七八招。

只聽得那年輕人厲聲道：「去了他手中軟鞭！」那年輕人一言甫畢，「刷刷」兩聲，兩條長鞭，已經向我的軟鞭上，壓了過來，當真是其快如風，其疾如電，來勢兇猛之極。

這一下變化，實是大大地出乎我的意料之外，事情發生得實在太快，尚不容我轉念去應付，手上一緊，我的軟鞭，和另外兩條疾揮而至的長鞭，已經纏成了一齊，一股大力，將我軟鞭，扯了開去。

我的右臂，當然也跟著向外一揚，也就在此時，那年輕人手中西洋短劍向前一伸，已經抵住了我的胸口！劍尖刺透了衣服，觸到了皮膚颼颼地，使人感到了死的威脅！

在這樣的情形下，我實是已經沒有再還手的餘地，索性右手一鬆，棄了軟鞭，雙手垂了下來。

那年輕人一聲冷笑，道：「姓衛的，怎麼樣？」紅紅在一旁，想趕了過來，但是她只跨出一步，神鞭三矮中的另一個，一揮長鞭，她便已跌在地上，不等她去拾槍，另一條長鞭，又已將槍捲出兩三丈開外！

紅紅大叫道：「表哥，這算什麼？你常說你們動手，總是一個打一個，爲什麼他們這許多人，打你一個？」我冷笑一聲，道：「紅紅，我和你說的，是行俠仗義的人物。」我並沒有多說，只是這一句，已足夠令得眼前這個佔盡優勢的年輕人難堪了！他居然還會面上略爲一紅，這倒是出乎我的意料之外的事。他向紅紅望了一眼，紅紅已經爬了起來，向我走了過來，紅紅的帽子，早已跌了下來，露出了長髮，她柳眉倒豎，滿面怒容，並無懼色，我早說過紅紅十分美麗，這時候看來，更有一股英氣。

那年輕人又不由自主地向紅紅看上幾眼，紅紅昂然來到了我的身邊，和我並肩而立，向那年輕人道：「你好不要臉！」

那年輕人面色一變，我連忙喝道：「紅紅！」

紅紅「哼」地一聲，道：「怕什麼？我就不信他有這樣的厚臉皮，敢將這一劍刺下去！」

我吸了一口氣，劍尖已經刺破了我的皮膚，我又立即鬆氣，劍尖又向前伸出了幾分，始終緊緊地抵住我的胸前。

我沈聲道：「紅紅，你根本不會武功，快離開這裏吧！」紅紅一昂頭，道：「我不走！」那年輕人面色一沈，道：「你想走也走不了！」我此際，已有八成肯定，那人是白老大的兒子，因此我立即道：「想不到白老大一世英名，竟然要毀在你的手中了！」

那年輕人一聽得我如此說法，面色又自一變，立即冷笑一聲，道：「你倒聰明得很，但卻也更不能留你的活口了，你認命了吧！」

紅紅一聽得他如此說法，突然之間，尖叫起來，可是，她才一出聲，神鞭三矮之一，立即一躍向前，掩住了她的口，神鞭三矮在長江下游，聲名如雷，紅紅怎能掙扎得脫那矮子之手？

那年輕人向紅紅的面望了一眼，道：「先別弄死她！」那矮子道：「是。」那年輕人手腕一伸，眼看那一劍，立即可以刺入我的胸中！但也就在此時，突然聽得一聲嬌呼，道：「哥哥，住手！」

那年輕人一聽那一聲叫喚，面色一變，立時縮手後退，緊接著，人影一閃，白素已經趕到，她一到就問道：「衛先生，你沒有事麼？」

我冷冷地道：「沒有什麼，只不過領教了令兄的手段而已。」

白素立即轉過身去，道：「哥哥，爹已經說過不要難爲他，你這是什麼意思？」她一說，那矮子也立即將紅紅放了開來，紅紅奔到了我的身邊站住。

那年輕人道：「這人留著，總是後患。」

白素道：「我不管，爹說不要害他，他也答應不再管我們的事，你就不該那樣做！」

那年輕人尚未再開口，我已經搶先道：「白小姐，你錯了！」

白素愕然地轉過身來，道：「衛先生，你這話是什麼意思？」

我道：「剛才，我的確已不準備多管閒事，因爲我相信令尊白老大的爲人，絕不會做出什麼壞事來，但是我領教了令兄的手段之後，我卻已經改變了主意，這是要請你原諒的！」

老實說，在那樣的情形之下，我最聰明的做法，就是一聲不出。

但如果那樣的話，衛斯理也不成其爲衛斯理了！

那年輕人立即道：「妹妹，你聽到了沒有？」

白素道：「衛先生，我相信你不致於那麼蠢！」

我冷笑一聲，道：「白小姐，有時候，人太聰明了是不行的！」白素深邃無比的雙眼，一眨也不眨地望著我，好一會，才一聲不響地轉過身去，道：「哥哥，不管如何，事情由爹決定。」

那年輕人像是無可奈何，狠狠地向我瞪了一眼，道：「姓衛的，咱們走著瞧。」

我立即道：「姓白的，以後你最好不要打出令尊的幌子來，沒地使令尊丟盡了臉面！」

那年輕人西洋劍一挺，又要向我刺了過來，但是卻被白素一晃身形攔住。

他「哼」地一聲，道：「你可得小心些。」

我又豈甘示弱？因此也立即回哼一聲，道：「你也不能高枕無憂！」

他和我兩人，又對望了好一會，若不是白素在一旁，我們兩人，立時又可以拚鬥起來。他將手中的短劍一彎，圍在腰上，向神鞭三矮一揚手，道：「走！」四個人立時沒入黑暗之中。

白素嘆了一口氣，道：「衛先生，我希望你能夠重新考慮你的決定！」

我轉身向我軟鞭落地處走去，將軟鞭拾了起來，並不望她一眼，又將那柄手槍，拾了起來，才道：「恐怕你要失望了。」

白素向我走近來，道：「如果你知道你的敵人，是如何眾多，你一定會放棄你的主意了。」

我仍然不和她的目光接觸，道：「恐怕也不能夠吧！」白素呆了一會，才道：「好，你能和江南江北，七幫十八會的人作對麼？」我一聽得白素，竟然講出這樣的一句話來，心頭不由得突然亂跳！

要知道，沿著長江，江南四省，江北三省，有勢力的幫會組織，人人都知道，那便是七幫十八會。其中上海、南京兩地，便佔了三幫九會，尚餘的四幫九會，散處在其餘各地。

這七幫十八會的人物，倒並不像一般人所想像的那樣，不時爭鬥流血，而是和平相處，兼且相互相助的，這本來是中國幫會組織的第一要旨。當年，國父孫中山先生，曾在美洲，出任全美洲洪門的大龍頭，鼓吹革命，這是孫中山先生看到了中國幫會的團結、行俠、扶弱、鋤強的本質之故。

而今，白素竟說我若是和他的哥哥作對，敵人便是七幫十八會的人馬，這樣冒天下之大不躂的罪名，老實說，我絕對擔當不起！當下，我不由得呆呆地站著，出不了聲。

白素嘆了一口氣，道：「衛先生，我看你就打消了本來的意思了吧！」

我還沒有回答，紅紅已經「哼」地一聲，道：「什麼七幫十八會？便是七十幫，一百八十會，又怎麼樣？想欺侮人，就不行！」

紅紅的話，令得我心中一亮，同時，也使我下定了決心。

我沈聲道：「我當然不會和七幫十八會的人馬作對，但是如果七幫十八會的人馬，被一個人操縱，而那人卻又品行極壞的話，這件事我既知道了，便不能善甘罷休！」

白素向我緩緩地走了過來，在我面前三尺許站住，仰起頭來望著我。

我可以看得出，在她美麗的眼睛中，閃耀著一種異樣的，憂鬱的神采。

如果不是一個人的心中，對另一個人，有著極度的關懷的話，他的眼中，是無論如何，不會出現這種異樣的光采的。

她朱唇微動，像是要講話，但是卻並沒有說出聲來，她舉起纖手，輕拉了一下我的衣襟，又頹然地放下手來，長嘆了一聲，一言不發，轉過身去，身形晃動，白衣飄飄，轉瞬間，她那窈窕的身形，便沒入了黑暗之中。

我望著她的背影，心中感到了一陣莫名的惆悵，怔怔地站在那裏發著呆。

我自己也不知道我究竟呆了多久，直到紅紅「喂」地一聲，我才猛地驚起。紅紅呶著嘴，道：「天快亮了，你還站著不走幹什麼？」

我抬頭看天，果然已經發出了魚肚白色，拉了紅紅的手，向前走去，天色大亮之際，我們已經回到了家中，我連涼也不沖，就倒頭大睡。

我實在想痛快地睡上一覺，而且我的確也感到了極度的疲倦。但是，我卻翻來覆去地睡不著。這半夜功夫，重臨田宅，我究竟有一點什麼收穫呢？我細細地想著，而且，迅速地對事情歸納起來，得出了如下的結論：

第一、事情的本身，究竟是為了什麼，雖然還不知道，但是卻已經可知，那是江南江北，七省幫會人物，在白老大主持下的一次大集會。

第二、白老大可能已經不甚問事，實際上在指揮行事的，是他的兒子，那個狂妄狂性，陰險奸毒的年輕人。

第三、集會的日期是「十六」，地點是湯姆生道二十五號，我猜想那「十六」，是陰曆的十六，極可能是八月中秋的後一天，而集會則是以紙猴為記的。

第四、既然明白了是白老大主持其事的，那麼，召靈專家杜仲的行徑，可以說一點神秘也沒有了，白老大在這許多年來，當然是一直藏在田宅的地底下，而蘿絲與那個花花公子，大概都是偶然發現了這個秘密而冤枉死去的。白老大的學識，如此豐富，他要利用錄音機，電晶體操縱的玩意兒，實是易如翻掌，不要說琴鍵跳動這樣的小事，再驚人一點的事，他也做得出來。

而且，我已料到，田太太所聽到的，一定是白素學著蘿絲的聲音，要他們搬家！我也作出了決定，和以後行動的步驟。第一、一定要弄明白究竟是爲了什麼事和白老大的兒子作對？他究竟是懷著如何的野心。

第二、這件事，已不是黃彼得的能力所能解決的了，我不準備再去找他。

第三、有一個原來是七幫十八會中，黃龍會中的頭子，在此地一直很潦倒；是我一直在接濟他，我要向他去問一下，我所料想的是不是對。

第四、在這幾天中，我的行動要極端的小心，因爲白老大的兒子，絕不會放過我的！

想到了這裏，我才矇矇矓矓地睡去，一覺就睡到了傍晚時分，才睡醒了過來，而且還不是自然睡醒，而是被紅紅的尖叫聲及敲門聲所驚醒的！

我翻身坐了起來，只聽得「砰」地一聲，臥室的門，已被撞了開來。

門才被撞開，紅紅便跌了進來，她的後面，便是老蔡，兩人都幾乎跌了一跤，方始站穩，我向紅紅望了一眼，不由得面上變色！

紅紅直趨我的床前，哭喪著臉，道：「我……我……」她話還沒有講完，便「哇」地一聲，哭了起來。紅紅豈是輕易會哭的人？我一見她進來時，便已經吃了一驚，那是因爲她頭上的頭髮，一根也不剩，已被剃得精光，比老蔡的光頭更光！

如今，她又放聲大哭，我怎能不吃驚，因爲她還可能受了別的損害！

我連忙握住了她的手，道：「紅紅，究竟怎麼一回事？」紅紅哭道：「我一覺睡醒，頭髮就一根也沒有了，我也不知道是怎麼一回事。」我忙道：「沒有其他的事情發生麼？」

紅紅眨了眨眼睛，才明白我的意思，臉上略略一紅，道：「沒有。」我直到此際，才鬆了一口氣，老蔡在一旁道：「紅紅，沒有了頭髮，哭什麼？不是像那個尤什麼納了麼？」紅紅啼笑皆非，哭喪著臉。

我道：「老蔡，別逗她了。紅紅，你平時可以戴假髮，而且，你剃光了頭，我們行起事來，也可以方便許多！」

紅紅一聽我的話，喜得直跳了起來，眼淚還未乾，就笑了起來，道：「我們？你是說，你允許我參加你的冒險？」

我笑道：「你明知我不許你參加，也是沒有用的，你不怕連頭也在睡覺中被人割了去，就只管和我在一起好了！」

紅紅道：「我不怕。」我知道那件事，一定是白老大兒子的「傑作」，他知道我不會如此渴睡，竟在紅紅的身上下手，這個人真可以說是卑鄙到了極點！這種卑劣的行動，非但不會嚇倒我．而且更令我憤恨！

我們草草地吃完了飯，紅紅忙著打電話，找美容院送假髮來，我則換上一條短褲，穿著一件背心，拖著拖鞋，神不知鬼不覺，從後門走了出去。

一路之上，我發現三次有人跟蹤我，但是都被我擺脫了，一個小時之後，我已經來到了一個木屋區中，天色已經黑了，要在這樣的一個木屋區中找人，當真不是容易的事情，而我又不能行藏太露，直到有一個小姑娘肯爲我帶路，我才到了一間比所有的木屋更破敗的木屋面前。

我在門口叫道：「秦大哥，秦大哥可在家麼？」

叫了兩聲，才聽得裏面有人懶洋洋地道：「什麼人，進來！」

我伸手一推門，幾乎將那扇門推落了下來，木屋中並沒有點燈，一股腐味和酒味，中人欲嘔，在一個不能稱之爲「床」的東西上，躺著一個人。

那人正懶洋洋地轉過身來，一見是我，才「啊呀」一聲，跳了起來，道：「原來是你，什麼風吹來的？」

我笑了笑，道：「秦大哥，最近沒有出去？」

那漢子破口大罵，道：「他媽的，上那兒去？咱們不肯做偷雞摸狗的事，在這裏那能活得下去？兄弟，你大哥喜歡說實話，這幾年來，要沒有你，大哥只怕，早已經就死了……」

他一面說話，一面酒氣噴人，我知道他這一發起牢騷來，就沒有完。

實際上，也難怪他發牢騷的。他是一個十分耿直的人，黃龍會原是在日本鬼子打進中國的時候才成立的，是一支以幫會形式組織的抗日游擊隊，活躍在浙江山區，實在立下了不少汗馬功勞，也不知殺了多少日本鬼子。勝利了，他不會吹牛拍馬，不會欺善怕惡，自然當不了官，只是在山區，守著那十幾畝薄田，黃龍會的會眾，也已星散。

來到了這裏，空有一身本領，但是人生地疏，又有什麼用處，所以生活便一直潦倒不堪。這人也真有骨氣，一不偷，二不搶，不是到餓極了，也絕不來找我，當真是一條響噹噹的漢子！我當下打斷了他的話頭，道：「秦大哥，是沒有出去，也沒有人來找你？」他怔了一怔，道：「咦，兄弟，你怎麼料事如神？前四天，真的有人來找過我。」我心中大喜，忙道：「秦大哥，什麼人，找你什麼事？我正是爲這件事而來的，快告訴我！」秦正器站了起來，來回踱了幾步，道：「兄弟，你大哥十年來，蒙你幫了不少忙，本來應該告訴你的，但是你並不是七幫十八會的人物——」他講到這裏，便搖了搖頭。我立即道：「秦大哥，我就是敬你這份爲人，但如果你知道了原委，一定會告訴我的了！」接著，我便將這幾天來發生的事情，全都講給了他聽！他還沒有聽完，便又大罵起來，將浙江土話中所有的罵人字眼，幾乎全部說完，才一拍「桌子」，那張「桌子」木來就不成其爲桌子，經他一拍，立即散成了幾片木片！我心中暗自慶幸他這一拍，不是拍在他所住的「房子」上，要不然，木屋也要散成木片了！他罵了半晌，氣仍未消，道：「原來白老大生了這樣的一個兒子，兄弟，你猜得不錯，四天之前，有兩個人，打著白老大的旗號，爲我送來了兩隻紙摺的猴子，說是八月十六，七幫十八會尙存的首腦人物，即使遠在天邊，也會趕到湯姆生道二十五號去集會，除青幫、紅幫、洪門會、天地會、兄弟會之外，其他幫會，只准兩個人去參加。」我連忙又道：「是爲了什麼事，你可知道？」

秦正器又罵道：「操他祖奶奶，還不是爲了幾個骯髒錢兒，什麼事都做得出來！」

秦正器的話，令得我心中猛地一動，于廷文的話，立即又在耳際，響了起來：「有一筆財富，可以說是無主的財富……」我連忙問道：「什麼錢，秦大哥，你說說！」秦正器道：「什麼錢，我也不清楚，黃龍會本來就是一個窮會，不像人家那麼有錢，來的人說要帶上那塊破鐵片，我便知道是爲了那筆錢了！」秦正器的話，更令得我如同丈二金剛，摸不著頭腦，道：「什麼破鐵片？」秦正器轉過身去，床板掀了起來，在一大堆破爛衣服中翻了半天，才取出了巴掌大小，半寸厚薄的一塊鋼板來，「噹」地一聲，抛在地上，道：「就是這個！」我連忙拾了起來，道：「秦大哥，你且點著了蠟燭！」

秦正器又找了半天，才找到火柴，點著了蠟燭頭，我就燭火一看，只見那鋼板的形狀，十分奇特，根本說不上是什麼形狀來。而在鋼板的兩面，都有字鑄著，字句無法連貫，是些毫無意義的單字。我看了一會，又問道：「這是什麼意思？」秦正器道：「好多年了，時勢變了，七幫十八會的人，有過一次集會，大家都說老家耽不下去了，要走，還要將錢帶走，又怕各自分散力量小，便將所有的錢，一齊集中起來帶走，黃龍會本來沒有錢的，但總算承蒙其他的幫會看得起，也算有黃龍會的一份，準備時勢平靜了之後，再將錢運回來大家分開。」

我一面聽，一面心中，暗自吃驚。中國的幫會組織之中，像黃龍會那樣的窮會，乃是絕無僅有的現象，大多數都是積存有巨量的金錢，每一幫都有司庫管理著這筆財富的，七幫十八會，這將是數目何等驚人的金錢，這樣大數目的金錢，的確可以使人犯任何的罪了！

秦正器續道：「七幫十八會中，當然是青幫最有錢，大家當時便不記數目，將所有的積存，都交到了青幫的司庫手中。」

我問道：「那和這塊鋼片，又有什麼關係？」

秦正器道：「兄弟，你聽我說，你知道，各幫會的司庫，在幫會中地位既高，而且身份又極其神秘，那青幫的司庫，我以前也沒有見過他，嘿，真是一條好漢子，他當眾宣佈，藏錢的地點，他已經找妥了，他將埋錢的地點，鑄在一大塊鋼板之上，當場將鋼板，擊成了二十五塊，分給七幫十八會的首腦，不是七幫十八會的首腦齊集。便不能找到地點！」

他講到此處，頓了一頓，又道：「我說那司庫是好漢子，驚人的事情，還在後面哩！」

我已經被秦正器的敘述所吸引，聽得出了神，忙道：「還有什麼驚人的事情？」

秦正器道：「當時，由青幫的司庫去負責處理這件事情，大家等了二十多天，青幫的司庫才回來，他說，這筆錢，是千千萬萬幫會的兄弟的，因爲數目太大，他怕會有人起異心，所以，將帶去的十個人，一齊殺了！」我聽到此處，不由得低呼了一聲，秦正器道：「當時，大家也是嘩然。因爲他所帶去的人，各幫各會都有。但是，青幫司庫卻立即道，他自己回來，並非偷生，只不過是爲了要將這件事，向大家報告而已！當時，他便說連他自己，也不能例外，要自刎而死，大家都知道他殺那十人，原是爲了七幫十八會的幫眾會眾著想，那裏肯由他自殺？但是他卻執意要自殺，說不如此，不足以明志。」

我點頭道：「不錯，確是一條硬漢，後來結果怎麼樣？」

秦正器道：「結果，大家不讓他死，他便以尖刺，刺瞎了自己的雙目！」

我尖聲道：「刺瞎了自己的雙目？」

秦正器道：「是啊，他自從瞎了眼睛之後，就算不死，就算二十五塊鋼板，一齊落到了他的手中，也一定無法找到藏錢的所在了！」

我聽到了這裏，已經明白于廷文是什麼人了！

他當然就是當年那個青幫的司庫！我不禁感嘆金錢的誘惑力之大！我相信于廷文當年，的確絲毫也未曾有任何私心，要不然，他當然就可以帶著那些錢，遠走高飛，誰也奈何不得。

但這許多年來，他一定連做夢都想著這一筆錢，終於禁不起誘惑，而決定偷偷地將之起走，他又知道大集會在即，所以心急了起來，找到了我。

他之死，當然是因爲他的秘密被洩露了的緣故，我對他的死，絕不同情，而且還對他居然以這種事來找我合作而氣憤。

但是，我對於害死他的人，卻更具憤恨，因爲害死他的人，分明是想在于廷文的身上，拷打出這個秘密來，所以于廷又才會死得如此之慘。

而郭則清是不幸作了犧牲品，捲入了一場和他完全無關，只怕他連做夢也想不到的漩渦之中！

我在呆呆地想著，秦正器自顧自地說著，道：「從那次大集會之後，不到半年，便什麼都變了，走的走，逃的逃，誰知道誰在那裏？白老大忽然想要分那筆錢，一定是他那龜蛋兒子的主意，我想，人是找不齊了，像我那樣，如果不是命硬些，有十個也死了，誰還會知道我那塊鋼片的下落？」

我走了定神，道：「那你去不去參加這一次的集會？」秦正器道：「自然去，不當著白老大的面，罵罵那小王八蛋，我也不姓秦了！」

我連忙道：「我還想和你商量一件事。」秦正器道：「什麼事？」

我想了一想，道：「如今事情還不在於這筆錢能不能找得到，而在於白老大的兒子，得到了這筆錢後會來作些什麼壞事！這件事，我決定管上一管！」

秦正器道：「當然要管。但是如何入手啊？」

我道：「我已經想好了，我和你身材差不多，當年大集會，至今已有多年，樣子變些，誰也認不出來，來找你的那兩人，當然是小角色，只見你一次，也不會將你的樣子記在心中，我化了裝後，你將紙猴子和那鋼片給我，我去湯姆生道二十五號，參加那次集會！」

秦正器聽了，呆了半晌。

我又道：「我都想過了，我有一個朋友，是一國的外交官，前一個月，調到這裡來了，你躲在他的領事館中再安全也沒有了！」

秦正器又呆了半晌，才道：「外國人，可靠麼？」

我所說的那位朋友，就是「鑽石花」那件事中的G領事，因此我毫不猶豫地答道：「當然可靠！」

秦正器自袋中摸出了兩隻紙猴子來，連那片鋼片，一齊放在我的手中，望了我半晌，道：「兄弟，你可得小心啊！」我道：「我知道，如果分到了錢，我如數交給你。」秦正器怒道：「你這是什麼話，黃龍會本來是窮會，也不會稀罕別人的錢，你再說一個錢字，我將你從山上叉了下去！」

我自然知道，當年爲于廷文所藏起的那筆錢，即使分成了二十五份，也是驚人已極的數字，但秦正器就是這樣的一個人！

我小心將鋼片和紙猴子藏好，連夜和他去找G領事，G領事自然一口答應。我知道將秦正器安排在那種地方，當然是萬無一失，便回到了家中，紅紅早已在門口等著我，她頭上已戴上了假髮，但是那假髮卻是金黃色的！

她一見我便叫道：「可有什麼進展？」我笑道：「金髮美人，一點進展也沒有。」我不敢將我在這幾個小時中獲得的成績，講給她聽，因爲冒秦正器之名，去參加七幫十八會的大集會，這豈是鬧著玩的事情？

我看出紅紅的面色似是不十分相信，但是她卻並沒有多說什麼，反倒很高興地，一蹦一跳，走了開去。

第二天，我看了報紙，果然田利東夫婦，已經離開了那一所巨宅，到歐洲去遊玩去了。普通人看到這樣的一則「時人行蹤」，那裏會想得到其中有這樣驚人的內幕？

接下來的幾天中，我每天到醫院去看小郭，小郭並無起色，到了第四天，陰曆已經是十四了，卻突然出了事。

中秋節在當地來說，是一個十分熱鬧的節日。

這幾天，紅紅似乎將整件事情忘了，從十三開始，她便和老蔡兩個人。忙著在天台之上，張燈結綵，到十四，她叫我上天台去看，我幾乎笑斷了腰。那是中西合璧，不知像是什麼東西的佈置。

當然我也很喜歡過中秋節，但是這樣的過法，我卻不敢贊同。

紅紅叫我上天台去是七點鐘。我記得很清楚，因爲她來叫我的時候，我正在爲鬧鐘上鍊。等到七點半鐘，我聽得老蔡在大聲地叫著「紅紅」，我並沒有在意。

五分鐘後，老蔡推開了我的書房門，張望了一下，我回頭道：「紅紅沒有來過。」

老蔡咕嘰著道：「奇怪，她上那裏去了呢？」那時候，我仍然沒有在意，還是自顧自看我的書，實際上，我看書也看不進去，因爲八月十六，就在眼前，這一次，只怕是我曾經經歷過的冒險生活之中，最驚險的一次，我只是在盤算著如何應付，才能順利渡過難關。

八點，老蔡叫我下樓吃飯，只有我一個人，我問道：「紅紅呢？」

老蔡雙手一攤，道：「不知道她上那裏去了。」我道：「你一直沒有找到她？」

老蔡搖了搖頭，道：「沒有。」我開始感到事情有一些不妙，立即放下筷子，奔上天臺。天臺上，滿地是彩紙，有一張紅紙，只剪到一半，剪刀也就在紙旁，顯然，紅紅離開得十分匆忙。

我細細地想了一想，七點鐘我和紅紅見過，但我只是等了五分鐘，便拉下嘟著嘴的紅紅，跑了開去，接著，便聽得老蔡叫紅紅的聲音，到如今，紅紅不在這屋子中，已有將近一個小時了。

這幾天，我曾經特別吩咐她，叫她千萬不能亂走，連出大門口也要和我一起。紅紅不是不知道這事情的兇險，她再淘氣，也不會不聽我的話。那麼……我幾乎沒有勇氣想下去，她到什麼地方去了呢？

我在天臺上細細地勘踏了一會，除了一片凌亂之外，一點其他的線索都沒有。我回到紅紅的房中，也是了無跡象，老蔡一直跟在我的身邊，道：「會不會你剛才笑了她一場，她生氣了，又走了？」

我道：「總不會又躲在地窖中吧！」

老蔡苦笑了一下，道：「那麼，她……呢？」

我想了一想，道：「如今我們要想找她，也沒有辦法，只有再等等看。」

回到了樓下，我只是草草地吃了一碗飯，便再也吃不下，飯後不久，電話鈴響了起來，我拿起來一聽，一個女人的聲音道：「衛先生麼？」我立即感到這個電話，來得十分蹊蹺，道：「是，你是誰？」

電話中那女人的聲音，「格格」地笑了起來，十分風騷而討厭，道：「你等一等，有人要和你說話。」我立即道：「喂，喂，你是誰？」

我的話才一出口，便聽得話筒中，傳來了紅紅的聲音叫道：「理表哥，理表哥！」

我連忙叫道：「紅紅，你在哪裏？」

但是紅紅的聲音。立即聽不到了，又傳來了那女人的討厭聲音，道：「怎麼樣！」我又怒又急，厲聲道：「你們是什麼人？下流胚子！」

我可以斷定那女人一定不是什麼綁票者，而紅紅的失蹤，也不是尋常的綁票案，那一定是白老大的兒子所指使的醜事，所以才毫不客氣地破口大罵了起來。怎想我這裏才一罵，「得」地一聲，那女人已經將電話掛斷了。

我放下電話筒，想了片刻，心中反倒平靜了下來。一則，紅紅還活著，二則，他們一定也知道，紅紅如果有什麼不測，我一定更不會甘休，他們不敢在我身上下手，而只是在紅紅身上打主意，可見得他們不但行徑十分卑劣，而且對我也十分忌憚。

而他們將紅紅擄了去，當然是有著要脅我的目的，我要反而令得他們著急一會！我立即吩咐老蔡，道：「有電話來，你來聽，不論是什麼人，都說我出去了，請他留下電話號碼。」

老蔡道：「紅紅，她究竟……怎麼了？」

我說道：「老蔡，你放心，她決不會有什麼事情的，一點也不用害怕！」

老蔡點頭答應，我點上了一支煙，細想了一想，那女人一定會不斷地來電話，直到她將我找到為止，我如果及時和警方聯絡的話，當可以查到電話的來源，也可以找到匪窟了。

因此，我立即又和陳警官通了一個電話，請他幫忙，陳警官聽說事情和郭則清受傷有關，便立即答應下來。我佈置完畢，便任由老蔡坐在電話機旁。

從八時半，第一次電話起，一直到中夜十二時，每隔二十分鐘，那女人就打一次電話來，每當老蔡要她留下電話號碼，她立即掛上，十二時之後，我立即和陳警官聯絡，可是，所得到的答案，卻一點用處也沒有，因為那女人用的乃是公共電話。

以後，仍是每隔二十分鐘一次電話，到一點十分那一次，我自己拿起了話筒。對方仍然是那女人，道：「衛斯理回來了沒有？」

我沉聲道：「我就是！」那女人笑了幾聲，笑聲十分勉強，道：「你好興致啊，上那裏去了？」我故作輕鬆，道：「到夜總會去坐坐，沒有什麼事麼？」那女人道：「你想不想見你的表妹？」我哈哈笑道：「我正感到討厭啦，有你們招待她幾天，再好也沒有了！」我話一說完，立即放下電話。

我在剛才的電話中，聽出那女人的聲音，有些不耐煩了，在「冷戰」中，我已佔了上風，所以我才可以再急一急他們。

果然，不到兩分鐘，電話又響了起來，那女人急急地道：「別掛上，衛先生，別逼我們撕票！」

「撕票」！我幾乎想笑了出來，她還在裝腔作勢！可是，緊接著，那女人的話，卻令得我暗暗吃驚，只聽得她道：「你表妹家在美國，很有錢，我們調查過了，衛先生你也是拿得出錢來的人，我們不要多，只要二十萬美金就行了！」

我不由自主地反問道：「要二十萬美金？」我絕不是吃驚於這筆數目，而是我吃驚的是那女人真的是一個綁票勒索者！

那女人的聲音立即道：「不錯，只不過二十萬美金，要以美金支付。」

我定了定神，道：「請你們的首領講話。」那女人一笑，道：「我就是首領。」我實是不能相信，她真的是綁票勒索，而不是受了白老大指使的人，因此我試探地道：「原來是女首領，那麼，在背後指使你的是誰呢？小白麼？」

那女人道：「小白，什麼小白？」我不確定她是早有準備，故作如此，還是根本不知道我所說的「小白」是什麼人，只得道：「好，什麼時候，什麼地點付款？」那女人道：「明天，你到清靜山去，我們會有人和你聯繫，你要親自去！」

我一算，明天是中秋，去了清靜山，十六晚上，我可能趕不回來。那女人不住地道：「最好要小額美鈔，你是有辦法籌集的！」

第六部：高明栽贓節外生枝

我連忙道：「喂，錢不成問題，可是時間方面，我卻有——」

但是，我一句話只講到這裏，對方已經掛上了電話！

時間上的巧合，使我再度懷疑，那是有目的的行動，可能，對方的目的並不在於錢，而只是要將我誘開了去而已！

我決定如果一直到明天下午，那女人再沒有電話來的話，便只好走一遭了，因爲這是唯一的線索，除此而外，別無他法可想！我連忙以舊報紙紮成了方方的一包，看來像是一包錢，因爲我始終不信，普通的綁匪，竟敢在我頭上討苦吃！

一直到第二天下午，那女人還沒有電話來。中午時分，我已經借到了一艘快艇，我是有海上駕駛快艇的執照的，下午二時上了快艇，不到一個小時，已經上了岸，我不知道那女人要如何和我聯絡，只得在碼頭上大搖大晃，引人注意。

不久，便看到一個當地的鄉下小姑娘，向我走了過來，揚了揚手中的一封信，道：「先生，這封信是你的？」我一看信封上，正寫著我的名字，忙道：「是。是，這信是誰給你的？」

我一面說，一面伸手就到拿信，那小姑娘卻將手一縮，道：「先生，那大姑說，這封信，要有利益才能給人的！」我心中暗自苦笑，除了大勒索者之外。想不到還有小勒索者！

我只得取出一張十元的紙幣，換到了那封信，那鄉下小姑娘歡天喜地的笑了，我拆開信一看，只見肩上寫得很簡單：山頂相會，紅花爲記，不見不散。總共只有十二個字。我看完了之後，心中實是忍不住怒火中燒！

中秋節，到這裡來的人很多，若是說綁票者神通廣大到竟能在衆目睽睽之下，將紅紅帶到山頂去，那除非紅紅是一個白痴！

對方的面目已經很清楚了，到了山頂上，可能會有佩紅花的人前來和我糾纏，但是結果，一定是不能將事情了結，因爲他們的目的只不過想令我多滯留些時間而已！

那女人的一切，都裝得很像，但如果以爲這樣就可以令我上當的話。那也未免將我看得太低了！我怒氣沖沖，正待回到快艇上去的時候，轉念一想，不禁又呆了半晌。

剛才，我以爲對方十分低能，可是如今我略爲冷靜一些地想了一想，卻覺得對方並不低能。因爲我即使立即識破，要我到山頂去是一個詭計，但是我還是不能不去，因爲事情到現在，對方是不是和白老大的兒子有關，我還是不確定。

如果萬一沒有關係的話，我的失約，便可能危及紅紅的性命！一個女子，要在山上「自行失足落山」那是太容易了！

對方並不低能，便是他們善於捕捉我的心理。到了這一地步，知道我不敢將紅紅的性命，去賭上一賭！

我想了一會，覺得還有一天一夜的時間，只要我能在十六的傍晚，趕回家中，還可以來得及化裝成秦正器，到湯姆生道二十五號去！

因此，我改變了初衷，決定上山頂去！我不循普通遊客上山的那條山路，而從旁抄了上去，攀崖附壁，不到兩個小時，已經到了山頂上，山頂上有著不少寺院，遊人也不少，我剛一在山頂出現，便見到一個女學生模樣的少女，襟上佩了一朵紅花，向我走了過來。我立即迎了上去。

那少女不過十六七歲年紀，一見到我，向我上下打量了幾眼，卻以十分老練的聲音道：「衛先生麼？請跟我來！」

我只得跟著她走去，她走的卻是下山的路，離開了山頂沒有多久，曲曲折折。轉入了一條小道，不一會，便來到了一片四面都爲樹木遮住，只有丈許方圓的一塊平地之上。

平地上，有一個三十不到的女人，濃裝艷抹，一見我，就轉過身來，道：「錢帶來了麼？」

我一聽那聲音，便聽出那正是電話中和我通話的那個女人。

那少女已經離了開去，這片人所不到的空地上，只有我和她兩個人，而天色已經漸漸地黑下來了。我拍了拍紙袋，道：「帶來了！人呢？」那婦人一笑，道：「人自然不在這裏，你一將錢留下，明天，她就可以到家了。」我冷冷地道：「如果我不依？」

那婦人道：「那麼，你的表妹，就再也見不到你了。」

我心中一凜，她說紅紅「再也見不到我」，而不說我再也見不到紅紅，這是什麼意思？我連忙道：「你是說——」她不等我說完，便道：「不錯，你可以見到她，但她卻見不到你，她什麼東西也看不到？你以為我們當真那麼蠢，隨便殺人麼？」我不禁倒抽了一口冷氣，道：「小姐，你聽我說，今天，我沒有帶錢來！」她的面色一轉，轉身就走，我踏前一步，一伸手，便握住了她的手臂，她厲聲道：「你小心些，今天山頂上的人很多，我高聲一叫，便有人來了，吃虧的可是你！」我立即道：「小姐，你該相信，我絕不是不捨得那筆贖金，只不過因為我疑心你的目的，不是真正地要錢，所以才沒有將錢帶來。」她面上露出了驚訝的神色，道：「不要錢要什麼，笑話。」我道：「只要你們是要錢，問題就好解決，你立即通知你們的人，將我表妹放回家去，憑我衛斯理三字，大約還不至於賴了你們二十萬美金！」她考慮了一陣，道：「衛先生，你的大名，我也知道，你能這樣說，那我們就一言為定了！」

我見她肯答應，心中十分高興，這時候，我已經信她是真的為了錢而綁架紅紅的，但是半個小時後，我才知道這個婦人，實是天才演員！當時，我的確為她的「演技」所惑，相信紅紅之被人家看中，完全是因為湊巧，而且不是受了白老大兒子指使的結果。那女人的話一講完，便轉身走了開去。

我連忙揚手叫道：「喂，那錢，我怎樣交給你們才好？」——後來，我想起自己這一句話，實是羞愧得無地自容，因為我竟那樣地容易受騙！那女人站定了腳，想了一想，道：「我回去和黨人商量一下，再和衛先生聯絡吧！」

我點頭道：「好，最要緊的，是你們先將我表妹，放了出來！」那婦人作了一個令人作嘔的微笑，道：「那自然，你放心，我們不會不守信用的！」她一面說。一面向外走去，明月早已升起，我在這塊空地上徘徊了一會，心想在這裏過上一夜，倒也不錯，何必去冒夜航之險，反正時間有的是，一定可以趕得上十六晚的集會的。

我踱了十來分鐘的方步，便離開了這塊空地，到了山頂上。在山頂上賞月的人不少，一望而知，那些人全是從城市來的。有的還帶著收音機，開得十分大聲，唯恐人不知他有那麼一個「寶貝」，真不懂得這些人要聽收音機，為什麼跑到山上來。

我向一個寺院走去，準備在寺院借宿一宵。

可是，我還沒有來到那寺院的門口，便發現有人在跟蹤我！

我連忙轉過身去，跟蹤我的人，也立即止步，我細細一看，竟有六七人之多！在那六七個人之中，有幾個的腰間，顯然藏有手槍！

我心中不禁吃了一驚，什麼人會有那麼大膽，公然懷械來跟蹤人？我停下來，點著了一支煙，一個跟蹤者，竟然直向我走了過來！

我更感到了事情大是不妙。

六七個跟蹤者，並不十分掩飾他們自己的行藏，已經是可疑的事情，而其中一個，更公然地向我走了過來，就算是白痴，也可以知道，那些人，正是警方的便衣人員了！

來到我面前的，是一個頗爲英悍的中年人。我放好了打火機，直視著他。

他也望了我一眼，從袋中取出了證件來，道：「我是程警官，請你到警署去一次。」

我抬頭望去，約有六個便衣人員，已經將我團團圍住，我實在毫無抵抗的餘地。而且，我也根本用不著抵抗，因爲我根本未曾犯法。

我深深地吸了一口煙，道：「可以，但不知是爲了什麼事？」

我這時候，還以爲是紅紅的事情，警方已經知道了，所以才要和我談一談，但程警官卻立即面色一沉，冷笑一聲，道：「老友，事情發作了！」

這一句話，不禁令得我莫名其妙，道：「什麼事情發作了？」

程警官不再和我多說什麼，一揮手，道：「先將他押到警署去再搜身！」

另外一個中年人卻道：「不好，天黑路遠，若是給他在半路上做了手腳，我們便沒有了證據！」

他們兩人的對話，更是令得我莫名其妙。

如今，我身上的東西，難以解釋的，只有那一疊舊報紙，但是身上有一疊舊報紙，便算犯法麼？我不由得理直氣壯的道：「究竟是爲了什麼事？你們那麼多人看著我，我還做什麼手腳？難道你們就要在眾目睽睽之下，來搜身麼？」

程警官和那個中年人交換了一下眼色，那中年人踏前一步，道：「你不願在這裏搜身，就戴上手銬，否則，我們不能放心！」

我一聽得他這樣說法，已經知道事情的嚴重程度，出乎我的意料之外！

我連忙道：「我是衞斯理，我相信各位對我，有什麼誤會了！」

程警官冷冷地道：「我們早知你是什麼人，也知道你在警局中有很多熟人，但是法律卻是不能徇私的，你不願戴上手銬也不行！」我道：「我當然知道法律不能徇私，但是我希望知道犯了什麼法？」那中年人聳了聳肩，道：「到警局再說吧，在這裏是說不明白。」

我覺得無可奈何，道：「上警署不成問題，但是在我未正式受拘捕之前，我絕對拒絕戴上手銬！」程警官和中年人，又交換了一下眼色，才點點頭，道：「好！」片刻之間，我簡直成了「大人物」，前呼後擁，將我挾在當中，向警署而去。到了警署，原班人馬，又將我押進一間光線十分明亮的房間中。程警官和那中年人坐了下來，道：「仔細搜身！」我張開雙臂，任由兩個便衣人員，仔細爲我檢查。可是經過了半個小時之久，卻並沒有什麼意外的發現。程警官霍地站起來，道：「將你的衣服脫下來！」我本來想抗議，但是爲了本身的淸白起見，我還是照他們的話做了。

我首先將西裝上裝，脫了下來，交給了程警官，他立即交給了那中年人。

那中年人翻來覆去地看了一會，突然發出了一聲冷笑，「嗤」地一聲，撕破了我上裝的夾裏。

夾裏一被撕破，我幾乎不相信自己的眼睛！

只見，在夾裏之中，跌出了十來包一寸見方，扁平細小紙包來，而程警官立即解開了一句，紙包中是白色的粉末！

他將這一包白色的粉末，送到了我的鼻子面前，道：「現在，你知道為什麼被捕了吧？」

那中年人道：「通知線人，線報正確，可以領獎。想不到一直緝而不獲的毒販，原來是你！」

這時候，我實是百口莫辯！

我當然已經知道了那些白粉的來源，一定是那個婦人，以極其巧妙的手法，劃破了我的上裝夾裏，放了進去的。

而我卻相信她，並不是受了白老大的兒子所指使的！今晚的這個筋斗，實在栽得不能再大了！室中的燈光，在片刻間，便集中在我一個人的身上，光線強得使人眼睛生疼。

而在我頭昏腦脹，不知不覺間，我已被推得在一張椅子上坐了下來，程警官的聲音，顯得十分嚴厲，喝道：「來家是誰，小拆家又是誰，快說！」

我吸了一口氣，竭力使自己的聲音，顯得平靜，道：「我被人誣害了，請允許我和律師聯絡。」

程警官的聲音，仍是那麼嚴厲，道：「你遲早要說的，如今人贓並獲了，你還有什麼話要說？」我仍是保持平靜，道：「那麼，至少讓我和陳警官通一個電話，你們應該相信，我絕不會是毒販。」

程警官的聲音硬得像鐵，道：「我們相信證據！」

我固然竭力鎮定心神，可是我感到全身已在出汗，白老大的兒子所使的手段，不但卑鄙，而且毒辣！我如今這樣的情形，如果被解上法庭的話，一定要判入獄好幾年，不要說八月十六晚上，趕到湯姆生道二十五號去了！我又道：「你們必須聽我說，先別向我，發出問題。」

程警官道：「好，你說吧。」

我道：「先給我一支煙。」程警官將煙遞了給我，我連吸了幾口，道：「在警方，即使在國際警方，我也有極其良好的紀錄。」

程警官道：「我們知道，在今晚上，我們接到線報之際，已經詳細地研究過你的一切了，我們甚至還和國際警方的高級人員，威爾遜先生聯絡過。」

我急急地道：「他怎麼說？」程警官道：「威爾遜先生說，你是一個非常能幹的人，但是和警方，卻常常持不合作態度，你可以爲警方立下大功，也可以做出極大的罪行來！」我的心冷了一半，道：「那並不等於說，我竟是白粉的大拆家！」程警官道：「可是在你身上搜出來的那些證據，你又怎麼解釋呢？」我心中迅速地在轉念，我當然可以解釋，但是一解釋的話，卻不免要將全部事實的經過，都說了出來，這是我最不願意的。而且，事情說出來之後，能不能獲得對方的相信，也是根本不能預知的事，所以我決定不說，但是不說的話，又如何能洗脫我的罪名呢？

我想了片刻，才道：「你們難道就在這裏審訊？」

程警官道：「我們知道你神通廣大，上峰指示，一切在錄到了口供之後再說！」

我聽了之後，不禁更是暗暗叫苦。

本來，我想如果他們將我解往城市去，那麼我或許在茫茫大海之中，還有脫身的機會——我知道，我如果要及時參加那次集會，除了以非法的手段，先逃了出去，等事情澄清之後，再作解釋之外，實是沒有第二個辦法可想！但是，身在警局之中，我又有什麼法子，可以逃得出去呢？

程警官的問話，一點也不放鬆，道：「衛斯理，你是一條漢子，既然已經事敗，也就應該痛痛快快地將事情講出來了！」

我一聲不出，程警官忽然問起我毫不相干的問題來，我一一回答了，他問了十幾句，突然又轉到了販毒的事上來，我回答道：「我不知道，我是給人陷害的！」

審訊一直持續了幾個小時，刺眼的燈光，一直照映在我的身上。

我是練過中國武術的人，自然不會感到怎樣辛苦，但是，我精神上的損害，卻是極大，我一定要報這個被人陷害之仇，但是，我是一點也想不出辦法來，我甚至不能洗脫自己的罪名！一直到天亮了，燈光才熄滅掉。

這時候，我才發現，坐在我面前的，有四五個人之多，有兩個人，一望而知，是警方高級人員。程警官站了起來，道：「你令得我們，非常失望，你雖然不肯供出口供，但是法官根據人證物證，一定會判你重罪的。」我吸了一口氣並不出聲。

我自然知道，程警官對我，絕不是虛言恫嚇，即使是最好的律師，也不能令得我無罪。而我如果因為販毒罪而瑯鐺入獄的話……唉，這簡直是不可想像的事情！

我重又被加上了手銬，蒙上了頭，被兩個人帶了出去，走下了石級，又走了段路，才被人扶著上了一個碼頭。我知道警方要將我解到城裡去了。今天，已經是八月十六了，如果不能脫身的話，連日來的計劃，不但完全打亂，以後，我又將如何？白老大竟然會有這樣一個心思很毒的兒子，這確是令人難以相信的事！

我這時候，雖然已經是鬥敗了，但是我心中卻還有一點頗堪自慰的地方。那就是，白老大的兒子雖然用盡心機，但就算其餘七幫十八舊的首腦人物，盡皆集齊的話，只怕以于廷文當年設計之精巧，缺了秦正器的那一塊鐵片，他也是找不到那筆錢的。

不一會，我已經覺出，我身在快艇之上，當然，我的身邊，仍然有著警方的人員。

我苦笑了一聲，道：「將我頭上的黑布除去好不好，還怕我逃走麼？」

在我的對面，傳來了程警官的聲音，道：「不能，你只有暫時委屈一下！」當然，這時候我要硬來，也未始不可。但是，我一有異動，警方人員，豈會不採取措施。

我考慮再三，決定不妄動，等到了再說。一個多小時後，我上了岸。我雖然看不見眼前的情形，但可以覺得出，幾乎一上岸，便被帶進了一輛汽車中，車子飛快地向前馳去，約莫二十分鐘光景，我又被人，從車中扶了下來。

下了車之後，走了幾分鐘，我便被按在一張椅子上坐了下來。

同時，我頭上的黑布，也被揭了開來。

我那時候的心情，頗有些像古時候的新娘，被新郎揭去面幕的時候，看一看決定自己一生的命運的人是怎樣地一樣，看一看自己是在什麼地方，因爲這地方，也可以決定我的一生。

那是一間很寬大的房間，窗子外面，裝著窗簾，而且窗子的開啓，也要在外面動手。顯然，這是專門「招待」要犯的地方！兩個警方人員，將我留在室中，便退了出去。

我連一刻都不耽擱，立即行動，掠到了窗前，手掌貼在玻璃上，用力一按，一下極其輕微的聲音過處，玻璃已經裂了開來。

我手掌緩緩地提了起來，玻璃碎片，貼在我的手掌之上。我將玻璃碎片脫掉，伸手向外，輕輕地撥開了窗簾，向外看去。

一看之下，我心中不禁暗自嘆了一口氣。

好幾個武裝警員，正在來回巡逡，我簡直一點機會也沒有！

我頹然地在椅上，坐了下來，苦苦地思索著對策，一直到了近中午時分，程警官才走了進來。

這一次，他的面色緩和了許多，我見了他第一句話便道：「我要和律師聯絡！」

程警官卻笑了笑，道：「不必了！」

我不禁怔了一怔，程警官又道：「警方究竟不是能被人永遠地戲弄的！」

我一聽之後，心中大喜，忙道：「你們已經知道我是被人陷害的了？」

程警官在室中來回踱了幾步，道：「現在還不能肯定你完全沒有關係，但是你卻可以離開這裏回家去了！」我大大地鬆了一口氣，心中暗自慶幸，幸而未曾冒險行事！

程警官繼續道：「但是，我們什麼時候要見你，你卻必須和警方合作！」

我點了點頭，道：「當然，而且，我相信陷害我的人，一定就是警方久緝不獲的毒販頭子，我要解恨，我一定會將他捉住，交給警方！」

程警官伸手，在我肩頭上拍了拍，解開我的手銬，道：「衛先生，希望昨晚的事情，你不必介意！」老實說，昨天我對警方的皂白不分，確是大有怨言，但是如今，我心情之暢快，得所未有，立即道：「當然，那算不了什麼一回事！」

程警官望了我半晌，道：「還有一件事，我想請問你的。」我道：「什麼事？」程警官道：「最近，我們發現有幾個遠在南洋，甚至有在美國的原來中國幫會的首要人物。來到了這裏，你可知道，是爲了什麼原因？」我想了一想，道：「我不知道。」程警官不再說什麼，便將我送了出去。我回到家門口，已經是下午二時左右了。

從昨天起，直到如今爲止，我簡直就一直在被人撥弄著，像是盆中的蟋蟀一樣，這可以說，是我一生之中，從來也未曾經歷過的事。

我打開了門，只見老蔡坐在客廳中，愁眉不展，見了我，連忙站了起來，道：「阿理，你到什麼地方去了？急得我差點去報警！」我心中暗自苦笑，道：「別多說了，紅紅回來了沒有？」

老蔡道：「紅紅昨天晚上就回來了，但是聽說你在爲她奔走，她又出去了，說是去救你，一直到現在，也沒有再見到她！」如果現在，站在我面前的，不是老蔡，而是紅紅的話，我當真可能老實不客氣地一個耳光，打了過去！白老大的兒子，行爲雖是卑鄙之極，但是如果不是他要脅了紅紅的話，我怎麼會弄到幾乎身敗名裂？

這當然不是紅紅的錯，怪不了她，可是，她才一脫離了險境，卻居然想救我脫險，這不但可笑，而且，荒唐到了極點！

我的臉色，當時一定十分難看，老蔡望了我一眼，便默默地退了開去。我應該怎麼辦呢？去找紅紅麼？鬼知道她到了什麼地方去了，又如何能找到她？我上了樓，並未休息，便開始化裝。

雖然我知道，集會的舉行，一定是在午夜，但是我卻也不敢在化裝上有任何大意。我足足化了兩個多小時，才將自己樣貌，完全改了過來，變得即使在白天，不是特別留心的話，看來也像是秦正器，而不是衛斯理。浙江山地的土語我是會說的，我又用了半個小時，來自言自語，以求熟練。等到我做好這些，天色已經漸近黃昏了。

我吩咐老蔡開飯上來，然後，等著天黑，也存著微小的希望，等著紅紅的回來。

天是自然而然地黑了下來，但是紅紅卻沒有回來。我心中對紅紅的怒意，已經消滅了，相反地更爲她擔心起來。但是我卻沒有辦法，我不是不想救她，而是沒有法子找到她的蹤跡！

我躺在椅子上，睡了兩三個鐘頭。一覺醒來，已經是十點鐘了。

我唯恐白老大的兒子，會派人來監視我的行動，因此，在熄了所有電燈後，我才下樓，低聲吩咐老蔡，不必等我，從後門掩了出去，迅速地掠出了橫巷，貼著牆根，向前走出，來到了大路上，我才將腳慢了下來。

我決定步行前往湯姆生道二十五號，因爲秦正器住在木屋，窮困不堪，白老大的兒子是知道這一點的，我不能讓他有任何啓疑之處。在將要到達湯姆生道二十五號之際，就在那條前幾天我和白老大的兒子，相遇之處，只見兩面的長凳上，各坐著四個人。

那四個人一見我走了過來，一齊咳嗽了一聲，其中一個，忽然拉長了喉嚨道：「來者何人，速速通名！」他就像在唸戲詞一樣。

如果是普通的過路人，當然至多望上他一眼，便自算數，不會去理睬他的，但是我卻立即停了下來，道：「黃龍會秦正器！」

那八個人立時一起站了起來，向我行了一禮，作出了一個請我繼續向前行走的姿勢，我大搖大擺地向前走出了幾步，只聽得其中一人，低聲在說道：「白少爺，黃龍會秦正器，就快到了！」我心中「怦怦」亂跳，心想難道白老大的兒子，也在這裏？我連忙回頭看去，原來他是以無線電通話器，在向坐鎮湯姆生道二十五號的「白少爺」報告！

我看了一眼之後，立即繼續向前走去，那條路確是靜僻，我將要來到那所巨宅面前了，仍是一個人還未曾遇到，直到了我到了大宅門口，才又有兩人，迎了上來，道：「黃龍會的秦兄弟麼？」

我沉聲答道：「是。」

我一面說，一面取出了那隻紙猴子來，但是那兩個人卻搖了搖手，道：「不用，等一會才要。」他說了這句話後，輕輕地吹了一下口哨，立即又有一個人，從黑暗中走了出來。

那兩個人，立即隱沒在黑暗之中，那個人向我略為打量了一下，便道：「跟我來！」

我道：「白老大可好麼？」他像是愛理不理一樣，道：「等一會你便可以見到他了，何必多問？」

如果是我自己，我當然不會與他這種人多計較，但是我如今所化裝的是秦正器，不但要外表像他，而且，性格也要像他！因此，我立即大聲罵了起來，道：「混帳！你是什麼東西？我好意問問白老大，要你來向我擺什麼臭架子？」那人愕然回過頭來望著我，我的聲音更大了，叫道：「請白老大出來，有什麼不是，我秦正器向他叩頭賠罪！」那人堆下了笑容，道：「秦大哥，別嚷！」我大聲道：「怕什麼，咱們做賊麼？黃龍會一不偷，二不搶，只知道殺日本鬼子，爲什麼講話也得小心？」我正在越講越起勁，只見三條人影，從大宅之中，疾掠了出來！

我一看到那三個人的身形，如此矮小，便知道來的正是神鞭三矮子！我心中也不禁十分緊張，因爲我和神鞭三矮，相見不只一次，而且，還曾經動過手，和他們相會，可以說是我的第一關！

只見他們三個人一到，便叱退了那個帶路的人，齊聲問我道：「秦兄弟，多年不見了，還是這等火爆脾氣？可還認得咱們麼？」

我假裝看了他們一眼，仍然氣鼓鼓地道：「原來是你們三個矮鬼，燒了灰也記得！」

神鞭三矮笑了起來，一個道：「秦大哥別生氣，白老大很好，老惦記著七幫十八會的弟兄，所以才有今日之會，秦大哥請跟我們進來！」

我點了點頭，道：「嗯！」接著又嘀咕道：「這幾年，人窮了，連狗都向老子亂吠了！」

神鞭三矮不說什麼，來到了大門前，他們推開了鐵門，讓我進去，又將門關上，我跟著他們，走進了大廳，只見巨宅上下，盡皆是烏黑，不知究裏，根本不知道今晚在宅中，會有這樣的大事！

到了大廳中，我們向那架鋼琴的面前走去，我心中正不知他們弄些什麼玄虛間，奇事突然出現了！

當時，只聽得蓋上琴蓋的鋼琴，突然發出了一陣「叮冬」之聲。我立即道：「矮子，有鬼！」

神鞭三矮笑道：「秦大哥說笑話了！」他們一面說，一面便將鋼琴，向外推了開去，鋼琴滑開之後，地上，便出現了三尺見方的一個洞，隱隱有燈光傳了上來。

神鞭三矮向那洞下一指，道：「秦大哥，請你下去，我們還有事，下面自有人招呼的！」

我答應了一聲，便向下走了下去。走不了幾級石級，上面的鋼琴，便移回了原地。

我抬頭向上一看，幾乎笑了出來！那一個大鋼琴，根本只是一個琴殼子！在每一個琴鍵下面，有絲線繫著。「召靈專家」的秘密，到此完全揭穿了。

本來，我還以爲那召靈專家，是利用了半導體的設置以無線電波來控制琴鍵的跳動的。如今，才知道根本只是一個人蹲在下面，拉動絲線而已！我相信田利東夫婦，是做夢也想不到這一點的！

我向下走了七八十級石級，仍然一個人也沒有遇到。這時候，我心中不禁暗暗奇怪起來。照我的預測，白老大召集會議的地點，應該就在湯姆生道二十五號的地窖之中。但是如今，已經下了七八十級之多，什麼地窖有那麼深的。莫非他們已經看穿了我是僞冒的秦正器，因而特意令我走錯路！我停了下來，大聲道：「怎麼沒有人？」

我的聲音，激起了陣陣回音，只聽得有人的聲音，空空洞洞地傳了過來，道：「請再向下走！」

我只得再向下走去，一面走，一面仔細觀察我所經的地方。我猜測這裏，一定不是白老大所建造的。

這當然是在日僞時期，這所巨宅，曾爲日方高級人員所住，這地道可能是通向一個設備極其完善的防空洞的。

我又走下了二十來級，來到了一扇門前，門的兩旁，都裝有電眼，我走了上去，經過電眼之際，聽到了門內，響起了一陣鈴聲。

接著，門打開了一個小洞，伸出了一隻手來。道：「秦兄弟，你那隻紙猴呢？」

我立即將秦正器交給我的紙猴子，遞到了那隻手中，那隻手縮了回去，門上的小洞，也隨即關上。

我在門外等著，過了大約三分鐘，門才打了開來。門一打開，我首先見到的，便是白老大的子女！

第七部：冒名頂替深入虎穴

我竭力遏制著心頭的怒火，因爲憤怒，我甚至忘了僞裝可能被揭穿的恐懼，向他們兩人，望了一眼，白素先開口，道：「秦大叔，這位是家兄，白奇偉，我叫做白素。」我「噢」地一聲，向他們指了指，道：「你們莫非是白老大的兒女麼？」白奇偉不屑地望了我一眼，老大不願意地道：「是。」我道：「白老大可好麼？」

白奇偉冷冷地道：「好！」正在這時，一個人走了近來，我認得他，就是召靈專家仕仲！只聽得白奇偉問道：「檢查好了沒有？」杜仲向我，望了一眼，走到了白奇偉的身邊，低聲講了幾句話，白奇偉的面色，微微一變，道：「有這樣的事？」他一面說一面便向我望了過來！

我一見這等情形，心中不禁怦怦亂跳，杜仲的手中，正拿著一隻紙摺的猴子，我自然知道，白奇偉的那一聲「檢查好了沒有」，是問杜仲，是不是已經檢查了我的那隻紙猴子！而杜仲的低聲談話，我未曾聽到，但卻也可想而知，是那隻紙猴子，出了甚麼毛病！

這時候，如果我僞冒的身份，一被查出，實是毫無生路，不由得我不驚！

但是我卻立即鎮定了下來，因爲我的紙猴子，確是取自秦正器，實在沒有出毛病的理由，我幾乎和白素同時出聲，道：「甚麼事？」

杜仲道：「白小姐，經過了紅外光的試驗，紙猴子確是我們發出去的，但是——」

我厲聲道：「他媽的，那有這麼多事？但是甚麼？」杜仲冷冷地道：「但是紙猴子上面，卻有著第二個人的指紋！」我聽了之後，心中不禁暗暗吃驚。真料不到，白奇偉的辦事居然如此精細！

那紙猴子上，當然做下了我所不知的記號，要經過紅外線的檢查，才能夠顯露出來，而且，他們還檢查了紙猴子上的指紋！

到了這時候。我不得不硬著頭皮，怒道：「甚麼指紋不指紋的？要不要姓秦的參加？不要的話，秦某人轉身就走，誰稀罕來到這裏？」白奇偉冷冷地道：「秦兄弟——」

我立即勃然大怒，反手一掌，拍在身旁的一張桌子上，「砰」地一聲響，那張桌子，幾沒有被我拍碎，厲聲道：「你叫我甚麼？」

我知道當年在上海，那一次七幫十八會的大集會，與會的各幫各會首腦，都曾經結爲兄弟，所以我實是可以理直氣壯地申斥白奇偉。

白奇偉面色一變，道：「你要我叫你甚麼？」我冷笑一聲，道：「我叫你爹一聲大哥，你說你該叫我甚麼？我就不信，白老大的兒子，會連這點規矩都不懂！」白奇偉被我說得面色鐵青，白素道：「秦大叔，別發怒！」我「哼」地一聲，道：「年紀輕輕，連老頭子的兄弟，都不服氣了麼？」

白奇偉道：「我問你，你紙猴子上，爲甚麼有別人的指紋！」

我更其大聲，道：「有又怎麼樣？你這臭小子管得著秦大爺麼？」

這時候，已經有七八個人，圍在我們的周圍。

那地方，不出我的所料，正是一個大的防空洞，但是如今卻只有在門旁，放了一張桌子，其餘的地方，都是空蕩蕩的。

那七八個人全都沉著面色望著我，看來只要白奇偉一聲令下，他們便會對我不利！

照白奇偉的臉色來看，如果不是白素在旁，他也可能真的發出了對我不利的命令了？當下白素忙道：「哥哥，多了一個人的指紋，有甚麼關係？或則秦大叔沒有放好，給別人拿過了！爹正等著和老朋友見面哩，別再多耽擱時間了？」

白奇偉一聲冷笑，道：「旁人的指紋，當然沒有關係，但是這個指紋，卻是衛斯理的！試問我怎能將此事輕輕放過？」

我一聽得白奇偉如此說法，手心中不由得冒出了汗來。我千小心，萬小心，就是為了避免露出破綻來。可是，你無論怎麼小心，又怎能料得到白奇偉竟會檢查紙猴子上的指紋，而且，他們還存有各人指紋的檔案，連我的指紋在內，而立即知道，紙猴子曾經為我摸過！

只聽得白素不由自主，「啊」地一聲嬌呼，失聲道：「衛斯理的？」

我聽得出她的話雖然簡單，但是語音之中，卻不知包含了多少複雜的感情在內！

我也連忙道：「是衛斯理的，又怎麼樣！」

白奇偉「嘿嘿」奸笑了兩聲，道：「那就關係大了，他是七幫十八會的大敵，咱們這次集會，他就會設法來搗亂的！」

他一面說，一面直視著我，他的眼光，極其厲害，我相信。如果不是由於我面上的化裝的話，面色一定會變得很難看了！

在這樣的情形下，我除了硬到底之外，實在沒有別的辦法可想，我大聲道：「放屁，黃龍會算不算七幫十八會中的一會？我秦正器，就與他是好朋友！」白奇偉道：「他來找過你了？」我道：「當然，這許多年來，我住在木屋中，你這位好姪子來看過我一次麼？」

白奇偉又道：「你還給他看了這隻紙猴子了？」我從袋中取出另一隻來，道：「兩隻他都看過了，怎麼樣？」

我早會料到，白奇偉會問我另外一隻紙猴子的下落，所以我先取了出來。白奇偉連忙接了過去，交給了杜仲，杜仲由一扇門中走了進去，我道：「怎麼樣？」白素道：「秦大叔，請你原諒，怕有人會混冒進來，壞了大事，不得不如此。」

我道：「好姪女，你還有幾分像你父親，是我們之中的人物！」我講到此處，冷笑了一聲，望了白奇偉一眼，白奇偉面色，難看之極！

不一會，杜仲又已走了出來，道：「白少爺，上面也有衛斯理的指紋！」

我這時候。心中所真正害怕的，就是他們如果要我按下指紋來檢查的話，我就無所遁形了！杜仲講完之後，又頓了一頓，道：「指紋像是才留上去的，至多不會超過一個小時！」我聽了杜仲的這句話，心中更是駭然！

杜仲說得如此肯定，那當然是因爲他有著最新的，未爲世人所知的檢查儀器方法之故，如果他進一步地指出，衛斯理的指紋，只不過是五分鐘之內印上去的，我更糟糕了！

我連忙道：「不錯，我來到這裏附近的時候，還碰到了衛斯理，他要我將兩隻紙猴，再給他看一看，我爲甚麼不給？」

白素一聽，又是「啊」地一聲，道：「他……他就在這裏附近？」

我道：「不錯。」白素花容變色，白奇偉忙回頭吩咐道：「快去找他！」那七八個人，答應一聲，立即向外走去！白素卻叱道：「給我站住！」

那七八個人，又站住不動，白奇偉厲聲道：「妹妹，你這是甚麼意思？」白素道：「你不能派人去害衛斯理！」我也立即大聲道：「誰想害衛斯理？誰敢？白老大就不會做這種事！」

白奇偉狠狠地望了我一眼，轉頭對白素道：「妹妹，你不是不知道衛斯理想和我們搗蛋，我只不過派人，去搜索他一下，看他是不是在附近！」白素想了片刻，忽然幽幽地嘆了一口氣，道：「好，那就我去！」

白奇偉愣了一愣，隨即奸笑道：「好，你去吧！可是見了衛斯理，可不要因私忘公！」白素面色立即一變，道：「哥哥，你這是甚麼話？我和衛斯理有甚麼私？我不依，咱們見爹，評評理去！」白奇偉對他的妹妹，像是十分忌憚，忙道：「算了算了，講笑話都不該麼？」

白素的俏臉，仍然怒氣不息。

我深信白奇偉也知道，白素之所以發怒，一定是白奇偉的話，恰恰道中了她的心事的緣故！一時之間，我心頭不禁劇烈地跳動起來。

我沒有再想下去，並非是我不願意想，而是白素已然展動身形，離了開去！而白奇偉已經轉過身來，面對著我！沒有白素在旁，他的態度，頓時兇狠了許多，一手插腰，一手按在桌上，道：「姓秦的你若是不識趣的話，我絕不會放過你。如果你識趣，這個——」他講到這裏，從上衣袋中，拿出了一張紙來，交了給我一讀道：「這就是你的！」我將那張紙，接了過來一看，原來是一張面額二十萬元的支票！我一看清到手的是甚麼時，有一個衝動，便是想破口大罵，將之撕成粉碎！但是我隨即一想，如果我要破壞他的行動的話，最好還是不要和他正面為敵，因此，我又想將支票收了下來。只不過我立即又想到，如今，我是秦正器，秦正器在這樣的情形之下，是絕不會接受這張支票的，我不能為了自己行事的方便，而壞了秦正器的名譽！

我雖然接連轉變了三個念頭，但那卻是一瞬間的事，我立即一聲冷笑，「嗤」地一聲，將那張支票，撕成了兩半，又是「嗤」地一聲，將之撕成了四片，道：「白老大在甚麼地方？如果見不到他，我要走了！」

白奇偉怒極而笑，我相信，如果不是白老大已經知道我今晚要來的話，早已被他一槍打死，他笑了幾聲，道：「好，看你強橫到幾時！」我到目前爲止，至少已經知道了一個事實，那就是爲甚麼神鞭三矮人，會聽憑他的驅策。那當然是他以金錢收買的結果。

而他，也可以以同樣的手法，去收買別人，據我所知，七幫十八會，在失去了根本活動地區之後，都像是鯨魚到了淺水的地方一樣，除了是有錢出名的之外，多年來，首腦人物的日子都不會好過，金錢對任何人來說都是一種極大的引誘，連當年青幫的司庫，也爲之喪生，受他收買的人物，一定已經不少！

那也就是說，我要和白奇偉作對的話，實是一場力量懸殊，絕不公平的鬥爭！當下我也冷笑道：「我也要看你強橫到幾時！」

白奇偉疾轉過身去，一揮手，便有兩個人，向我走了過來，道：「秦兄，請跟我們來！」

從白素剛才的話，我聽出白老大正在等著和當年七幫十八會的首腦重逢。也就是說，在未見到白老大之前，白奇偉就算再恨我，我也不會有甚麼危險的。因此，我坦然跟著兩人，向前走去。我們在一扇門處走出之後，又經過一條極長的隧道，出了隧道，我發覺竟已到了一個海灘邊上！那海灘邊上，巖石嶙峋，碎浪拍岸，極其荒涼！

我心中不禁大吃一驚，道：「兩位，這是甚麼意思？」那兩人道：「秦兄弟，你放心，由這兒坐船，就到了集會的所在了！」

我向那兩人，仔細地打量了一眼，只見那兩人生得十分英武，我搭訕道：「兩位是那一幫的弟兄，恕眼拙得很！」

那兩人道：「我們是小人物，不足一提。」他們兩人其中一個，取出了一隻強力的電筒，一明一暗地亮著，另一個望著我，忽然道：「秦兄弟，剛才，你實在是危險得很哪！」

我心中一動，假裝不明白，道：「危險？甚麼危險？」他向身後望了一眼，見沒有人，才壓低了聲音，道：「這幾年來，白老大將事情都交給了兒子，唉，我也不用多說，你也可以明白情形是怎麼樣的了！」另一個打亮電筒的人回過頭來，道：「別多說了，給別人聽到了，又是禍事！唉，秦兄弟，不瞞你說，這幾年來，吹牛拍馬的人，都飛黃騰達了，咱們這干人成了廢物，倒是販毒頭子——」

那人講到此處，像是自覺失言，立即住口。

我聽得「販毒頭子」四字，心中「怦」地一跳，想要立即追問下去之際，只聽得一陣馬達聲，一艘小快艇，已經駛了過來。那兩人不再說甚麼，和我一齊上了小艇，小艇向海中駛去，我根據天上的星星，辨了辨方位，小艇乃是向南駛出的，約莫過了大半個小時，快艇才在一個小荒島的旁邊，停了下來。

我和那兩個人一齊上了岸，只見四個人迎了上來，道：「黃龍會的秦兄弟來了麼？只等你一個人了，白老大正等著你哩，快來！」

在黑暗中，我迅速地向那個小荒島看了幾眼，心中不禁奇怪。

本來，我以爲白老大這次召集眾人的集會地點，就在湯姆生二十五號。

怎知湯姆生道二十五號，卻只是一個站口，實際上，會議是在這個島上舉行！

我這時自然已可料到，在這個小荒島上，白老大一定有著極現代化的建築，因爲在這裏，平時是絕不會有人來到的。

當下我答應了一聲，跟著向前走去，沒有多久，我們三人便進了一個洞口荒草迷封的山洞。

可是，在進了山洞之後，只見燈光明亮，出現在我眼前的，竟是一架升降機！

我們幾個人，進了升降機，升降機一直向下面沉下去，約莫沉下了十多分，才停了下來。

我心中對白老大的行徑，更是佩服之極。

雖然這裏是一個荒島，但是要設置升降機，這工程也是十分鉅大的，我仍然懷疑，這裏是日軍留下來的設置，果然，我很容易地就發現，那架升降機，是日本一家很著名的株式會社的出品。

但是那電梯，顯然曾經白老大改裝過，因爲它有著最新的電眼設備。

電梯一停之後，門打了開來，我向前一看，更是呆了半晌！

只見眼前，乃是一個寬敞到極點的大廳，只怕有五十尺見方，大廳之中，地上鋪著厚厚的地氈，頂上的光線，也十分柔和，放著好幾張沙發，已經坐著不少人，我一走出電梯，便有幾個人哈哈大笑著，迎了上來，叫道：「秦兄弟！」

我實在並不認識他們，但是可想而知，他們都是七幫十八會中的人物，便也照樣打著「哈哈」，道：「又見到了，你們還沒有死哇！」

大廳之中，響起了一陣哄笑聲中，在哄笑聲中，只聽得一個十分綿實深沉的聲音道：「秦兄弟，你怎麼那麼遲才到？」

那聲音才一傳入我的耳中，大廳中的哄笑聲，立即靜了下來。我心中一凜，循聲看去，只見在一張單人沙發之上，坐著一個六十上下的老者。方面大耳，雙眼神光炯炯，一身淺灰色長袍，手中執著一個煙斗，氣勢非凡，神態懾人！

我雖然從來也未曾見過白老大，但是在這樣的情形下，不問可知，那人一定是白老大了！我連忙搶前幾步，到了他的身邊，道：「白老大，多年不見了！」

白老大笑道：「是啊，一眨眼，便許多年過去了！」他一面說話，一面雙眼望著我，可是忽然之間，面上的笑容，突然斂去！他笑容一斂，更是顯得威嚴無匹！

我心中不禁怦怦亂跳，白老大冷電也似的眼光，在我身上，掃了幾掃，道：「秦兄弟，這幾年來，你變得好厲害啊！」我一聽得他如此說法，心頭更是怦怦亂跳！

關於白老大超人也似的記憶力，我早有所聞，我假扮秦正器，可以瞞得過其他人的眼睛，但是能否瞞得過白老大。我卻絕無把握！

當時，我只得硬著頭皮，道：「白老大，別提了，這幾年來，當真是山窮水盡，如果早知道你仍有這樣的局面，我早就來了！」

白老大「哈哈」一笑，突然一伸手，他身材異常高大，坐在沙發上，並未欠身，一伸手，已經將我的右手，緊緊抓住了！

我心中更是大驚，白老大在武學上的造詣，當然遠遠在我之上！

如果我這時候，讓他看出了破綻的話，可能連辯白的機會也沒有。便自横死此處！

其時，大廳中其餘的人，也已經看出了白老大對我的態度有異，一齊靜了下來，向我們這面望來。

我強自鎮定，道：「白老大，各幫的兄弟，都到齊了麼？」白老大道：「到齊了！」一面說，一面倏地捋起了我的右袖！

我一見白老大，捋起了我的右袖，心中不禁對白老大，佩服到了極點，同時，我也放下心來！

在我假冒秦正器的時候，自然力求相似，秦正器的右臂之上，有著一條五爪金龍的刺花，我也以藍青描在手臂之上，如果不是認真檢查，看上去，的確是和真的刺花一樣的。

我對白老大佩服，是因為傳說中這位奇人的記憶力並沒有誇大。

秦正器並不是甚麼了不起的人物，而且事隔多年，他不但一見我，便覺得和秦正器有所不同，而且，他竟還記得，秦正器的右臂之上刺有一條龍！

我手臂上的龍，既然可以亂真，自然地放下心來，不怕被他識穿。

白老大一眼著到我手臂上的藍龍，定了一定，鬆了手，「哈哈」一笑道：「老弟，你樣子變得太厲害了，但手上的龍，卻還仍是那樣，張牙舞爪！」

我也打了一個「哈哈」，道：「白老大當真記性好得驚人！」

我渡過了這一個難關，身上實已出了一身冷汗，背上的汗水，向下直流，像是有幾條四腳蛇，正在緩緩地爬行一樣！

白老大一揮手，道：「請隨便坐！」

我道：「人到齊了，還等甚麼？」

白老大向電梯處望去，電梯門恰在此時，打了開來，白素和白奇偉兩人，一齊走了出來，來到了白老大的面前，叫了一聲。

白老大緩緩地站了起來。

他一站起，所有的人，也一齊站起，大廳之中，氣氛頓時嚴肅起來！

白老大向右一指，道：「各位兄弟，請到那面。」眾人你推我讓，進了一扇大門，裏面又是一個大廳，但是有六七公尺見方，大廳之中，放著一張老大的圓桌，桌旁放著二十五張椅子，桌子和椅子，都是紅木的，對住門的那幅牆上，掛著一幅老大的結義圖，圖旁一聯，上聯是「日月齊心」，下聯是「天地一德」。

在圖前，點著幾支老粗的香，煙篆曲折，更令得氣氛肅穆。眾人一進了來，就有人「啊」地一聲，道：「白老大，這就是當年的那套桌椅！」

白老大道：「不錯，我知道總有一天，咱們七幫十八會的弟兄，又會用到了它的。我們仍照當年的坐位坐下，不必客氣了！」

眾人答應一聲，紛紛上前就坐！

這一下，卻難倒了我，因爲我根本沒有參加過七幫十八會當年的集會，黃龍會的位置，在什麼地方，我怎知道？

但是，我又不能站著不動，只得跟著眾人，轉來轉去，又踱到了畫旁，抬起頭來，看了一會，只聽得白老大道：「秦兄弟，該就坐了？」

我這才回過頭來，二十五個座位，只有一個空著，不問可知，那座位一定是秦正器的了，我連忙繞過了幾個人，在那個位子上，坐了下來。

坐定之後，便見白奇偉和白素兩人，站到了白老大的身後。

白老大緩緩向眾人望了一眼，眾人也都挺胸而坐，靜了好一會，白老大才嘆了一口氣，道：「青幫不幸，差點出了醜！」他這句話一說，眾人的面色，盡皆爲之一變。

白老大立即道：「當年，人人皆敬他是一條好漢的于司庫，竟然臨老變節，想要獨吞咱們七幫十八會的寶藏，但我們發覺得早，他已死了！」

座間響起了一陣嗟嘆之聲。當然，這些人全都記得于廷文當年，何等慷慨激昂，但如今，卻在各幫各會之中，落得個臭名！

白老大頓了一頓，道：「事隔多年，這一大筆錢，長埋地下，也不是辦法。是以我才作了半年多的準備，總算二十五人，盡皆齊集，我們不妨將這筆錢，取了出來，照原來所議，將之分開，不知各位兄弟，可有異議？」白老大的話說完之後，靜了好一會，才見一個瘦削的中年人沉聲道：「敢問白老大，當年咱們存儲這一筆錢的目的何在？」

白老大嘆了一口氣，道：「不錯，如今將這筆錢分了，確是有違當年的目的，當年，我們原是想待局面安定，用這一筆錢，發揚幫會的仁俠之義的，但現在。世人對於幫會組織的觀念，已經改變，就算局面有變，只怕以前的目的，也不容易達到了！」

我立即大聲道：「我們自己人之中，出了敗類，實也難怪世人！」白老大面現驚訝之色，連：「秦兄弟此言，可是實有所指？」

我向白奇偉望了一眼，心想如今，也未曾提到他的什麼證據，若是公開指責，我也說不出所以然來，所以只得道：「我只是有感而發，黃龍會本就一個錢也沒有，我也實無資格說話。」

白老大面色陡地一沉，道：「秦兄弟，這是什麼話？當年各幫各會兄弟，既然稱你們黃龍會，曾為國出力，你如此說法，豈非自絕於眾弟兄？」

白老大這幾句話，說來聲色俱厲，我自知失言，連忙站了起來，道：「白老大，這幾年來，人窮了，自然難免有牢騷，尚祈白老大見諒。」

白老大緩緩地點了點頭，道：「秦兄弟，你是一條好漢，直腸直肚，但如果再這樣說法，未免有負其他兄弟一番盛情！」

我立刻道：「是！」

白老大道：「你坐下吧！」

我坐下來之後，對於白老大的為人，更是佩服，心想就算他沒有其他多方面人所難有的各種卓絕的才能，便足以成為一個極好的領袖了。他之能在中國的幫會組織之中，得享如此盛譽，確非倖致之事！

我坐了下來之後，又道：「既然如此，我確以為，如今大家分贓，實是不合昔年宗旨！」

我一面說，一面望著白奇偉，只見他的面色，十分難看，同時。也看到他對幾個人，在使著眼色，那幾個人立即嚷道：「我說好！再等下去，也是一樣，反正是埋在地下，為什麼不分？」

他們一面叫，一面各自從袋中，取出鋼板來，「砰砰」地放在桌上，向桌中央推來。

片刻之間，桌子中央，已經有了十三塊鋼板之多！

白老大咳嗽了一聲，一抖手，緩緩地將手中的一塊鋼板，推向桌中央。白老大一出手之後，靜了片刻，又有七個人，將鋼板推了出來。桌子中央，已經有二十一塊鋼板了！

我向其他三個，未曾有所動作的人，各望了一眼。一個便是最先開口的那個瘦長中年人，另外兩個，一個是胖子，生得十分威武，頗像是傳說中的飛虎幫大阿哥宋堅，另一個則是四十上下的人，貌相生得十分平凡，但是仔細看去，卻有一股剛毅之氣。本來，我怕的是，二十四個人同意，只有我一人，實是難以堅持。

如今，我一看竟有三個同道，心中爲之寬了一寬，只聽得那胖子道：「各位弟兄，宋某人有一事相詢。」白老大道：「請說。」

那胖子自稱「宋某人」，我更可以肯定他是飛虎幫的宋堅了。

飛虎幫也不是大幫，幫眾大多是皖北一帶的炭工，和淮河流域的窮兄弟，在飛虎幫勢盛的時候，相濡以沫，確曾救過不少人命。那時，淮河流域一有災，便是最看得出飛虎幫力量的時候，人們對宋堅的爲人，也是十分佩服，因爲他家中本來財富盈萬，皖北蕭縣境內的山頭，有一小半是他家的，但是他的家產，歷年來，都用在飛虎幫幫眾身上了。

當下，只見他略欠了一欠身，道：「如今齊集在此約二十五位弟兄，固然不少出身豪富之家。即如兄弟，家財也十分可觀。但如果咱們將這筆錢，分作二十五份，兄弟敢言，每一份的數目，仍超過任何人的家財之上！」

他講到此處，頓了一頓，又道：「試問我們這幾個人，憑什麼能接受那麼大的錢財？」

宋堅的話剛一住口，我便立即道：「宋大哥說得好，要分，這筆錢，便仍要用在各幫各會，千千萬萬的兄弟身上！」那瘦子道：「我的意思，也是和宋兄弟、秦兄弟的一樣。」

白老大望了望桌子中央，那二十一塊鋼板，又望了望我們四人。

我注意到，在剎那之間，他的臉上，現出了極其疲倦的一種神態。

那種神態，雖然一閃即逝，但是卻逃不過我的眼睛。剎時之間，我心中明白了不少問題。

本來，像這樣的事，七幫十八會中的人，能夠贊成的，絕不會有二十一人之多。

我相信，除了受白奇偉收買的那幾個人之外，其餘的人，都是看到白老大做了，他們便也照做如儀。但是，他們卻不知道，這件事的發起，根本不是白老大的心意，而是白奇偉的意思。白老大對白奇偉的寵愛和信任，是可想而知的，他一生最大的缺點，只怕也在這裏。當然，白奇偉是用著種種的巧妙的方法，在欺騙著白老大的。但白老大在自己的兒子身上，竟會栽了筋斗，這無論如何，是他的污點。

靜了半晌，白老大才道：「三位說得，也有道理，也有道理。」

他講到這裏，竟停了下來，沒有了下文。眾人心中，盡皆驚愕不已。只聽得白奇偉道：「爹，可容我說幾句話麼？」白老大揮了揮手，道：「你說吧。」

白奇偉向前跨出了一步。道：「各位大叔，如今，只有四人不同意，而有二十一人同意，這件事，實在用不著多加討論了！」白奇偉那幾句話，聽來雖是不著邊際，但實際上，卻極是厲害！

他分明是在提醒眾人，根本不必理會我們四人，而要眾人來強逼我們，取出鋼板來！我看到其餘三人，怔了一怔，像是不知怎樣應付才好，我立即一掌，擊在桌上，道：「放屁！」

白奇偉面色一變，道：「莫非二十位大叔，連家父在內，全在放屁？」

白奇偉此言一出，眾人全都向我，望了過來，有幾個，已是滿面怒容，我立即霍地站起，道：「白老大，如果你說，根本不必聽我們四人之言的，我立即就將鋼板，取了出來！」

宋堅也道：「秦兄弟說得是。白老大，青幫弟兄，散處海外的還很多，尚且可以分得開來，但像飛虎會那樣，除了七八人之外，已再無他人，莫非得了巨金，便是由七八個人分享了麼？」

我沉聲道：「白老大，你得好好想一想，莫為一時錯念，誤了一世英明！」

我不顧一切地講出這樣的一句話來，舉座盡皆愕然！因為可以說，從來也未曾有人，對白老大講過這樣的話，本來七嘴八舌的爭論，立時又靜了下來。只見白老大托著頭，並不望眾人，呆了好半晌。

我心中也在暗慶得計，因為只要說服白老大，白奇偉的陰謀，便難以得逞。好一會，在鴉雀無聲中，白老大才抬起頭來。

每一個人都望著他，等待著他的決定。但白老大卻忽然「哈哈」一笑，道：「我剛才只當老眼昏花，原來並不是！」

他此言一出，人人盡皆愕然，連我也覺得莫名其妙，不知他是什麼意思。他話一講完之後，立即面色一沉，道：「你剛才話說得極有理，但在下倒有一言相詢。」

我看出事情，已然十分不妙，但是卻不得不硬著頭皮，道：「白老大請說。」

白老大一字一頓，道：「敢問閣下，究竟是什麼人？」

我一聽得白老大問出了這樣的一句話來，一時之間，不由得如同五雷轟頂一樣，頭皮發痳，不知道說什麼才好！

而座間也傳出了一陣喧嘩之聲，白奇偉道：「大家靜一靜，聽家父說下去！」

我也在這時間，略爲定過神來，道：「白老大，你怎麼啦？秦正器你都不認得了麼？」

白老大道：「是，你很像秦正器，連手臂上的刺龍也有，你學得很不錯，但是你卻太能幹了，秦正器要像你那麼能幹的話，黃龍會又何致於侷處浙西山區，毫無發展？」他講到此處，陡地提高了聲音，喝道：「你究竟是什麼人，敢來假冒秦正器？」

白老大此言才一出口，立即便有四個人，離座而起，閃到了我的身後。

我回頭一看，四人已將我包圍住。

我自頂至踵，生出了一股涼意，忙叫道：「宋大哥，你看這是什麼話？」宋堅也站了起來，道：「一經白老大提醒，閣下該是表現得太能幹了！」

我知道，即使在處理那筆財富上，我和宋堅的意見，完全一樣的話，但如果我的身份被揭穿，宋堅也決不會和我站在一邊的！

我手心已然出汗，道：「白老大，那麼你說，我是何人？」

白老大推開了椅子，站了起來，道：「不論你是什麼人，你絕不是秦正器。兄弟，你扮秦正器，扮得十分像，幾乎連我也瞞過了，但是你卻忘了一點，秦正器只是一個粗漢子，我看你卻是極其能幹的人！」

在白老大講那幾句話的時候，所有人，都已經離座而起，將我圍在中心。

白奇偉更越眾而前，待向我撲了過來，白老大立即喝道：「住手！」白奇偉停了下來，離我不過五六尺遠近，道：「爹，我知道他是什麼人了！」

白老大沉聲道：「他是什麼人？」白奇偉面上，現出得意無比的神色。道：「他一定是衛斯理！」

白奇偉的話，才一出口，便聽得白素道：「哥哥，你別亂說！」白奇偉冷笑一聲，道：「妹妹，你放心，我還不致於連這一點都料不到，你何必到處幫著這個與我們七幫十八會作對的人？」

白素怒道：「這是什麼話？我憑什麼要幫著衛斯理？」白奇偉得理不讓人，道：「妹妹，當著那麼多叔伯，說出來就不好聽了！」白素又氣又急，幾乎哭了出來，白老大喝道：「住口！」

他「住口」兩字，出口之後，整個大廳之中，都靜了下來，沒有一個人敢說話。白老大道：「兄弟，你既然有膽，冒充別人，混進我們中來，難道連承認自己是誰的勇氣都沒有麼？」

我在這時候，心中的焦慮，實是難以形容！

在那片刻之間，心念急轉，不知曾想到了多少脫身的方法。但是，不要說這時候，圍在我身旁的人，足有三十個之多，又是個個身懷絕技。就算我只是面對著白老大一人，只怕也是難以脫身！

我竭力鎮定心神，道：「白老大，你也未免將我看得太小了，我就是衛斯理！」

我話才一講完，白素以手掩口，「啊」地一聲驚呼，眾人也是一陣嘩然，白奇偉一個箭步，掠到我的面前，五指如鉤，伸手向我當胸抓到。我身形一側一矮，反勾他的手腕，以三隻手指之力，向外輕輕一帶！白奇偉絕想不到我在這樣的情形之下，竟然敢予還手，因此我一出手，便自得手，白奇偉身形一個踉蹌，向外跌出了七八步去。白奇偉一向外跌出，圍著我的圈子，立即小了許多，白老大擺了擺手，眾人又停下了來。白奇偉在地上，一個翻身，跳了起來，狠狠地瞪著我。白老大望著我，道：「衛兄弟，這幾年來，我雖然沒有在外走動，但是外面的事情，我卻也知道不少，你為人行事，我也大有所聞，頗敬你是一條漢子！」

我立即道：「多謝白老大這一句話。」

白老大的面色，突然一沉，道：「衛兄弟，可是你今日此舉，卻是犯了咱們七幫十八會的大忌，你有什麼話，快些交代吧！」他一面說，一面已經緩緩地揚起手來！

白老大一揚起了手，衣袖褪下，露出手腕之上火也似紅一隻瑪瑙手鐲來。我一聽得白老大的這幾句話，已經知道白老大今晚，絕不肯放過我，一時之間，幾乎已經絕望了。

可是我一看到那隻火紅的鐲子，立即想起紅紅來，忙道：「不錯，我的確有話要說。」

白老大道：「你不妨直說，就算有一些什麼事，你必須要做的，我也一定可以代你做到！」

第八部：絕處逢生情義深重

白老大分明是要我交代遺言了！

我竭力令得自己鎮定，道：「我有一個表妹，在美國讀書，渡假回來，卻爲令郎派人綁去，尙祈令郎，將之放出！」

我此言一出，白老大面色，不禁微微一變，兩道嚴厲無匹的目光，立時向白奇偉掃去，白奇偉想是心中發慌，道：「早已放了她了！」

我也知道紅紅早被他們，放了出來。而我之所以要對白老大提出這個要求，便是要由白奇偉在倉惶之間，講出這句話來！

我一聽得他如此說法，心中暗暗高興。道：「白老大，我表妹一點也不會武功，只是一個學生，尙希望令郎不會難爲了她！」

這時候，白老大的面色，鐵也似青，眾人之中，也響起了一片竊竊私議之聲。我知道，至少在這件事上，眾人的同情，是在我這一邊。好一會，只聽得白老大道：「奇偉，這位小姐，若是有什麼差池，我要你的命！」白奇偉的態度，狼狽之極！

他此際，心中一定對於剛才的失言，感到後悔之極！因爲，如果他一口否認的話，我也絕無證據，可以說那是他們的事。

而我之所以說他還沒有放人，而不指責他綁人，也是這個緣故，因爲我如果指責他綁人的話，他下意識的反應，便是否認。如今，我指責他沒有放人，他下意識的反應，仍是否認，但是他否認了沒有放人，便等於是承認了曾經綁過人！

當下，白奇偉低著頭，說了一個「是」字。

白老大回過頭來，道：「衛兄弟，這件事，確是小犬之錯，我一定會重重處罰他的。但是，你卻仍然不能生離此處！」

我一聲長笑，道：「白老大，我既然闖了進來，自然是冒著奇險，死而無冤，但是，我卻要將話講完才行！」白老大點頭道：「你說。」

我道：「事情之起，乃是于司庫曾經來找過我，而我沒有答應他！」白老大道：「這個我們知道。」我又道：「于司庫之死，自然是罪有應得，但是他死得極慘，死前，只怕受過極重的拷打！」白老大一怔，道：「沒有這種事，他是中毒而死的。」我一笑，道：「中毒？警方有于司庫死情的詳細紀錄，這並不是我能夠憑空捏造的事，而我相信，一定有人，以極其殘酷的方法，想在他口中，將藏這宗財富的地點，講了出來！」

白老大默不作聲，有人叫道：「白老大，還聽他胡謅作什麼？」我立即又道：「還有，我的一個朋友，是全然不會武的，也被打成了重傷！」

白老大轉頭，向白奇偉望了一眼，仍然不說話，我又將所有的事，約略地講了一遍，只是隱起了我和秦正器的關係不說。白老大緩緩地點了點頭，道：「衛兄弟，我知道了，你的確是好漢行徑。」

我一聽此言，心中不禁大喜。

但是白老大立即又道：「但是，七幫十八會的這個秘密，卻絕對不能外洩，念在你是一條漢子——」他講到此處，一抖手，晶光一閃，手中已經多了一柄七寸來長，寒光耀目的匕首。

我心中猛地一震，白老大已將匕首柄向我，遞了過來，道：「接住了！」我茫然地伸手，接了過來。

白老大道：「我手下不殺好漢，你以這柄匕首，自盡了吧，這是上海小刀會大阿哥的遺物，用來自殺，也不辱沒了你！」

我握住了匕首，手不禁微微地發抖來。

在我的一生之中，不知經歷過了多少出死入生的事情，但是在每一次生死關頭，都是決定於俄頃之間，事後想想，不免一身冷汗，在當時，卻是將生死置之度外，全無感覺。

像如今這樣，要以一柄匕首來自盡，而且還是出於爲人所逼，卻還是頭一遭！

白老大嘆了一口氣，道：「衛兄弟，你不必猶豫了，就算我肯放過你，其他弟兄，也必然不答應，你可以問一問，只要有一位弟兄，說你可以走，我立即恭送你離開這裏！」

我抬起頭來，向眾人望去，每一個人，都像是石頭雕出的那樣，都一動也不動的站著。

有幾個人，面上露出得意的神色，有幾個人，面上漠然毫無表情，有幾個人，面色像是對我，十分同情，但是，卻沒有一個人動一動，也沒有一個人出聲！

我強笑了一下，道：「白老大，不論如何，我對你爲人，仍然是十分佩服，令郎行事如此不堪，尚祈你莫徇私情，令我死後，也難以瞑目！」

白老大道：「這件事，你儘可放心！」

我低下頭來，望著那柄鋒利已極的匕首。我看了並沒有多久，一橫心，手腕一翻，一匕首便向自己的心窩刺出！那時候，我實是自知必死，因爲我絕無逃生的可能！可是，就在我手腕翻起的一瞬間，眼前突然一黑，伸手不見五指！

那變故雖是突如其來，可是我幾乎連發怔都未曾，便向側疾躍而開！

而在我疾躍而開之際，我覺出身旁，有一股強風掠過，那當然是白老大的一掌！

我躍開之後，立即站定不動。因爲在漆也似黑的境地中，白老大也不可能知道我在那裏，我必須利用這個機會逃出去，我甚至不知道可供我利用的機會是多少，是幾秒鐘，還是幾分鐘！

黑暗之中，只聽得白老大的聲音道：「誰也不要走動！」我剛想身形一矮，藏入桌子底下，但一聽得白老大如此說法，我卻不敢再動。

因爲這時候，人人都聽了白老大的吩咐，不敢動彈，我只要一動的話，雖然在黑暗之中，白老大一樣看不到我，但是，以白老大在中國武術上的造詣而論，我就算再小心，他也必然聽到一點聲息，而他必然可以向我襲擊的！

在那幾秒鐘寂靜無比的時間之中，我經歷了一生之中，從來也未曾經歷過的焦急，我身上已經汗出如漿，只聽得白老大又道：「衛兄弟，想不到你在我們這裏，竟然還有內應！」白老大的聲音，在黑暗中聽來，更加莊嚴之極，我屏住了氣息，不敢出聲。

白老大說我在這裏有內應，他卻是料錯了！

這裏的電燈，如何會突然熄滅，我心中也是莫名其妙！

白老大的話，才一出口，突然在黑暗之中，離我足有兩丈開外的地方，響起了「我的」聲音！

那的的確確是我的聲音，連我自己，也分辨不出那聲音和我口中所發的，有什麼不同，我當時心中的奇怪，實是難以言喻！因爲我分明站在這裏，如何，我的聲音會在兩丈之外響起呢？只聽得「我的」聲音道：「白老大，你猜錯了，我並無內應——」

「我的」聲音才講到此處，突然聽得白老大「哼」地一聲，緊接著，「轟」地一聲，和「乒乓」之聲，不絕於耳！

在那剎那間，我明白了！

那一定是有一個極善模仿他人聲音的人，模仿了我的聲音，在另一隅發聲，他的目的，是在轉移白老大和眾人的注意力，好給我以逃走的機會！在黑暗之中，我沒有法子知道那是什麼人，我懷著對這個不知名的恩人，極度感激的心情，根據記憶力，身形一閃，閃到了門旁，我一到門旁，室中因爲白老大發掌循聲擊出，已經十分混亂，我的移動，也沒有人發覺，我立即打開了門，閃身而出。

我剛一出門，便聽得有人叫道：「衛斯理走了！」我倚住了門，喘了一口氣，四面一看，身形一伏，已經來到了一張沙發的背後，伏了一伏。

也就在此際，我又聽得室中，「我的」聲音叫道：「姓衛的在此！」我連忙又閃身而起，到了電梯旁邊，電梯門恰好開著，我一閃而入，按動了電鈕，電梯門自動關上。在電梯門將關未關之際，只聽得白老大一聲怒吼，叱道：「好畜牲！」

我不知道白老大的這一聲怒叱，是什麼意思。事實上，我也根本不可能去追究白老大的怒叱，是什麼意思，因爲電梯的門一關上，便已經向上，升了上去。

沒有多久，電梯一停，門打了開來，我立即閃身而出，只見兩個中年人守在電梯之旁，道：「咦，秦兄弟，會散了麼？」

我道：「還沒有，但是我有事，先走一步。」

那兩個中年人道：「可有白老大的命令？」

我向前踏出了一步，道：「有！」那兩個中年人一伸手，道：「拿來！」我又向前走出了一步，雙臂一振，倏地出手，那兩個中年人立即後退時，我已經拿住了他們的脈門！

那兩個中年人面色一變，道：「秦兄弟，這……是什麼意思？」我向前看去，只見窗戶外面，可以看到黑沉沉的海，我立即道：「對不起，暫時要委屈你們一下！」那兩個中年人厲聲道：「你絕逃不開這個島的！」

我雙手向懷中一帶，將那兩個中年人，一齊向我懷中，扯出了一步，他們兩人，手腕被我拿住，實是沒有掙扎的餘地。

被我扯出一步之後，他們兩人一跌，「砰」地一聲，頭和頭相撞，立時昏了過去！

我不再耽擱，雙手一鬆，向外掠去，迅即掠出了窗口就地一滾，滾出了兩三丈。向海灘邊上，一直奔了出去，來到了海邊上，我不禁呆住了！

海邊上，海水茫茫，映著星月微光，並沒有船隻，我若是不離開這個荒島，可以說是必死無疑，既沒有船隻，我只有試一試游水了！

我呆了片刻，身形一聳，已從一塊巖石之上，向海中躍了下去。

「撲通」一聲，我沒入了海水之中，又立即浮了起來。也就在這時候，我看到海邊的一個巖洞中，突然有手電筒的光芒，閃了一閃，同時。聽得一個中年婦女的聲音叫道：「是衛先生麼？快過來，向外面游去，你是逃不出去的！」

我浮在水中，向上看去，只見岸上已有人影閃動。

如今，我必須面臨抉擇，是聽那個中年婦女的話，向她游過去呢，還是向前游出？向前游出，前面是茫茫大海，就算是能逃脫白老大等人的追蹤，是否能夠游到陸地，也還有疑問，那中年婦人的聲音，可能是誘惑我前去的，但也有可能，是真正來救我出險的。

我只是考慮了極短的時間，我想到了會場的電燈，突然熄滅，又有人模仿了我的聲音，轉移了白老大的注意力，使我能逃到了海邊，可知在這裏，一定有著同情我的人在！因此，我立即向電筒閃耀之處游去。

等我游近了那個巖洞，已經聽得有幾個人，跳落水中的聲音！我爬上了巖洞，只聽得黑暗之中，那中年婦人的聲音，又傳了過來，道：「快進來！快！」我向前走去，道：「你是什麼人？」那中年婦女道：「禁聲！」

她手中的電筒，不住地一閃一閃，引著我向前面走去，我竭力想辨清她的模樣，但是卻只能看到她的背影，只見她穿著一套黑色的衫褲，身形佝僂，看來年紀，比我想像中還要大。約莫向前，走出了十來公尺，那中年婦女停了下來，道：「你在這裏，千萬不要出聲，更不要出去，我會再來看你的。」

我低聲道：「你究竟是什麼人？且容我謝你救命之恩！」那中年婦女道：「救你的不是我，你何必謝我？我只不過是奉命行事罷了！」她話一講完，便立即向外面走了出去。

我略爲鬆了一口氣，坐了下來。時間一久，我已經可以在黑暗中略略辨清自己所在，是一個小小的山洞。

山洞的一角，有一張床，卻只有床板，我在床沿坐了下來，發現床旁邊，還有許多洋娃娃之類的兒童玩具，那究竟是什麼地方，我實在莫名其妙。

我等了一個來鐘頭，不見有什麼動靜，便脫下了身上的濕衣服擰乾了，重又穿上，當然那令得我極其不舒服，但是在這樣的情形之下，只要能平安離開，已經算是幸事了！

我以臂作枕，在那張床上，躺了下來。

我發現那張床很短，只能給兒童睡的，任何成人，都不會夠長的。我忽然想起神鞭三矮子來，只有他們，才會要這樣的小床。難道竟是他們救了我？我立即推翻了自己的想法。

因為神鞭三矮，只不過是生得矮小，像是兒童而已，他們卻已經是幾十歲的人了。絕不會再有玩弄洋娃娃的童心的。

這個地方，看來曾像是作為一個孩子的秘密地方，我自己，在童年時候，也有一個只有我一個人知道的秘密地方，那是一間祠堂的後屋，從來也沒有人到之處，我每逢什麼人也不想見的時候，便一個人在這個秘密地方，呆了半天。

那麼，如今，救了我的，竟是一個孩子麼？

這似乎更其不可思議了！我心中不斷地思索著，雖然我已經十分疲倦，但是卻沒有睡意。

因為我雖然暫時逃脫了白老大等人的追蹤，但究竟還身在荒島之上，他們是不是永遠不會發現我的蹤跡，而我又能不能安然離開此處呢？

我想了許久，看了看手錶，已經是凌晨四時光景了，也正在這個時候，我聽得一陣腳步聲，傳了進來，我整個人緊張起來。幾乎成了僵在那張床上一樣，一動也不動。不一會那腳步聲，已經來到了近前。

我正想發問時，那人已經開口，道：「他們沒有找到這裏來麼？」

我一聽，正是那中年婦人的聲音，才鬆了一口氣，道：「沒有人來過。」

那中年婦女道：「你跟我來吧，我已經爲你準備好一艘快艇了！」

我呆了一呆，道：「你究竟是奉什麼人之命，來救我的？」

那中年婦人見問，突然長長地嘆了一口氣，道：「不必……說了！」我聽出她的語音之中充滿了悲傷，心中不禁更是大奇，趁她不覺，我一伸手，奪過了她手中的電筒，將之打亮。電筒的光芒。直衝上洞頂，我已經可以看清對方，約莫六十上下年紀，滿面淚痕，正在哭泣。

我立即道：「大娘，究竟是爲了什麼？」

那中年婦女默默地搖了搖頭，道：「別說了！」她一伸手，按熄了電筒，道：「跟我來吧！」她一面說，一面便向外走去。我只得跟在她的後面，來到了那巖洞口子上，向下望去，只見已有一艘快艇，泊在洞邊。我向那快艇，望了一眼，又轉過頭來，道：「大娘，你一定要告訴我，救我的是誰，我要謝他！」

那中年婦女又嘆了一口氣，道：「只怕你已經不能向她道謝了！」

我吃了一驚。道：「爲什麼？」

那中年婦女，又流下淚來，道：「她問我……你是不是已經脫了險，唉，她自己已到了這等地步，但是卻還念著你！」

我急得握住了她的手，道：「誰，你說的究竟是什麼人啊？」

那中年婦女抬起頭來，望了我半晌，道：「如果你竟想不到救你的是什麼人，那麼，真的枉她救你一場了！」我呆了半晌，心念電轉，陡地失聲道：「難道……難道是她？」

那中年婦女仍望著我，不出聲，我補充了一句，道：「是白素，白小姐？」

我剛才在想那救我的是什麼人之際，陡地想起，我的藏身之所，既然是一個孩子的秘密地方，在這個荒島上長大的孩子，除了白奇偉和白素兩人之外，還會有什麼人？而救我的，當然不是白奇偉，那就不問可知，一定是白素了！

只見那中年婦女，點了點頭。

我心中不知是什麼滋味，忙道：「那麼，她如今怎麼樣了？」

那中年婦女道：「你……別問了，快走吧！」

我發急道：「不行，你一定得講給我聽！她如今怎樣了？」

那中年婦女哭得更其哀切，道：「可憐的孩子，我從小看著她長大，如今……只怕她反倒要比我先離開這個世界了！」我一聽得她講出這樣的話來，不由得如同五雷轟頂，呆若木雞！

中年婦女抹了抹眼淚，道：「你快走吧，不要辜負了她的一番心意！」

我想了一想，道：「我不能走，她爲了救我，竟有生命之危，我如果離去，還算是什麼人？你帶我去看她！」

中年婦女忙道：「衛先生，你在胡說些什麼？」

在我知道了，將我在這樣的險境之中救出來的，竟是白素的時候，我心情的激動，實在是難以言喻！我不是不知道，如果我不趁此機會離去的話，可能永遠沒有機會離開這個荒島了！但是，白素生命垂危，我又怎麼能不去看一看她？

我並不是易於衝動的人，但卻是極重感情的人，我的決定，實已不可改變！當下我道：「你放心，白小姐並沒有救錯人，我無論如何，一定要去看她，一定要去！」

那中年婦女呆住了不出聲，好一會，才道：「衛先生，小姐如果見到了你，她會永遠恨我的。」我道：「我可以向她說明，不關你的事！」

我一面說，一面已經一個轉身，又向島上掠去！

我只聽得那中年婦女，發出了隱隱她一聲長嘆，已經看到前面，三條矮小的人影，疾閃而至，喝道：「什麼人？」我立即站定身形，道：「衛斯理！」來的三人，自然是神鞭三矮，他們一聽我報出了姓名，也不禁一呆！

我見神鞭三矮在猶豫，立即又道：「快帶我去見白老大！」

神鞭三矮齊聲道：「你在弄些什麼花樣？」我冷笑一聲，道：「我本來已可從容離去，如今又來自投羅網，還有什麼花樣可弄，快帶我去！」

神鞭三矮道：「請你走在前面。」

那時候，我心中除了想要見到白素之外，實是沒有其他的願望，而且我也根本沒有心神去想到「害怕」兩個字。

我一聽得神鞭三矮叫我走在前面，便立即昂首大步，向前走去。

只走出了兩三丈，前面迎面而來的人，已越來越多，個個見了我，面上皆露出了訝異的神色，我連看都不向他們看一眼，只是向前走去，不一會，已進了山洞，來到了電梯之前，等電梯升了上來，神鞭三矮和我，一齊走了進去。

一進電梯，神鞭三矮，各自站在電梯的一角，用心戒備，我向他們望了一眼，道：「你們放心，我絕不會與你們動手的！」

三人互望了一眼，道：「我們只當你已經逃走了，卻不料你又自己走了回來。」

我心中一動，道：「你們怎麼知道我已逃走的？」神鞭三矮道：「白小姐說的，她說她已作了安排，你早已離開這裏了！」

我心頭一陣難過，道：「如今，她……怎麼樣了？」神鞭三矮，面上閃過了一片黯然的神色，接著，又各自惡狠狠地瞪了我一眼，大聲道：「你還好意思問起她麼？」我知道白素平時，極得人心，這些人見了我，心中一定恨極！

我也不再出聲，不一會，電梯的門打開，神鞭三矮擁著我走出電梯。

一出電梯，便是那個大廳，只見七幫十八會的頭子，除了白老大之外，個個都在，但人人皆是一聲不出，面色沉重，默然而坐，一見我進來，人人向我望了過來，有幾個，霍地站起，神鞭三矮走前一步。道：「他要見白老大，待白老大來了再說！」

我傲然地向前走出，在一張沙發之上，坐了下來，只聽得有人道：「這小子，不將他餵鯊魚，也難洩咱們心頭之恨！」

那人的聲音，雖然不高，但是語意，卻是堅決之極。我這時，根本已將生死置之度外，聽了也根本不覺得什麼害怕。

神鞭三矮離了開去，不一會，便聽得一陣十分沉重的腳步聲，傳了過來。

我立即轉過頭來，只見白老大背負雙手，面色鐵青，一步一步，正向我走了過來，我等他來到了近前，便站了起來。

這時候，大廳之中，實是靜到了極點。

白老大來到了我的面前兩三步處，方始停了下來。

我和他分手，只不過一夜，如今，他面色鐵青，威嚴無匹，但是我卻也看到了他雙眼浮腫，在這一夜之間，老態又呈！他望著我，我也望著他，好一會。他坐了下來，道：「你也坐下！」

我依言坐下，有人叫道：「白老大，還等什麼？」白老大卻揮了揮手。

我頓了一頓，道：「白老大——」但是我只叫了一聲，白老大卻一聲咳嗽，打斷了我的話頭，道：「奇偉可能和毒販有勾結，我已將他扣起來了。你明知逃不脫，又回到此處，可知你不失為一條漢子，那二十一塊鋼板，你交出來吧！」

我一聽得白老大如此說法，不由得陡地一呆。

但是我卻不立即辯白，只是一聲長笑，道：「白老大，你以為我是逃不脫才回來的，這可料錯了，我如果不回來，你們絕找不到我！」

白老大沉聲道：「那你回來作甚？」

我嘆了一口氣，道：「白老大，我在立即可以逃離荒島之際，得知救了我的，竟是令嬡，我……要見她一面，所以才回來的！」

白老大抬頭向上，半晌不語，我看到他眼中，似是十分潤濕，好一會，他並不低下頭來，道：「你要見她作什麼？」

我強笑一下，道：「聽說她因我受了傷，實是難以就此離去，棄她不顧，所以非回來見她不可！」

我在講那幾句話的時候，因爲心情激動，講得極其慷慨激昂。

本來，大廳中所有望著我的人，面上都大有怒容，但是我這幾句話一出口之後，大多數人，面上已經聳然動容，換上了敬佩的神色。

老實說，我實在可以逃走的時候，不離開險地，反倒自投羅網之際，絕未曾想到自己的行爲，會使得眾人對我的印象改觀。

我只是要見一見白素，那是一種極其強烈的衝動，令得我不顧一切！白老大又呆了片刻，才低下頭來，道：「我想，你不必去見她了，她一心以爲你已經逃了出去，所以雖然身受重傷，心中仍是十分快樂。但如果她知道你未曾離開此處的時候，心中反而難過了。」

我呆了一呆，道：「她……傷得很重麼？」

白老大「嗯」地一聲，道：「當她發聲之時，我循聲進擊四掌，她一腿一臂，骨頭斷折，還斷了兩條肋骨、內臟也受了傷！」我急道：「她受傷這麼重，還不送她到醫院去？」

白老大道：「那倒不用，我這裏有最好的內外科醫生，我對於接骨，更是在行。」

我嘆了一口氣，道：「我知道她傷勢無礙，心中也寬慰些，她見了我或則會傷心，但是只讓我見她一見可行麼？」

白老大想了片刻，道：「可以，宋兄弟，你帶衛朋友去。」飛虎幫的宋堅，答應一聲，便站了起來，帶著我，從一扇門走了出去。

我剛一走出門，便聽得大廳之中，人聲嘈雜，想是眾人在商議如何對付我。

我們經過了一條走廊，來到了一扇門旁，只見那個叫我進山洞，又叫我逃走的中年婦女，恰好從門中，走了出來。她望了我一眼，宋堅道：「大娘，老大吩咐，讓這位兄弟看一看小姐。」中年婦女嘆了一口氣，將門推開了寸許。

我從門縫中向裏面望去，只見那是一間非常整潔的房間，正中一張床上，正躺著白素。白素的右手、右足，都紮滿了綁帶，胸前也隆起老高，大約已上了石膏，在床旁，坐著兩個老者，看樣子似是醫生。

白素星眸緊閉，面上了無血色，躺在床上，像是死了一樣。我越看心中越是難過，不由自主，將門掩了開來，一步跟了進去！

但是，宋堅立即跟了進來，一伸手，便將我拉開了一步，將門關上，道：「衛兄弟，你如果真是感激她的情義，此時實是不應見她！」

我嘆了一口氣，只聽室內傳來微弱的聲音，道：「外面……誰在說話，是宋大叔麼？」宋堅忙道：「正是我。」白素又道：「宋大叔，什麼事？」

宋堅連忙向我，使了一個眼色，我心中會意，向旁退開，宋堅打開了門，走了進去，故意將門開著，道：「各幫弟兄，託我來看看你的傷勢。」我悄悄地從門縫中望進去，只見白素的眼睛，微微地張了開來，眼中一點神采也沒有，道：「我……覺得好多了，他……可是已逃出去了？」宋堅呆了片刻，點頭道：「是。」

我見白素在這樣的關頭，仍是念念不忘我的安危，心中一陣發酸，不禁落下淚來。

我真想立即衝了進去，俯伏在她的床前，但是我知道我一進去，白素見她費盡心血，我仍然未能逃脫，一定會急昏過去，令得她傷勢加劇，可能因此，鑄成難以彌補的大恨！只聽白素道：「宋大叔，你別騙我！」

宋堅轉過身來，面正向著我，我看到他的面色，十分痛苦。當然，他是一條響噹噹的好漢，絕不會說半句謊話的，但是這時候他卻不得不說謊了，只聽得他說道：「你放心，他已經安全了！」

白素長長地嘆了一口氣，道：「宋大叔，爹準備將他怎麼樣？」

宋堅默然不語，白素又道：「宋大叔，你最疼我，你可能答應我一件事？」宋堅道：「你說，什麼事？」白素喘了幾口氣，她身旁的兩個老者，皺了皺眉頭，道：「不要再說話了！」

白素道：「不，讓我把這句話……講完，宋大叔，你可能設法通知他，叫他立即遠走高飛！」宋堅呆了好一會，才道：「我一定盡力而爲。」

白素吁了一口氣，又閉上了眼睛，一個醫生立即爲她按脈，另一個揮手令宋堅出去，宋堅悄悄地退了出來，一言不發，向前走去。

我跟在他的後面，在我們將進大廳之際，他突然停住，伸手在我的肩頭上拍了一拍，沉聲道：「衛兄弟，可惜我們相見太遲，又是在這樣的場合之下相識。」我道：「宋大哥，你的爲人，我心儀已久了。」

宋堅道：「衛兄弟，你只要將那二十一塊鋼板，連同秦正器的那一塊，交了出來，我以性命擔保你不會再與七幫十八會作對，保你平安離開此處！」我心中對宋堅，實是感激之極！試想，我和宋堅，相識不過半日，他只不過根據了我自動回來這件事，看出了我的一點長處，便自與我肝膽相照，肯以性命擔保我不再生事，這是如何難能可貴的友誼！但同時，我心中卻也不禁吃驚！

我忙道：「宋大哥，桌上那二十一塊鋼板，不見了麼？」宋堅面色一沉，道：「衛兄弟，你這樣問法，未免太瞧不起老哥了！」

我道：「宋大哥，你既然敢以性命擔保我不再與七幫十八會作對，自然應該相信我並未曾將那二十一塊鋼板取去！」

宋堅的面上，微露不信之色。

但是他不信的神色，卻一閃即逝，立即又變得十分剛毅，道：「好！」

第九部：誰是內奸

我一時之間，也弄不懂他那一個「好」字，是什麼意思，是不是，已經相信了我的話。同時，我心中對於那二十一塊鋼板失蹤的事，也感到十分迷惑。

當時，室內燈一黑，情形混亂之極，我逃走尚且不及，怎會再顧及桌面上那二十一塊鋼板？但就算有人要覬覦那二十一塊鋼板，卻也不是容易的事，因爲就算情形混亂，二十一塊鋼板一齊取起，也不免「叮噹」有聲，室中全是奇才異能之士，也不可能不發覺。

如今的事實是，那二十一塊鋼板，已經不見，當然是落入一個人的手中，雖說當年于司庫的設計，極其精密，少一塊鋼板，也難以發現出藏埋錢財的所在，但有了二十一塊鋼板在手，總已經掌握了極大的線索。也就是說，這一筆屬於七幫十八會，千千萬萬弟兄的財富，可能落在一個奸人的手上！

我正在想著，宋堅已經伸手推開了門，我和他一齊走了進去。

白老大手托著頭，也不抬起頭來，道：「你見過她了！」我一挺胸，道：「見過了。」

白老大道：「你走之後，我們已經商議過，連我在內，共有七個人，願意保你不生事，可以令你平安離開此處。」

宋堅大聲道：「白老大，連我一共是八個人！」

白老大點了點頭，道：「好，但是衛朋友，你將那二十一塊鋼板，交出來吧！」

我應聲道：「白老大，我並沒有取那二十一塊鋼板！」只聽得一人叫道：「白老大，我說他是逃不出去，才裝模作樣的，我們對他仁至義盡，他卻如此狡猾，如何能放過他？」

我向那人一看，道：「閣下如何稱呼？」

那人「哼」地一聲，道：「行不改名，坐不改姓，鐵樑會大當家，劉阿根！」

那「鐵樑會」乃是江南兩省，鐵匠兄弟的會社組織，勢力頗是雄厚，而且打鐵的工人，大都膂力驚人，所以鐵樑會的人，每每向人尋是惹非，但是卻還沒有什麼越軌的行動。他必欲將我置之死地，自然是受了白奇偉的收買了。我立即道：「原來是劉大哥，照劉大哥的說法，那二十一塊鋼板，一定是我取走的了？」劉阿根大聲道：「當然！」

我一聲冷笑，道：「我與白小姐，事先絕無約定，電燈一熄，白小姐仿我的聲音，在屋角發話，在這樣的情形之下。除非是劉大哥那樣的人物，才能有心思再去取鋼板，像我那樣，已經只顧逃命了！」劉阿根一聲冷笑，道：「扯蛋，說到我頭上來作什麼？不是你取去的，這裏盡是七幫十八會的弟兄，還有誰會取？」

劉阿根的話一出口，立即有七八人附和，道：「不錯，不是你是誰？」

我又道：「若是我志在財物，何不當時也將鋼板取出，分了這一份，也足夠我用了，為什麼我還要不贊成分開這筆財富而致露了破綻？」

我這幾句話一講，那些人個個瞠目不知所對。

但也就在此時，只聽得「嘿嘿嘿」三聲冷笑，一個人站了起來。

我向那人一看，不禁一驚，只見那人，獐頭鼠目，一臉奸猾之相。穿著一件晨衫，卻扣了老粗的一條黑錶鍊，道：「衛斯理，你是想獨吞！」

我真難想像，七幫十八會中，還會有這樣的人，充任首腦，沉聲道：「閣下何人？」

那人道：「不敢，金雞幫的大龍頭，石看天。」

我「哼」地一聲，道：「胡說，誰不知金雞幫的大龍頭，乃是鎮江蔣松泰，那裏跑出你來？」石看天冷笑道：「難道我也是冒充的？蔣大龍頭三年前身故，將大龍頭之位，傳了給在下！」

我嘆了一口氣，不再出聲。

石看天道：「衛朋友，白老大對你，實是仁至義盡，只要你將二十一塊鋼板交出，便可離去，生死兩路，由你自己選擇，如果你定要選擇死路，那麼，是你自己決定，誰也不便再來勉強你了！」

石看天的話，講得極其陰濕，輕輕巧巧，幾句話之間，已經一口咬定，那二十一塊鋼板，是我取走了的！我瞪著他，冷冷地道：「那張二十萬元的支票，你兌現了沒有？嗯？」

石看天的面色，陡地一變。

尚有幾人，面色也微微一變。

我立即道：「白老大，當令郎還當我是秦正器之際，曾給我一張二十萬元面額的支票，囑我聽他的話，我相信這種支票，在場的人身上，定有不少，白老大不信，可以搜一搜！」

我一面說，一面留意各人的神色，只見約有十一二人，面色為之大變。

白老大面色，也難看之極，但是他卻立即叱道：「這是七幫十八會之事，不要你多管！」

我一笑，道：「我自然不會多管，但我相信，在『死神』唐天翔死後，令郎必有意代他而起，成為販毒、走私集團之首腦，雄心確是不小！」

白老大冷笑道：「小犬雖然不才，但是卻還不至於像閣下所說，那樣不堪。」

我知道，要一個英雄蓋世的父親，相信他的兒子，是一個非常卑鄙的人，那是一件十分困難，近乎不可能的事，我只是道：「我未曾取過這二十一塊鋼板，秦正器的那塊，在我這裏，白老大，我代秦兄弟交給你了！」我摸出那塊鋼板來，放在白老大的身旁。

白老大道：「衛兄弟，那二十一塊鋼板，若不是你取去的，那又是誰？」我立即道：「可能是令郎！」白老大「哼」地一聲，道：「他已被我立即扣起，身上藏有二十一塊鋼板，我為有不知之理？這裏許多人，個個都已為了表明心跡，而相互搜檢過了，除你一人而外，還有誰？你若是一定不肯交出，那實在是太可惜了！」大廳之中，顯得十分寂靜。我站在眾人的當中，心中在拚命思索。

過了四五分鐘，我才道：「白老大，既然是這樣，那麼照此看來，這二十一塊鋼板，只怕還在會議室中！」白老大冷笑一聲，道：「你找吧！」我一個箭步，向會議室的門口走去，眾人都跟在我的後面。

我雖然已經揭發了白奇偉的許多醜行，但是，即使是同意放我離開這裏的人，也都以爲那二十一塊鋼板，是被我取去的。

我若要脫身，非找到這二十一塊鋼板不可。我心中毫無疑問地肯定，鋼板是白奇偉所做的手腳。但當時，我一進電梯，便聽得有人追出來之聲，可見會議室中的混亂，恢復得極快。而白奇偉多半也不可能在這麼短的時間內，將那二十一塊鋼板，運到遠處去，我更可以料定，在他的同黨之中，絕沒有敢於將二十一塊鋼板，藏在身邊的人，那麼，鋼板實在可能還在會議室中。

我一馬當先，走進了會議室，一個箭步，來到了那張圓桌旁邊。

眾人將我團團圍住，我俯身細心去察看桌面，又俯下身來，仰頭去看桌面的反面。

我記起有一套魔術，是可以將放在桌面上的東西變得不見的，那是桌面上有著機關的緣故。

白奇偉可能料到，眾人會將鋼板，擺向桌子中心，可以在桌面中心，做下機關，我相信如果不是白素爲了救我，而突然熄了電燈的話，當二十五塊鋼板，一齊集中在桌面中心之際，電燈也可能神秘熄滅一分鐘或半分鐘，而當電燈復明之際，鋼板也會不翼而飛。

但是，我細細檢查桌面的結果，卻是毫無發現。

眾人都冷冷地望著我。石看天道：「衛朋友，咱們別做戲了！」

我立即道：「白老大，你若是不讓我找下去的話，我就停手！」白老大道：「你繼續找吧！」

我退開了兩步，細細地打量那張桌子，約有五分鐘的時間，才逐張逐張椅子，仔細找了一遍，也沒有什麼異狀。我心中暗暗發急。又呆了一會，突然想起，那二十一塊鋼板，失蹤之際，誰也沒有聽到聲響。

這究竟是什麼原因呢？

因爲時間，和室內的混亂情形，又是在漆黑的境地之中，絕不可能使取鋼板的人，小心地一塊一塊拾起來，而不發出一點聲音。

就算是用一條極厚的毛毯，將那二十一塊鋼板，裹了起來，也不可能不發出聲音。

我想了片刻，百思不得其解，便道：「白老大，你可曾想到，那二十一塊鋼板，突然失蹤之際，一點聲音也沒有發出這一點？」

白老大道：「想到過了，我正想問你，你所取的是什麼法子！」

我苦笑一下，道：「當我們找到那二十一塊鋼板之際，就可以知道了！」白老大道：「你不妨慢慢地找，我們一定奉陪。」

我在會議室中，上上下下，足足找了半個來小時，卻是一無結果，我額上不禁冒出了汗，站定了下來，閉上了眼睛。鋼板的失蹤，不是白奇偉親自下手，便是他的黨羽下手的，但就算是他的黨羽下手，也一定要得到白奇偉的號令。

白奇偉是怎樣發出號令的呢？

我假設，白奇偉原來，便有一個計劃，是準備攫取二十五塊鋼板的，那麼，最適宜於發施號令的地方，當然是他所站立之處。

白奇偉是站在白老大的背後左方的。

我一想到此處，立即一躍而前，向白老大的座位躍去。白老大冷冷地道：「這是我的座位啊！」白老大的座椅，與其他二十四張，略有不同，那是其餘的人特別尊敬他的緣故。

剛才，我逐張椅子檢查的時候，也因爲那是白老大的座椅，而沒有十分注意。

我道：「知道，我有一個假想，需要在這張椅子上證實。」白老大道：「請便。」

我蹲了下來，來檢查椅子的左邊，那是一張圓靠手的紅木椅子，靠背處，鑲著一幅大理石的山水畫，手工十分精細，所有的木枝，都不過寸許直徑粗細。

我極其仔細地檢查一遍，仍是一無所獲。

在我幾乎要放棄的時候，我心中暗忖，一不做，二不休。雙子舉起了那張椅子，向地上重重重地一摔！在其餘人尚未阻止我這一行動之際，那張椅子，已被我摔得七零八落！白老大沉聲道：「這是什麼意思？」

我尚未來得及回答，便已發出了一聲歡呼！

因為我發現，在一段寸許來長的紅木上，有著金屬的亮光，我連忙將這一段東西，拾了起來，只是那一段東西，外面的顏色，和這張紅木椅子。一模一樣，絕對分別不出來。

但是，那段東西，卻是空心的，裏面有幾粒半導體，還有幾個線圈，和幾片銅片。我將那東西遞給了白老大，道：「白老大，我對無線電方面的知識不夠，敢問這東西，有什麼用處？」

白老大面上，也現出了疑惑之色，將那東西，接了過去，看了一眼，道：「這是最簡單的半導體裝置，如果以金屬的物品，在上面一碰，在某個地方，如果有著接收裝置的話，便會有所反應。」

石看天道：「白老大，問他二十一塊鋼板，在什麼地方！」

我冷笑道：「你心急什麼？白老大，你是不是有辦法，測出那個接收裝置的所在？」

白老大點頭道：「有。」

我心中更是高興，道：「那就請你試一試，接收裝置，是裝在什麼地方？」

白老大點了點頭，道：「宋兄弟，你去請杜兄弟來，叫他帶著無線電波近距離測向器來見我！」宋堅答應了一聲，走了出去，不一會，便和一個高高瘦瘦的人，走了進來，那人，正是「召靈專家」杜仲。他手中捧著一隻方形的盒子。

盒子的上面，有一個扇形的錶，錶上有一枝指針，那樣子就像一般電工必備的「萬能電錶」差不多，錶上還有著刻度，表明著數字，在扇形的錶下面，還有一個圓形的錶。有著一指針，像是指南針一樣。

杜仲一進來，便走向白老大的身邊，道：「白老大。有什麼——」他才講到此處，已一眼看到了白老大手中的那段東西！他面上陡地爲之變色，竟連下面的一個「事」字，都講不出來！

白老大乃是何等人物，立即覺出杜仲的神態有異，立即道：「你怎麼了？」

杜仲道：「沒有……什麼，側向器已帶來了！」

白老大道：「靈敏度怎麼樣？」杜仲道：「很……很好！」他雖然力充鎮定，但語音竟在微微發顫！

白老大道：「好，你去吧！」杜仲如獲大赦，立即一個轉身，向外走去，但他走不幾步，白老大又道：「回來！」

杜仲站住，轉過身來，面色已自慘白！

白老大緩緩地道：「你別走，在這間室中，竟有人裝置了半導體的發訊機，你知不知情?」

杜仲忙道:「我……我不知道!」

白老大道:「那你也別走,和我們一起看看。收信號的地點,是在什麼地方!」

杜仲宛若待決的死囚一樣。只是唯唯以應,一句話也講不出來。

白老大以我剛才交給他的那一片鋼片,在那隻圓筒形的半導體裝置上,碰了幾碰,只是側向器上兩隻表的指針,全都顫動不已。白老大將鋼片貼定在那半導體的裝置上,測向器表上的指針,都定了下來。

眾人一起看時,只見那新月形的表上,指針指著「十八」這個數字,而那圓形的表上,指針指著東北方,正是門的方向。

白老大的面色,立即一沉,「哼」地一聲,道:「好,竟然離此,只有十八公尺遠!」他放開了鋼板,指針回到了原處,又將鋼板放了上去,指針仍是和剛才一樣。他抬起頭來,道:「接受訊號之處,在東北方向,離這裏只有十八公尺。」我點了點頭。道:「我們去看看,那究竟是什麼所在?」白老大道:「自然,宋兄弟,你跟我們一齊來,其餘人,在此相候。」杜仲道:「白老大,我……怎麼樣啊?」白老大厲聲道:「你也跟我們一起來!」

杜仲面如土色,點了點頭,我們四人,齊向門口走去,由宋堅捧著測向器,白老大則一直將鋼片貼在那半導體的裝置之上。

我們來到了門口，方向的指針，仍然指著東北。但是數字的指針，卻已成了「十六」，那表示我們，已經接近了兩公尺。

我們出了門，來到了大廳，指針的方向不變，數字又少了。

白老大陡地向杜仲瞪了一眼，逕自向一扇門走了過去，等他來到了那扇門之際，測向器上，指針的數字更少！

白老大一伸手，將門推開，宋堅、杜仲和我，一齊走了進去。

只見那間房間中，擺滿了各種我所不懂的儀器，有一個十分龐大的裝置，看來竟像是一具電腦一樣，一到了這間房間中。指針終於在一張鋼檯面前指向「零」字，而測向器旁的一盞紅燈也亮了起來，測向器發出了「吱——吱——吱」的聲音。白老大凌厲無比的眼光，在桌面上掃了一掃，立即看到，一隻如墨水瓶大小的東西上，有一盞小紅燈，也正在閃著光亮！白老大轉過身來，道：「杜兄弟，你收到了這訊號，有什麼作用？」杜仲道：「這……這……」

「這」了半天，仍難以為繼！

白老大將語音放得柔和了些，道：「杜兄弟，你爽快認了吧，事情與你無關，你也只不過是聽人指使罷了，縱使受罰，也不致太甚！」杜仲道：「那是……白少爺裝的。」

白老大像是早已料到，他會有這樣的一個答案，因此聽了之後，神色不動，道：「裝了這樣的玩意，有什麼用處？」杜仲道：「白少爺怕有什麼事要呼喚我，一發訊號，我便立即可到！」

白老大一聲冷笑，道：「只怕未必！」

我見事情，已快要水落石出，心中不禁高興。忙道：「白老大，這間屋子，是什麼所在？」

白老大道：「這是我的實驗室，由杜仲看管。」

我又道：「白老大，我看杜仲仍然未說實話。你看看，實驗室中，可有其他新的裝置，我懷疑杜仲一接到訊號之後，一定另有動作，來奪取那些鋼板的！」

我一面說，一面留意杜仲的面色，只見我越往下說，杜仲的面色，越是難看，我說完之後，他汗如雨下，不復人形！

白老大「嗯」地一聲，四面一看，向前跨出了兩步，來到了三架電視機旁邊，道：「杜兄弟，本來只是一架電視，為何多了兩架？」

杜仲身體抖了一下，整個人軟了下來，坐在椅子上。一句話也講不出來。白老大嘆了一口氣，道：「我只不過兩個月來，未曾踏進這間實驗室，原來你們已在暗中，做下了這許多手腳！」他一面說，一面打開了第一具電現機，一會，螢光屏上，便出現了許多凌亂的線條，白老大略一調整，螢光屏上，便出現了一處海灘的情形來。我認得出，那海灘正是這個荒島上的一島，也就是我來的時候，快艇靠岸之處。

白老大關掉了這具電視機，又打開了第二具。第二具，螢光屏上所現出的乃是一間極其寬大的書室，陳設得十分雅致，一望便知書齋主人，不是等閒人物。白老大一看之下，怒吼一聲，道：「杜仲，這是誰的主意？竟在我的書室之中，裝了電視攝像設備？」

杜仲道：「少……爺的主意。」

白老大一回頭，道：「宋兄弟，你將這畜牲帶到這裡來見我！」

宋堅答應一聲，便走了出去。白老大的身子，在微微發抖，顯見他心中，已經怒到了極點！

我看到了這種情形，心中倒覺得十分抱歉，因爲若不是我，白老大斷不能發現，他的兒子，竟然在暗中監視他的行動！白老大接著又開了第三具電視，螢光屏上出現的，竟是整個會議室！劉阿根正在指手劃腳，說些什麼。

白老大忙又扭動了一個掣，只聽得劉阿根的聲音，傳了出來，道：「白老大怎麼了？姓衛的是什麼東西，何以聽他指使？」

其餘眾人，議論紛紛，身在此處，和置身於會議室中一樣！

白老大深深地吸了一口氣，轉過身來，道：「杜仲，你該說了！」他那四個字，沉聲而發，當真具有雷霆萬鈞之勢，杜仲忙道：「我……我說了！」

白老大閉上了眼睛，道：「不准有一字虛言！」杜仲道：「是……這一切，皆是少爺的主意。」白老大道：「別說這些，說你收到訊號之後，作些什麼？」

杜仲膝蓋相碰，「得得」有聲，道：「全是少爺的吩咐，他親手在會議桌上，裝了一塊電磁板，我一接到訊號，便按動按鈕，電燈熄滅，電磁板落下，我再通電，發出磁力，將桌中心的鋼板，一齊吸住，電磁板便隱沒在天花板上了！」

白老大睜開眼來，道：「衛兄弟，原來是電磁板壓到了鋼片之上，再發出磁力，將之吸住，所以才一點聲音也沒有！」

我看出白老大雖然竭力地裝出若無其事，但是他心中卻是痛心之極！我點了點頭，道：「白老大，令郎年輕，難免一時誤入歧途，你……不要太難過！」

白老大長嘆一聲，道：「杜仲，當晚的情形如何，你說一說。」

杜仲道：「當晚，我根本未動，忽然看到電燈熄滅，我接到了訊號，便立即依命施為。」

白老大道：「如此說來，那二十一塊鋼板，是在小畜牲手中了？」

杜仲道：「少爺被老大扣起，他沒有機會去取，我也未敢取出，鋼板仍吸在電磁板上。」

白老大道：「好，那你且按一下掣，將電磁板露了出來，給我看看。」杜仲手指，簌簌發抖，伸手按在書桌之上一排按鈕中的一個之上，只聽得會議室中，突然響起了一陣驚呼之聲，

我和白老大，向電視的螢光屏上看去，已見會議室對準圓桌中心的天花板上，約有三尺見方的

一塊，向上縮了進去。而會議室中眾人，也已發現了這一件事，人人抬頭上望，面上神色，盡皆驚訝不已。

露出了方洞之後，一塊三尺見方的薄板，連著如同油壓器也似的四條鋼條，立即落下，剛好壓在桌面之上，壓了一壓，又向上升起，也就在此際，白老大厲聲喝道：「鋼片呢？」

只聽得「咕咚」一聲，杜仲連人帶椅，跌倒在地，道：「鋼片麼？應……應該在電磁板上的……白老大，我沒有拿過！我要是拿了，天打雷劈，絕子絕孫，不得好死！男盜女娼。烏龜王八蛋……」

他一口氣發了六七個毒誓，幾乎已經語無倫次！

白老大和我，再向電磁螢光屏上望去，只見天花板上，已經了無痕跡。

看杜仲的情形，他的確未曾取得那二十一片鋼片，而白奇偉又立即被扣了起來，那麼，這二十一片，本來應該在電磁板上的鋼片，到什麼地方去呢？

杜仲道：「沒有了，一切都是少爺和……我動手的，絕無第三人知！」

我還想再問時，只聽得「砰」地一聲，宋堅闖了進來，而且提著一個人的後頸，將那人先推進了室來，跌在地上，然後才跨進來。

我們一齊向那人仔細一看時，卻不禁盡皆一怔！心裏暗暗稱奇。

原來那人，並不是白奇偉，而只是一個中年人。

我和白老大兩人，都不禁一呆。宋堅是奉命去帶白奇偉的，如何帶了一個中年人來？我們兩人尚未發問，宋堅已經道：「白老大，我到的時候，奇偉已經不在了，這人正在想走，被我捉住，一切情形，問一問他，當可以明白的了！」

我聽了宋堅的話，心中不禁猛地吃了一驚。要知道，白奇偉在近兩年來，借著白老大的名義，在外面招搖，羽翼已經是豐滿，他這一走，只怕更索性公然作惡，難以收拾！

白老大的面色，也顯得極其難看，他並不出聲，只是冷冷地望著那中年人。那中年人伏在地上，連頭也不敢抬起來。

過了好一會，白老大才嘆了一口氣，道：「程兄弟，怎麼你也跟他們胡鬧起來了？」

那中年人抬起頭來，我這才發現，那中年人的面色，並不恐懼，只是顯得無可奈何，而白老大似乎也沒有嚴厲責備他的意思，看來他們的關係很好。

那中年人抬起頭來之後，道：「老大，我有什麼辦法？偉哥兒我是看著他長大的，他求我放他出去，我……實是難以拒絕。」

白老大道：「他走的時候，你可曾看到他帶走了什麼重要的東西？」

那中年人搖了搖頭，道：「沒有，他說老大你近幾年來隱沒地底，胸無大志，他很不以爲然……」

白老大苦笑了一下，道：「程兄弟，你也很不以為然，是不是？」

那中年人低頭不語，顯然他心中已經承認。

白老大又道：「他上那裏去了，你可知道？」

那中年人搖了搖頭，道：「我確是不知。」

白老大一揮手，道：「好，你去吧！」那中年人躬身向白老大行了一禮，便退了出去。白老大以手支頷，呆了半晌，道：「奇怪，那二十一片鋼片，究竟是誰拿去了呢？」我也正在思索著這個問題。

那二十一片鋼片，被吸在電磁板上一事，只有白奇偉和杜仲兩人知道。我敢相信，杜仲到了事情完全敗露之後，即使他有天大的膽子，也不敢再隱瞞事實了。而白奇偉雖然知道那二十一片鋼片的所在，他卻沒有機會取到。

當然，鋼板是不會自動損失的。那一定是另有第三個人，得知杜仲和白奇偉的秘密，趁兩人未能取到鋼板之際，將鋼板盜走。對白奇偉和杜仲而言，正可謂「強盜碰到賊伯伯」，但對我而言，想要找到那二十一片鋼片，卻倍增困難了！

白老大自言自語了幾句，才道：「衛兄弟，你走吧。」我忙道：「白老大，能不能容我在這裏，我們設法將那二十一片鋼板找到？」白老大尚未回答，宋堅已道：「衛兄弟，你還是離開此地吧，別再生事了！」我道：「宋大哥，我絕不是對這筆財富有興趣，而是不想這筆財富落在任何一個人的手中！」白老大道：「好，那我們一起到會議室去吧，杜仲，你在這裏聽令！」他一面說，一面「叭」地一掌，擊在第三具電視機上，將那具電視機，擊得向側一撞，兩具電視機火花四冒，濃煙驟噴，已經被他一掌之力毀去。

杜仲面色發青，答應了一聲。白老大、我和宋堅，一齊走了出去，回到了會議室中。一到會議室，便有好幾個人，七嘴八舌，向白老大講述剛才天花板上發生的奇事。

白老大揮了揮手，道：「我都知道了，不必多說。」接著，他便將杜仲和白奇偉兩人的計劃，說了一遍。講完之後，頓了一頓，又道：「他們兩人的計劃，因爲素兒的行動，而被迫提前，因此，被吸在電磁板上的，也只有二十一塊鋼板。」人叢中立即有人道：「可是我們未見有鋼板啊！」

白老大沉聲道：「是，他們兩人，並未曾取到鋼板，鋼板已到了第三個人的手中！」

第十部：再生意想不到的波折

眾人面面相覷，一言不發。

白老大又道：「我相信，取到鋼板的，一定是我們之中的一人！」

他此言一出，會議室中，更是靜到了極點。

我也相信白老大的判斷是正確的，但是，二十五人之中，誰是取了鋼板的人呢？除了自己之外，只怕沒有人知道了。

白老大道：「這件事，必須查清，各位且在此間，暫住幾日，我已請衛兄弟、宋兄弟兩人，與我一齊偵查，一定要查到水落石出，方肯罷休，各位兄弟，尚請勿怪！」劉阿根道：「白老大，衛斯理並不是我們七幫十八會中的人啊？」

白老大道：「不錯，但如果不是他，這一次二十一塊鋼板，都落入一人之手，後果如何，劉兄弟可曾考慮過麼？」

劉阿根無話可說，面上的神色，卻是大大地不以為然，白老大手一揚，將我給他的那塊鋼板，放在桌上，道：「宋兄弟，將你的鋼板取出來！」

宋堅答應一聲，將鋼板取了出來，白老大又目視另外兩個，當晚不同意取出鋼板之人，那兩人一聲不出，便將鋼板交出。白老大將四塊鋼板，抓在手中，叮叮地響了幾下，道：「如今，我們二十四人，只有四塊鋼板。另一人，卻有二十一塊，我們必須在這四塊鋼板之中，找到于司庫當年藏寶的線索，這件事，由我一人來辦，各位兄弟請自去安息，但千萬不要離開！」

眾人也覺得事情十分嚴重，答應一聲。

白老大背負雙手，緩步踏了出去，我連忙跟在他的後面，叫道：「白老大。」

白老大並不回過頭來，只是將腳步放慢了一些，道：「什麼事？」

我道：「如今，我的事情已了，令嬡的傷勢，一定也已好轉，我……我想去看看她。」

老實說，我一定要留在這裏，一則，是為了想知道那二十一塊鋼板，是誰取去的，二則，也是為了不想離開白素！

白老大點了點頭，道：「好。」

我跟在他的後面，出了會議室。

白素的寢室，已由宋堅帶我，去過一次，我還記得路途，一出了門，便急步向前走去，來到了白素的門口，我心頭不禁怦怦亂跳。

我在門口，呆呆地站著，心中在思索，我要如何出現，才能令得白素看到我，心中不吃驚，我正在想著，突然聽得身後，似是響起了一陣極輕的腳步聲！

我在聽到那陣腳步聲的時候，心中並沒有在意，還以為恰好有什麼人走過而已。可是，那陣腳步聲，卻突然靜止了下來。在那一瞬間，我心中不由得猛地一怔。

因爲那腳步聲極輕，而且，靜止之際，已經離我非常之近！也就是說，有一個人，已經悄悄地來到了我的身後！我立即轉過身去，但是，卻已經遲了一步，在我身子剛轉了一半，還未曾看到站在我身後的是什麼人之際，頭上一股風生，我後腦上，已經被什麼重物，重重地敲了一下。

那一下的力量，極其猛烈，而且，又正擊在我的後腦之上，我立時感到滿天星斗，身子搖晃，向旁一倒，便自跌倒在地。

但是，我還勉力抬起頭來，想看一看，在背後襲擊我的，究竟是什麼人。只不過我的眼前，金星亂迸之中，看到了一條頗爲高大的身形，又狠狠地向我撲了過來，在我並未辨明他是什麼人之際，胸前又重重地挨了一腳！

我悶哼一聲，也不多去辨清他是什麼人，猛地一彎身，右手疾抓而出，只聽得「嗤」地一聲，那一抓，正抓在對方的小腿上，將褲腳撕了下來。

而那人的身手，極其了得，我才一抓中，他左足又已飛起，這一腳，卻踢在我的下頷，我頭不由自主，向後一仰，後腦又砰地一聲，撞在地上，這一撞，我再想支持不昏過去，卻已難以做到，只感到眼前一陣發黑，便已人事不知了。

在我將昏未昏之際，我似乎聽得有人的吆喝之聲，和一陣急促離去的腳步聲。等我再醒過來時，我已一個人躺在床上，那是一間陳設非常簡單的屋子，燈光柔和，呻吟了一聲，見床旁坐著兩個人，一個是白老大，一個是宋堅。

我搖了搖頭，翻身坐了起來，白老大立即道：「衛兄弟，究竟是怎麼一回事？」

我吸了一口氣，道：「你不知道麼？」

宋堅道：「我聽到的時候，只見到你跌倒在地，昏了過去，不知發生了什麼事。」

我將剛才所發生的事，想了一想，揚起右手來一看，我指甲上，還有著血跡，可知我昏了過去之前的遭遇是實在的，並不是做夢。那人雖然出其不意，一連三下，將我擊昏，但是他的小腿。卻也被我抓了一下，一定已經受了傷，因為我的指甲上，還有血跡。

我道：「白老大，有人暗中襲擊我，我想，若不是你們趕到，只怕他要將我置於死地。」

白老大面色沉重，道：「那人是誰，你看清楚了沒有？」我搖了搖頭，道：「沒有，可是他小腿上被我抓了一下，一定留有傷痕的。」

白老大點了點頭，道：「我去查一查，你休息一會，素兒正在沉睡，你明天再去看她吧！」

我點了點頭，又躺了下去，白老大和宋堅兩人，也退了出去。

連日來，我心力交瘁，此際躺在軟柔的床上，神經一鬆，沒有多久，便沉沉地睡去。正在我睡得香甜之際，突然聽得門上，「得」地一聲，接著，像是有人，走了進來。我心中雖然略有所知，但是還以爲，那是我在睡中做夢而已。

我翻了一個身，又自睡去。但在動了一動之後，神智清醒了一些，略爲睜開眼來一看，忽然看到，有一條影子，蓋在我的身上！也就是說，在我背後，站著一個人！

我心中驟然一驚，片刻之間，睡意全消！

我一動也不動，並且還作出勻稱的微鼾聲，注視著那條人影，只見那影子慢慢地舉起手來，手中似乎還握著一件什麼東西。

我看清楚了些，才看出那是注射器，連著針頭的注射器！針尖已漸漸接近了我的手臂，我出其不意。猛地一個翻身，翻下床來！

翻下床來之後，我一躍而起，可是剛一躍起，勁風撲面，整張床，已向我壓了過來。

我右臂一揮，「砰」地一聲，將床揮了開去，床單卻罩在我的頭上，我一把扯開了床單，室中已經一個人也沒有了。

我連忙追出房門，只見門外，乃是一條長長的走廊，卻是一個人也沒有。

我呆了片刻，又回到了室中，將床放好，在床沿坐了下來。

這已是第二次有人要致我死命了！

從那條影子看來，那人身形，甚是高大，而且，來得又如此快疾，當然仍是第一次襲擊我的人，那人爲什麼要置我於死地呢？

我想來想去，只有兩個可能，一個可能是，那人是白奇偉，白奇偉的身形，也十分高大，他將我恨之入骨，自然有將我置之死地的理由。第二個可能，便是要害我的那人，便是盜取了二十一塊鋼板的那人，他怕我幫助白老大偵察，會使得他無所遁形，所以才要將我害死！

我在明，他在暗，實是十分危險！我立即走出了房間，沿著走廊，來到了盡頭，迎面撞到了宋堅，「咦」地一聲，道：「你怎麼起身了？」

我一伸手，握住了他的手，道：「宋大哥，快去見白老大，我險些難以和你們相見了！」

宋堅的面上神色，也不禁為了一變，道：「這是什麼話？」我將剛才在熟睡中所發生的事，向他匆匆地講了一遍，宋堅道：「有這等事？我們快去見白老大！」他帶著我，轉了幾個彎。在那荒島的地底，白老大闢出了近百間房間，另具天地。轉了兩個彎後，在一扇門前站定。

我們兩人剛一站定，已聽得白老大道：「什麼事？」宋堅道：「有緊要事，衛兄弟又出事了！」

宋堅的話才一講完，門便自動地打了開來。

那是一間書齋，正是我曾在電視中看到的一間，白老大正坐在一張大書桌前。我們一走了進去，門又自動關上，我回頭一看，不禁愕然。那扇門，在外面看來，作乳白色，但從裏面看，卻是透明的！

我只知道有一種鏡子，一面是透明的，一面是鏡子，白老大一定根據了這種鏡子的原理，作了改良，設計了這樣的一扇門，所以我和宋堅兩人，才一站在門口，他便已發問了。

我向前走了幾步，只見書桌之上，正放著那四片鋼板，白老大正在埋頭細察。

我問道：「白老大，可有什麼結果？」白老大不抬起頭來，道：「衛兄弟，你只睡了一個小時，爲什麼不睡了麼？」

我尙未出聲，宋堅便將我的遭遇，講了一遍。白老大望了我半晌，道：「衛兄弟，會不會你是太疲倦了？」

我不禁愕然，道：「這是什麼意思？」白老大搓了搓手，連：「一個人如果太疲倦了，是會產生具有十分真實感的幻覺的。在心理學上，這種幻覺，叫作如實的幻覺。」白老大一面說，一面望定了我。

我漲紅了臉，道：「白老大，如此說來，你是不相信我所說的一切了？」

白老大站了起來，搖了搖頭，道：「我並沒有如此說過，我只是說，你所感到的一切，事實上只不過是幻覺而已。」我伸出手來，道：「白老大，我第一次被人襲擊，還在那人的腿上抓了一下，我指甲上還有鮮血，難道你認爲這也是幻覺的麼？」

我說話的語氣，已經顯得十分激動。

白老大在我肩頭上拍了拍，道：「衛兄弟，你不得不承認這一點！」我幾乎在嚷叫，道：

「豈有此理！」白老大道：「既然你不信，我不妨把證據講給你聽，本來，我早已想說了，但是我想你休息一下之後，便會好的，不知你卻越來越嚴重了，需知這種情形，如果發展下去。會成爲心理上的自懼症，甚至對住鏡子，也會以爲鏡中的是敵人。」

我爲著對白老大的尊重，耐著性子，將話聽完，憤然地坐了下來，道：「你仍然未曾說出我指甲上的血跡，是從何而來的。」

白老大將聲音放得十分柔和，道：「衛兄弟，你撩起你自己的右褲腳看看。」我心中充滿了疑惑，將右褲腳捲了起來，一看之下，連我自己也不禁呆了。在我小腿骨上，赫然有著四條抓痕，一看便知那是指甲抓出來的！

我坐在那裏發呆，白老大道：「衛兄弟，我和宋兄弟，在扶起你來時，已經發現了這一點，但是卻沒有和你說知，怕你再受刺激……」

白老大後面的話，我幾乎未曾聽得清楚，因爲我腦中響起了「嗡嗡」之聲，混亂到了極點！

我兩次受人偷襲，都幾乎送了性命，難道這一切，全是幻覺？不可能！那是絕不可能的事！但是，我自己小腿上的抓痕，又是從何而來的呢？難道事情真如白老大所說，我是因爲發生了幻覺，因而自己在自己小腿上抓了一下，而以爲抓傷了敵人？

但是，當時的情形，卻太真實了，真實到令人絕難相信那是幻覺！我腦中亂了好半晌，才抬起頭來，道：「白老大，你甚至於沒有查一查其他人？」白老大道：「衛兄弟，你將我看成何等樣人了？我人人都已查過，但是卻沒有一人腿上是有傷痕的！」宋堅道：「是我和白老大一起進行的，我們兩人的小腿。也可給你一看。」

他一面說，一面就去捲高褲腳，我連忙道：「不用了！不用了！」因爲我無論懷疑什麼人，都懷疑不到宋堅和白老大兩人身上。白老大又道：「衛兄弟，你兩次都未曾看淸向你襲擊的是什麼人，可見那是幻覺，你需要休息！」

我使勁地搖了搖頭，覺得我身子雖然疲倦，卻頭腦卻十分淸醒。白老大固然言之鑿鑿，還用了三國的文字，說了一連串意思使我難以明白的心理學上的名詞，但是我只是不信。我的遭遇會是幻覺。我仔細想了一想道：「好了，白老大。這件事暫且不必說它，那四塊鋼板上，你可能有什麼收穫？」白老大嘆了一口氣，道：「如果我能夠在那四塊鋼板上有所收穫的話，我的計劃也行不通了。」我忙道：「白老大，你有什麼計劃？」

白老大道：「衛兄弟，你不該再用腦，而要去休息了！」我固執地道：「不，我並不倦。」白老大忽然嘆了一口氣，道：「衛兄弟，我說一句話，不怕得罪你，如果，有你這麼一個兒子就好了！」

我聽得出白老大話中傷感的意味，只得道：「你太看得起我了。」

白老大轉過頭去，過了片刻，才回過頭來，道：「我之所以要將這四塊鋼板，收了起來，乃是考慮到了得那二十一塊鋼板的人，一定也是難以明白于司庫寶藏的地點的，因爲于司庫的設計，我相信一定是十分奧秘，如果差上一塊，或則可以明白梗概，但是差了四塊之多，卻也沒有用處，所以，這四塊鋼板——」

他講到此處，宋堅便接口道：「這四塊鋼板，便是一種釣餌，等待魚兒上鉤！」我想了一想，道：「這事怕行不通，人人皆知鋼板在你手中，誰敢來捋虎鬚？」

白老大道：「利之所在，只怕那人，拼命也會來搏上一搏，那四塊鋼板，我就放在桌面之上，我人則可以假寢片刻，誘人上鉤！」我仍然覺得白老大這個辦法，難以成功。而且，我還覺得，這位奇人中的奇人，在經過了許多年的地底隱居之後，和當年的白老大，和傳說中的白老大相比，已經是不復當年了！

當時，我和宋堅一齊向桌上的四塊鋼板，看了一看，鋼板上的文字。看來了無意義，全然不能連貫。而且，和寶藏與七幫十八會，也像是一點關係都沒有。

我先告辭，退了出來，循著走廊，不知不覺間，我竟來到了白素的門口。

我在門口站了一會，又細細地將遇擊的經過，想了一遍。在我昏過去之前，幾乎每一個細節，我都可以回憶出來。

我再次地肯定，自己的遭遇絕非幻覺。

我伸手在門口，輕輕地剝啄了幾下，只聽得白素道：「進來。」我緩緩地推開門，走了進去，我才跨進房中，白素陡地從床上坐了起來，面上現出了驚駭莫名的神色！她身上，仍然裹著綁帶，但是面色卻已經不如剛才那麼蒼白了。

我連忙跨前兩步，道：「白小姐，你不要吃驚。」

白素頹然地又臥倒下去，道：「你……你原來沒有脫險，宋大叔騙我！」

我忙道：「宋大叔沒有騙你。如今，我真的脫險了，令尊和七幫十八會兄弟，已和我盡棄前嫌了，白小姐，你聽我說經過！」

白素似信非信的望著我，我大著膽子。在她的床沿，坐了下來，她面上並無忤色，我便將她冒險熄燈之後的一切經過，和她詳細說了一遍，最後問道：「你說我最後的遭遇，是不是幻覺？」

白素越聽我向下說，面上神色，便越是高興，等我講完，她又掙扎著坐了起來，面上現出了兩團紅暈，襯著她略帶憔悴的面容。更有一股說不出來的美感！

我不由自主，不及等她的答覆，便一欠身，在她的額上輕輕地吻了一下。白素面色，更其嬌紅了，她望了我一眼，低下頭去，半晌不語，無限嬌羞。

好一會，她才輕輕地嘆了一口氣。道：「我哥哥走了，只怕以後，爹還要生氣哩！」

我道：「白小姐，你何必多耽心？」白素抬起頭來，道：「爹近來喜歡看佛經，我也覺得他對一些事情的判斷力，和以前大不相同了。」

我並沒有說白老大對事情判斷不對，但是白素絕頂聰明，卻說出了我的心中想說的話。

我忙道：「白小姐，那麼你說，我所遇到的，是真有人要向我襲擊了？」白素秀眉微蹙，思索了好一會兒。我試探道：「白小姐，我不多來打擾你了！」白素忙道：「你慢走，我有東西要給你，你在牆上，按那綠色的鈕。」我不知白素給我什麼東西，依言走到牆上，將那綠色的鈕，按了一按，只見一幅牆，向外移去，露出了一個櫥來。

她又道：「你在第三個抽屜中，將一隻黃色的盒子取來。」我又依言而為，來到了床邊。白素道：「你開門看看，外面可有人。」我打開門來，走廊上靜悄悄地，一個人也沒有。白素這才打開盒子，只見盒子中所放的，乃是一個一寸見方，極其精巧的不銹鋼盒子。約有半寸厚薄，還連著一條橡皮帶。

她叫我伸過頭去，將橡皮帶箍在我的頭上，而那隻方盒子，則安置在喉核之處，道：「這是根據自動錶的原理而設計的自動活動攝影機，我相信是世界上最小的活動攝影機了。」

我道：「白小姐，你是說，會有人再來害我？」白素點頭道：「是，這攝影機，一受到較劇烈的震撼，便會自動拍攝，別看它小，它可以紀錄七分鐘內所發生的一切，通過放映機，一切便無所遁形了，即使在黑暗之中，也可以拍攝，因為機內有最精巧的紅外光拍攝設備。」

我撫摸著這具精巧無比的攝影機，道：「這也是令尊的發明麼？」

白素點了點頭，道：「不錯，這種攝影機的發明權，已經賣給了某一個國家的政府，這裏的一切費用，全是我爹的血汗換來的。」我又輕輕地在她額頭，吻了一下，依依不捨地走了出去。回到自己的房中。我躺在床上，閉上眼睛，我當然沒有睡著，因爲我要等待敵人。

約莫過了半個小時，便聽得一陣「嘶嘶」的聲音，從門下的那條縫中，傳了過來，我立即悄悄翻起身，循聲看去。

一看之下，我心中不禁突突亂跳。這時候，我並沒有開著燈，室中漆黑一團，但是走廊上卻有燈光，從門下的縫中，照了進來。就憑著那一點微弱的光線，我看到一條「嘶嘶」作聲，頸部已經膨脹得寬如鍋鏟的眼鏡蛇，正迅速地向我床上游來。

我連忙一躍而起，在一躍而起之際，只聽得頸際的那具自動攝影機，發出了極輕微的聲音，我知道它已開始了工作。

我才一縱起，那條眼鏡蛇突然如脫弦之箭，向我射來！我早有準備，一見眼鏡蛇射到，手一揮，已將被子，整幅揮了起來，迎了上去，將蛇罩住，又一躍向旁，被子落在地上，蛇在掙扎著，我看得真切，用力踏了上去，踏了七八下。蛇才不動了。

我身子一閃，來到了門邊。那條蛇顯然是受過訓練的，要不然，何以我才有一點動作，牠便向我暴竄了過來？放蛇的人，當然是想來害我，他這時，可能就站在門外，而當他聽到室內，沒有了聲息之後，是不是會打開門來看上一看呢？

我希望他如此。因爲這一次，我已經有了充分的準備，不但可以將之擒住，而且，至少可以將他容貌，攝了下來！

我屏氣靜息地等著，約莫過了三四分鐘，果然聽得門上，「格」地一聲，緊接著，便是房門，被打開了半尺，一個人，探頭進來。

房門打開，走廊上的光線，也映了進來。但是那人的臉面，卻是背光的，因此我仍不能看清他的面容，只是覺得那人的身形，頗是高大。

我立即身形一閃，如同一頭猛獸一樣，向那道門縫，衝了過去，才一衝刺，「呼」地一拳，已經當頭打下，那人的動作，實是快得驚人，立即一縮，「砰」地將門關上，我縮手不及，「蓬」地一聲響處，那一拳，重重地擊在門上！

我在那一拳上，運了極大的力道，本來是想一舉而將屢次害我的那人，一拳擊昏過去的。卻不料那人，如此機伶，一見我拳到，立即將門關上，令得我那一拳，在門上擊出了一個大窟窿！

我連忙縮回手來，也未及去開門，就在被我擊出的大窟窿中，向外望去。

可是那一個耽擱之間，卻已人蹤杳然，走廊上靜悄悄地，一個人也沒有。

我心中並不懊喪，因為那人雖然走脫了，可是剛才，我在一拳擊出之際，和他有一剎間相對機會，那一剎那的時間雖短，但只要我頸上的攝影機操作如常的話，便足可以將他的容貌攝下來了。

我將這部攝影機取了下來，悄悄打開了房門，來到了白素的房門前，輕輕地敲了幾下，白素立即道：「是衛先生麼？」

我一聽到她的聲音，心頭便感到十分寧靜，立即道：「是我，我可以進來麼？」

白素道：「快進來！」

我一推門，白素欠身坐了起來。我一揚手中的攝影機，道：「我已將害我的人，攝入機中了！」白素面色，頓形嚴肅，道：「他是誰？」

我搖了搖頭，道：「我不知道，但只要將軟片沖洗，就可有分曉了！」

白素向一扇門一指，道：「那面就是黑房，你快去沖洗。」我有一個時期，十分醉心攝影，黑房的技術，本來不成問題。但是，紅外光攝影的沖洗法，我卻並不在行。而且，那一卷軟片，要是沖壞了的話，再要尋找敵人，便難如登天了！白素看出了我面上的猶豫之色，笑了一下，道：「你扶我起來。」

我忙道：「你傷未曾好，怎麼又可以起床？」白素輕輕地嘆了一口氣，低聲道：「又不是做什麼吃力的事！」

我連忙伸手，慢慢地將她扶了起來，她整個身子，都靠在我的身上，一將她扶下了床，我就將她扶了起來，向那房門，走了過去。

我將白素緊扶在懷中，心中不禁起了一陣極其異樣的感覺，白素也是雙頰緋紅，顯然她心中的感覺，也和我一樣。我來到了門口，矮了一矮身，將那扇門，打了開來。我將白素放在椅子上，開了紅燈，她動作十分緩慢，而且，面上時時現出十分痛苦的神色。我知道她傷勢極重，任何輕微的動作，都可以給她帶來十分痛苦。

我竭力地幫她，兩人忙了大半個小時。軟片沖出來了。

那軟片，捲成一捲，只有濾嘴煙的濾嘴四分之一那麼大小，想從底片中，直接看到裏面的形像，自然是不可能的事情。

我捏住了軟片，道：「素，我要去見你父親，將這捲軟片，放出來給他看。」

白素將纖手放在我的手背之上，道：「我們先來看看不遲。」我點了點頭，白素指著一具放映機，告訴我上軟片的法子，我依言而爲，將軟片裝好，一按鈕掣，放映機發出了沙沙的聲音。

在牆上，也立即出現了三尺寬，兩尺高的畫面來，首先，是我房間的房門，緊接著，那條眼鏡蛇便出現了。當時，我只不過看到一條蛇影而已，但此時，畫面上的眼鏡蛇，卻連蛇鱗也可以看得十分清楚，樣子醜惡到了極點，眼鏡蛇向我竄來之時，更是驚心動魄。

接下來，畫面凌亂震動不已，那是我揮被撲蛇，踏蛇之故。

而再向下，卻是極端的靜止，畫面上所現出的，乃是我的房門。這正是我在等待敵人現身之前的情形，然後，門被慢慢地推了開來，畫面突然震蕩起來，一個人赫然出現在畫面之上！

白素一見有人出現，一伸手，「拍」地一聲，便將放映機的轉盤，停了下來。軟片停止了轉動，那人的面容，也就停在牆上不動，我和白素兩人，一齊定睛看去，只見那人，方頭大耳，面貌十分威武，但是卻有著一種極其猙獰的神情，我一時之間，幾乎難以相信自己的眼睛，呆住了瞪著牆上的人像，一句話也說不出來！

白素則輕輕地叫了一下，道：「是他！」

我被白素一叫，才喃喃地道：「不可能，這不可能是真的事實。」

白素柔聲道：「別傻了，我們快想想對付的辦法吧，首先，要讓我爹知道這件事情！」

我心中仍是一片迷惘，因爲我實在不能相信，幾次害我的，竟會是他。但如今，紅外線攝影，已清清楚楚地將他的面容，攝了下來，人人一看，便可認出，牆上的那人，正是飛虎幫的大阿哥宋堅！

衛斯理與白素

序言

這一冊索性冠以「衛斯理與白素」之名，因為寫的是真正以他們兩人為主的故事，自然，也全然是「地底奇人」的續集。所以，書一開始是「十一」節，那便是接著上一冊而來的，在封面上也說明，絕無任何取巧之意，理應說明。

衛斯理和白素在這一個故事之中，「乾坤定矣」，自此之後，白素衛斯理，就成了難以分離的一對，共同經歷著無可比擬的幻想生涯。

在這個故事寫作時，對於以後的發展並未能預料到，所以有些地方和日後的發展有點矛盾，這次全部經過了刪改。

倪匡

第十一部：不可想像的敵人

我想起宋堅不肯交出鋼板的情形，憶起有關宋堅義薄雲天，仗義疏財的事跡，更記起了宋堅對我，傾膽相交的情形。

要我相信宋堅，竟會是如此卑鄙的小人，實在是沒有可能的事。

可是，鐵一般的證據，卻又證明了屢次害我的，正是他，絕不是別人！

白素見我發呆，她也一聲不出，等我呆了半晌，轉頭望向她的時候，她才道：「我想到了，你、我爹、我哥哥，我們這幾人，自始至終，都不是宋堅的敵手，直到攝得了他的相片，以後的情形，只怕會不同了！」

我道：「這簡直不可想像，宋堅家產鉅萬，全化在窮兄弟身上……」

白素立即道：「這事情，只有兩個可能，一個是事隔多年，宋堅變了，還有一個可能，就是眼前的宋堅，根本不是宋堅！」

我怔了一怔，道：「有假冒的秦正器，難道還會有假冒的宋堅？」

白素道：「還有甚麼不可能？飛虎幫在皖南山林區之中活動，宋堅本就很少露面，只有當年大家相會過一次。如果不是你太過能幹，我爹也絕認不出你是假冒的泰正器來！」

我想了一想，道：「仍是說不通，如果是這樣的話，他當然目的在那一筆財富，何以當時，他竟會反對將財富瓜分？」

白素冷笑一聲，道：「他反對將財富瓜分，目的便是想獨吞！」

我不得不承認，我的思緒，十分混亂，而且，也絕比不上白素的敏捷，我只得呆呆地望著她。

白素又道：「所以我說，我們自始至終，一直敗在他的手中，敗得最慘的，是我的哥哥。他一定早已知悉了我哥哥的計劃……」

她說到這裡，我不禁失聲道：「你說二十一塊鋼片，在他手中？」

白素道：「正是，他之所以不肯將自己的一片交出，乃是因爲，萬一他奪不到其餘的鋼片時，我哥哥也非和他合作不可之故！」

我呆了半晌，越覺得白素的分析有理！白素又道：「在他的小腿上，一定有著抓傷的傷痕，而你的腿上傷痕，卻是他抓出來的！」我一躍而起，道：「我去找白老大！」

白素道：「小心，若是見了他，千萬不可暴露我們已知道了他的秘密！」

我點了點頭，又將白素扶出了黑房，放在床上，拉起了被子蓋上，正待轉身之際，突然聽得房門上，響起了剝啄之聲。

白素一呆，連忙一揮手，命我躲入黑房之中，一面則揚聲道：「甚麼人？」

門外傳來的，卻正是宋堅的聲音！

我和白素兩人，互望了一眼，白素又揮了揮手，我身影一晃，立即隱入了黑房之中，將門掩上，但是卻留下一道縫，以察看室外的情形。

只聽得白素道：「原來是宋大叔，請進來吧，門並沒有鎖。」

白素的話才一說完，門便被推了開來，宋堅走了進來。

宋堅進來之後，四面一看，道：「咦，衛兄弟不在這裡麼？」

白素道：「他來過，但是又走了。」

宋堅突然一笑，道：「老大因爲你哥哥的事，十分難過，但是他卻另有一件事，十分高興。」白素道：「甚麼事啊？」

宋堅道：「你也一定早已知道了，你看衛兄弟這人怎樣？」

白素低下頭去，面頰微紅，一言不發。

宋堅又「呵呵」大笑起來，我對他的僞裝功夫，不由得十分佩服，因爲他的笑聲，如此爽朗，實是難以相信，他竟會是卑鄙小人！

宋堅笑了幾聲，道：「媒人，你宋大叔是做定的了。」白素道：「宋大叔，你別取笑了！」

宋堅更是「哈哈」大笑起來，突然間，一揚頭，道：「衛兄弟，你出來吧，躲躲閃閃作甚麼？」

我一聽得宋堅如此叫法，一顆心幾乎從口腔之中，跳了出來！一時之間，我出也不是，不出也不是。我相信白素的心中，一定也是一樣的焦急，因爲我們並未將放映機關掉，黑房的牆上，仍留著宋堅的像，如果他衝了進來，那非但打草驚蛇，而且，宋堅見事已敗露，他又怎肯干休？而我和他幾次接觸，已深知他在中國武術上的造詣，遠在我之上。

白素又受傷不能動，他一發起狠來，我們兩個人，實在不是他的敵手！大約也因爲這個緣故，白素唯恐我不出來，宋堅便會闖進來之故，因此叫道：「你出來吧！」我硬著頭皮，順手將黑房的門關上。

宋堅見了我，又是哈哈一陣大笑。

我竭力地裝作若無其事，道：「宋大哥別取笑。」宋堅伸手，在我肩頭上拍了兩下，道：「衛兄弟，你休息不夠，來日方長，還是快去睡吧！」

我忙道：「不，我還有一點事，我去見白老大。」宋堅道：「好，咱們一起去！」

我回頭向白素望了一眼，白素向我，使了一個眼色，令我小心。宋堅和我，一齊向門外走去，剛到門口，宋堅突然「噢」地一聲，轉過身來，道：「幾乎忘了，老大命我來取一件東西。」

白素道：「甚麼東西？」

宋堅道：「老大說，有一具小巧的自動攝影機，在你這裡，他要用，叫我來取了去。」

我絕對相信，白素的智力和鎮定力，都在我之上，那時候，我整個人都已經呆了，只能僵硬地轉了一下頭，向白素看去。

只見白素的面色，也微微一變，接著，她便「啊」地一聲，道：「不錯，爹是有著那樣的一具攝影機，在我這裡，但是已給我一個朋友借去了，如今不在。」

我的心中，怦怦亂跳，因爲萬一宋堅如果不相信白素的飾詞，豈不是糟糕？而宋堅遲不問，早不問，偏偏在這個時候，問起了那具攝影機，如果說是偶合，事情也未免太巧了。

當下，只聽得宋堅「噢」地一聲，道：「那我就回去覆老大好了！」

白素道：「不知爹有甚麼用處，我早知爹要用，也不會借給人家了。」

宋堅淡淡地道：「我也不知道。衛兄弟，我們走吧。」我鬆了一口氣，跟著宋堅，走了出去。我特地走在後面，輕輕地關上了門，在關門的時候，又和白素兩人，交換了一個眼色。

我們在走廊中，向前走出了七八步，宋堅突然用力，伸手在我的肩頭，猛地一拍！那一拍，力道極其沉重，不禁嚇了我一跳，我立即閃開，抬頭向他看去，卻又見他，滿面笑容，我心中實在猜不透宋堅是在鬧甚麼鬼，宋堅見了我驚駭的神色，面上也露出了愕然之色，道：「衛兄弟，怎麼啦？」

我鎮定心神，道：「沒有甚麼。」

宋堅突然又神秘地一笑，道：「我知道了，衛兄弟，你失神落魄，可是為了——」他講到此處，卻又故意頓了一頓，我忙道：「宋大哥，我沒有甚麼事！」宋堅伸出一只手指來，直指向我的面上，我唯恐他趁機對我下毒手，點向我面部的要穴，連忙向後退出。宋堅卻笑著：「你可是怕白老大不肯答應？」

宋堅講到此處，拍了拍他自己的胸脯，道：「你放心，有我！」

我聽得他如此說法，才鬆了一口氣。同時，我的心中卻也生出了極大的疑惑。因為，看宋堅的言行，如果說他是假裝出來的話，那實在裝得太逼真了。可是，如果說他不是假裝，那卻又令人難以相信，因為攝影機所攝到的，正是他的相片！

我抱定宗旨，在白老大未看到那一卷軟片之前，絕不和他翻臉，因此便笑道：「宋大哥，一切仍要你多多幫助。」宋堅「呵呵」笑著，又向前走去。

不一會，我和他便已經來到了白老大的書房門前，推門進去，宋堅第一句話便道：「老大，素兒說，那一具相機，給人借去了。」

白老大兩道濃眉，倏地向上一豎，道：「甚麼？給人借去了？」我連忙道：「她說，借給了一個朋友去玩幾天。」白老大手指在桌上輕輕地敲了幾下，人便霍地站了起來。

白老大站了起來之後，問道：「傷勢怎麼樣了？」宋堅笑道：「再有兩天，只怕就可以起床了，我到的時候，她正在和衛兄弟卿卿我我哩！」

白老大的面上，卻沒有笑容，緊蹙著雙眉，像是在沉思著甚麼，並沒有多久，便道：「你們兩人，在這裡等我，不要離開。」

宋堅道：「老大，你上哪兒去？」白老大道：「我到素兒那裡，去去就來。」

我起先不明白白老大何以要到白素那裡去，可是隨即我便明白了，白素雖然是在臨機應變之中，她所說的飾詞，仍是有特殊意義的。那具小巧的活動攝影機，一定是絕不可能外借之物，所以白老大一聽，便覺得事有蹊蹺，要去問個究竟。

而白老大一到了白素那裡，事情一定也可以弄明白了！我心中不禁暗暗高興，因為白老大一定不會離開很久，只要在那段時間中，我看住宋堅，不讓他有任何異動，白老大一回來，事情便可以水落石出了！

因此，白老大一出門，我便有意地來到門旁的一張椅子上，坐了下來，以防宋堅要奪門而出之際，我可以拼命抵擋一陣。

我坐定之後，雙眼一眨不眨地望著宋堅，注意著他的行動。我的心中，實是十分緊張，因為宋堅的武術造詣，在我之上，如果他覺出不妙，要對我硬來的話，只怕我也難以對付。

看宋堅時，他卻若無其事地背負雙手，在室中踱來踱去，後來，又站在書桌之前，翻來覆去地看那四塊鋼板，自言自語地道：「于司庫這人，雖然臨老變志，但的確是鬼才，這四塊鋼板上，竟然一點線索也找不出來！」我不能不出聲，還得一直答應著他的話。

前後只不過七八分鐘的時候，但是我卻像等了不知多久一樣，手心也在微微出汗，好不容易，才聽到了白老大沉重的腳步聲，傳了過來，接著，他便推門走進了書房，他一進書房，首先向我望了一眼，略爲點了點頭，我知道他已經明白了一切。

提了半天心，這時才算放了下來。因爲宋堅的武術造詣雖高，但是卻也難以和白老大相比的。白老大一聲不出坐了下來，一擺手，道：「宋兄弟，你也坐下，我有幾句話要和你說。」

宋堅顯然不知道他的所作所爲，已經全部拆穿，還是若無其事地坐了下來。

白老大望了他半晌，道：「宋兄弟，中國幫會之中，雖然人才輩出，但有的利慾薰心，有的官癮大發，晚節不保的居多，宋兄弟，希望你我兩人，不要步入後塵才好！」

宋堅雙眉軒動，道：「老大，我自信我們兩人，絕不至於如此！」

白老大嘆了一口氣，道：「宋兄弟，你在七幫十八會中的威望，僅次於我，我也對你十分尊重，總希望你不要自暴自棄！」

我已經聽出了白老大的用意，是還不想令宋堅太以難堪，因此用言語點醒他，想叫他幡然悔悟，不要繼續作惡，白老大也可謂用心良苦。

但宋堅一聽得白老大如此說法，面色陡地一變，呆了一呆，道：「老大，我和你乃是肝膽之交，光棍眼裡不揉沙子，你剛才的話，定是有爲而發，尚祈你直言，不要閃爍！」

宋堅在講那幾句話的時候，臉上的神情，顯得十分氣憤，我在一旁，忍不住要罵了出來，叫他不要裝模作樣，但是，我只欠了一欠身子，白老大向我揮了揮手，不令我多口，道：「宋兄弟，你說得不錯，憑咱們兩人的交情，講話確是不應該閃閃縮縮，那麼——」

他講到此處，略停了一停，一字一頓，道：「請你將那二十一塊鋼板，交了出來！」

宋堅一聽，突地站了起來，面色發紫，眼中威稜四射，大聲道：「老大，你這是甚麼意思？」白老大道：「那二十一塊鋼板，在你身上，三次害衛兄弟的，也就是你！」宋堅呆了一呆，陡地哈哈大笑起來，道：「白老大，想不到我們兩人，一場相知，竟落得如此下場，你去發瘋吧，我走了！」

他話一說完，一個轉身，便大踏步向門口走來。我連忙站了起來，厲聲道：「姓宋的，想溜麼？」宋堅像是料不到我也會對他陡地發難一樣，怔了一怔，面上神色，更是大怒，暴雷也似地喝道：「讓開！」

他一面暴喝，一面右手，「呼」地一聲，揮了過來。我見他這一揮，用的力道甚大，立即身子一閃，右臂一圈，以小擒拿手中的一式「逆拿法」，反刁他的手腕，我的出手，不可謂不快，這一式逆拿法，能夠避得開的人，實是屈指可數！

但宋堅的行動更快，我一抓甫出，他剛一揮出的右臂，陡地向下一沉，反沉到了我的手腕之下，依樣葫蘆，也是一式小擒拿手中的逆拿法，來抓我的手腕，我大吃一驚，連忙後退。

宋堅悶哼一聲，一腳向我腰際踢來，我仗著身形靈活，旋一擰身，避了開去，宋堅的一腳，在我腰際擦過，我身形未穩，翻手一掌，向他小腿砍出，但宋堅出腿收縮，快疾無比，我一掌砍下，他右腿已收去，左腿卻抬了起來，膝蓋向我手肘撞來！

我知道這一下，若是被他撞中，我一條手臂，非廢去不可，只得連忙收招後退，總算堪堪避過，已經出了一身冷汗！

我和宋堅動手，互發三招，只不過電光石火的時間，白老大手在椅圈上一按，身形已經疾掠而起，就在我退開，宋堅狠狠地瞪了我一眼，轉身向門外闖去之際，他身形一閃，已經來到了門口，以背貼門而立。

宋堅連忙收住了腳步，離白老大只不過兩步，他們兩人，身形凝立，互相瞪視，半晌不動，白老大才沉聲道：「宋兄弟，一人作事一人當！」

宋堅想已怒極，脫口罵道：「放屁，你不去管教自己的寶貝兒子，貽羞家門，還有甚麼資格來和我說話？」白老大的面上，本來還帶著十分懇切的神情，希望宋堅懸崖勒馬。

可是宋堅那兩句話，才一出口，只見白老大的面色，驟然大變，鐵也似青，語音尖峻，道：「犬子不肖，我自會處置，你想以此作爲藉口，離開此處，卻是不能！」

宋堅一聲冷笑，道：「笑話，宋某要來就來，要去便去，誰能阻攔？」

白老大橫掌當胸，道：「不妨試試，只要你過了白某人這一關。任你四海遨遊，八表飛翔！」

宋堅猛地後退一步，我也不由自主地向後退出一步。因爲這兩人若是動起手來，我是無論如何，插不進手去的，站在一旁，只會誤傷！

宋堅後退一步之後，右手向後一揚，已將白老大的座椅，抓在手中，一聲暴喝，手臂擒起，那張椅子，疾如流星，向白老大當頭砸下！

白老大怪嘯一聲，身形一矮，衣袂飄飄，便向外避了開去，他一面避開，在我身旁掠過之際，還推了我一下，將我推到屋角。

宋堅那一下，未曾砸中白老大，卻正好擊在門上。

白老大書房的那扇門，本是玻璃的，可以由內望外，而不能由外望內，宋堅的椅子，用力碰了上去，只聽得「嘩啦啦」一聲響，已將那扇門碰得粉碎！

宋堅卻不立即向門外掠去，立即轉過身來，轉臂向前一送，那張椅子，疾飛而出，他人也跟在椅子後面，向白老大撲去，椅子已經離手，但是他人向前撲出之際，卻緊推著椅子，竟像是那整個身子，也是被人拋出去的一樣快疾！我在一旁看著，心中不禁大是感佩。

這分明便是中國武術中的一門絕技，「飛身追影」之法！使這種武技的人，宋堅是我所見的第二個。第一個，是在上海大世界中所見到，那人的功夫還不甚到家，但已能隨手掄出一根竹竿，飛身趕上，人和竹竿，同時墮於兩丈開外！

宋堅的「飛身追影」功夫，顯然已到了極高的境界，白老大一揮手臂，將那張迎面飛來的椅子碰飛，「砰」地一聲響，那張椅子在天花板上，撞得粉碎，木片還未曾落下，宋堅左右雙拳，已將攻到白老大的胸前！

白老大手臂上揮，胸前門戶大開，我不免替白老大捏一把汗。

但是白老大能有如此盛譽，應變之快，確乎不同凡響，一眨眼間，只見他身子硬生生地，向旁轉了開去，他那一轉，已避開了宋堅的兩拳，而他同時，身子直挺挺地向上，躍過了書桌，來到了書桌之後。

宋堅大吼一聲，手揮處，將書桌上的一切，都掃得飛了起來，向白老大砸去，白老大一擋，「嘩」地一聲，撕下了一幅遮住一只保險箱的布簾，向前迎出，將迎而飛來的一切，都兜入簾布之中，再將布簾，向外一揮，「拍」地落地，白老大左手，已經攻出了兩掌。

兩人雖是隔桌對峙，但是那兩掌一攻出，卻也令得宋堅，後退了一步！

這時候，書房外面，已經聚集了不少人，人人都面上變色，膽子大的，走得近些，頻頻問道：「白老大，宋大哥，甚麼事不好說，而要動手？」

白老大厲聲道：「你們走開！」

那一聲陡喝，更是威嚴無匹，在門外的眾人，不由自主，散開了些。宋堅哈哈大笑，道：「各位兄弟，白老大說我存心害衛斯理，吞沒了那二十一塊鋼板！」

宋堅此言一出，眾人又交頭接耳起來，面上現出了難以相信的神色。

我立即道：「姓宋的，咱們可不是冤枉你！」

宋堅向我，「呸」地一聲，道：「算我瞎了眼，竟會和你稱兄道弟！」

我心中也不禁大怒，道：「白老大，你將事情，和他說說。」白老大吸了一口氣，顯然已準備將經過情形，說了出來。但是宋堅卻已勇若猛虎，向前踏出了一步，手在書桌上一聲巨響，那張書桌，竟被他下落之勢，硬生生地，壓成了兩截！

書桌一斷，宋堅人也向下沉來，在他雙足，尚未點地之際，雙臂上下一分，一拳擊向白老大的面門，另一拳卻向白老大的胸際擊出。

由於他雙拳擊出之際，腳尚未落地，拳風甫起，他身子向下一沉間，那擊出的兩拳，已經改了方位，變成了一拳擊向白老大的胸際，另一拳，卻撞向白老大的腹部！

他出拳的姿勢，沒有改變，但拳勢卻已經不同，當真是極盡變幻之能事！

白老大在宋堅一出拳之際，並不出手，到宋堅落地之後，他才一腳向旁跨出，手翻處，一連五掌，掌影連晃，硬迎了上來！

宋堅見自己兩拳的攻勢，已爲白老大封住，「哼」地一聲，收拳後退。

可是白老大像是料到宋堅，早會有此一著一樣，宋堅才一退，他便跟了上去，左臂一圈，五指如鈎，向宋堅的右肩抓來。

宋堅連忙向左一避，但白老大幾乎在同時，右手一探，又已向宋堅的左肩抓出！宋堅向左避來，連忙再想退後時，已慢了一步！

白老大一把抓住了宋堅的肩頭，「哼」地一聲，手揮處，宋堅的身子，向外撞了出去，撞在書架之上，整個書架，都被撞倒了下來。

但宋堅也當真十分了得，一撞之後，立即一躍而起，一俯身，拾兩塊，長達兩尺，寬約尺許的碎玻璃在手中！

那兩塊玻璃，是門上破裂下來的，斷裂之處鋒銳已極，無疑是兩柄極其銳利的利器！白老大一見，「哼」地一聲，道：「宋兄弟，你這可是自取其辱！」

宋堅面色鐵青，厲聲道：「你還有甚麼資格，稱我作兄弟？」白老大怔了一怔，緩步向宋堅走出，他才走出了兩步，宋堅雙臂一振，兩塊玻璃，「霍霍」有聲，揮起閃耀的亮光，向白老大劃來！

白老大向後一退，避了開去，手向後一探，抓了一條椅子腿在手中。

也正在此際，突然聽得一個嬌喘吁吁的少女聲音，道：「爹，宋大叔，住手，你們……怎麼……打起來了？」那聲音才一傳出，我首先大吃一驚，因爲那不是別人，正是白素！

白老大和宋堅兩人，也怔了一怔，各自向後，退出了三步，我連忙循聲看去，只見門外聚集的眾人，一齊閃了開來，那個曾奉白素之命救我的中年婦女，扶著白素，向前走了過來。

我連忙搶前了幾步，白素又伸出左臂，掛在我的頸上，道：「我們到書房去。」我急道：

「不可，他們正在動手，你怎麼能去？」

白素的神色，卻異常堅決，道：「不，一定要去！」我無可奈何，只得扶住她，向前走出，白素卻逕向宋堅走了過去！

我每向前走出一步，心頭的吃驚，便加深了一層，因爲宋堅這時候，手中仍握著兩塊鋒銳無比的玻璃，而他的雙眼之中，又怒火四射，白素向他走去，實在是危險到了極點！

這時候，人人都屏氣靜息，白老大叫道：「站住！」白素卻揚起頭來，道：「不！」

我緊緊地握住了白素的纖手，一直來到了離宋堅三四尺處，白素才示意停了下來。

她一站定之後，喘了兩口氣，道：「宋大叔，一切全是我不好，念在你素昔疼我的份上，你也原諒了我爹和衛大哥吧！」

我和白老大兩人，一聽得白素如此說法，不禁大是愕然，因爲我們兩人，都曾親眼看過拍攝到的宋堅的影片，白素也曾見過，她這樣說法，絕無理由！

宋堅「哼」地一聲，道：「素姑娘，你爹和衛斯理，竟然如此誣我，我寧死也難以見諒！」

白素嘆了一口氣，道：「宋大叔，你跟我來看一件東西，你看到了之後，自然誤會冰釋了！」

這時候，不要說集在門外的眾人，莫名其妙，連我和白老大兩人，也不知道白素是在弄一些甚麼玄虛。宋堅問道：「去看甚麼？」

白素道：「宋大叔，你跟我來，就可以明白了，爹，你也一起來。」

白老大沉聲道：「素兒，你在搞甚麼鬼？」白素輕輕地嘆了一聲，道：「爹，是我們太粗心了，你可得向宋大叔賠罪！」

白老大一怔，道：「若是事情已水落石出，那我們當然認錯！」

宋堅「哼」地一聲，並不言語，白素又示意我扶她離去，宋堅和白老大兩人，跟在後面，兩人並不交談，有的人想跟向前來，都被白老大喝止。

不一會，我們都已到了白素的房中，一齊進了黑房，白素在椅上躺了下來，對我道：「你去開動放映機！」白老大道：「對，讓他看一看也好！」

我依言開動了放映機，牆上便出現了毒蛇撲擊等等的情形，等到宋堅的面影出現時，白素叫道：「停！」宋堅的面形，便停留在牆壁上。

這時候，黑房之中，並沒有熄燈，我和白老大，立即回頭，只見宋堅雙眼發直，瞪著牆上，像是不肯相信自己的所見一樣！

白老大冷冷地道：「宋兄弟，怎麼樣？」

宋堅卻恍若無聞，只是定著發呆。

白素道：「我們看到此處，便以爲害人的，一定是宋大叔，所以影片雖然未完，卻兩次都未曾再放映下去，錯也就錯在這裡！」

我不解道：「怎麼會有錯？」白素道：「你再放映下去！」我又開了掣，只見牆上的宋堅，向後退去，門也關上，但是在門將關未關之際，宋堅卻獰笑了一下，緊接著，便是門被撞破，木屑紛飛的情形，牆上現出了走廊來，白素又道：「停！」

我和白老大，都未曾看出甚麼破綻來，但是聽到宋堅失聲道：「是他！」

白素忙道：「宋大叔，那是甚麼人？」

我連忙道：「你怎麼啦？那不是他是誰？」白素卻緩緩地搖了搖頭，道：「你再仔細看看，門未關前，那一笑間，那人的牙齒，便可發現了！」

我和白老大互望了一眼，我又將軟片倒捲過來，再開動了放映機，到了那一個鏡頭的時候，我立即將放映機關上，仔細一看間，不禁「啊」地一聲，原來那人，雖然和宋堅一模一樣，但是，他在露面一笑間，上排牙齒上，卻有著兩枚極尖的犬牙！宋堅的牙齒，卻是十分整齊，絕對沒有那麼尖銳的犬牙的，這一分別，不是細心，絕看不出來！

我呆了一呆，向宋堅看去，只見宋堅，也望著牆上，面上出現了非常痛苦的神色。白老大站了起來，向宋堅走去，叫道：「宋兄弟！」

宋堅緩緩地回過頭來，道：「老大，你不必多說，多說反倒小氣了！」白老大點了點頭，道：「是我對不起你，若不是見到了電影，我絕不會如此的！」宋堅站了起來，來回踱了兩步，白素道：「宋大叔，那個究竟是甚麼人？」

宋堅道：「是我的弟弟！」

第十二部：各施絕技找尋線索

白老大大吃了一驚，道：「他怎麼會在這裡的？」宋堅道：「我也不知道，我也與他多年沒有見面了。」

宋堅又道：「他和我相差一歲，自小便沒有人分得出，以爲我們是雙生子，直到換了乳牙之後，他生了一對犬牙，人家才能夠分辨得出來，他是做了一件極對不起飛虎幫的事情之後，離開我的，足有七八年了！」我立即道：「他現在此處，當然走不脫？」

白素道：「只怕未必，他在這裡，一定甚麼人都不避，只避宋大叔一人，因爲人人見到他，都以爲他是宋大叔，爹和宋大叔一動手，他焉有不知事情敗露之理，只怕早已溜了！」

白老大猛地一擊掌，道：「他就算走了，也走不遠，我們快到實驗室去，素兒，你休息一會，不要再勞累了！」白素答應一聲，白老大向宋堅伸出手來，宋堅握住了白老大的手，兩人一齊向外掠去。

我略爲安慰了白素幾句，也急忙跟在後面，一路急馳，進了實驗室，白老大也不去理會我，來到了那具電視機前，將電視機打開，不一會，螢光屏上，便出現了海灘上的情形。

白老大在電視機旁的一排儀器之上，操作了一會，只見螢光屏上的畫面，漸漸改變，變成了海水，這時候，我們在地底，不知日夜，外面卻正是陽光普照的好天氣。

海水在陽光之下，閃著亮光，白老大又伸手按了一個鈕，畫面上的海水，突然看得更加清晰，白老大到這時候，才道：「我已由無線電操縱，爲電視攝取器，加上了遠攝鏡頭。」關於這點，我和宋堅，都是外行，只得仔細地注視著螢光屏。

只見螢光屏上，不斷變換著畫面，像是白老大正在利用無線電操縱，轉動電視攝取器，在海面上搜索，沒有多久，白老大突然向螢光屏一指，道：「看！」

我和宋堅，也一齊看到了，有一艘摩托艇，正在海面上向前飛馳。

艇上可以看出，有兩個人，但是卻看不清楚他們是甚麼人。

白老大忙問道：「杜兄弟，我記得我們曾配置過一具性能極佳的遠攝器，可以攝多遠？」杜仲戰戰兢兢地道：「五公里。」

白老大道：「好！」他一伸手，又按了另一個按鈕，只見那艘摩托艇，在螢光屏上，陡地移近，我們已可以看到，艇上是一男一女兩人。

那男的，和宋堅一樣，女的卻戴著一頂大草帽，認不出她是甚麼人來，看她的身材，卻是曲線玲瓏，十分健美，白老大「哼」地一聲，道：「果然走了！」

宋堅道：「那女子是甚麼人？」他正在問道，那女子恰好回過頭來，我一看清那女子的面容，不由自主，發出了一下驚呼之聲！

白老大忙回過頭來，道：「怎麼啦，你認識她？」我指著螢光屏，道：「這……這……不可能！」

白老大在我肩頭上用力拍了一下，道：「為甚麼不可能，這洋裡洋氣的女人是誰？」那和宋堅的兄弟在一起的女人，的確是「洋裡洋氣」的，她也有洋氣的理由，因為她從小就在美國長大。

那女子不是別人，正是我的表妹紅紅！

這真是絕對無法令人相信的事情。紅紅竟會和宋堅的弟弟在一起，而且，看他們兩人的情形，顯然是合伙一齊盜走了那些鋼板。

我絕不懷疑紅紅的冒險精神，但是卻也絕難設想紅紅竟能以直接地參與這一件事，我幾乎要懷疑紅紅也有一個和她十分相似的妹妹，但實際上，這卻又是沒有可能的事情。

宋堅見我並不回答，催道：「衛兄弟，你為甚麼不說話，她是誰？」

這時候，因為那小摩托艇的去勢極速，所以遠攝器也已攝取不到，摩托艇已只剩下了一個黑點，在螢光屏上，閃了一閃，便自不見。

我回過頭來，道：「那位小姐，是我的表妹，她是一個在美國學藝術的學生，和我們這類人，根本一點也搭不上關係，我自從她被白奇偉綁去之後，也未曾再見過她！」

白老大道：「我看這其中，一定另有曲折，他們走得如此匆忙，或許我書房中的四塊鋼板，也已被他們取走了！」宋堅忙道：「我去看看！」

白老大道：「剛才，你將書桌上的東西，一起掃得向我碰來，我以一幅窗簾將之兜住，你只要在這幅窗幔中找一找就可以了！」宋堅答應一聲，身形如飛，立即向外掠去。

他去了沒有多久，便回到了實驗室，面上的神色，十分難看，我和白老大兩人，一見他這等情形，便知道剛才，在混亂中，宋堅的弟弟，已經將那四塊鋼板取走！

白老大問道：「不在了？」宋堅點了點頭。白老大雙眉緊蹙，道：「這件事，責任重大，全在你們兩人身上，你們快些離開此處，去設法將二十五塊鋼板，一齊追了回來。如果鋼板無法追回，你們也應該立即設法，偵知得到鋼板的人，去了甚麼地方。七幫十八會的這筆財富，斷然不能落在他人手中！」

宋堅和我，都感到事情嚴重，我們雖知鋼板落在甚麼人的手中，但是要追了回來，卻是無頭無腦，談何容易之事。

我望了望宋堅一眼，宋堅道：「衛兄弟，沒有信心麼？」我沉聲道：「宋大哥，有你和我在一起，說甚麼都要成功！」宋堅道：「好！」

白老大對著一個傳話器，吩咐人準備摩托艇，又吩咐人在他書房中取一個綠色的箱子。不一會，有人將那箱子取到，白老大打開箱蓋，箱中所放的，竟是兩把十分精巧的手槍。

宋堅忙道：「白老大，我們不必用槍。」白老大道：「這並不是普通的手槍，是我自己設計的，槍柄部分，是半導體的無線電通話器，你們一人一柄，在十公里之內，可以清晰地通話，而槍又可以連續射擊七十次，每次射出的是一種藥水，射程十公尺，只要射中對方的面部，對方在三秒鐘之內，便會昏倒，你們帶在身邊，大有用處！」

我聽得那手槍如此神妙，早已一伸手，將之接了過來，宋堅猶豫了一下，也取了一柄，我們藏好了槍，白老大便和我們兩人，握了握手，道：「你們小心，眾兄弟那裡，由我去說明，我們在這裡，靜候佳音。」

宋堅道：「是！」白老大又道：「衛兄弟，你行事要聽宋兄弟的命令。」我也極其嚴肅地答應了一聲，道：「是！」

白老大一揮手，道：「你們去吧！」我和宋堅兩人，立即一個轉身，向外奔去，由電梯昇上去，不到幾分鐘，我們已到了海邊上，摩托艇已經達達作響，我們兩人，一躍而上，宋堅一掌將纜繩擊斷，水花四濺，摩托艇向前，激射而出！

開始的幾分鐘，我們誰也不說話，過了幾分鐘，宋堅才道：「我那弟弟，叫作宋富，他武術倒十分平常，但是卻有兩樣絕技，一是槍法奇準，另一件，他從小便射飛箭，箭小如火柴，也是百發百中，而且，他會在東非洲的一個土人部落中，得到一種劇毒的毒藥，舉塗在箭簇上，一被射中，發狂而死，衛兄弟，你要小心！」

我點了點頭，道：「知道了，我表妹和他在一起，宋大哥，你說會有危險麼？」

宋堅嘆了一口氣，道：「很難說，他從小就脾氣十分怪誕，幾乎沒有甚麼人可以和他在一起的，你表妹居然與他，同艇而走，到是奇事！」

我聽了宋堅的話，心中又多了一層耽憂！

因爲，如果紅紅若是遭了甚麼不測，這個干係，我確是負責不起。

摩托艇只化了十二分鐘的時間，便已經接近城市，我們看到岸上，有一個人在揮動紅手巾，便知道那是白老大以直通電話，通知了來接我們的人，我們向紅手巾的人疾駛了過去，艇未靠岸，便一齊向岸上躍去，那人迎了上來，道：「車子準備好了，兩位上哪裡去？」

那人的這一問，卻將我們兩個人，全都問住了。

宋富和紅紅兩人，到甚麼地方去了，我們根本一點頭緒也沒有！

宋堅望了我一眼，我問道：「你來了多久？」那人道：「四分鐘。」我道：「你可有看到一男一女，離開這裡，倉皇遠去？」

那人想了一想，道：「沒有注意到。」我心中嘆了一口氣，道：「宋大哥，先上我家中走一遭，如果紅紅有甚麼書信，留在我家中的話，那我們就可以有線索了！」宋堅道：「眼前也只有這個辦法了！」

我們一齊跳上了汽車，由那個駕駛，向市區疾駛而去，到了市區，才不得已將汽車的速度，慢了下來，沒有多久，便已到了我家的門口。我們下了車，那人道：「還有甚麼事沒有？」

宋堅揮手道：「你去吧，我們兩人的行蹤，你不能向人洩漏！」那人道：「是！」立即將車子後退，駛了開去。我望著那輛車子，道：「宋大哥，剛才，你吩咐他不要洩漏我們兩人的行藏之際，那人的眼珠，轉了一轉，是否會不懷好意？」

宋堅道：「難說，他可能是白奇偉的親信！」我一面說，一面已經取出了鑰匙，插入孔內之際，聽得室內的電話響了兩下，可是卻也僅僅響了兩下而已。

我心中不禁一凜，因為老蔡的行動，十分遲緩，不會那麼快便去接電話的！

我立即改變了主意，將鑰匙取了出來，道：「宋大哥，我家中像是已有了變故，我們從水管子向上攀去，小心一點為是。」

宋堅道：「有這個必要麼？」我堅持道：「這樣，總可避免不必要的意外。」

宋堅不再出聲，我們兩人，轉過了牆角，好在我住的地方，十分靜僻，雖是白天，行人也不多，我們看著無人，沿著水管，迅速地來到了陽臺上，我一伸手，打破了一塊玻璃，伸手進去，將門打了開來，和宋堅兩人，一齊跨了進去。

才一跨進，我和宋堅兩人，都吃了一驚！

只見我書室中所有的一切，全都被徹頭徹尾地搗毀了，毀壞程度的厲害，就像是有一個連的軍人，曾在這間書室中肉搏拼命一樣，簡直找不到一點完整的東西！

宋堅望了我一眼，道：「衛兄弟，還是你想得周到！」我正要回答，突然聽得身後，

「悉」地一聲，我和宋堅兩人，應變如何之快！

我們一聽到聲響，立即轉過身來。

轉過身來之後，我們兩人，卻又立即僵立不動，並不是我們不想動，而是我們不能動！

因為，就在我們面前，站著白奇偉，而白奇偉的手中，又提著一柄手提機關槍，他的手指，正扣在扳機上！

只要他的手指，移動一下，我和宋堅兩個人，便不難變成黃蜂窩了！

白奇偉面帶奸笑，道：「久違了，兩位可好？」

宋堅道：「奇偉，放下槍來！」白奇偉冷笑一聲，道：「轉過身去！」我沉聲道：「在這裡，你敢放槍麼？」白奇偉道：「人急了，甚麼事都敢做，但只要你們合作，我也不會過分，轉過身去，舉起手來！」

白奇偉又喝道：「向外走去，咱們到客廳去說話，兩人隔得開些！」宋堅沉聲道：「衛兄弟，好漢不吃眼前虧，咱們聽他的！」我立即大踏步向前走去，宋堅跟在我的後面，出了書室，下了樓梯，只見客廳中，仍是原來的樣子，但是已坐了六七個人。

其中有三個，乃是神鞭三矮，另外幾個，雖曾見過，卻叫不出名字來，可想而知，是為白奇偉所收買的青幫中人物。

那七個人，一見我和宋堅現身，也一齊露出了槍械，指著我們。

我和宋堅，一直到了客廳正中，白奇偉又在我們身後喝道：「站住！」我和宋堅，一齊站定，白奇偉道：「將他們兩人，反手銬了起來！」

立時便有兩人，站起身來，各自取出了一副手銬，宋堅面色自如，道：「朋友，這差使可危險啊！」那兩人冷冷地道：「你們敢掙扎麼？」

宋堅道：「我們一掙扎，白奇偉當然放槍，你們兩人，也得陪我們一死了！」

那兩人一聽，面上不禁為之變色，不由自主地停了下來。

宋堅哈哈大笑，道：「好沒膽子的東西，來吧，我們不動就是！」那兩人面色一陣紅一陣白，這才敢走了下來，將我們兩人，反手銬起來。

我心中對宋堅，不禁大是佩服。因為這時候，我們落在白奇偉的手中，占盡了劣勢，但是宋堅還從容不迫，嬉笑怒罵，將對方弄了個面紅耳赤！

我們被銬起來之後，宋堅道：「還有事麼？腳要不要銬？」白奇偉「哼」地一聲，道：「坐下！」我和宋堅轉過身，坐了下來，宋堅蹺起了腿，喝道：「矮子，點一支煙來，快一點！」

神鞭三矮為他的氣勢所攝，竟一起欠身，為他來點煙，宋堅道：「衛兄弟，你也吸一支！」他一面說，一面向我眨了眨眼，我立即會意，道：「宋大哥的吩咐，自然遵命！」神鞭三矮又為我點了一支，我們兩人含著煙徐徐地吸著，全無俘虜的神態。

白奇偉在我的對面，坐了下來。

指住我們的，不僅有白奇偉手中的手提機槍，而且還另外有六柄手槍，白奇偉道：「宋堅，你想將煙頭向我吐來，另外六柄槍，卻不是空槍！」

我知道宋堅的面上神色，雖然毫無變化，但是他心中卻一定吃了一驚。因爲，他要吸煙，當然是爲了出奇不意之間，可以將煙蒂向前吐出，令得對方一個錯愕，便可以有所作爲，但如今卻已被白奇偉叫破！

宋堅含著煙，語氣十分模糊，道：「你說得不錯！」白奇偉冷笑了兩聲，道：「姓宋的，我已經知道，原來取走鋼板的是你！我費盡心機，才將鋼板吸在電磁鐵上，你卻揀了便宜，這帳如何算法？」

宋堅道：「你弄錯了，取走鋼板的，另有其人，並不是我！」

白奇偉向身旁的一人一指，道：「他奉我之命，前去取鋼板，你已先到一步，他還挨了你一腳，這難道會是假的麼？」

宋堅道：「取走鋼板的，是我的兄弟，他生得和我一模一樣，這位朋友一定是誤認了！」

白奇偉冷笑一聲，道：「兄弟，一模一樣，姓宋的，你可以去寫小說了，鋼板在甚麼地方，快交出來，我念在若不是你取了鋼板，我要將之帶出，亦非易事份上，也不會太虧待你們的！」宋堅道：「奇偉，我所說的，全是實話，你爹爲你的事，傷心至極，你不要一誤再誤，快將我們一齊放開，同去追尋那二十五塊鋼板的下落，方是正務！」

白奇偉奸笑幾聲，道：「說得倒好聽，你要是不交出來，大爺先叫你們兩人，吃些苦頭！」

我和宋堅兩人，一聽得白奇偉如此說法，心中不禁盡皆一怔。他說的「苦頭」，當然是我們，受一點酷刑了！

這時候，宋堅忽然說了一句話，那句話，聽來更是模糊不清，白奇偉喝道：「你說甚麼？」宋堅道：「我說……」他那句話，除了「我說」兩個字外，仍是一個字也聽不清楚，我一聽得宋堅一連兩次這樣，心中猛地一動，已知宋堅準備有所動作。

我心中不禁極其焦急，因爲，在這樣的情形之下，我們一有動作，能夠逃脫的機會，實是小到了極點！

白奇偉濃眉一皺，道：「你究竟說甚麼？」宋堅一張口，道：「我是說——」

他才講到此處，陡地「噗」地一聲，將已吸了一大半的香煙，向白奇偉吐了出去！

白奇偉的注意力，被宋堅剛才那兩句模糊不清的話所轉移，而且，在目今這樣的情形下，他也想不到宋堅，竟然會不顧一切地發動！

等到宋堅將煙蒂向他面上，疾吐而出，他連忙一側頭時，宋堅卻已疾撲而起！我直到此際，才知道宋堅的「飛身追影」功夫，實已出神入化，拋出的物事，即使微如煙蒂，一樣可以和身飛起！

這一切，全是在電光石火之間，所發生的事，宋堅一撲向前去，我也立即採取行動，霍地站起，腿起處，已經將一張沙發，踢了出去。

只聽得「砰砰砰砰」，一陣槍響，分明是白奇偉的手提機槍，已經開火，我心中陡地一涼，在那樣的情形下，我實是難以去看一看宋堅是否已被射死，立即向身側的一人撲去，又是「砰」地一聲，子彈在我身旁，呼嘯而過，我卻向那人疾撞了過去，將那人撞出七八尺！

正在此時，只聽得白奇偉叫道：「住手！住手！」

我立即定睛看去。只見神鞭三矮，和另外四人，全皆目瞪口呆，看白奇偉和宋堅時，只見白奇偉跌倒在地，手提機槍，已落在地上，宋堅一足踏住了他的胸口，另一足，踏住了他的右腕，白奇偉躺在地上，連動都不能動一下！而天花板上，則簌簌地落下一陣灰來，我抬頭一看，只見天花板上，一排子彈孔，顯見子彈，都射在天花板上！宋堅向我笑了一下，道：「衛兄弟，對不起得很，幸而他們，還能盡忠主人！」

我立即明白了宋堅的意思，那是當他向白奇偉撲出之際，神鞭三矮等人，都關心白奇偉的安危，不期而然，將槍對準了宋堅。而只有一人，因爲我向他撲去，才轉身發槍，所以未曾瞄準！

想起了剛才的情形，我也不禁出了一身冷汗！

事後，我才知道，原來宋堅疾如流星，一撲到白奇偉的面前，立即身形一矮，向他的手腕撞去，將他手中的手提機槍，撞得向上揚起，所以，白奇偉雖然立即開槍，子彈卻射到天花板上。

而他一撞之後，身形緊接著一長，又一頭撞在白奇偉的胸上。

宋堅乃是苦練這「油錘貫頂」功夫的人，那一撞，又是生死之所擊，用的力道，自然不輕，白奇偉如何受得住，立即仰天跌倒。

宋堅立即一腳踏向白奇偉的右腕，白奇偉吃痛，五指一鬆，手提機槍，跌了開去，宋堅才再一伸腳，又踏住了白奇偉的胸口！

這一切，我如今寫來容易，須知當時，宋堅乃是雙手被反銬在背後，毫厘之差，便是殺身大禍，非大勇之人，實難出此！

當下宋堅笑了一下，道：「快將我們的手銬開了！」白奇偉如同應聲蟲一樣，道：「快將他們的手銬開了！」神鞭三矮等人，自然知道，宋堅如果腳上一運勁，白奇偉的性命難保，因此立即有人上來，先將我的手銬解開，我立即將他們的手槍，一一收起，又將手提機槍，抬了起來，宋堅才搓著雙手，退了開來，白奇偉滿面通紅，站了起來，宋堅道：「奇偉，薑是老的辣！」

白奇偉道：「若不是我心軟，你們早已死了！」

宋堅「哼」地一聲，道：「你不是心軟，你是心貪，如今你還有甚麼話說？」白奇偉直挺挺地站著，一聲不出，宋堅道：「你手下人多，我想向你打聽一件事情！」

白奇偉尚未回答，只聽得「嗚嗚」的警車之聲，傳了過來。不用說，那一定是剛才的槍聲，驚動了鄰居，有人報了警，警車已經趕到。

宋堅忙道：「咱們快由後門走！」我連忙將槍械，一齊拋在地下，迅速地和眾人一齊，到了後面，又立即掠出了橫巷，來到了馬路上，宋堅緊緊地靠著白奇偉，其餘人，則立即散開，若無其事地向前走去。

我們剛一走出，便聽得破門而入之聲，我心中暗叫一聲好險，因爲若是給警方當場捉住的話，實是難以脫身。我們走出了幾條馬路，宋堅向我使了一個眼色，我跟了前去，宋堅道：「奇偉，你手下人多，眼線廣佈，可有發現一個和我一樣的人，和一個女子的行蹤？」

我補充道：「那女子就是曾被你綁票的紅紅！」

白奇偉道：「我接到報告，你是和一個女子，一齊上岸的，但是，那司機卻又說，老大的直通電話，要他去接你們，我怕第一個報告不確實，未曾相信。」

宋堅忙道：「那麼，如今難道沒有辦法，知道他們的下落了麼？」

白奇偉道：「自然沒有了。薑是老的辣。你又何必來問我？」

宋堅「哼」地一聲，道：「奇偉，你再多口，我將你押回給你爹！」

白奇偉的面色，本來極其強頑，可是他一聽得這句話，卻不禁面上變色，不敢出聲。

我道：「宋大哥，你的話說完了，我也有幾句話，要向白兄請教。」

白奇偉昂頭向天，並不說話，我道：「中秋之夜，在清靜山頂，你設計害我之際，竟以白粉放在我的身上，白奇偉，警方百計不獲的白粉大拆家可是你？」

白奇偉面露憤然之色，道：「放屁，你也將我看得太低了！」

我鑒貌辨色，也知道可能當真不是他，便道：「那麼，你白粉從何而來？」白奇偉道：「是一個手下獻計，我怎麼知道？」

我緊盯著道：「那麼，你這個手下，一定和白粉拆家有連絡，宋大哥，你說一句話！」

宋堅想了一想，道：「好，奇偉，你若是能帶著你的手下，將警方久尋不獲的毒販頭子捉到，那我便替你在你爹面前求情！」

白奇偉道：「這件事卻需慢一慢！」

宋堅「哈哈」一笑，道：「好！如今，二十五片鋼板，既不在我手中，也不在你手中，咱們騎驢看唱本——走著瞧，看究竟落在甚麼人的手中！」

白奇偉道：「走著瞧便走著瞧！」

宋堅向前跨出了幾步，剛好一輛巴士到站，他一拉我的手，便上了巴士。從巴士上望下去，白奇偉還狠狠地瞪著我們！

我和宋堅兩人，在巴士上並沒有說甚麼，一直到總站，我們才下一車，在一家餐室中坐定。宋堅低聲道：「衛兄弟，他們得齊了二十五塊鋼板，自然可以知道埋藏那筆財富的所在，一定會離開此處，我們先要查明，他們的去向才行，你可有辦法？」

我想起黃彼德來，道：「行！」立即離座而起，撥了他的號碼，說了姓名，對方正是黃彼德，聲音異常吃驚，劈頭道：「你還敢打電話來？」

我倒吃了一驚，道：「為甚麼不能打電話來？」黃彼德道：「你闖了大禍了！在你家中，竟有手提機槍，而且還曾發射，警方剛找我問過話，問我可知你的行蹤，你平時所到的地方，都有警方人員，你還不快設法？」我心中暗暗吃驚，道：「這件事且別說他，我有一件事要你幫忙。」黃彼德道：「快說！」

我道：「煩你查一查，可有一男一女，購買機票船票，離開香港，男的叫宋富，女的叫Red Red Wong，用的是美國護照，我每隔六小時，和你通話一次。」黃彼德嘆了一口氣，道：「好，好，你快收線，警方如果截線的話，可能找到你了！」

我連忙放下了話筒，回到了卡位，道：「宋大哥，警方正在拼命找尋我，我要脫身，只怕不是易事，如果我被捕去，你只好一個人行事了！」

宋堅道：「不行，我們快到你那位外交官朋友那裡去！」

宋堅一言，提醒了我，我們立即出了那間餐室，截了一輛的士，直驅G領事的辦公處，進了門，我才鬆了一口氣，G領事很快地和我見了面，我將目前的處境，約略和他一說，他立即答應了下來，而且領我見秦正器，秦正器所住的房間，華麗之極，看來是用來招待國家要人的，秦正器卻還大表不滿，說甚麼床太軟，人又不懂話，我將我冒充他的經過，詳細說了一遍，又睡了幾個小時，才打電話給黃彼德。

黃彼德的答復，是否定的。

我們沒有法子可想，只得又睡了下來，G領事來看了我們好幾次，還提起我和他結識的那件事來，這位先生，的確夠朋友之極！

第二天一早，我翻閱報紙，警方可能不欲打草驚蛇，所以這件事，並沒有渲染，只是說某高尚住宅區，發現藏械云云，語焉不詳。

我又打電話給黃彼德，黃彼德這次的答覆，卻是肯定的了，他說，有那麼兩個人，但男的名字卻是坂田高太郎，用的是日本護照，並不是叫作宋富。

宋富既然早就離家，他改了日本名字，自然也不是甚麼奇怪的事。他們兩人的目的地，乃是馬尼拉，坐的是今天中午，十一時四十七分起飛的班機。

我將這情形，和宋堅一商量，請G領事先通過外交途徑，訂下了兩張機票，G領事又為我們設法，使我們能夠到時登上飛機。

現在的問題就在於，上了飛機之後，如何對付宋富，和怎樣才能在由G領事到飛機場這一段路間，不被警方發覺，生出枝節。

討論的結果，是我先走了，宋堅後走，一齊在機場上會面。九點正，我出了G領事收留我們的所在，門外像是並沒有人在監視著我。

我坐著G領事的車子，一直向機場而去，到機場，是九時四十七分，我在餐廳中坐了下來。怎知道，我才一坐下，立即便有兩個人，坐在我的對面！

我吃了一驚，連忙站了起來，卻又聽得身後，傳來程警官的聲音，道：「衛先生，不必客氣，請坐！」我只得頹然地坐了下來。

程警官穿的是便衣，他也立即在我身邊坐下，面色一沉，道：「你越來越不成話了！」我只得笑道：「程警官，警方的效率，居然如此驚人！」

程警官道：「你的行蹤，我們早就知道了，只不過慢了一步，才被你過了一夜，你向黃彼德詢問坂田高太郎和紅紅·王的行蹤作甚麼！」

我道：「原來是黃彼德告的密！」程警官道：「別冤枉他。」我不服氣道：「那你們又怎樣知道我的行蹤的？」

程警官道：「不妨和你直說，警方一直在注意你的行動，你失蹤了三天，警方早已在平時有聯絡的地方，佈置下了一切，你和黃彼德的通話，我們全都記錄下來了。衛斯理，你家中的事，已經可以構成非常嚴重的罪了！」我卻若無其事地伸了一個懶腰，道：「是麼？」程警官面有怒容，道：「你不認麼？」

我放低了聲音，道：「我想和你私人講幾句話。」

程警官向我望了半晌，轉過頭去，向另外兩個便衣人員，揮了揮手，那兩個人便站了起來，遠遠地走了開去，但仍然監視著我。

我苦笑了一下，道：「我出死入生，全是爲了警方，你們還不諒解，真使我灰心。」

程警官道：「你是在追尋毒販？」

其實，我這幾天來的奔走和歷險，可以說和尋找毒販，一點關係也搭不上。但是此際我卻知道，除了利用這一點之外，實在沒有第二個辦法可想！因此，我便點了點頭。

程警官也將聲音壓得很低，道：「那麼，坂田高太郎、王紅紅，就是你追尋的目標？」我含糊其詞，道：「還要進一步的證據，我如今，就是爲了搜集進一步的證據而忙碌。」

程警官望了我幾眼，冷笑道：「我們自然知道，事情不會那麼簡單，毒販是絕不會用到在你家中搜出來的那種武器的。」

我立即反駁道：「那也未必，死神唐天翔，當日又是如何規模，在進行販毒？」

程警官想了片刻，不再言語，道：「衛先生，希望你好自爲之。」我道：「你放心，」這時候，我心中，已經鬆了一口氣。

如今他這樣說法，那當然是相信了我的話，由我到菲律賓去的了。果然，他一講完話，便站了起來，向外面走了開去。我則仍坐在餐廳中等著。

我一面不斷地吸著煙，一面凝思著眼前的情形。

以白奇偉的機敏，和他手下眼線之廣，他自然也可以獲知宋富(坂田高太郎)的去向，白奇偉會跟蹤他到菲律賓去，乃是毫無疑問之事。

我和宋堅的行動，已經決定，當然也不會更改。

而且，我相信，警方在知道了我的行蹤之後，深信事情和大販毒案有關，當然也不肯輕易放過，一定會派出幹探，隨機前往。

也就是說，連我和宋堅在內，共有四方面的人馬，互相在勾心鬥角，究竟是哪一方面會獲勝，我實是毫無把握！時間飛快地溜過去，我看到一個挾著公事包的中年人，走進餐廳來。

那中年人，帶著一副寬邊黑眼鏡，我連忙站起身來，向廁所走去，到了廁所中，取出白老大給我的那柄手槍，只見槍上一個小紅燈。正在一閃一閃，我按了一下鈕，便傳出了宋堅的聲音，道：「怎麼樣了？」

我將剛才的經過，和他約略說了一遍，問道：「我化裝的東西，你帶來了沒有？」

剛才，挾著公事包進來，像是大商家模樣的人，就是宋堅，他在餐廳中，利用無線電通話器和我通話，道：「帶來了，必須裝作不識？」

我道：「不錯。如今警方並不知我和你在一起，白奇偉雖然知道，但我只要在化裝上，故意露出破綻，爲他識破，他便會注意我的行動，而我完全不和你搭訕，他便失去了目標了。」

宋堅道：「不錯，我將化裝用品，放在你剛才坐過的桌子上，你自己取去應用就是了。」我又叮囑了一句，道：「宋大哥，等一會，在飛機上，你如果有甚麼話要說，也可以採取如今這個辦法。」

宋堅答應了一聲，我關好了通話器，走出了廁所，來到剛才我坐過的餐桌上，發現有一個紙包，而宋堅則坐在一張桌上，正在據案大嚼。

我也叫了食品，一面暗暗地打量著進出的人。我發現有一個大胖子，在注意我，而且，還和一個漢子，不斷地在打手式。

那兩個，可能是警方的便衣人員，他們如今已經注意到了我，我等一會，就算經過化裝，也一定逃不脫他們的追蹤，但是這樣更好，因爲我變成了暴露的、突出的目標，相形之下，宋堅便成了隱秘的棋子，在必要之時，可以派很大的用處了。

我留心了好一會，發覺警方只派了這兩個人來，那個大胖子的一切動作，都十分熟練，可見他雖然有一個肥胖的身軀，但是卻有著十分幹練的頭腦。

如今，我和警方的關係，十分微妙。我又不想警方知道事情的本質，但是卻又希望在必要的時候，能得到警方的協助。

離開起飛的時間，越來越是接近，我和宋堅，先後到了候機室中，搭乘這班飛機的搭客，這時候，應該都來齊了，但是，我卻未曾發現宋富和紅紅，在由餐廳到候機室的途中，我迅速地化了裝，在我的雙頰上，兩片深肉色的軟膠，同時，在眼皮上，貼上了兩道又濃又短的假眉，是運用和皮膚一樣顏色的膠布，一齊貼上去的。

雖然只不過一分鐘，但是我卻已變成了皮肉瘦削，顴骨高聳，短眉凶顏的人了。這是最新的化裝術，和以前靠在面上塗油彩的化妝術相比較，效果之進步，當真是不可同日而語。

我相信就算紅紅在我的面前，也一定認不出我來，所以我放心地踱來踱去，幾乎每一個女人，都無禮地望上一眼。

當然，我知道紅紅和宋富，也一樣可以經過巧妙的化裝，使我認不出來的，我仔細觀察的結果，認爲紅紅和宋富兩人，還沒有來。

但是這時候，離開航行的時間，已經只有十分鐘了，閘口面前的空中小姐，已經在作檢票的準備，我遠遠地向宋堅，使了一個眼色，作了一個打電話的手勢，宋堅點了點頭，走了開去。

不到兩分鐘，擴音器傳出嬌滴滴的聲音：「坂田高太郎先生，有你的緊急長途電話，請你去聽。」一連叫了兩遍，我看到兩個便衣探員的神色，也顯得相當緊張，我自己當然也是十分緊張，但是候機室中，卻並沒有人，走出去聽電話。

我知道宋富一定在這候機室中，但是他卻機警地連電話都不聽。我吩咐宋堅去打的這個電話，算是白打了。我心中不禁十分著急，因爲如果在上機之前，未能看出宋富和紅紅兩人的話，到了飛機上，如是臨時發生甚麼變故，應付起來，只怕措手不及！

我迅速地想了一想，來到了閘口之前，找到了一位空中小姐，用假裝蹩腳的的英語和她說：「剛才，我聽得有人叫坂田高太郎聽電話？」

那空中小姐道：「是啊，你就是坂田高太郎？」

我忙道：「噢，我不是，坂田高太郎和我是老朋友了，我們分散已有二十多年，我不知道他會在這裡，他的樣子，我也認不出了，你可以告訴我，他的機位號碼，讓我們老友重聚嗎？」

那位美麗的空中小姐，並不懷疑，反倒給了我一個極其甜蜜的微笑，打開了她手中的夾子，查看了一下，道：「他的機位號碼，是三十四號，你可要我通知他？」我忙道：「不，不必了，我想給他一個意外的驚喜！」

這時候，擴音機已經請搭客入閘，我將機票給了空中小姐，便提著皮篋，向客機走去。

在我走出閘位的時候，聽得一陣騷動，看到有許多人在揮手，而被歡送的目標，則是一位非常美麗的小姐。

我認得那位美麗的小姐是一位電影明星，有著「第一美人」之稱的，歡送她的，大約是她的影迷了。

我上了飛機，找到了自己的座位，坐了下來。在訂購機票時，我已經向航空公司說明，要後面的位置，因爲在後面，可以注意前面的動向，如果在前面，則自己便成了被別人注意的目標了。

我坐定之後不久，宋堅也上了飛機，也假裝看著窗外，一手抓住了那柄「手槍」，以一頂帽子作遮掩，打開了通話器，宋堅的「手槍」上，便會響起輕微的聲音，我看著他匆匆地坐下，打開了報紙，便低聲道：「坂田高太郎，是三十四號座位。」

宋堅道：「知道了——」我剛收起「手槍」來，宋堅的聲音，卻又傳了過來，道：「衛兄弟，你在開玩笑麼？」我忙道：「不會的。」宋堅道：「你自己看看。」我將帽子放在膝上，雙目瀏覽，找到了三十四號的座位，可是我一看之下，不禁呆了。坐在座位上的，當然不是宋富，竟正是那位有著「第一美人」之稱的電影明星。

我不禁呆了半晌，說不出話來。

照理說，空中小姐的話，是不應該會錯的，但宋富可能化裝爲任何人，卻也不能化裝爲一個有名有姓，照片幾乎每日出現在報章雜志上的電影明星！

我想，那大約是空中小姐弄錯了，連忙向她的旁邊看，可是她旁邊，乃是一位令人作嘔的菲律賓歌星之類的人物，正在擠眉弄眼，向這位電影明星，大獻殷勤，那菲律賓人，乳臭未乾，當然不會是宋富，也不可能是紅紅！我只得低聲道：「事情有點不對，弄清楚了，再和你通話吧。」宋堅道：「我看他們沒有上機！」

我道：「不會的，他們如果乘另外的班機，警方一定知道，何以警方人員，還在機上？」

宋堅的位置，離我有七八步遠，他喝了一聲，便一本正經地看起報紙來，我則仔細地向每一個人看去。

這時候，除了一個座位以外，都坐了人，連我在內，一共是五十五人。

我深信宋富和紅紅兩個人，一定在這架飛機之內，我已經打定了主意，等飛機起飛之後，再用辦法，來查問「坂田高太郎」的座位。

沒有多久，空中小姐便要每一個人，都紮好了皮帶，飛機已在跑道上向前衝出去了。我將自己的皮夾，取了出來，將皮夾內的東西，全都取了出來，用小刀在皮夾之上，括出「坂田高太郎」的日文的名字，等到有空中小姐，走過我身邊的時候，我便將她叫住，將皮夾交了給她，道：「小姐，這是我上機後撿到的，我相信是機上搭客的東西，請你交還給他。」

空中小姐接過了皮夾子，走了開去。

當我在皮夾子上做手腳的時候，我旁邊的一個禿頂老者，正將頭側在一邊，發出輕微的鼾聲，我用報紙遮住雙手的動作，自然不會被他發現。

我知道，當空中小姐在乘客的名單上，發現「坂田高太郎」的名字，和皮夾子上的名字，相吻合之後，她一定會將皮夾，送到宋富那裡去的。

我心中暗慶得計，悠閒地點了一支煙，徐徐地噴出煙霧，飛機已經在空中，平穩地飛行著了，向下望去，碧海青波，令人胸襟爲之一爽。

沒有多久，我便見那位空中小姐，走了回來，她一直向我走來，竟然在我的面前，站了下來，我想問她作甚麼，她已經對我笑了一笑，卻向我旁邊的禿頂老者叫道：「坂田先生，坂田先生。」

那老頭子睡眼惺忪，「唔」地答應了一聲。

這時候，我心中的吃驚程度，實有難以形容之慨，因爲我絕對未會想到，坂田高太郎，也就是宋富，竟就在我的身邊！

我連忙將身微側，向他望去。雖然我明知他就是坂田高太郎，也就是宋富了，但是，我仍然難以相信自己的眼睛，因爲在我身旁的人，禿頂，瘦削，一套十分不稱身的西裝，和一副玳瑁邊的眼鏡，那是一個日本學者的典型，卻絕對不像宋富。

空中小姐將皮夾子送到他在面前，他搖了搖頭，道：「那不是我的東西，小姐，請你不要來麻煩我。」他不客氣的態度，令得空中小姐十分發窘，空中小姐向我一指，道：「坂田先生，那是這位先生揀到的！」

坂田的語氣，更其不耐煩，道：「小姐，我已經說過了，這不是我的東西！」空中小姐攤了攤手，向我作了一個無可奈何的表情，坂田把頭一側，又自顧自地去打瞌睡了。他的座位，在我的旁邊，乃是五十四號，閘口的那位空中小姐，當然是一時看錯了，但如今機上的空中小姐，卻是絕不會弄錯的。

雖然我身旁的坂田，沒有一點像宋富，但這並不是足以令人奇怪的事情，一張製作精巧的尼龍纖維的面網，便足以將整個人的狀貌，完全改變。

我開始偷偷地注意身邊，我發覺他的面容瘦削，但身形卻相當魁梧，顯得不怎麼相配，我肯定他是宋富，在飛機飛行半小時之後，我上了一次廁所，將這件事告訴宋堅，宋堅告訴我說，那一個二十六號的空位，可能是紅紅的，她臨時大約發生了甚麼緣故，以致未能上機。

我回到了座位，坂田仍然在瞌睡。宋堅見紅紅沒有上機，那僅僅是「可能」而已，我卻不十分相信，於是，我又仔細地打量，每一位女搭客，正當我目光，停在坂田前面那一個四十歲左右的日本女人身上之際，那日本女人，卻突然轉過頭來！

我心中一凜，和她打了一個照面。

在那一瞬間，我幾乎已可以肯定，那是紅紅，雖然她的面容，完全不是紅紅的，但是她的眼神，卻令我想起了紅紅，我假裝不識她，她也顯然沒有認出我來，我心中正在得意，可是，接著下來所發生的事情，卻又令得我心內，迷惑不已。

我只聽得那中年日本婦人，以日語問坂田道：「坂田教授，坂田教授。」坂田睜開眼來，道：「不要打擾我。」那中年婦人道：「坂田教授，你在大會上的演講稿，是不是在你身上？」

坂田在身上找了一會，拿出一束紙來，上面密密麻麻地寫滿了日文，我偷眼望去，只見題目乃是「種子植物的繁殖研究」，另外還有一個副題，卻是植物學上的專門名詞，是甚麼「細胞分裂形態」等等，我既看不清楚，也不十分明白。

那中年婦女將那一疊稿紙，接了過去，道：「對不起，我想快一點將它翻成英文，我們一到馬尼拉，便立即要用上它了。」

坂田點了點頭，他不要睡了，打開了一本雜誌，看得津津有味，那是一個世界性的生物學家組織所出版的書刊，普通人不但根本看不懂，而且絕對不會對之有任何興趣的，我甚至在坂田的身上，聞到了「福爾馬林」的氣味，那是生物學家製造標本太多的結果。

發展到了這種程度，我對於黃彼德調查結果的信心，大是動搖。我心中不禁暗暗發火，如果黃彼德在這樣容易的一件事上，出了錯誤的話，那一定會誤了我們的大事，也實太冤枉了！

我正想和宋堅通話，只聽得我袋中的「手槍」，發出了輕微的聲音，我連忙取了出來，裹在一條手帕中，放在耳邊，只聽得宋堅道：「你看到了沒有？前面那三個菲律賓童子軍，是神鞭三矮，那個神父，是白奇偉，可能還不止他們四個人！」

我點了點頭，雖然我不能相信，在我身邊的那人，就是宋富，但是我不得不小心從事，我只得再離開座位，低聲道：「我旁邊的那人，好像不是令弟！」

宋堅道：「我看是。」我將剛才的情形，和他說了一遍，宋道道：「監視下去再說，你不妨試探他一下。」我答應了一聲，收起了「手槍」，回到座位上，假裝十分有興味地，側著頭去，看著他手中的那本雜誌。

第十三部：兩面人

坂田抬起頭來，瞪了我一眼，我這時，已經看清，那本雜誌之上，有一篇文章，署名正是「坂田高太郎！」

我感到十分尷尬，只得道：「原來閣下就是著名的生物學家坂田高太郎？」

「高帽子」送出去，總不會有錯的，坂田露出了笑容，道：「你是？」我忙道：「我對搜集昆蟲標本有興趣！」他從鼻子眼裡，「哼」地一聲，大有不屑之色道：「那不是生物學。」我忙道：「當然，但是我有兩隻西藏鳳蝶的標本，和一個馬達加士加島上的玻珀四目蛾的標本，如果有機會的話，很想請你這樣的有名望的專家，去檢定一下。」

我一面說，一面注意著他的神態，只見他眼中射出了光來，用日語喃喃地說了幾句，那意思是「太好了」、「簡直不可能」等等充滿了驚訝的話，因爲我所說的那幾種昆蟲，全是極其稀少珍貴的東西。從他的反應中，我也看出他完全是一個真正的生物學家，如果不是的話，兩種昆蟲的名字，絕不能引起他如此濃烈的興趣。

坂田接著，和我滔滔不絕地談著生物學，不時又和他前面的婦人，交談幾句，那婦人，看情形是他的秘書。他告訴我，到馬尼拉去，是去參加一個東南亞生物學家的年會。參加這個年會的，全是各地，極負盛名的生物學家。像這樣的身份，能夠假冒，那簡直是不可思議的事情，我決定放棄了和他的談話，肯定他不是宋富。

我的推斷，是宋富和紅紅兩人，根本不在這班班機上，但是我心中，卻又不免奇怪，就算黃彼德的調查有錯誤，警方難道不會覆核麼？而且，白奇偉也不是粗枝大葉的人，他難道也會弄錯？

可見得至少宋富，是在這飛機上。

黃彼德說得十分明白，宋富是用了日本護照，以坂田高太郎的名字出現的，坂田高太郎就在我的身旁，但卻不是甚麼宋富！

事情離奇到了令人難以解釋，我拚命地抽著香煙，坂田還在絮絮不休，我也沒有心思去聽他，只是苦苦地思索著，可是直到飛機降落在馬尼拉機場上，我仍舊是不得要領。

飛機降落之後，我和宋堅，先後離開了飛機，在海關的檢查室中，我發現白奇偉和神鞭三矮，警方的兩個便衣，卻將注意力集中在我的身上。

我不禁苦笑不已，心中暗忖，你們將注意力集中在我的身上，我又將注意集中在甚麼人的身上？老實說，我在飛機上，便已經失去了追蹤的目標！

我心中轉念，到了市區，只有找幾個朋友幫一下忙，看看事情是不是有甚麼頭緒。要不然，便只好走另一步棋了。

那另一步棋便是，當宋富得了那筆財富之後，我總有機會，再和紅紅見面的，到那時候，再從紅紅的口中，套出宋富的下落來，以作亡羊補牢之舉。

我正在呆呆地想著，坂田高太郎就在我的面前。我的身後，是一個胖婦人，那胖婦人忽然站立不穩，向前跌來，我猝不及防，身子也向前一跌，立即伸手，搭向坂田的肩頭，想將身子穩住。

也就在那一剎間，只見坂田的右手，倏地揚起，動作其快無比，突然向我伸出去，向碰到他肩頭的右手手腕扣來，我尚未及縮手，已被他扣住。

但是他在一扣之後，卻立即又縮了回去。我背後的那個胖婦人向我說對不起，我心頭狂跳，連聲說不要緊。

在那一個打岔中，我便避免和坂田的正面相對，而當我再轉過身去時，坂田已經若無其事地背對著我而立，好像剛才的事，完全未曾發生過一樣！

剛才，坂田向我手腕扣來的一下，分明是中國武術，七十二路小擒拿法中的一式「反扣法」。固然，不能說沒有日本人會使這一門武功，但是一個著名的生物學家，居然會有這種本事，這事情毋乃似乎出奇了些?本來，我已放棄了再跟蹤坂田的意圖。

可是，就是因爲這一件事，卻啓了我的疑竇，我決定繼續跟蹤他！

出了機場，坂田和他的女秘書一齊登上了有著當地大學名稱的一輛汽車，我沒有跟在他的後面，只是在一家豪華的酒店中，住了下來。宋堅當然也在這家酒店下榻。可笑的是，警方的便衣人員，和白奇偉，居然也一步不放鬆，和我住在同一酒店之中！我在酒店中，拋開了一切煩惱，先痛痛快快地洗了一個澡。我洗完了澡，躺在床上，和宋堅用無線電通話，白老大的那一副通話器，十分精巧，靈敏度也極高，我們在不同的層次中，但通話之際，卻毫無困擾。

我向宋堅說明了我的疑心，宋堅也主張嚴密注意坂田的行動，我向他建議，他應該深居簡出，因爲我已經成爲極易暴露的目標。必要的時候，我可以將我探聽到、掌握到的一切資料，都告訴他，而由他去繼續行事，我則將警方和白奇偉吸引住。

宋堅十分佩服我的計劃，我休息了一個小時，才和我認識的一家報社中當採訪主任的朋友，通了一個電話，問起坂田的住所，他一查就查到了。我又知道，這個會是在大學中召開的，可以允許旁聽，我問明了開會的時候地點，便舒舒暢暢地睡了一覺。

我對坂田，雖然起了疑惑，但是我仍然不能肯定他是不是宋富，我如今只是沒有辦法中的辦法而已。但是有一點關於坂田的資料，卻值得令我深思。

那位朋友在電話中告訴我，坂田的確是極有名的生物學家，他有「旅行學者」之稱，因爲他幾乎一年到頭，都周遊列國。作爲一個生物學家，那並不是甚麼值得奇怪的事情。

令我注意的是，他曾在美國的一家大學教過書，那家大學，卻正是紅紅就讀的這間，而且他最常到的地方，乃是泰國。他並沒有家室，關於他的世系，連日本警界，都不十分清楚。

總之，有關坂田教授的資料，如果仔細看去，給人極其朦朧神秘的感覺。

我直到那個學者會議開會的時間，才離開酒店，各色各樣的跟蹤者，竟達五個之多，菲律賓警方，也有便衣人員派出，白奇偉仍然化裝爲神父，看來年紀甚大，神鞭三矮未嘗出動，和他在一起的，是一個未曾見過面的中年人，到了會場，冗長的、煩悶的報告，一個接著一個，坂田的報告，長達四小時又二十分。

看會場中的情形，坂田的報告，像是十分精彩，但是我卻竭力克制著自己，才未曾令得自己打瞌睡。

一連四天，坂田除了出席會議之外，便是在酒店之中。他下榻的那酒店，離我住的酒店，並不十分遠，我已設法，買通了酒店中的一個侍者，依時將坂田的動向，向我報告。

在這四天之中，事情成爲膠著狀態，簡直毫無新的發展，根據報上的消息，會議將在明天結束了。

我一再地回想著那天在海關檢查室前的情形，我甚至願意承認自己的眼花，但是我當時所見的，卻又的的確確是事實。

但是，如今的坂田，卻不是坂田，而是他人，因爲與會的學者，有許多和他，都不是第一次見面了。當晚，我將自己，關在房中，踱來踱去，門外有人敲門，我道：「進來！」

進來的是那個胖子，我一見他，就笑道：「你終於來找我了！」那胖子不好意思地笑了笑，道：「你沒有瞞過我，我也瞞不過你，這幾天來，你究竟在賣些甚麼膏藥？」

連日來，我曾經留意過會議旁聽席上，那胖子憤怒的表情，我知道甚麼「單細胞」、「雙細胞」，令得他實在受不了！我笑了一笑，正要回答，電話突然響了起來，卻是被我收買了打聽坂田動靜的那侍者的聲音。

我心中一動，道：「甚麼事？」幸而那邊的聲音很低，我可以不怕被那胖子聽到，道：「坂田教授明天離開馬尼拉。」我連忙「噢」地一聲，道：「他到甚麼地方去？」那面那個，爲我收買的酒店侍者道：「是到泰肖爾島去。」

我聽了不禁一怔，道：「那是甚麼地方？」對方的聲音，也顯得無可奈何，道：「我也不知，你是知道的，我們的國家，由三千多個島嶼組成，我雖是菲律賓人，也無法知道每一個島嶼的名稱。」

我喝地一聲，道：「好，甚麼時候？」

那面的聲音道：「明天再和你聯絡。」我忙道：「好！好！」對方收了線，我轉過身來說，「一個老朋友想請我吃飯。」

那胖子苦笑了一下，道：「衛先生，如果你有甚麼發現，請和我們聯絡。」我點了點頭，那胖子大概也覺得自己再待下去，也沒有甚麼多大的意思，所以便走了出去。他一走了出去，我立即翻閱電話薄，和馬尼拉最大的一家書店聯絡，問明他們，最詳細的菲律賓全圖的情形。據他們說，最詳細的菲律賓地圖，能夠標出島嶼的名字的，也只不過二千七百多個，那已經是屬於資料性的了，售價非常高昂。

我問明了價格，令酒店的侍者，代我去這家書店，將這本地圖買來。侍者去了半個小時方始回來，我已經和報館的那位朋友，通過了電話，他在報館的資料室中查過，並不知道「泰肖爾島」在甚麼地方，他並且告訴我，菲律賓的許多小島嶼，根本就是海中的一塊大岩石，也無所謂名稱，有的就算有名稱，也是絕不統一。

等侍者買回來了地圖之後，我先查「T」字，再查「D」字，都沒有「泰肖爾」島的名稱，甚至連聲音接近的一點的也沒有！

我心中不禁十分著急，坂田高太郎要到這樣的一個小島去，當然是有目的的。他盡可以說，是要去收集生物的標本。然而，何以這個島竟連最詳細的地圖，都找不到呢？我想了片刻，決定採取最直接的辦法，打電話給坂田高太郎！

電話接通之後，我立即道：「坂田教授，我是××報的記者，會議結束之後，教授的行止如何，我們報紙，很想知道。」

坂田高太郎也操著英語，道：「我想在貴國的沿海小島中，搜集一些生物標本！」

我立即道：「教授的目的地，是那一個島，可能告訴我們麼？」

坂田高太郎正在支吾未答之際，我忽然聽得電話筒中，傳來了一個中國女子的聲音，道：

「快走啦，還打甚麼電話？」

那中國女子，顯然是在坂田不遠處講話，所以，她的聲音，才會經由電話，而傳入我的耳中。本來，在坂田高太郎的旁邊，有人以中國話與之交談，已經是十分可疑的事情，而且，那聲音，在我聽來，十分熟悉，赫然是紅紅的聲音！

只聽得坂田「啊」了一聲，道：「恕難奉告！」「拍」地一聲，他已經收了線。我拿著話筒。想起那可能紅紅的聲音，所說的「快走啊！還打甚麼電話」的那句話，我知道：坂田高太郎，可能立即便要離開馬尼拉了！

我連忙衝出房門，飛步跑下了樓梯，在樓梯上，利用無線電通話器，和宋堅匆匆地講了幾句，叫他也立即到坂田所住的酒店去。

我出了大門，立即上了一輛的士，向坂田所住的酒店，疾馳而去，到了門口，跳下車來，不到一分鐘，我已看到宋堅出現在對面。我們兩人，則交換了一個眼色，便見到坂田高太郎，和他的女秘書，兩人各提了一只皮篋，走出來，上了車子。

我和宋堅，連忙也上了一輛的士，吩咐司機，跟著那輛車子前進。我在車廂中，嘆了一口氣，道：「宋大哥，如果不是我忽然打了一個電話，聽到了那一句話，就滿盤皆輸了，這件事，就算我們，最後得到了勝利，也只是僥倖而已！」

宋堅雙眉緊蹙，道：「衛兄弟，你……說那日本人，是我的弟弟？」我道：「我也難以相信，那臃腫的日本女人，會是紅紅，但是宋大哥，我們不要忘記，現代的化裝術，效果是何等驚人，我們自己，人家又何嘗可以認得出來？」

宋堅默默地點了點頭，道：「如今，只剩下我們和他們兩方面了。白奇偉和警方，只怕想不到我們會在這時候離開馬尼拉吧！」

我道：「那也十分難說，香港警方派出的人，十分精明，而且，一定早已和本地警方，有了聯絡。至於白奇偉，我更是不低估他的能力！」

前面，坂田高太郎所坐的車子，一直向前駛去，我們的的士的計費表上的數字，已經十分驚人，的士司機，頻頻轉頭來看我們。

我摸出了一張二十元面額的美金，塞在司機的手中，道：「你只管跟下去，這張鈔票，做車錢大概夠了！」的士司機大聲叫了幾下「OK」，沒有多久，車子便已駛出了市區。

駛出了市區之後，前面的那輛車子，仍是沒有絲毫停止的意思，約莫又追了半個小時，的士司機苦著臉，回過頭來，道：「沒有油了！」我和宋堅兩人，一聽之下，不禁直跳了起來！

在這樣的情形下，我們知道，即使將那司機，打上一頓，也是無補於事，不如快些出去，另外設法的好。我們出了車子，看著前面的車子，在轉彎處消失，向前走出了半公里，在一家小飯店中，停了下來，向侍者問明了那一條路，除了通向海濱之外，別無去路，距離海濱，也只不過三四公里了。

我們一聽，心中又生出了希望，匆匆離開了飯店，也不顧是否有人起疑，竟自在路上，飛奔起來，尚未奔到目的地，有一輛汽車，在我們身邊掠過，捲起來的塵土，撒了我們一頭一臉。

而當那輛汽車，絕塵而去之際，我和宋堅兩人，很清楚地聽到車中傳來白奇偉的「哈哈」大笑之聲！我們兩人，互望了一眼，心中氣極，不由自主，都漲紅了臉，因爲，白奇偉分明也一直在注意坂田高太郎。這時候，他反而趕到我們前面去了！

而且，宋堅的身份，一直沒有公開，這時候，自然也給白奇偉破了！那不將汽油加滿的司機，害得我們好苦！

等我們兩人，奔到了海邊，海邊上有一個小鎮，鎮上也十分冷落，除了幾家出租遊艇公司，有些人在來往之外，一切都冷清清的。

我們兩人，正在走投無路，不知白奇偉和坂田等人，究竟去了何處之際，忽然有一個人，向我們迎了過來，道：「是宋、衛兩位麼？」

我和宋堅兩人，不禁一怔，一齊咳嗽了一下，卻不回答，那人笑道：「兩位不必疑忌，我這裡，有白老大的一封電報在。」我不禁大爲奇怪，道：「白老大何以知道我們會來此地？」

那人道：「白老大電話中說，如果你們不來，這封電報也就不必交給你們，剛才，有兩個日本人，和四個中國人經過，我已覺得疑心，兩位在一起，我也不過姑且一問而已。」

宋堅忙道：「電報在那裡，快拿出來！」

那人道：「請兩位到小店中來——」我忙道：「事情急了，那裡還能等待？」

那人又是一笑，道：「不怕，這裡最快的三艘快艇，是屬於我的，其中最快的一艘，我留了起來，另有兩艘，其中的一艘，早在兩天之前，已被那日本人租去，還有一艘，剛才租出，我是原來青幫中的小角色，兩位大名，我久仰了！」

我和宋堅，聽得那人如此說法，方始放心。那人辦事，如此精明，當然不會是青幫中的小角色，他如此說法，自然是客氣。

我們跟著他，進了他們開設，專門出租遊艇的公司，在他的辦公室中，坐了下來，他在抽屜中取出了一封厚厚的電報，交給了我們。

我和宋堅兩人，一起看時，只見電文道：「宋、衛兩弟如晤，愚兄在悉宋富已飛馬尼拉之後，經連日苦思，已明于兄昔年，定然曾到過菲律賓眾多小島之一，所做工作，必定在此小島之中，宋富定然出海，故先電此間余兄，以作準備，預祝順風。白字。」

白老大的電報，在旁人看來，可能會莫名其妙，但在我們看來，卻十分明白。那是說，白老大一知道宋富去了馬尼拉，便想到于廷文當年，是將那一筆財富，藏在組成菲律賓的三千多個島嶼中的一個之上！

只不過何以白老大忽然悟到了這一點，這我們卻未曾料到，我當時，仍不明白。而且，在白老大的電報中，他顯然也不知道那小島究竟是甚麼島。

我看完了電報，連忙問那個人道。「那日本人租船，是不是到泰肖爾島去的？」那人面露驚訝之色，道：「你怎麼知道？」

我匆匆解釋了幾句，道：「事不宜遲，我們快去追他們！」那人道：「兩位，我不知道你們有甚麼事，本來我也不當多問。但是有一件事，我卻不得不向兩位說明白的。」我道：「甚麼事？」那人道：「那泰肖爾島，在地圖上根本找不到的，乃是在一個環形大島中間的一個小島！」

宋堅道：「那又怎麼樣？」

那人道：「這個小島，在日本人占領菲律賓時期，曾想將之作爲一個基地，計劃未曾實現，可是卻在島上，留下了一大批軍火，日本人退走之後，那地方一直是胡克黨的大本營！」

我和宋堅兩人一聽，不禁嚇了一跳。「胡克黨」，是一個窮凶極惡的盜匪組織，其無法無天的程度，遠在其它黑社會組織之上，連意大利的「黑手黨」，都瞠乎其後。他們也正是利用了菲律賓地形的特殊，在島與島之間流竄，所以一直未曾能徹底消滅。如果說，泰肖爾島，是胡克黨的大本營的話，那麼，到這個島上去，實可以說，無疑送死！

宋堅低聲道：「我們實是非去不可！」那人道：「兩位若是一定要去——」他講到此處，將聲音壓得更低，道：「我那艘快艇的艙中，有兩只沙發，每一只之下，都有武器彈藥，因爲我不時要出海，所以預備來對付暴徒的，兩位不妨取用。」

我和宋堅兩人，點了點頭，那人又道：「但是，我希望兩位最好不要動用那些武器，因爲你們只有兩個人，而在那個島上，胡克黨黨徒，至少有一千個！」

宋堅伸手，拍了拍那人的肩頭，道：「多謝你的幫忙，希望我們能活著回來見你。」

宋堅在講那兩句話的時候，毫無開玩笑的意思，口氣也是十分壯肅，我聽了之後，心中也有同感！這時，我既知道了宋富和紅紅兩人的目的地，乃是泰肖爾島，我心中不僅爲自己擔心，而且還爲紅紅擔心。因爲，島上的胡克黨徒，等於是掌握了現代武器的吃人生番，紅紅此時的處境，實是比她那幾位前往新幾內亞探險的同學，還要危險！

那人苦笑了兩下，顯然，他對宋堅的話，也大有同感，我們若能活著回來見他，可能是奇跡！宋堅又道：「白老大有沒有回電的地址？」

那人點了點頭，道：「有。」

宋堅道：「好，等我們走了之後，你拍一封電報給白老大，告訴他我們的行蹤。」

那人點頭答應，宋堅長長地舒了一口氣，道：「我們該走了，不然，或許會追不上他們了！」那人聽了，又將我們領出了他的辦公室，來到了海上一個小碼頭上。在碼頭旁邊，泊著一艘快艇。

我們兩人上了快艇一看，我不禁歡呼了一聲。有一段時期，我十分醉心於水上快艇活動，所以，對於各種快艇的馬達，也頗有心得。

這一艘快艇，所裝的乃是性能極佳的瑞典出品的馬達，而且，有三具之多，兩具可以同時使用，三具中，有一具出了故障，絲毫不會影響快艇的速度，即使是兩具出了毛病，尚有一具，仍可保證行駛！

我懷疑這位幫助我們的朋友，可能在出租快艇之餘，還做些走私的勾當，不然，他要這樣速度的快艇，實在一無用處！

當然，我只是心中暗自想著，並未曾揭破他。那位朋友卻也不是蠢人，見我注意了那特殊安裝的三具馬達，便向我會心一笑！

我們來到了船艙中，那人首先，將兩只沙發，掀了起來。我們向沙發下一看，只見有兩箱子彈，和兩柄手提機關槍。

宋堅「哈」地一聲，道：「武器這樣充足，簡直可以占領那個島了！」那人似乎並不欣賞宋堅的幽默，沉著臉，一聲不出。接著，他又取出了一張航海圖，那是方圓一百裡海域之內所有小島的圖，他將泰肖爾島所在的位置，指給了我們看。

那泰肖爾島本身，在地圖上看來，自然十分小，在島外，還有一個環形的大島，將泰肖爾島，包圍了起來，只有東北方，有一個缺口。

我心知我們此行，實是大爲凶險，研究了片刻地圖，問那人道：「尊駕一定到過那個島上？」那人搖頭道：「我不能說到過，但是有幾個胡克黨徒，和我相當熟，他們卻和我說起過島上的情形。」我和宋堅忙道：「那麼，請你對我們說說！」

那人在艙中來回踱了幾步，道：「泰肖爾島外面，那個環形的島，實則上，只是一團岩石，聳立在海中，最高之處，遠到六十公尺高，都是峭壁，乃是出產燕窩的地方。當然，自從胡克黨盤踞之後，那地方的燕窩，也不再有人採集了。」

他講到此處，頓了一頓，又道：「因爲那一團礁石，成了泰肖爾島的天然屏障，所以，胡克黨只在那個缺口的兩旁，安上重武器，而在其他地方，卻並沒有防守。」

宋堅「啊」地一聲，道：「那我們可以利用這一點，在峭壁上翻過去，我相信沒有甚麼峭壁，可以難得過我和衛兄弟兩人！」

那人點了點頭，道：「這個念頭，我也動過。剛才我說我不能算到過，實質上，我是曾攀上了峭壁的，爬山的工具，也在這快艇上，可是我在攀上了峭壁之後，卻發現難以下去！」

宋堅道：「爲甚麼？」

那人道：「在島上，胡克黨防守得十分嚴密，幾乎每一個岩洞中，都有人以槍口對著海面，你一下峭壁，便非被發現不可！」

宋堅和我兩個人，呆了半晌，那人聳了聳肩，道：「或許我不夠膽子，兩位此去，或則可以成功。據我所知，胡克黨的首領，是一個非常狡猾的人，受過高等教育，在日本人占領菲律賓時期，曾經和日本人勾結，無惡不作，名字叫作里加度。」我一面聽他的話，一面心中暗自盤算，已經有了一些計劃。

那人講完，似乎沒有其他的話了，他望了我們一眼，默默地走向船尾，在他踏上跳板之際，他又回過頭來，道：「兩位，如果萬一不幸，你們落到了胡克黨的手中，那麼，我有一句話奉告：死得快是福！」

他們語音，一點沒有恐嚇的意味，我和宋堅，也都不是膽小的人，可是，我們聽了他最後的那句話，都不由自主，機伶伶地震了一下，臉上為之變色！因為，在這最後一句話中，不知包含了多少恐怖的意味在內，胡克黨徒手段的酷毒，也盡在不言中了！

那人講完之後，搖了搖頭，便走上了岸去。

我和宋堅，又呆了片刻，宋堅道：「衛兄弟，這是七幫十八會的事，你——」

我不等他講完，已經知道他的用意，是叫我不要再去涉險，就此回去，因此立即打斷了他的話頭，道：「宋大哥，你不必再多說了！」

宋堅本是豪氣凌雲之人，一聽得如此說法，也絕不忸怩多言，立即「哈哈」笑，走了開去，去檢查那兩柄手提機槍。

我則解開了纜繩，發動了兩具馬達，快艇按著海圖上所示，泰肖爾島的位置，破浪而去。快艇前進的速度，的確驚人，兩個小時以後，我用望遠鏡，向前面的一堆礁石看去，發現正是泰肖爾島外面的礁石。

這時候，天色已經漸漸黑了下來，我想找一找白奇偉和宋富兩人所駛來的船隻，是否停泊在礁石之旁，但因為暮色蒼茫，所以看不清楚。

在我們的快艇，離開礁石，還遠的時候，我便關了馬達，宋堅也從艙中，走了出來，我道：「我們用船槳，划近那礁石去，不要驚動了胡克黨徒！」宋堅點了點頭，道：「何以不見他們？」

我從宋堅的話中，聽出宋堅對於他那不肖的兄弟，以及白奇偉等，都十分關心。那實是難怪他的。宋富是他唯一的親人，雖然志趣和他大相逕庭，但是總是他的兄弟。若是落在胡克黨的手中，宋堅自然會感到難過的。而白奇偉則是他生死至交白老大的兒子，他當然不能不關心他的安危。

我也是一樣，儘管我不明白，紅紅何以和宋富在一起，而且，我對她和宋富在一起這件事，不滿意到了極點，但我仍是十分關心她的安危。

我們兩人，出力地划著船槳，天色黑了下來，海水變得那樣地深邃和神秘，礁石高聳，在星月微光下看來，像是一頭碩大無朋的史前怪獸一樣。

到快艇划近礁石的時候，我看了看手錶，是晚上十時二十分。

我們沿著礁石划，發現了一個岩洞，我和宋堅將快艇，划進了岩洞去，洞中漆黑一團，我著亮了一只強力的電筒，只見那岩洞只不過兩丈深淺，像是一個天然的船塢一樣。

我們將艇停好，宋堅道：「衛兄弟，我們要不要泅水去找一找他們？」

我想了一想，道：「我看不必了，他們只怕早已攀上峭壁去了。」

宋堅道：「令表妹一點也不會武術，她如何能攀得上峭壁？我看她一定也隱藏在如同這樣的一個岩洞之中，而未曾到泰肖爾島去！」

宋堅的話，令得我心中一動。

我們此來，冒著三重危險，不但胡克黨徒，不許我們侵入他們的根本重地，白奇偉、宋富，也和我們，有著利益上的衝突。我們在關心著白奇偉和宋富，但是他們，絕不會也關心我和宋堅，而且，大有可能，一發現我們，便將我們置於死地！

而如果，我不能夠在未曾見面之前，先找到紅紅的話，情形可能大不相同，紅紅自然會幫我，我們的行動便可以方便許多了！因此，我立即點了點頭，我們兩人，各自划了一只橡皮小艇，出了那個岩洞。

當然，我們帶上了手提機槍和子彈，也帶上了電筒，出了岩洞之後，沿著礁石，向前划去，水光幽暗，不到半個小時，我們先後發現了十二三個可以藏船的岩洞，在一個岩洞中，發現了一艘快艇。

那艘快艇上並沒有人，從遺下的物件看來，這艘艇的主人，是白奇偉和他的伙伴。他們的船，停在這裡，他們的人，不知吉凶如何了。

我們很快地就退了出來，繼續向前划去，一個一個岩洞用電筒照射著。很快地，我們竟來到了那環形礁石的缺口處，我們立即停了下來。那缺口，約有丈許寬窄，可以稱得上是世界上最險的險隘，因此如果守在上面的話，實是沒有甚麼船隻，可以通得過去！

而這時，從礁石上，正有兩道強光，照射在缺口的那段海面之上，將海水照得閃閃發光，我和宋堅，躲在閃光照不到的地方，用望遠鏡，向泰肖爾島望去，只見島上，燈光閃耀，顯然胡克黨徒，在島上有了他們自己的發電廠，那或許是日本人留下來的，但也可以證明胡克黨徒勢力的龐大。

我們看了一會，便悄悄地划著船，向後面退了出去。在我們退出之餘，還可以聽得礁石上有人在大聲言笑。

礁石上面大聲言笑的人，所操的乃是呂宋島的一種土語，我對於世界各地的語言，有著極其精深的研究，一年多前，便是以西藏康巴族人的鼓語，脫離了一次險難的，他們的土語，我當然也聽得懂。只聽得他們，在大聲地交談著女人，講話的顯然是兩個色狼。

我們不想打草驚蛇，因此只是向後退出，不一會，便退到了我們快艇停泊的那個岩洞口，又再向前，划了進去。因為礁石是環形的，我們剛才，循著一個方向，只不過尋找了一半而已。

向另一個方向划出之後不久，我和宋堅，便一齊看到，在前面的一個岩洞之中，有亮光一閃閃地在閃著！我和宋堅兩人，都不禁大是緊張。

我們的行動，更加小心，木槳觸水，一點聲音也不發出來，橡皮艇無聲地在海面上滑過，轉眼之間，便到了岩洞的口子上。

我們兩人，一起欠身，向洞內望去，只見洞中，停著一艘快艇。

那艘快艇，和我們剛才曾經發現，確定是白奇偉的那艘，形狀一模一樣，艙中正有燈光，我和宋堅兩人，作了一個手勢，兩人仍是悄沒聲地，向前划了前去，到了快艇邊上，我們蹲伏在橡皮艇上不動，只聽得船艙中，傳出一個女子的聲音，道：「肯定是這裡了，鋼板上刻得很明白，泰肖爾島，自然是這裡。」另外一個男子的聲音道：「不錯，但我們只能看著，而不能到那個要命的島上去，找尋那筆財富！」

我和宋堅兩人，聽到了這裡，交換了一下眼色，宋堅低聲道：「令表妹？」

我點了點頭，也低聲道：「令弟？」他也點了點頭。

在那快艇之上的，正是紅紅和宋富兩人！

當然，事到如今，我也弄明白，紅紅和宋富，當然便是生物學家坂田高太郎和他的女秘書。本來我覺得要冒充坂田高太郎的身份，似乎是很不可能的事情，但如今我明白了，宋富根本不用冒充坂田高太郎，因爲他就是坂田高太郎！

這話聽起來，似乎玄了一些，但細說一二便可以明白，宋富和坂田高太郎，實是二而一，一而二，只是一個人！宋富離開家很早，他可能一離開中國之後，便化裝到了日本，學起生物來，有那二三十年功夫，以宋富的聰明，當然不難成為一個傑出的生物學家了。

而且，更有可能，宋富的雙重身份中生物學家的身份，一直是他從事另外一種活動的掩飾！「旅行教授」這個名稱，便表明了他不是安份守己的人！

當下，只聽得紅紅「噢」地一聲，嚷道：「教授，你怎麼啦，幾個胡克黨，就將咱們嚇退了？」宋富的發言，十分沉著，道：「小姐，不是幾個，這裡是胡克黨的大本營！」

紅紅道：「那更好了，菲律賓政府，是我們的友人，胡克黨和菲律賓政府作對，我們可以將他們破獲，交給當地政府處理！」

宋富「嘿嘿」地乾笑了兩聲，道：「大破胡克黨，是也不是？你是在編寫第八流好萊塢的電影劇本麼？還是你有了原子死光？」

宋富講完之後，紅紅好半天未曾出聲，才道：「那我們怎麼辦？」

宋富的聲音，傳了過來，道：「我們先要找到，于廷文將這筆錢，藏在島上的甚麼地方？」

我聽到了這裡，又轉過頭去，低聲道：「宋大哥，原來他們也不知道那筆錢，究竟是藏在島的那一部分，看來我們，不至於失敗。」

宋堅點了點頭，又作了一個手勢，囑咐我不要出聲，我向船上指了指，示意我們是否要爬上艇去，宋堅欲搖了搖手，表示不用。

我同意宋堅的意見，我們兩個人，仍伏著不動。只聽得紅紅的聲音，傳了過來，道：「教授，我們只要到了島上，還不能明白麼？」

我聽得紅紅稱呼對方為「教授」，已經知道我對於宋富的判斷是不錯的了。他是一個雙重身份的人，的確是一個十分出名的生物學家，但同時，他卻也是宋堅的弟弟，飛虎幫的叛徒，紅紅和他之所以會在一起，當然是因為他曾在紅紅就讀的那所大學教過書的緣故！這時候，我心中十分著急，因為宋富是這樣的一個人，而紅紅又是如此天真，他們兩人在一起久了，是不是已發生了甚麼難以估量的事情，使我無法對姨母交代的呢？只聽得宋富道：「王小姐，這島上，你難道敢上去？」

我聽得宋富如此稱呼紅紅，心中才放心了些。紅紅道：「我當然敢，只要到了島上，再想想辦法，我相信，這幾句難以解釋的話，便一定可以有結果了，教授你說是不是？」

宋富像是沉吟了片刻，道：「那個也不見得，只不過我們好不容易，將二十五塊鋼板，一齊得在手中，如果空手而回，實在難以心息，可是我們一上島去，只怕立即便要被他們捉住！」

紅紅道：「教授，你是知道格麗絲的？」宋富道：「自然知道。」紅紅道：「她到新畿內亞的吃人部落中去了，我卻連胡克黨盤踞的地方都不敢去。」

又是這一套，甚麼人甚麼人到吃人部落去了，於是我便要怎樣怎樣，真不知道那是甚麼邏輯！宋富笑了一下，道：「希望格麗絲的滋味較好，不要像小洛克菲勒那樣，有去無回！」

紅紅道：「不論怎樣，胡克黨之中，總有文明人，他們總不至於將人吃掉的！」宋富笑了一笑，道：「小姐，世上有許多文明的人，吃人的時候，連骨頭都不吐出來，比吃人部落的生番，還要厲害！」

紅紅也站了起來，道：「教授，你甚麼時候，不教生物，教起哲學來了？」我和宋堅兩人，聽到此處，交換了一下眼色，不約而同地，各在袋中，取出那柄可以發射令人昏迷的藥水的手槍來。

我們取了白老大所製的特殊手槍在手，輕輕地攀住了那艘快艇的舷，我們雖然屏住了氣，令得身上發輕，但是那艘快艇，還是向旁，側了一側，只聽得宋富道：「噢，有人？」

紅紅道：「有人？甚麼人？胡克黨已經發現了我們？那我們乾脆將錢財與他們平分算了！」紅紅的話，當然是在說笑，可是我聽了，心中卻是一動。

宋堅在我略呆了一呆之後，一聳身，已經翻上了宋富那艘快艇的甲板，我也連忙跳了上去。

我們兩人，才一上了甲板，只見艙門口，人影一閃，緊接著「嗤嗤」兩聲，有兩枚不知是甚麼東西，向我射了過來，我想起宋堅對我說的話，連忙將身子，伏了下來，也就在此時，我聽得宋堅「啊呀」一聲，身子一晃，跌倒在甲板上！

宋堅跌倒在甲板之後，我聽得「拍」地一聲，有甚麼東西，釘在甲板之上。我心中大吃一驚，只當宋堅已經中了毒針，不顧一切地躍了起來，而宋富在這時，卻正轉過身，向宋堅望去。

就在那時候，我扳動了槍機，一股液汁，如同噴霧也似，向前掃射而出！出乎我意料之外，是躺在地上的宋堅，幾乎是在同時，跳起身來，「嗤」地一聲，一蓬濃霧，向宋富迎面射了過去！

宋富前後都被夾攻，想避也避不開去，只見他身子一晃，「砰」地一聲，已跌倒在甲板之上，那分明是白老大所配製的迷藥，已經起了作用。

我忙問道：「宋大哥，你沒有受傷麼？」

宋堅道：「我沒有！」

我們兩人，只講了一句話，便聽得艙門口，傳來紅紅的聲音，道：「誰也別動！」我和宋堅，抬頭一望，只見紅紅手中，持著來福槍，指著我們，面上神色，十分嚴肅，以英語道：「你們是胡克黨麼？」

我忍不住笑了起來，道：「王小姐，我們如果是胡克黨，你早已成了死人了！」

紅紅在聽到我的聲音之後的一瞬間的表情，我相信最天才的演員，也難以表演得出來，她張大了眼睛，半歪著口，想說話，又說不出來，來福槍的槍口，卻仍然指著我們。

我向前踏出了一步，將來福槍的槍管，推斜了一些，怎知紅紅不知是緊張過度，還是在乍一聽到我的聲音之後，感到了過度的意外，原來扣在槍機上的手指，已經十分用力——那是十分危險的，只要能多用一分力量，我就會死在她的槍下了——而經我一推，槍身一斜，槍機已被帶動，只聽得「砰」地一聲響，一顆子彈，已經呼嘯而出，在岩洞中聽來，聲音更是嚇人！

紅紅這才怪叫一聲，道：「表哥，原來是你！」

她一面叫，一面拋了來福槍，向我奔了過來，雙手掛在我的頸上，在我的面上，吻之不已，而我在這時候，卻實是心驚肉跳，到了極點，因爲胡克黨不是死人，剛才的一聲槍聲，一定已將他們驚動！

我用力一扯，拉脫了紅紅的雙臂，忙道：「宋大哥，咱們快將快艇駛出去！快！快！」宋堅早已奔到了船尾，發動了馬達，快艇向岩洞外衝去。

第十四部：二十五塊鋼板的秘密

紅紅卻還在咭咭咯咯地道：「表哥，本來我也要再見你一次，再到美國的，在那個島上——」

我實在忍不住，大聲叱道：「紅紅，你如果還想回美國的話，就閉上你的——嘴。」我本來想講，「閉上你的鳥嘴」的，但幸能及時煞住。

紅紅雙手插腰，杏眼圓睜，道：「表哥，你有甚麼了不起？老實說，我比你厲害得多！」

我那裡顧得和她多說甚麼，躍到了船頭，這時候，在山岩之上，已經可以聽得到槍聲，和一閃一閃的信號燈光了。

快艇沿著岩礁，向停泊我們那艘快艇的岩洞駛去，我大聲道：「宋大哥，駛過那岩洞時，你不要停船，一直向海外駛去！」宋堅道：「衛兄弟，你小心！」我根本來不及回答，因為這時，來到了那個岩洞的附近，我一躍入水，在未入水之前，還聽得紅紅在大叫，道：「游水有甚麼稀奇！」我一躍入水中，便以最快的速度，向洞中游去！

我自己估計這數十碼的水程，我游得絕不至於世界冠軍慢多少，等我躍上了我們那艘快艇之際，我已經聽得外面的馬達中，不止宋堅的那一艘船，顯然是胡克黨徒，已在極短的時間內出動了！

我開動了兩個引擎，我們的那艘快艇，幾乎是貼著水面，飛出岩洞去的，而一出岩洞，我便聽得一陣槍聲，向前面看去，只見四艘裝甲的小快艇，正在追趕宋堅駕駛的那艘！

那四艘小快艇的速度，顯然比宋堅的那艘，要快上許多，雙方面相距，已只不過七八十公尺，正在緊張地駁火，我操縱著馬達，將第三個馬達，也立即發動了，船身前進的速度，快到了極點，激起極高的水花，將全身盡皆淋濕。

很快地，我便追過了那四艘裝甲快艇，向宋堅的快艇接近，在我駕過宋堅快艇之旁時。突然從宋堅的艇上，「呼」地一聲，一團黑影，飛了過來。我連忙一躍向前，將之接住。拋入艙中，那人被我拋到了艙中之後，哇呀大叫起來。原來正是紅紅。

紅紅當然不是自己躍過，而由宋堅拋了過來，紅紅一到了我的快艇上，我的快艇，正在宋堅的快艇之旁擦過！

就在那一瞬間，我拋出了纜繩，已將宋堅的快艇拴住，馬達怒吼，水花四濺，我的快艇，拖著宋堅的那艘，向海中疾駛而出。

在這時候，我們的頭頂上，子彈呼嘯，宋堅的那艘快艇的引擎，顯然已被擊壞，正冒出一股一股的濃煙，而我的那艘快艇，感謝那位朋友，小小的引擎旁四周圍，竟全都裝上了防彈鋼板，所以未受損傷。

我在子彈呼嘯之中，向後望去，只見卸尾追來的裝甲快艇，已經增加到了十二艘，幸而我快艇的三具馬達，一起發動，速度在他們的裝甲快艇之上，所以距離越來越遠，終於出了子彈的射程之外，前後約莫四十分鐘，我們已在茫茫的大海之中，將那二十艘裝甲艇，拋在後面，看不見了。

我知道胡克黨徒，也十分忌憚菲律賓政府，並不敢十分遠出，所以立即關了兩具馬達，使船的速度，慢了下來，那時，宋堅的那艘船，已在起火燃燒，宋堅抱著宋富，停在船首，我一將快艇的速度放慢，他便一躍而起，在兩艘船之間的那條繩上一點足，又彈了起來，輕輕巧巧地落到了我的船上。

他一到了船上，反手一掌，掌緣如刃，便向蔴繩，切了下去！

我連忙叫道：「宋大哥，那二十五塊鋼板！」

宋堅道：「我已取了！」「拍」地一聲，一掌切下，已將蔴繩切斷，將那艘船拋棄，我們駛出沒有多遠，這艘船便沉下海去了。

我和宋堅兩人，直到這時，才透了一口氣，一齊抬起頭來，只見紅紅站在船上，滿面委屈，道：「表哥，你摔痛我了！」

我想責叱她幾句，可是又不忍出口，忙道：「算了算了！」紅紅一扭身，便進了船艙，我和宋堅兩人，也跟了進去。

宋堅濃眉緊鎖，道：「衛兄弟，咱人是脫險了，白奇偉他們，不知怎樣了！」

我嘆了一口氣，道：「但願他們，平安無事！」我一句話剛說完，忽然聽得紅紅，高聲驚呼起來！

我聽得紅紅驚呼，只當她又在發神經病，剛想叱止，卻見宋堅，也怔了一怔，我心知事情不妙，連忙也向艙口望去，只見兩挺手提機槍，正對準了我們，緊接著，便是一人，「哈哈」一笑，道：「多謝關心，我在這裡，並不會落在胡克黨的手中！」

那聲音不是別人，正是白奇偉所發！

我和宋堅兩人，不由得面面相覷，一句話也講不出來！剛才，我們還當白奇偉大有可能，已落在胡克黨的手中，而在為他可惜、著急，怎知如今，轉眼之間，我們盡皆為他所制！

白奇偉在兩個手持機槍的人中出現，他居然仍是神父的裝束，滿面得意之色。

白奇偉道：「那也是無巧不成書，我們想翻過懸崖，到那島上去，卻未有結果，正在逐洞搜尋，可有岩洞，可以直通裡面的海域，卻發現了你們的快艇，我們剛上去，衛先生便來了，剛才那一場海戰，十分精彩，是不是？」

宋堅沉聲道：「奇偉，你令他們將槍拿開！」

白奇偉面色，陡地一沉，「嘿嘿」冷笑兩聲，那兩人立即扳動了機槍，只聽得「達達達達」一陣驚心動魄的響聲過處，槍口的火舌，竄出老遠，那兩人已各自射出了一排子彈。

但是那一排子彈，卻並不是向我們射來，而是向艙頂射出的。

艙頂上，立時開了一個「天窗」。我吸了一口氣，向紅紅看去，只見紅紅雖然面色青白，但是卻仍然站著，未曾給剛才的場面嚇倒！

我心中對紅紅，也不禁暗自贊許，因爲她究竟十分勇敢大膽，倒不是完全胡來的！

宋堅在槍聲過去之後，立即問道：「這算甚麼，示威麼？」

白奇偉冷冷地道：「正是，如果剛才你們兩人，如非在言談之間，對我還有幾分關心，這兩排子彈，已到了你們的身上了！快將那二十五塊鋼板取出來，這次可別再玩甚麼花樣了，我在這裡將你們殺死，絕對沒有後果，你們別以爲我不敢動手！」

我早已想到了這一點，這裡乃是茫茫大海，白奇偉若是將我們一齊殺死，當真是神不知鬼不覺，而他本來，只怕也真的有殺我們之意的，想不到我們，無意中的幾句交談，倒救了我們的性命！

我唯恐宋堅不肯答應，將事情弄僵，忙道：「宋大哥，暫時，算是他贏了，將鋼板給他吧！」

宋堅沉聲道：「奇偉，你知道島上的胡克黨徒，這樣厲害，我們自己人還起甚麼爭執，不如同心設法對付！」

白奇偉連聲冷笑，道：「不必你多關心了，快取出來！」他一面說，一面緩緩地揚起手來，我們都知道，他的手如果向下一沉，在他身旁的兩個槍手，一定會毫不猶豫地放槍的！

宋堅的面色，顯得十分難看，但是他卻開始動作，解開了上裝，將繫在皮帶上的一只皮袋，解了下來，白奇偉喝道：「拋在我的足下！」

宋堅冷冷道：「放心，我不會拋在你的面上的！」他一揚手，果然將那只皮袋，拋到了白奇偉的腳下，那倒不是宋堅甘心情願，而是白奇偉和槍手，堵住了門口，我們根本連一點機會都沒有！白奇偉俯身，將皮袋拾了起來。

我們看著白奇偉，將皮袋解了開來，一塊兩塊地數著鋼板。一共是二十五塊，一點也不錯，等到數完，白奇偉的面上，才露出了一個滿意的笑容，道：「好，船艙之中，有救生圈，你們要離開這艘船！」

我和宋堅兩人聽了，不禁又驚又怒！

不要說在這樣的大海之中飄流，難以求生，而且，這一帶，正是太平洋之中，有名的鯊魚出沒地區，在第二次世界大戰之際，不知道有多少盟國的空軍人員，在這一帶的海域之中，葬身於鯊魚之腹！我們兩人，明知白奇偉既然作了這樣的決定，我們既不求他，便只有聽天由命了。可是，紅紅卻叫道：「我抗議！」

白奇偉微微一笑，道：「你抗議甚麼？」

紅紅卻一本正經地道：「在海洋之中，放逐俘虜，違反日內瓦公約！」

我們幾個人，都未曾料到，紅紅竟會講出這樣一句話來，我和宋堅，雖然處境奇險，卻也忍不住大笑起來，白奇偉也忍不住笑了幾聲，道：「好，你們若是死了，也見不到我的成功。」

我知道，剛才白奇偉也未必真有意將我們逐下海去的，他真正的目的，是想我們向他求饒，但我自問，和宋堅兩人，都是硬漢，絕不會向他求饒的，在那樣硬碰硬的情形下，他的威脅，可將付諸實現，而如今，有紅紅在側，一句話，便替我們解了圍！

白奇偉頓了一頓，又道：「那麼王小姐，你替他們兩人，反縛了雙手！」他說著，從衣袋之中，取出了幾條牛筋來，向紅紅拋了過去，紅紅還想不答應，我卻道：「紅紅，照他的話做！」紅紅這才將牛筋，拾了起來，將我和宋堅兩人的雙手反綁住，白奇偉向地上的宋富一指，道：「他死了麼？」

我道：「沒有，他昏了過去。」白奇偉吩咐道：「將他也綁了起來，手足一齊綁！」紅紅大聲道：「綁手也夠了，何必綁足？」

白奇偉冷笑道：「小姐，手足一齊綁，雖然痛苦一點，但比在海上，遇見吃人的虎鯊來，等於是在邁阿密海灘上曬太陽了，是不是？」

紅紅哼地一聲，又將我們三人的雙足，一齊用牛筋縛了起來，我和宋堅兩人，只得相視苦笑，我們手足都被縛起之後，坐在椅上，一動不動，紅紅向白奇偉走了過去，雙手一伸，道：「輪到我了。」

白奇偉笑道：「你可以免了！」

紅紅怒道：「放屁，誰要你免？」

白奇偉「哈哈」大笑，道：「船上連你們三人在內，共是六個人，吃的喝的，全歸你準備！」紅紅道：「你不綁我雙手，可不要後悔！」

白奇偉一笑，道：「諒你也翻不出我手掌！你跟我出來。」紅紅向我們兩人望了一眼，便走出了船艙。那艘快艇，有前後兩個艙，我們所在的，乃是前艙，紅紅和白奇偉等人，走出去之後，不一會，便聽得後艙中有腳步聲。

緊接著，前後艙相隔的那個板壁上的一扇小窗，被打了開來，一支槍伸了過來，對準了我，同時，聽得鋼板的響聲，和白奇偉道：「你們怎麼從鋼板上得知這筆財富，是藏在那個環形島上的？」紅紅冷地道：「是動腦筋動出來的。」白奇偉厲聲道：「你可別耽擱時間，快照實說！」

紅紅卻「啊」地一聲，叫了起來，道：「姓白的，你聲音大些，我便怕你了，是不是？」我聽得紅紅的口吻竟儼然是一個女流氓，不禁笑了起來，道：「白奇偉，如果你想省些時間，少費些心思，還是對我表妹，客氣一點的好！」

白奇偉語帶怒意，道：「我就不信。」

我一聲冷笑，道：「若是你施甚麼強橫手段，她只是一個女子，你也不見得甚麼英雄。

我知道白奇偉這個人，處處喜歡表現自己是英雄人物，所以才特地用這話去激他。果然，他呆了半晌，咳嗽了兩聲，道：「王小姐，你該說了！」紅紅道：「你將二十五塊鋼板，拼了起來，便可以發現，凹凸不平之處，湊了攏來，剛好是這個環形島和中間一個小島的地圖，而有一頭大鷹，以簡單的線條，附在地圖上，鷹嘴指著那個小島，我們查出這個小島，就是泰肖爾島。」

我和宋堅兩人，這時候，才知道那二十五塊鋼板的作用。

本來，我們想趁白奇偉不在的機會，試試可能掙脫縛住我們的牛筋，但是我們聽得白奇偉和紅紅兩人，正在研究那二十五塊鋼板的來歷和秘密，便靜止不動，仔細聽了下去。只聽得鋼板的相碰聲，不斷地傳了過來，那顯然不是白奇偉，便是紅紅，正在擺動鋼板，過了約莫七八分鐘，聽得白奇偉道：「果然不錯，王小姐確有過人之才！」紅紅得意地笑了起來。

我心中暗忖，白奇偉也確有過人之才。他果然聽了我的話，對紅紅客氣起來了。

白奇偉又道：「那麼，鋼板後面的文字，可是指明準確地點嗎？」紅紅道：「你不妨自己翻過來看看，我們也沒有弄懂。」

白奇偉「嗯」地一聲，又翻動鋼板，過了沒有多久，便聽得他吟道：「七幫十八會兄弟之財，由于廷文藏於島上，神明共鑒。」他念到這裡，略停了一停，道：「這是甚麼話？」

宋堅忍不住道：「快念！」

白奇偉道：「你還想有份麼？」紅紅道：「多一個人想便好一點！」聽她的口氣，像是已經根本不將白奇偉當作是敵人了！只聽得白奇偉念道：「白鳳之眼，朱雀之眼，白虎之眼，青龍之眼，共透金芒，唯我兄弟，得登顛毫，再臨之日，重見陽光。」

白奇偉念完之後，忍不住道：「放他媽的狗屁，這是甚麼話？」我嘲笑道：「自己不懂，不要罵人！」白奇偉道：「你懂麼？」

我道：「我也不懂，但是我至少會慢慢去想，不會開口罵人！」白奇偉大喝一聲，道：「閉嘴！」我不再和他理論，將他剛才說的那幾話，翻來覆去地在心中，念了幾遍。

那幾句話實在可以說連文氣都不連貫。而可以連貫的地方，似乎又是廢話，和指示準確的地點，顯得一點關係也沒有，關鍵當然是在前四句，可是前四句，根本代表不了甚麼！

我向宋堅望去，只見他也在搖頭，顯然可見，他也不知那是甚麼意思！快艇一直在海上飄蕩著，過了好久，我們聽得白奇偉吩咐手下，去檢查燃料的多寡，又吩咐另一人，去發動馬達，那扇小窗上，監視我們的槍管子，也縮了回去。

我立即站了起來，手足用力，掙了幾掙，可是牛筋，堅韌無比，用力掙了幾掙，反倒深深地勒進了肌肉之中，好不疼痛，宋堅向小窗戶中，看了過去，只見白奇偉望定了桌上，那拼成了圓形的二十五塊鋼板，正在以手敲桌，不斷沉吟。

宋堅看了一看，便縮了回來，一俯身，便張口向我的手腕處咬來，我知道他想將牛筋咬斷，心中暗自一喜。

可是，宋堅才一咬上去，卻立即「啊」地一聲叫，向後退了開去，我不禁吃了一驚，忙道：「怎麼啦？」只見宋堅的口唇，片刻之間，便紅腫了起來，我大聲喝道：「白奇偉，牛筋上有甚麼花樣？」

白奇偉哈哈大笑，道：「沒有甚麼花樣，但如果你想將牛筋咬斷，只怕不免一死！」我道：「如果只是咬了一咬呢？」

白奇偉道：「那只不過痛上一會而已，讓你做不成風流小生，罪過罪過！」

原來他在鄰艙，並不知道吃了虧的是宋堅，還只當是我，所以才這樣來挖苦我的。

我嘆了一口氣，不再出聲，宋堅更是滿面怒容，不久，船已開動，在船開動之後的十來分鐘之後，只見躺在地上的宋富，轉動了幾下身子，睜開眼來。

我們向他望去，宋富也向我們望來，一開始，他面上現出了無限的驚訝之色，但片刻之間，便轉為冷漠一笑，道：「好，都落在胡克黨手中了？」

宋堅道：「胡克黨要你這個生物學家做甚麼？」

宋富一聲冷笑，道：「老大，你以為我是愧對飛虎幫，才不回來的麼？老實告訴你，我是看見你就討厭，所以才不回來的！你是老大，甚麼都是你的，你全有份，我全沒份，呸！」

宋堅面色鐵青，喝道：「你閉不閉嘴？」

宋富「哈哈」大笑起來，道：「好！好得很，我一直以為，你當真是出人頭地，樣樣都勝我一籌，但是如今我才知道，我們至少有一件事是平等的，那就是我們一齊被人綁住了手足！」

宋富在大聲叫嚷之際，也顯得他十分激動。

宋堅道：「你去做你的日本人好了，誰來稀罕你，你又來攪風攪雨做甚麼？」宋富四面一看，就在此際，後艙也傳來紅紅的聲音，叫道：「教授！」

宋富道：「你沒事麼？」紅紅道：「我很好，我們不是落在胡克黨的手中，是白老大的兒子，白奇偉的俘虜！」宋富冷笑了幾聲，又以極其狠毒的眼光，向我望了一眼，我也不甘示弱，道：「幸會，好幾次未死在你手中，算是命大。」

宋富從鼻子之中，冷笑了一聲，道：「死在眼前，還逞甚麼口舌之雄？」宋堅道：「阿富，你再多說一句，我絕不輕饒你！」宋富又狂笑起來，道：「白奇偉這小子，成事不足，敗事有餘，得了二十五塊鋼板，自以為是，一定向泰肖爾島去，連他在內，我們全是胡克黨的消遺品！你還要怎樣對我？」

我聽了宋富的話，又想起「死得快是福」這句話來，不由得機伶伶地打了一個寒顫！宋堅的面色，也為之一變，只聽得一陣腳步聲，白奇偉已走了過來，道：「你放甚麼屁？」

宋富連望都不向他望一眼，道：「臭小子，你乳臭未乾，憑甚麼資格，來和我說話？」白奇偉立時大怒，一聲怒哼，抬腳向宋富便踢！

我倒也不忍宋富吃了眼前虧，剛要出聲時，卻見宋富，整個人向上彈起，反向白奇偉那一腳，迎了上去！宋富那突如其來的一躍，令得白奇偉也為之一怔，出腳不免慢了一慢，只聽得白奇偉的兩個手下，在鄰艙大聲呼喝，但這時候，他們卻沒有法子開槍射擊！

因為宋富一躍了起來之後，猛地一撞，已經將白奇偉壓在他的身下，如果射擊的話，白奇偉也絕對不能避免受傷！我一見有機可趁，立即身形一挺，也向上躍了起來，以膝蓋向白奇偉的頭部，跪了下去，重重地撞了一下，就像是自由式摔角，要努力打倒對方時所用的手段一樣，白奇偉悶哼了一聲，幾乎昏了過去。

宋堅唯恐我將白奇偉打成了重傷，忙道：「行了！行了！」我又躍了起來，宋富的身子，壓在白奇偉身上，不肯移開。

白奇偉好一會，才大聲叫了起來，紅紅和他的手下，早已來到了我們的艙中，我立即道：「紅紅，快將他們的武器繳了！」

那兩個人因為白奇偉被宋富壓住了，無可奈何，只得聽憑紅紅，將手提機槍，繳了過去，紅紅提著一柄，又掛一柄在肩上，居然威風凜凜。我嘻嘻一笑，道：「白兄，如今又怎樣？」

白奇偉面色鐵青，一聲不出，宋富喝道：「還不快將我們，解了開來？」白奇偉拚命在掙扎，想將宋富掀翻。但宋富在柔道上，分明有著極高的造詣，他雖然手足被縛，但是他壓在白奇偉身上的姿勢，卻是一式十分優美的「十字扣壓」，令得白奇偉無論怎樣掙扎，都沒有辦法掙扎得脫。

白奇偉的兩個手下，走了過來，將我們手足的牛筋，都解了開來，我和宋堅，都不約而同，拔出了白老大給我們的特製手槍在手，宋堅喝道：「富弟，你起來。」宋富「哼」地一聲，道：「你又神氣甚麼？不是我，你們能脫身麼？」

宋堅呆了一呆，才道：「不錯，若不是你，我們都不能脫身，這次是你的功勞。」宋富冷冷地道：「既是我的功勞，你為甚麼又來發號施令？」

宋堅像是竭力地忍著怒火，道：「那你準備怎麼樣？」宋富一聲冷笑，身子一彈，便一躍而起，道：「不準備怎麼樣！」

我在一旁，看得出宋富口中，雖然如此說法，但事實上，他心中一定另在打著主意。

宋富一躍起來，白奇偉也翻身站起，看他的情形，像是要向宋富撲了過去，但是他向我們看了一眼，卻又不敢發作。

我向宋堅望了一眼道：「宋大哥，你該說話了！」宋堅沉聲道：「不錯，我是有話要說，如今，我們大家，必須化敵為友！」

宋富抬頭，望著艙頂上的那一排彈孔，一聲不出，白奇偉發出了一聲冷笑。

宋堅繼續道：「事實上，我們都是自己人，如今，胡克黨蟠踞島上，若是我們自己人再勾心鬥角，如何能達到目的？」

宋富道：「不錯，有理之極！」他話雖是如此說法，但語氣之中，卻是大有揶揄之意，宋堅瞪了一眼，卻也沒有法子發作。

我向白奇偉走了過去，道：「白兄，你的意思怎麼樣？」白奇偉轉過身去，道：「我的意思，還是騎驢看唱本，走著瞧！」

我看得出，宋富和白奇偉兩人，都沒有化戾氣爲祥和之意，若是勉強要他們在一起，在他們如今，在劣勢的情形之下，他們自然不敢怎樣，可是他們一有機會，一定蠢動，實是防不勝防！

我想了一想，便道：「紅紅，你到鄰艙，去將那二十五塊鋼板取來。」

紅紅答應一聲，走了出去，我突然迅疾無比地，將白老大特製的手槍，扳了兩下，白奇偉和宋富兩人的臉上，都現出驚訝無比的神色，但是他們驚愕的表情尚未收斂，「嗤嗤」兩聲過處，兩蓬液霧，已噴向他們的面部，兩人身形一晃，已倒了下來。

宋堅吃了一驚，道：「衛兄弟，你做甚麼？」

我道：「宋大哥，他們兩人，懷有異心，絕不能合作！」那時候，白奇偉的兩個手下，不知道發生了甚麼事，只當白奇偉已經死去，面色發青，額上滲出了老大的汗珠來。宋堅道：「那你準備將他們怎麼樣？」

我道：「暫時將他們送到附近的荒島上去，留下點糧食給他們，等我們的事情成功之後，再接他們走。」

宋堅想了片刻，嘆了一口氣，道：「看來也只好如此了。」我到了船尾，又發動了馬達，快艇一直向前駛去，沒有多久，便已經駛近了一個荒島，我命白奇偉的兩個手下，抬著白奇偉上島去，給他們留下七天的食糧和食水，然後，又駛到附近另一個荒島上，將宋富也抬了上去，我相信他在醒轉來之後，便自然會知道是怎麼樣的一回事了。

將白奇偉和宋富兩人，都處置妥當之後，我和宋堅兩人，才有機會，看到那二十五塊鋼板的全貌，那二十五塊鋼板，也沒有甚麼可以多敘之處，和白奇偉與紅紅兩人在研看之際，我們所聽到的那一切，沒有甚麼多大的出入，而那幾十個字，也是渾不可解。

我和宋堅、紅紅兩人，商議了一陣，覺得如果不是再到泰肖爾島去，實在絕對沒有法子，弄明白這一切的。但是如果到島上去，正面交鋒，又不是胡克黨的敵手，偷進島去，又絕無可能。

商議了好一會，我突然想起紅紅說過的那句話來：和胡克黨對分財富！

當然，胡克黨徒無惡不作，如果將這樣大的一筆財富和他們對分，實是助紂為虐，但是兵不厭詐，我們卻不妨以此為名，和胡克黨的首領，有了接觸之後，再來見機行事！

我將這意思，和紅紅、宋堅兩人說了，紅紅第一贊成，宋堅想了一想，也認為可行。

於是，我們又向泰肖爾島駛去，到了將近的時候，我們在旗杆上，昇起了一面大白旗，表示此來，並沒有惡意，而且，我相信那位將快艇借給我們的朋友，和胡克黨一定時有來往，胡克黨徒可能認得這艘快艇的！

我們從泰肖爾島環形外島的那個缺口中，駛了進去，只聽得幾下槍響，從槍聲來聽，槍是向天而鳴的，才駛進去不久，四面都有一艘快艇，駛了過來，我也立即停下了馬達。

駛近來的快艇上，每一艘的頭上，都站著一個人，全副武裝，神情顯得十分嚴重。我早已吩咐紅紅，躲在艙中，不要出來。

我和宋堅兩人，則站在船頭，只見快艇越駛越近，片刻之間，便已接近了我們的快艇。那四個人的身手，也十分矯捷，一躍而上，其中一個以英語喝道：「是送煙草和酒來了麼？」

我和宋堅兩人，互望了一眼，同時，我心中暗忖自己所料，果然不差，這艘快艇的主人，果然和胡克黨徒，略有來往。我卻並不以英語回答，而以呂宋土語，道：「你們弄錯了，我們是來見你們首領的。」

那四人的面色，立時一變，其中有兩個人，甚至立即大聲呼喝起來，我立即又道：「我們此來，絕無惡意，更不是你們政府中的人，我們是中國人，和你們的首領會見了之後，對你們有莫大的好處！」

那四個人竊竊私議了一會，其中一個，發射了一枚信號彈。沒有多久，另一艘快艇，駛了過來，站在船頭上的，竟是一個白種人，事後，我才知道那是一個美國流氓，叫作李根，他在馬尼拉犯了搶劫罪，被通緝得緊，才躲到這裡來的，在胡克黨中，很有地位。

當時，那艘快艇向我們駛近之後，那美國流氓以十分傲然的神氣，向我們兩人打量著，同時，聽取那四個人的報告。等那四個人講完，美國流氓道：「中國人，想要幹甚麼？」我冷冷地道：「想要見你們的首領。」那美國流氓道：「我就是，有甚麼事情，對我說好了！」

本來，我也不能確定李根的話，是不是真的，因為快艇主人曾經告訴過我，胡克黨的首領，叫里加度，乃是菲律賓人，但當然也可能起了變化。但是當我看到那四個菲律賓人，面上各有怒容之際，我便知道那美國流氓，正在自抬身份——這是美國人的「嗜好」！

我冷笑一聲，道：「你是首領？那麼對不起得很，我們來這裡，不是要見首領，我只是見里加度。」我的話才一出口，那四個菲律賓人便高聲歡呼起來，叫道：「里加度！里加度！」我看得出，里加度在胡克黨徒之中，一定極得人心。

李根的態度，十分狼狽，但流氓究竟是流氓，虧得他面皮厚，又哈哈一笑，道：「不錯，你們要見的，就是首領，請跟我來！」

我們看出他眼中，凶光畢露，已將我們當作敵人。

我和宋堅低聲道：「宋大哥，要小心這個有著二百磅肉的凶徒。」宋堅聳了聳肩，道：「放心！」當然，明槍我們是不怕的，但怕就怕這美國流氓，暗箭傷人。

當下，由那個美國流氓帶領，另外四艘快艇，圍在我們周圍，向前駛去。沒有過了多久，便到了一個碼頭之旁。

這個碼頭，當然也是日軍的遺留物，從碼頭向內，還有一條公路，公路的兩旁，蹲滿了人。

那些蹲在公路兩旁的人，簡直是天下罪犯形象的大本營，各種凶惡的臉譜都有，若不是我和宋堅兩人，都有兩下子，只怕見到了他們這些凶徒，便雙腳發軟了。在跨上岸去之前，我以鄉下話叫道：「紅紅，你千萬躲在艙中，不可出來，夜晚不能亮燈，如果你發現有甚麼異動，便立即開船衝出去，他們追不上你的，你聽到了，不要回答。」

紅紅顯得十分機警，她當然聽到了我的話，卻果然未出聲回答。

我們上了岸，李根仍在前面帶路，路旁的凶徒，都以惡狠狠的眼光，看著我們，我忽然看到，李根向路旁另外兩個白種人，做了一下手勢，又以大拇指向後向我和宋堅兩人，指了一指。

那兩個白種人立即懶洋洋地站了起來，大拇指插在褲袋中，弔兒郎當地來到了我們的面前，口中不斷地嚼著一些草葉，那種情形，只使我想起一條癩皮狗。

我們兩個人，分明是在李根的示意下，準備向我們兩人挑釁！

我和宋堅，交換了一個會心的微笑，裝著沒有看到一樣，仍是向前走著，那兩個人——大概也是美國人——聳著肩頭，跟在我們後面，其中一個忽然道：「中國畜生！」我倏地轉過身來，道：「你說誰？」那美國人一聲大喝，道：「說你！」

他一面說，一面右拳已經向我們的面門，「呼」的揮了過來！我向旁一側，他的拳頭，在我臉旁擦過，而我一伸手間，已經在他肘部麻筋上，彈了一下。那一下，令得他手臂，軟垂不起，而不等他再起左拳，我已老實不客氣，先是一下右上掌，擊中了他的下頷，立即又是一下左鉤拳，擊中了他的面頰！

這兩下，雖是西洋拳法，但在練過中國武術的人使來，力道自然分外強大，那人怪叫連聲，向外跌了下去，連爬都爬不起來。

另外一個一見情形不妙，「拍」地一聲，彈出了一柄足有尺許長短的彈簧刀，向前一送，便刺向宋堅的肚子。宋堅吸了一口氣，整個肚子，都縮了起來，美國人一刀，勢子使盡，刀尖貼在宋堅的衣服之上，但宋堅卻一點也未曾受傷！

那美國人呆了一呆，宋堅早已一伸手，在他脈門上抓了一下，將彈簧刀劈手奪了過來，老實不客氣，反手一刀，刺進了那美國人的肚子之中！

那美國人捧著肚子，張大了眼睛，像是不相信這是事實一樣，向後不斷地退去，終於倒在路上！

宋堅不是嗜殺之人，他一出手，便以這樣嚴厲的手段對付那美國人，是有其原因的。

一則、當然是那美國人先要取他的性命之故。二則、我將另一個擊倒在地，許多菲律賓胡克黨徒，都在高聲呼嘯。由此可知那些美國人，多半作威作福，屬於「醜陋的」一類，殺了他，可以使得一些平時受氣的胡克黨徒，同情我們，便利我們行事。

在兩人相繼受傷之後，李根的面色，難看到了極點，望著我們，躍躍欲試，我冷笑道：「你倒在路邊，我們一樣可以找到帶我們去見里加度的人！」

第十五部：胡克黨的大本營

李根一聲怪叫，踏前一步，便向我撲了過來，我看出他西洋拳的根底很好，不擬和他正面相敵，身子一閃，閃到了他的背後，一腳踢出，正踢在他的屁股上，李根被我這一腳，足足踢出了七八步遠，重重摔在地上！

李根倒地之後，居然立即翻過身來，同時，手上已握著一柄手槍。可是，我也早已料到這一點了。不等李根扳動槍機，我左腳又已飛踢了起來。

那一腳，擦地而過，將地下的砂石，一起揚了起來，向李根飛了過來，李根的視線被遮，盲目放了三槍，有兩個胡克黨徒中了流彈，我則早已一躍向前，伸足踏住了他的手腕，而在踏住他的手腕之後，足底向後一拖，李根大聲怪叫起來，將他腕骨折斷之聲，都遮了過去！

而其時，因為另兩個胡克黨徒中了流彈，所以秩序大亂，有的向天放槍，有的高聲大叫，我和宋堅，唯恐胡克黨徒，趁機向我們進攻，都向路邊跑去，躍下了路旁的深溝之中。

我們伏在溝中，探頭向上望去，卻並不見有人，向我們追來，而且有人向我們指指點點，我們正在不知如何是好之際，只聽得一陣汽車喇叭響，塵頭起處，一輛十分殘舊的吉普車，駛了過來，吉普車一出現，人聲頓時靜了下來，車子來到我們不遠處停下。

我們兩人，定睛看去，只見車上，共有五個人，除了司機之外，乃是四個菲律賓壯漢，每一個都像是水牛一樣。而在這四個壯漢當中，則是一個穿著十分整齊的菲律賓人。

因為所有的胡克黨徒，全都是衣服破爛，滿身煙漬酒味，所以這個人衣服整齊，看來便十分惹眼。他約莫一七〇公分上下，身量並不是太高，四十上下年紀，膚色十分黝黑，車子一停，便沉聲喝道：「甚麼事？」

一個胡克黨徒，向我們藏身之處指來。我們知道那人一定是里加度了，便自深溝之中一躍而起，我才一躍起，便道：「里加度先生？」

那人的面上，略現出了訝異之色，向躺在地上呻吟，已然瀕死的美國流氓指了一指，道：「你們的傑作？」

我尚未回答，已有人叫道：「美國人先挑釁的！」

里加度皮笑肉不笑地牽了一下嘴角，道：「你們來做甚麼？」他一面說，一面旋頭四顧，使了幾個眼色，只見他車上的四個大漢，已一躍而下。同時，在場的胡克黨徒也靜靜地移動著，片刻之間，已成了隱隱將我們圍住之勢。

同時，又已有人，將那三個美國人，扶的扶，抬的抬，弄了開去。

我一見這等情形，便知里加度是大有才能的人。胡克黨徒，乃是各地的不法分子所組織的，但里加度連聲都未曾出，只是使了幾個眼色，裝了一下手勢，便已能指揮這些無惡不作的歹徒，可知他在胡克黨徒之中，享有極高的威信。

我略想了一想，道：「有一件事，只要你肯合作，對你們，對我們，都十分有利。」里加度的嘴角，又欠了一下，道：「有利到甚麼程度？」我將手一伸，向所有的人，指了一指，道：「有利到可以令得你們每一個人，都到巴黎去渡一次假期！」里加度凝視著我，道：「上車來。」

我和宋堅兩人，離他的吉普車，本來有丈許遠近，但我們兩人，存心賣弄，身形一縱間，已經蹤上了車子，里加度像是吃了一驚，那四個大漢，也已躍上了車子，吉普車向前飛馳而出。

一路上，可以看到許多水泥的「房子」——那其實不是房子，只不過是雕堡或是倉庫，但如今都用來作房子了。

駛出了約莫十來里，公路便到了盡頭，島上山巒起伏，那條公路，當年一定也費了不少心血，才造成的，盡頭處乃是一個小山谷，四面青峰圍繞，十分幽靜，在山谷正中，有著一座大建築物，也是水泥的，可能是一所大倉庫。在車上，里加度一句話也沒有和我們講過，車子一停，他才道：「到了。」

車上的四個大漢，先躍了下車，我們和里加度，也跟著下車，向那座大倉庫走了進去，水泥的建築物，另有一股陰森森的氣象，再加上燈光，昏黃不明，更令得人感到，十分不妙。

我不僅要擔心我們和里加度談判的結果，而且，還要擔心躲在船艙中的紅紅。我們進了一間兩丈見方的房間，房間的陳設，出乎我的意料之外，十分豪華，但是我卻也注意到，精致的酒瓶，大多數是空的，而里加度開了銀質的煙盒，雪茄煙也沒有多少支了！

我們都坐定之後，那四個大漢，兩個守在門口，另外兩個，站在我們的背後，那當然不是保護我們，而是爲了防止我們，有甚麼異動。

我們還未開口，里加度已經道：「可是合作，武裝走私麼？」

我笑了起來，道：「放心，甚麼風險也沒有，絕不用和政府衝突，就可以坐享其成。」里加度面色一沉，道：「先生們，我是一個沒有幽默感的人。」我立即道：「先生，不需要你有幽默感，因爲你有運氣，這個島上，有著巨量的財富，被埋藏在某一地點。」

里加度聳然動容，道：「財富的數字之大，值得使你們冒這樣的奇險？」

我道：「財富的數字之大，會使你將我們當作最好的朋友看待。」

里加度像是十分欣賞我和他針鋒相對的對白，「哈哈」笑了起來。但笑了幾下，卻又突然停止，道：「藏在甚麼地方？」

我向宋堅點了點頭，宋堅便將那二十五塊鋼板，取了出來，我則將七幫十八會當年集中這筆財富的經過，向里加度簡略地說了一遍。

里加度像是聽得十分有趣，宋堅已將二十五塊鋼板拼好，里加度仔細地看了一會，道：「準確的地點，是要靠後面的字句麼？」

我已經將後面那幾句不可解釋的話，翻譯給里加度聽，當時我道：「我想是如此。」里加度在室中，翻來覆去，踱了好一會，面上忽然現出了欣喜之色。

我道：「里加度先生，可是你對我這幾句不可解的話，有甚麼概念？」里加度道：「沒有，沒有。但既然在這個島上，一定可以找得到的，不論那筆財富是多少，由我來分配。」他一面說，一面將雙手按在桌上，上身俯衝，像是要將我們，吃了下去一樣！

我以十分冷靜的語調道：「不，一人一半。」里加度再道：「由我分配。」我仍然道：「不，一人一半！」里加度冷笑道：「這裡是誰說話？」我冷冷地道：「沒有我們，你不可能找得到這筆財富，一人一半，才是公平的辦法。」

里加度道：「胡克黨徒從來不講公平。」我立即道：「好，那就我們占七分，你占三分！」里加度呆了一呆，突然縱聲大笑起來。宋堅向我望一眼，似乎怪我出言，太以過份。

我自己也知道這一點，但我卻是故意的。

因爲，和里加度領導的胡克黨徒開談判，本來只是一種手段，一切全爲達到我們可以在島上尋找這筆財富的目的而來，如果談判進行十分順利的話，那倒反而違背了原來的意思了！

里加度笑了一片刻，道：「那麼，我們之間的距離，實在太遠了！」我點了點頭，道：「不錯，如果這種情形不改變的話，談判便難以進行下去了。」里加度道：「那麼，你們準備加入我們麼？」

我自然聽得出他的意思，是說如果我們不順從他的意思，就別想離開這兒。當然，我更知道，如果我們真的和里加度談判的話，其結果也一樣的會死在他的手中，因爲他絕不會讓任何秘密，落在外人手中的！

我笑了笑，道：「在胡克黨來說，一點也算不了甚麼，但在你來說，我們死了，你卻損失了一個可以成爲世界第一流富翁的機會！」

里加度聽了我的話之後，眼中閃耀著貪婪的光，簡直像是一頭南美洲黑豹一樣！沉靜了好一會，他才道：「好，我們明天再談，你們不可亂走。」

我猜不透里加度要拖延時間，是甚麼用意，但他既然這樣說了，我們自然也只好照做。他話講完之後，便走了出去。

我和宋堅兩人，將那二十五塊鋼板，收了起來，各在一張十分柔軟舒適的沙發上，躺了下來，宋堅道：「我們怎麼辦？」

我道：「到了晚上，我們偷出去，藏匿在山上，我想胡克黨未必找到我們。」宋堅道：「這是一個好辦法，我們盡可以在山上多住幾天，可是你忘了你的表妹嗎？」我道：「當然不會，只不過我雖然不知道她是怎樣和宋富合作將鋼板盜走的，而她居然能做出這樣的事來，那快艇上又有暗室，食物也很多，大約半個月的藏匿，總是沒有問題的。」

宋堅搖了搖頭，道：「但願如此。」

我道：「除了希望這樣之外，我們實是毫無辦法，因爲我們絕不能去通知她的。」宋堅嘆了一口氣，道：「早知道這樣，我們該將白老大特製的手槍，留下一柄給她！」宋堅的話，猛地提醒了我！

因爲，我記得，在那快艇之上，有一具十分優良的無線電的收發機。而白老大的近距離對話器，顯然是根據無線電的收發機原理而製成，如果我們發出的波長，快艇上的無線電機，可以收得到，而又能引起紅紅注意的話，那麼，我們就可以和她通話了。

我一想到這點，連忙取出那柄「手槍」來，調整著收音機部分的裝置。

當然，我也沒有十分把握，我只是不斷地掉換著不同的波長，同時，不斷地叫著，和聽聽是否有紅紅的回音，約莫過了一個小時多，紅紅的聲音，果然傳了過來，道：「表哥，是你嗎？」

我歡喜得幾乎跳了起來，道：「紅紅，你聽得到我的聲音？」紅紅道：「自然，有甚麼事？」我道：「紅紅，你現在怎麼樣？」

紅紅道：「聽你的話，關在暗室中，悶死了！」

我道：「好，紅紅，我們可能半個月，或則更長久不來看你，你千萬要小心。」紅紅道：「我不幹，那太不公平了，叫我在暗室中關半個月，那算甚麼？」我沉聲道：「紅紅，你必須聽我的話！」

紅紅半晌不語，才勉強地道：「好！」

我從來不信任何宗教，但這時，如果有一個神，能夠保佑紅紅是真心聽我的話，那我立即會跳下來，向他膜拜！

我又吩咐了紅紅幾句，才結束了與她的談話。這時候，天色已漸漸地黑下來了，胡克黨一直沒有看我們，門已被鎖上，我們餓得十分可以。

可是我們都忍著，等夜深些，再打主意。我上面已經說過，我們所在之處，乃是一個倉庫。而那間房間，除了房間之外，並沒有窗戶，但是卻有一個氣窗，氣窗上裝著手指粗細的鐵條。

里加度顯然存心將我們囚禁在這裡的，但是他卻不知道，那十來條手指粗細的鐵條，在我和宋堅的眼中，簡直像是麵粉條一樣。

我們仔細看看那二十五塊鋼板來消磨時間，到了午夜，我又攀上了那個氣窗，向外看去，只見有四條大漢，正在門外守著，在那四條大漢之外，兩個倉庫最大的部分，竟是胡克黨徒的集體宿舍！

這時候，至少有一二百人，在外面席地而臥，我們要出去的話，必須在這些人的身旁走過。我將看到的情形，低聲和宋堅說了。宋堅示意我下來，他立即攀上了氣窗，只見他手向外，揚了幾下，門外傳來四下「哧」、「哧」的呼氣之聲。我知道，那四個人，都已被宋堅襲中了穴道。

中國武術之中，最玄妙的，便是以克制穴道來令得敵人血脈，有著短暫時間的不流通，而那一段短暫的刺激，卻可以使敵人至少有一個小時以上的昏迷狀態。我不會這門功夫，宋堅是武術大家，自然會這門功夫的。

只見他回過頭來，向我一笑，雙手連拉了幾下，已將鐵枝拉了開來，輕輕地躍了下去，我也連忙躍出，我們了無聲息地經過了那一二百個胡克黨徒，而且，還順手拿走了兩挺手提機槍。

那四個倒在地上的大漢，眼睜睜地望著我們，卻既不能動，也不能出聲。我們出了倉庫，因爲夜已深了，沒有人注意我們的行動，很快的，我們便已進入了荒山野嶺之中。

也就在這時，我們發現，在一個極高的山頭之上，有著許多強光燈，將那山頭，照耀得如同白晝一樣，燈光之下，有三四個人，正在山頂上走來走去。

我和宋堅兩人，都未曾將這件事放在心上，我便找到了一個十分隱蔽的山洞，作爲存身之所，舒舒服服地睡一覺，第二天一早，忽然被一種隆然之聲所驚醒。

我們一躍而起，山洞循聲看出，只聽得那隆隆之聲，正自昨晚大放光明的山頂傳來。我和宋堅兩人，起先還不知道那是甚麼聲音，可是，在以手遮額，仔細一看之後，我們兩人，都不禁吃了一驚！

因爲，在那個山頭之上，正有兩架舊式的掘土機在操作著！

我們立即想起了里加度昨晚，與我們爭論到了一半之際，便像是極有把握一樣，不再爭下去，而離了開去。里加度在泰肖爾島上，已有多年，如今，胡克黨的經濟情形，十分窘困，當然不會再進行甚麼「經濟建設」，那兩架掘土機，極有可能，正在挖掘著甚麼。如果是的話，那當然是因爲他在島上住得久了，所以，在我們看來，顯得難以明白的語句，但是在里加度看來，卻是明顯到了極點，昨夜，那山頭上的燈光，當然是里加度徹夜前來勘察地點了。

我和宋堅兩人，商議了幾句，都認爲我們的揣想，離事實不會太遠，同時，我們也知道，必須盡一切力量，去阻止里加度得到這些財富！

因爲，這一筆財富，如果落在里加度的手中，不但我們有負白老大所托，對不起七幫十八會的弟兄，而且，還會給菲律賓，乃至附近一帶的公海，帶來極其嚴重的危害！

我們兩人，立即向那個山頭奔去。當然，我們不敢揀有路的地方走，唯恐被胡克黨徒發現，只是在灌木叢、荆棘叢中走著，身上的衣服，不一會就極其污穢破爛了。

我們一路之上，一個人也沒有碰到，到了山頭附近之際，我們更是俯伏著前進，一直來到了山頂，那兩架掘土機之旁，約莫七八碼遠近處，伏在草叢之中，向外望去。

只見那兩架掘土機，已經在山頭上，挖出了一個大坑，深約兩公尺，還正在工作著。而那個大坑，是在四塊石碑之旁。

那四塊石碑，都有一丈來高，三尺來寬，在石碑上，刻著四種不同的動物圖案，都是中國傳統武的圖案，乃是鳳、龍、虎、雀，刻工十分渾拙。

我們見到那一樣的四塊石碑，心中已經怦然而動。

再加上那四塊石碑之上的圖案，在眼睛部分，都有一個徑可寸許的圓孔。我們立即想起二十五塊鋼板上所鑄的字來：「白鳳之眼，朱雀之眼，白虎之眼，青龍之眼，共透金芒，唯我弟兄，得登顛毫……」

那「白鳳之眼」等一連四句，最難解釋的話，在這山頭上，已經得到了解釋！也就是說，里加度在昨晚，便已經知道了！

我和宋堅兩人，心中實是十分焦急，我們望了一眼，決不定該怎麼才好。因爲山頭上至少有二十個胡克黨徒，昨日吃了我們大虧的美國人李根也在內。每個人的手上，都有武器。

里加度站在那個大坑的邊上，向下望去，面上的神色，十分焦急，口中在不斷地詛罵，李根在他身邊大聲道：「首領，我們上了那兩個中國人的當了！」

里加度面色一沉，道：「你知道甚麼？」

李根碰了一個釘子，沒有再出聲，里加度仍是催那兩個操縱掘土機的人，加緊工作。我們見了這等情形，知道里加度暫時還未曾得到那筆財富，不禁松了一口氣。

宋堅滿面怒容，低聲道：「衛兄弟，里加度既然已找到正確的地點，這樣掘去，總有掘到的時候，這怎麼是好？」

我的心中，也是一樣焦急，額上甚至滲出了汗珠，道：「宋大哥，你用『滿天灑金錢』的手法，可以一下子擊倒多少人？」

宋堅想了片刻，道：「盡我最大的能力，可以傷十個人，但如今他們站得那麼散，只怕不行。」我輕輕地嘆了一口氣，忽然聽得里加度一聲歡呼！

我們兩人，心中大為緊張，只當里加度已然有所發現，只見兩個人跳下坑去，不一會，卻拉起一塊大石來，里加度的面色，更加難看，顯然，他剛才以為他已有所獲了。我們繼續地看著，直到日頭正中，里加度的臉上，也全是汗。

而那個土坑，已接近四公尺深，舊式掘土機鐵臂的伸縮性能，並不是太高，到了那個程度，已沒有法子再掘下去，里加度狠狠地揮了揮手，吩咐停了下來。

他自己則將挾在脅下的一塊木板，放在地上，又出神地觀看起來。

我和宋堅兩人，也一起向那塊木板看去。

我們隔得雖然遠，但卻也看得十分清楚，只見那木板上，釘著一張白紙，紙上是這山頭的一個平面圖，四塊石碑的方位，在這張平面圖上，占著最主要的地位。

那四塊石碑，本來就十分古怪，既不是整齊地排列，也不是圍成一個四方形，而是東一塊，西一塊，有的南北向，有的東西向，一點規則也沒有。平面圖上的情形，也是如此。

而我們看到，在平面圖上，里加度在四塊石碑之間，拉了兩條對角線，他所掘挖的地方，正是對角線的中點，我和宋堅兩人看了，也認爲這是準確的埋藏地點，我們希望里加度半途而廢，再由我們來挖掘。

里加度看了一會，命駕駛掘土機的人將掘土機向後退去，接著，便令十來個人，跳入了土坑之中，分明他是準備繼續挖下去，其餘的人，留在土坑邊上，將土坑中抛出來的泥土，抛向遠處。

本來站在山頭之上，約有二十來人，如今，有十五六人投入了工作，而且，有一大半，還是身在土坑之中的，我向宋堅，使了一個眼色，道：「宋大哥，擒賊擒王，我看里加度十分得胡克黨的愛戴，如果我們將他制住，可望以少勝多！」

宋堅點了點頭，雙手在地上摸索著，不一會，便抓住了兩把有尖銳棱角的小石子在手，只見他面上的神色，緊張之極，雙臂臂骨，也在「格格格」地作聲，約莫過了三五分鐘，只見他的身形，陡地站起，雙臂猛地一揚，十餘枚小石子，已經激射而出！

我也在他小石子才一發出之際，一躍而出，著地便滾，滾到了里加度的身旁。

宋堅的小石子，擊倒了六個胡克黨徒，還有兩個，立即就放起槍來，子彈呼嘯而過，驚心動魄，但在那片刻之間，我已經滾到了里加度的腳下，手一伸，握住了他的腳踝，用力一抖「叭」地一聲，將他硬生生地抖得跌在地上！

里加度大聲怪叫了起來，在土坑中工作的胡克黨徒，也一起躍了出來。

可是，在那片刻間，里加度已被我壓在身下，而他的佩槍，也被我奪了過來，正指著他的太陽穴。

我首先去看宋堅，但見宋堅也跌倒在地，左腿上一片殷紅，我一見這等情形，心中不禁大吃一驚，因爲這時候，只有和我和宋堅兩人，孤軍作戰，敵人又如此凶惡，兩個人已是十分危險，如果一個人受了傷，那真是不堪設想之事！

可是宋堅卻真的已受傷了，他雙手按地，想要站了起來，而未能成功，向我苦笑了一下，道：「還好是射中了大腿！」

我知道這時候，絕不是猶豫不決，或是表示驚惶的時候，因此，我連忙揚起頭來，以呂宋土語道：「誰想讓里加度喪生的？」

沒有人出聲。我又問了一遍，仍是沒有人出聲，我道：「那麼，你們都得聽我的命令，誰也別動！」我的話才一出口，突然聽得宋堅一聲叱喝，我連忙回頭看時，只見李根正迅速的向山下跑去！

我要制住里加度，宋堅已受了傷，我們兩個人，都沒有法子去追他。我心中不禁大是著急，我制住了里加度，菲律賓人，對里加度有崇拜，自然會明白我的吩咐，但是那美國流氓，會做出甚麼事來呢？

我們眼睜睜地望著那美國流氓，連滾帶跑地向山下竄去，一時之間，也無法應付，轉瞬間即沒入了草叢之中，看不到了。

這時候，已經可以聽得山下，傳來了胡克黨徒的鼓噪之聲，我問里加度道：「先生，你應該知道怎麼做法的！」里加度忙道：「快吩咐山下的人，千萬不要硬衝了上來！」

立即有兩個人，站在山頭邊上，向下面大聲呼叫，令下面的人，不可衝了上來，以危及首頭的安全。我又道：「吩咐你的手下，繼續阻攔，放下武器。」

里加度的眼中，充滿了怒火。可是一個人不論他心中的怒意，到了甚麼程度，也總是不能對指住了額角的手槍賣賬的。

所以，里加度便照我的話，吩咐了胡克黨徒。那些胡克黨徒，無可奈何地跳入大坑之中，我將里加度拖著，走了幾步，將一柄手提機槍，向宋堅踢去，宋堅抓在手中，檢查了一遍，便放在身邊。然後，他撕破了褲子，以一柄牛角小刀，將中彈處劃破，撬出彈頭來，再灑上了隨身攜帶止痛生肌的傷藥。

在他爲自已動這個「外科手術」之際，血流如注，慘不忍睹。但是宋堅卻只是額上冷汗直淋，連哼都未曾哼一聲。等到宋堅將傷口包好之後，才聽得有幾個胡克黨徒大聲道：「好！好漢！」

宋堅仍是臥在地上，提著手提機槍，我拖著里加度，來到了坑邊，向下望去。山頭上的泥土，全是紅土，挖得深了，樹根盤繞，十分難以挖掘，這時，已有十多尺深，可是卻還一點頭緒也沒有。

我心中大是擔心，因爲我們雖然制住了里加度，但如果得不到財物，卻是一點用處也沒有！宋堅又受了傷，連能否撤退，都成問題！

我環顧周圍的形勢，將里加度拖到了宋堅的身邊，道：「宋大哥，你看怎樣辦？」宋堅道：「如果有甚麼變化，我們只有信任在山頂上的胡克黨徒了！」宋堅的話剛說完，突然聽得山頭之下，響起了陣陣吶喊，而且，還夾雜著零星的槍聲。

我們正不知道山下面發生了甚麼變化，忽然又聽得下面山頭上傳來擴音機的聲音，那是李根的聲音，只聽得他大聲叫道：「我們的首領，在山上被困，大家快點衝上去！」宋堅的面色一變，我也心中暗自吃驚，道：「里加度先生，聽到了沒有？」

里加度的面色，也十分難看，他是聰明人，當然知道眼前的形勢，對他來說，十分不利！李根在山下，利用了「拯救首領」的名義，煽動胡克黨徒衝上山來，那只不過是說來好聽而已，骨子上，李根分明是要借此機會，置里加度於死地，他便可以取里加度的地位而代之了！

李根的聲音，傳了上來之後，只聽得山下的吶喊之聲，越來越是喧嘩，由上而下看來，已經隱隱地可以看到有人，湧了上來，而且，槍聲也更其密集了！

我又道：「里加度先生，你要爲你自己的生命地位而戰了！」

里加度的面色，十分難看，呆了半晌，道：「請你鬆手。」我道：「要我放手可以，至少你要認爲我們如今，是同一陣線的！」

里加度點了點頭。

我自然看得出，他點頭點得十分勉強。

但是，在如今這樣的情形下，他實是不能不和我們合作！因爲，山下的胡克黨，在李根煽動之下，衝上山來之後，實在是甚麼事情都做得出來的。

而且，他當然更要防到，我們在憤怒之下，會和他同歸於盡！

同樣的，我也知道我們的處境十分危險。因爲里加度可能根本不理會他本身的安危，而胡來一通，我放開他，並允許他武裝在山頂的胡克黨徒，根本也是一種冒險之極的行動！

但當時，根本沒有多餘的時間給我們去考慮，我一鬆放了里加度，里加度疾奔到挖出來的大坑之中，跳了下去。

這時候，有子彈呼嘯著在山頭之上掠過，約莫有四五十個胡克黨已經衝到半山了！

里加度在土坑中，大聲指揮著，我也早已來到了他的背後，監視著他。里加度命在山頂的胡克黨徒，去取槍械，同時，他大聲叫道：「別信美國人的話，我甚麼事也沒有。」

可是，李根的聲音，又響了起來，道：「我們的首領，落在敵人的手中，言不由衷，若是任由首領受人挾持，胡克黨還能活動麼？」

隨著他的大叫之聲，陣陣的吶喊聲，越傳越近，我將宋堅，也拉到了土坑之中。

那個大坑，竟成了一個現成的工事，有一個胡克黨徒，忽然跳出土坑，道：「我們沒有受挾制！」但是，他才講了一句，一顆子彈呼嘯而過，他立即跌倒在地！

里加度見到了這樣的情形，面色更爲難看。只見他慢慢地舉起手來，嘴唇哆嗦著，忽然，手猛地向下一揮，狂叫道：「反擊！」

那十來個伏在土坑邊上的胡克黨份子，立即開火，子彈橫飛，吶喊連天，戰況之激烈，實是不下於正式的爭奪戰！

里加度所率領的人雖然少，但是那幾個人，顯然都是胡克黨中的精銳分子，槍法十分準，好幾十個衝上來的胡克黨徒，都屍橫山坡！

我和宋堅兩人，呆了片刻，我躍了起來，也伏在土坑邊上，向山下大叫道：「里加度很好在山上，你們別上了美國人的當，如果你們不信，不妨高舉武器，上來看個究竟！」

槍聲和吶喊聲，雖然仍是十分震耳，但是我相信我的呼喝之聲，在山下的胡克黨徒，是一定可以聽得到的，突然，我的話才一出口不多久，只聽得山腳下，傳來了李根的大聲呼叱，和胡克黨徒的吵罵聲，槍聲反倒漸漸地靜了下來，我取起了一枝槍，問里加度道：「里加度先生，你覺不覺得，如果是李根不死，局面便難以控制？」

里加度點了點頭，道：「確是如此。」我道：「如果我在山上射擊，將李根射死的話，那你準備怎樣報答我們呢？」

里加度面上的神色，似不十分相信，他將頭向山下看了看，山下密密麻麻的是人，雖然可以看得出李根正在跳東跳西地尋人，但是和他相距，足有一百多碼的距離，要射擊中的，確非易事！

里加度看了一會之後，道：「你能夠辨得到嗎？」

我笑了一聲，道：「我可以試一試，如果成功了，又怎麼樣？」里加度「哼」地一聲，道：「先生，你可曾注意到，只要你一露出頭去，你自己首先成了射擊的目標，李根是出名的『神槍手』！」

我立即答道：「當然，你要射擊別人，你也就同樣地會成爲人家射擊的目標，這才是公平地競爭。我如果死了，你可以減少一個敵人，——雖然在目前來說，我算是你朋友——如果李根死了，那麼你就控制整個局面，不怕煽動了！」

里加度又想了片刻，道：「好的，如果你做得到這一點，發掘這筆財富的事，按照你原來的提議，我們雙方面，一人一半。」

我回頭望瞭望宋堅，宋堅的面色，十分嚴肅，只是道：「衛兄弟，小心！」

我吸了一口氣，提著那柄槍，慢慢地向坑外面爬去，到了土坑邊上，我停了一停。

這時候，雙方並沒有駁火，只是山下傳來李根和幾個胡克黨徒的吵鬧聲，山上顯得十分寂靜。里加度和胡克黨徒，都以異樣的眼光看著我，我知道他們心中在奇怪，何以我竟會不怕自己首先成爲他人的射擊目標？

因爲，我探出頭去，要找尋李根，必然要花費上幾分鐘的時間而在幾分鐘的時候之內，別人是可以向我發上十七八槍了，看來，這是我完全占於劣勢的爭鬥！

我不是不明白這一點。可是眼前的情勢，卻逼得我要這樣做。

因爲，如果李根不除去，胡克黨徒的情緒，得不到平定的話，我們的處境，極其危險。李根一死，事情便好辦得多了！

當時，我和宋堅兩人，都是如此想法的，所以我才願意去冒這個險，但是以後事情的發展，卻證明我們兩人都錯了。當然，這是後話，表過不提。

我在土坑邊上，略停了一停，慢慢地探出頭來，向外面望去，我只露出了兩隻眼睛，「砰」地一聲呼嘯一顆子彈，已經在我的頭頂擦過，我的頭皮上，幾乎也可以感到子彈的灼熱！

我連忙縮回頭來，在我面前的鬆土，又因爲兩顆子彈的衝擊，而飛揚起來，撒得我一頭一臉，都是泥土！

我定了定神，只聽得李根在下大叫道：「你們說里加度沒有受人控制，那麼，他爲甚麼不現身出來?為甚麼?」

李根的話才停，便聽得聚集在山下的胡克黨徒，大聲叫道：「里加度！里加度！」我心知這時候，如果里加度敢以大著膽子，跳上土坑，在山頭上現一現身的話，只怕李根便無所施其技了。

但是，當我回頭去看里加度時，卻見他面色發青，身子在微微發顫。

我立即道：「里加度，為甚麼不出去讓部下看一看?」

里加度道：「剛才你已經領教了李根的槍法了?」

我冷冷地道：「李根未必有那麼大膽，敢以當眾射擊你！」里加度搖了搖頭，道：「我們剛才的協定還有效是不是?」

我心中暗罵一聲：「膽小鬼！」當我在心中暗罵他為「膽小鬼」之際，我的確未曾料到，他除了膽小鬼之外，還是一個奸詐已極的小人！

山下的「里加度」、「里加度」的呼聲，越來越高，但是卻又漸漸地靜了下來，分明是胡克黨徒對於他們首領遲遲不出現一事，感到了失望。

我以手扒開面前的積土，動作極其緩慢，使得在山頭下看來，一點也看不出，我費了約莫三分鐘，已在面前，撥開了一個孔，湊在這個孔中，我看到了李根正帶著百餘人，向山頭一步一步地逼近！

我連忙揚起了手上的槍，但是，我的動作卻太以急切了些，在我揚起槍之際，槍管露出了掩蔽的積土之外！

而就在那一剎間，只聽得一聲槍響，我手腕感到了一陣劇烈的震動，我立即一縮手時，我手中的槍管，已經被射去了半截！

李根的槍法，如此神乎其技，當真是駭人聽聞！

這時候，絕不容許我有多餘時間猶豫，我拋去了手中的壞槍，喝道：「再給我槍！」

一個胡克黨徒，又拋了一柄槍給我。

我從土孔中向下望去，李根離我，越來越近，只有六七十碼了！而且，他非常聰明，雖然是他帶著人來衝陣，但是卻另有三個人，在他的面前，成一字形，將他那身子，緊緊地遮住。

在三個人中，有兩個是白人，還有一個，看樣子像是印度人。胡克黨徒本是國際罪犯的避難所，其中有一個印度人，也不覺得奇怪。

這種情形，對於我要擊中李根，增加了困難，但是也證明了只要我將李根擊倒，局面便可以如我所料，不致再有困境了！

我這次，加倍小心，將槍管從我撥出的泥土孔中，伸了出去，同時，又將那孔，撥大了些，以便我可以看到射擊的目標。

就在我將土孔撥大些的時候，積土十分鬆軟，動了一下，李根已舉起槍來，向我射擊！

他一舉起槍來，本來遮在他面前的兩個人，自然不得不分了開來，我捕捉了這一閃即逝的時機，扳動了槍機！兩下槍聲，幾乎是同時發生的，我一扳動了槍機，立即身子向後一仰。

而我尚未跌下土坑的時候，一大堆泥土，已向我壓了下來。

那堆泥土，顯然是被李根的一槍擊下來的。

那時，我也明白了里加度之所以害怕而不敢露面的原因，因為李根的確想置他於死地，李根當然不可能知道是我向他射擊，他只是一發現山頭上有異動，便立即發槍，不錯過可以殺死里加度的機會而已！

我跌倒了土坑中，聞得半山腰上，響起了一陣的吶喊之聲，宋堅緊張地問道：「中了麼？」

我本來對自己的槍法，十分有信心，但是在這樣的情形之下，發出一槍，我卻也不十分肯定，是否中的，但是聽半山腰中那種混亂的聲音，我那一槍，可能已經打中了李根，是說不定的。

我躍而起，又躍上了大坑，向下看去！

一看之下，我不禁一聲歡呼，因為我看到李根倒在血泊之中，胡克黨徒，亂哄哄地圍在他的旁邊，我的一槍已將他打倒了！

我連忙道：「里加度，李根死了！」可是，出乎我的意料之外，里加度的聲音，卻並不怎麼歡喜，而且還顯得十分冷淡，道：「你轉過身來。」

從他的語言之中，我已注意到事情發生了必是極不尋常的變化！

我立即轉過身來，不禁倒抽了一口冷氣！

只見一個胡克黨徒，手中的槍，正對準了宋堅的腦後！宋堅的面色，十分難看，里加度則浮著一絲奸笑！我一見這等情形，祇得一句話也說不出來！

我只當里加度是膽小鬼，但是卻未曾料到他，居然還如此奸詐！他竟由頭至尾地利用著我們兩人，而李根一死，他便立即翻臉不相認了！

里加度冷冷地道：「衛先生，請放下你手中的武器！」我真想送一顆子彈進他的體內！但是，我不能不顧宋堅，因此，我雙手一拋，將手中的槍拋到了土坑之中，道：「里加度先生，人家說你是一個十分能幹的人，如今我才知道，果然如此！」

第十六部：饑渴交加死亡邊緣

里加度命令我轉過身去，宋堅早已被繳了械，里加度走出了土坑，接受他部下的歡呼，儼如是一個大英雄。

而我們則被槍指著，向山頭下走去，不一會，我們便被驅進了一座碉堡之中。

這是一座舊式的機槍碉堡，除了入口處外，便是三個，不足一尺見方的機槍射口。我們被驅了進去，厚厚的鐵門立即「砰」地關上！

我首先挾住了宋堅，道：「宋大哥，你沒有事麼？」宋堅苦笑了一下，道：「是我累了你了，如果不是我受了傷，我們也不會那麼容易被制！」

我也苦笑了一下，道：「宋大哥，如果說甚麼人累了甚麼人的話，那是我累了你！因爲我居然相信了胡克黨徒的話，和里加度訂立了協定！」

宋堅長長地嘆了一口氣，不再言語。

我分別在三個機槍射口處向外看去，只見在這座碉堡之外，少說也有十多個人，在來回巡邏守衛著。那顯然是里加度因我們上次輕易走脫，這次便加強防守了。從一個射口處，我可以看到那扇鐵門，在外面加著老粗的大鐵柱。

當然，以我和宋堅兩人的力道，要將那扇鐵門撞開，也不是甚麼難事。但是，在撞開鐵門之際，如果要不發出聲，不使人發覺，那卻是絕無可能的事！我看了一會，決定放棄撞門而逃的念頭。

我又看看那三個機槍射口，不足一尺見方，我相信我和宋堅兩人，都沒有法子鑽得出去。而能夠從那麼小的地方鑽出去的，全中國只有一個人，那人姓關，是一個老者，他的軟體「縮骨功」已到了爐火純青的地步，能夠將整個身子從一個徑才尺許的鐵圈中穿過去。這位老人家早幾年曾經出國表演過，外國人以爲這是「藝術」，其實，這是最正統的中國武術，外國人企圖以所謂「科學」去解釋，是永遠得不到結果的。

宋堅看我望著射口，像是也知道我在想甚麼，道：「衛兄弟，我們此際，逃比不逃，更加危險！」

我道：「宋大哥，你難道忘了那位朋友的警告了麼？」宋堅道：「我自然記得，死得快是福！可是，我們如今卻不會死的。」

我見宋堅講得如此肯定，心中不禁大是驚訝道：「何以見得？」宋堅道：「我們離開的時候，里加度已在山頭，掘深了約莫一丈。如果那筆財富，是在這個山頭之上話，早該發現了！」

我聽了之後，心中不禁一動，說道：「宋大哥，你可說是，里加度實際上，並未找到正確的地點，所以他要利用我們？」

宋堅道：「我的意思正是那樣。」我道：「那山頭上的四塊石碑上所刻的圖案，正和二十五塊鋼板之後的文字相合，照我看來，里加度所把握的，正是準確的地點！」宋堅道：「如果是的話，我們就完結了！」

我們兩人，都不出聲。宋堅因為腿傷，所以躺在地上，我則在潮濕悶熱的碉堡之中，來回踱步，不知不覺間，天色已黑了下來。

天一黑，陰濕的碉堡之中，簡直成了蚊蚋的大本營，我們不得不脫下身上所穿的衣服，點火燃燒，以煙來驅逐蚊蚋。

而在這一天來，雖然我和宋堅，都是受過中國武術訓練的人，能夠適應極端艱苦的環境，但是也感到了又饑又渴，和極度的疲倦。

我也躺了下來，我們兩人，都在設想著里加度是否能發現那筆財富。

在天黑之後的大半小時，忽然聽得有人，向碉堡走了過來，我立即湊向射口，向外看去，只見里加度提著一盞燈，向碉堡走來。

我立即又躺下，低聲道：「里加度來了！」

宋堅也立即低聲道：「他一定是有求而來，我看他未必敢進來與我們相對，他在外面，不論講一些甚麼，我們只是不理！」

我道：「不錯，讓他也急上一急，摸不透我們在想些甚麼！」

我們說著，便聽得鐵門之上，傳來了兩下撞擊之聲，接著，便是里加度的聲音，道：「怠慢你們了，你們可要食物麼？」

我和宋堅，都不自主地咽了一下口水，但是我們兩人，卻都不出聲。里加度又乾笑了兩聲，道：「泰肖爾島上，物資十分缺乏，你們一定要有所貢獻，才能夠獲得到食物！」

我和宋堅仍然不出聲。里加度等了一等，又道：「也許你們很高興，因爲我未曾找到你們所說的那筆財富。同時，我相信你們一定知道正確的地點，將它來換一餐豐富的晚餐如何？」

他講到此處，頓了一頓，又道：「或許今天晚上，你們不會同意，但是，嘿嘿，再過了兩三天，或者三四天，你們的看法，便會改變了！」我和宋堅，彼此望了一眼。里加度的話，表示他們要使我們挨餓，餓到我們聽從他的命令，和他合作爲止！

當然，我們仍不出聲，里加度自顧自地講完話後，便離了開去。

宋堅在地上，翻了一個身，道：「衛兄弟，盡可能睡吧，我們還要以堅強的體力來忍受饑餓！」我苦笑道：「宋大哥，幾天不睡，倒不算甚麼，反正蚊蚋擾人，我們何不趁這個時間，來研究一下藏寶的地點？」

宋堅道：「作甚麼，用來交換一頓晚餐，然後再被處死麼？」

我搖了搖頭，道：「不，我看我們未必就絕望了，如今研究起來，也可以先作準備。」我特意將語氣，講得十分輕鬆，以調和當時的氣氛。

宋堅道：「我想，我們不在現場的話，當然難以發現事實的真相。還有一點，我可以肯定的，便是四座石碑，有著極其重大的關係，如果里加度已將這四塊石碑毀去的話，恐怕這筆財富，便只有永遠長埋地下了。所以，還是睡吧！」

我又來回踱了一會，才躺了下來，躺下來之後，勉強睡了過去。

第二天早上醒來，我和宋堅兩人的饑渴，都已是十分難以忍受了，向門口外看去，守護著我們的人，正在吃著早餐。看他們所吃的東西，還像是大戰時剩下來的罐頭食品，當然十分粗糙。

但是我這時候看來，已經覺得口角流涎了，我看了一會，又無可奈何地坐了下來。宋堅道：「不必去看了，里加度恐怕就會來了。」

里加度直到中午才來，站在門口，道：「兩位可同意我的交換了？」

我和宋堅配合無間，我掩到一個機槍射口。斜眼看去，只見里加度又穿了十分整齊的服裝，樣子十分得意，我俯身在地上摸索，想找一枚小石子彈他一下，讓他也多少吃點苦頭。

但是，我尚未找到小石子，宋堅已經伸手，按住了我的手背，向我搖了搖頭，低聲道：「衛兄弟，小不忍則亂大謀！」

我心中對宋堅極強的鎮定，不禁十分佩服。昨天晚上，我故意口氣活潑，實際上這是夜行人的口哨，正表示我心中不安，而宋堅卻竭力主張我睡覺，可知他心中比我鎮定。

如今，我想要彈里加度一下出氣，宋堅又阻止我，那自然更是他老成持重之處。

我縮了手，只見里加度在門外，來回踱了一會，得不到我們的回答，便面色含怒，走了開去。他這一走開，直到第二天中午才來！

在那一天一夜中，我和宋堅兩人，和極度的饑渴鬥爭著。

在我的一生之中，只知有過多少生命繫於一線的驚險經歷，但是又饑又渴，這卻還是第一次！首先，我發覺饑還可以忍受，最難受的是渴。我們將嘴唇貼在潮濕的土地上，後來，又用手挖掘地上，挖到了一尺多深時，就有一點水滲出來，至少暫時可以潤一下唇。接著，便是最難忍的饑餓了！

越是餓，越是想起各種各樣的食物來，最不堪的食物，在想像之中，都覺得美味之極。想要竭力不去想食物，卻又惕起種種遇險歷難的事來，而且所想的，都是沙漠缺水，礦工被埋在地底，得不到食物這一類事情，越想越覺得饑餓。

我們一夜未曾好睡，都盤腿而坐，以靜坐來對抗饑餓。靜坐可以克服心理上任何的煩躁不寧，但是卻難以克服生理上對食物的要求。

當里加度的聲音，再度響起之際，我們兩人的饑火，已經燃燒到了驚人的程度。里加度的「條件」，對我們來說，也具有極大的誘惑力。

但這種誘惑力，卻還未曾大到要我們向里加度屈服的程度。

我們仍是一聲不出，里加度「哈哈」地笑著，道：「明天，明天，先生們，時間會令你們的看法改變的，哈哈！」

他一面說著，一面還傳來陣陣的咀嚼之聲，有一陣烤肉的香味，和入了碉堡之中的潮霉味中，那真是令人心醉的香味！

里加度以這種香味折磨著我們，足足有半個小時，他才大笑著離了開去。但在離開之前，他卻將一根腿骨，抛了進來，道：「啃啃它吧！」

我怒火中燒，實在忍不住，拾起了狗骨，衝到了機槍射口之前，將那根腿骨，用力向他抛了出去！這時候，里加度離我，只有四五步，那根骨頭，「砰」地一聲，打在人的頭上！

這一下，他受傷顯然不輕，因爲，他立即大聲怪叫了起來！

我立即道：「你自己去啃吧！」里加度的回答，是一陣槍聲，槍彈打在碉堡上，濺起了火花和水泥屑，我連忙低下頭來！

里加度怒極的聲音，傳了過來，道：「總有一天，你們會跪在我的腳下，要我賜給你們一根骨頭！」他悻悻然地離去了。

宋堅道：「衛兄弟，這一來，我們的希望又少了。」我道：「宋大哥，你怪我麼？」宋堅道：「不，應該這樣！」

我苦笑了一下，這時候，我們已經餓了兩日兩夜了。

這兩日兩夜，和接下來的兩日兩夜相比較，那簡直算不了甚麼！

在接下來的那兩天兩夜中，我和宋堅兩人，除了伏在地上，吮吸含著泥質的污水之外，幾乎都一直躺著，一動也不動。

因爲我們實在不能再以任何輕微的動作，來消耗自己的精力了。但就算是躺著，胃部的抽搐，針刺也似的痛苦，也是難以忍受。

可是，胃部的生理上的痛苦，和心理上要求進食的慾望比起來，又算不了甚麼，我從來也未曾想到過我自己竟會那樣地貪食，而世上又有著那麼多美好的食物，我甚至想到了我書桌上的那一瓶漿糊，那種酸撲撲的氣味，這時候在我的想像之中，也是十分甜美的。

在第四天晚上，我和宋堅兩人，已經餓了五天五夜了，因爲我們在被囚禁之前，根本已有一天一夜未曾進食了。因爲我和宋堅，都有著中國武術的根底，所以所受儘管痛苦，但卻還未到奄奄一息的境地，相信換了普通人，只怕早已不能再支持了。

當天晚上，只聽得里加度的呼聲，又自遠而近，傳了過來。

宋堅低聲道：「衛兄弟，我們這樣下去，不是辦法，只是坐以待斃，餓死兩個人，對胡克黨徒來說，根本不算是怎麼一回事。」

我想了一想，道：「宋大哥，你說里加度相信不相信我們的話，有關那筆財富的故事？」

宋堅道：「自然相信，不然他何必立即動手挖掘？」

我道：「這就是了，里加度想得到寶藏，便不會將我們餓死的。我們只有拚下去！」

宋堅緩緩地點了點頭。我們正在說著，里加度的聲音，已經在門口響起，只聽得他哈哈笑道：「兩位曾聽到過曼克頓島上那塊地產的故事？」

我和宋堅互望了一眼，不知道他突然這樣說法，是甚麼意思。

里加度顯然也並不等候我們的回答，立即又道：「紐約曼哈頓區的地皮，是全世界最貴的，有一個人，在中心地點，有著一塊小地皮，兩旁的人都爭著向他買，價錢越來越高，但是那個人卻不賣！」

他講到此處，頓了一頓，我和宋堅，仍然不知道他是甚麼用意。

只聽得里加度的聲音，越來越是得意，道：「結果，人家放棄了購買的要求，在那一小塊地皮的附近，造起了七八十層的高樓，那一塊地皮，正在中間，成了廢物，結果，只好造了一間廁所，價格曾抬到六百萬美金的地皮，造了一間廁所，哈哈！」

我吸了一口氣，里加度說道：「兩位，你們也是一樣，現在，我已用不到你們了！」

宋堅向我望了一眼，我實在忍不住，道：「沒有我們，你根本找不到寶藏，而且，你根本餓不死我們，我們有饑餓丸，可以在這裡，和你支持一年以上！」

我在講那幾句話的時候，一面在忍不住大吞口水！

里加度在碉堡之外，「哈哈」大笑，道：「開門！」我們兩人，都為之一愕，只聽得開鎖聲，扯鏈聲，門被打了開來。

站在門外，是趾高氣揚的里加度，在他旁邊，是兩個胡克黨徒，各自以槍指住了我們，里加度喝道：「站起來，高舉雙手，我帶你們先參觀一件工作的進行！」

我和宋堅兩人，心中都充滿了疑惑，不知道他葫蘆之中，賣的是甚麼藥。根據他的神情看來，他像是對一切，都占著絕對的優勢，可以毫無顧慮的行事一樣。在這樣的情形下，如果我們希望暫時保持生命，以圖在絕境之中，再來掙扎，唯一的辦法便是乖乖地聽從里加度的吩咐行事！

我們假裝軟弱無力地站了起來，連手也舉不直，身形歪斜，向碉堡外走去。

我和宋堅，都有著同一的目的，那就是想在一出碉堡之際，便出其不意，將里加度制住！但是，里加度卻像是已經知道我們兩人的厲害一樣，雖然我們裝出虛弱不堪的樣子，但是我們尚未走出門，里加度便向外退了出去，喝道：「向前面走。」

我望著宋堅，苦笑了一下，只得向前面走去。

身後，里加度和幾個胡克黨徒跟著，當然，有好幾支槍指著我們，一有異動，我們立即可以成爲「黃蜂巢」！我在走出小半里之後，道：「我們要到甚麼地方去？」里加度陰惻惻一笑，道：「到有四塊石碑的山頭上去！」我道：「我們長久未曾進食，支持不到那麼遠。」里加度冷笑一聲，道：「放心，你們兩人，都受過特殊訓練，已有人報告過我了，快走！」

我聽了里加度的話，心中又不禁吃了一驚。

因爲根據里加度的話聽來，好像是除了我們以外，又另外有人，和他取得了聯絡，所以他才不用我們來指點藏寶的地點了。

老實說，到今天爲止，我們還能夠活著，那完全是靠了里加度有求於我們。

如果里加度覺得我們兩人，已經一無用處的話，那就是死無葬身之地！

我心中吃驚，面色也爲之一變，里加度哈哈大笑，道：「最貴的地產，只好用來造廁所了！」我沉聲道：「好，那人是誰？」

里加度聳了聳肩，道：「據他說，他在中國秘密會社組織中的地位，比你們兩人高得多，而且，根據傳統，也將是他父親的繼承人，而他父親，則是中國秘密會社的最高人物！」

我一聽之下，不禁失聲道：「白奇偉！」

里加度一笑，道：「正是這個名字，他是昨天晚上到的，我們經過一夜商議，已經決定了他占一分，我占九份，準確地點，他已經得到了！」

我和宋堅兩人，聽了里加度的話之後，只得相視苦笑！我們將白奇偉和他們兩個手下，放棄在荒島之上，不知道他又用甚麼方法，來到了這裡，而且，還和里加度取得了聯絡。

當然，事情發展下去的結果，誰都可以料得到，那便是藏寶發現之後，白奇偉根本沒有可能得到他的一份，而且還要死在里加度之手。可是當局者迷，白奇偉一定看不到這一點。

白奇偉在如今這樣的緊要關頭出現，對我們來說，實是莫大的威脅！

我心中拚命地在想著對策，因爲精神太集中，幾乎連致命的饑餓，都暫時忘記了。

可是，我想來想去，我們的生路，只有一條，那便是白奇偉找不到藏寶。只有這樣，我們兩人，才不至於死去！

一路之上，里加度放恣地笑著，約莫走了半個小時，我們便到了那個山頭之上。山頭上的大坑，已經被塡平了，那四塊石碑，仍是屹然而立。白奇偉背負雙手，正在來回踱步。

我們一在山頭現身，他只是冷冷地向我們望了一眼，像是根本不認識我們一樣，便向里加度走了過去，道：「里加度先生，這四塊石碑，可曾被移動過麼！」

里加度怔了一怔，道：「沒有這種事，你發現藏寶的正確地點了麼？」

白奇偉道：「如果沒有，我的推論，可以成立，你看，白鳳之眼，朱雀之眼，青龍之眼，白虎之眼，共透金芒——」他才講到此處，里加度已經不耐煩道：「我知道，那是甚麼意思？」

白奇偉一躍，來到了一塊石碑附近。

那塊石碑上，刻著是虎形圖案，他向虎眼部位的小孔一指，道：「這便是白虎之眼！」里加度道：「是啊，是白虎之眼，又怎麼樣？」

白奇偉一俯身，拿起在石碑旁的一只強烈電筒，並將之打亮，將電筒湊在那小孔上，這時，天色已經十分黑暗，山頭上雖然拉上了電線，燈光通明，但是電筒光從那小孔處透過去，遠遠地投在三十碼開外的一處地方，白奇偉道：「里加度先生，請你在那地方，做一個記號！」

里加度忙命一個胡克黨徒，在那團亮光處，插上了一條竹椿。白奇偉身形一變，又來到了那刻有青龍圖形的石碑之前，將電筒湊在龍眼部分的那個小孔之上一照，電筒的光芒，射了開去，一團光華，卻正好照在剛才所插的那根竹椿之上！

里加度發出了一聲歡嘯，道：「是這裡了！」

我和宋堅兩人的心，向下一沉！白奇偉這一次，尋找正確地點的方法，和里加度不同，那竹椿所插的地方，離上次挖掘之處，約有二十多碼的距離，乃是一堆亂石，看來正像是有意堆上去的一樣！

如果，另外兩塊石碑之上的那個小孔，在電筒光透過之際，也是照在那個地點的話，那麼毫無疑問，這裡將是埋藏這筆龐大已極的財富的準確所在地了！

我心不斷地苦笑，因爲，怎麼也料不到，我竟會在這樣的情形下得知這筆財富的準確地點，而財富的出現，卻也造成了我的死因！

我望瞭望宋堅，只見宋堅的面上，也爲之變色！

宋堅本是臨危不亂，何等英雄的人。可是這時候，只要寶物一出現，我們兩人，就萬無生理！而如今，七八個人以槍指住我們，圍成了一個圓圈，離得我們又遠，我們實無求生的可能！

里加度歡嘯了一聲之後，轉過頭來，道：「兩位，你們看怎麼樣？」

我和宋堅，自然沒有法子出聲。

白奇偉繼續在第三塊、第四塊石碑小孔上，湊近電筒去照射。

電筒射出來的光芒，都是落在同一個地方，白奇偉不可一世地，像是一個指揮著幾萬人的將軍一樣，向那地點一指，道：「掘吧！」

里加度一揮手，一陣馬達響，那輛掘土機，又軋軋地開了過來。

白奇偉背負雙手，向我們踱了過來，道：「兩位好！」宋堅冷冷地道：「奇偉，你夢想占一份，但是里加度卻一文錢都不會給你的！」

白奇偉哈哈一笑，道：「葡萄酸得很，是不是？」宋堅的面色，難看到了極點，我連忙低聲道：「宋大哥，別惹氣，我們等著瞧！」

白奇偉道：「沒有甚麼可瞧的了，你們兩位，除了餵鱷魚之外，還有甚麼希望？哈哈！衛斯理，你還有甚麼話說？」

我竭力保持心中的冷靜，道：「當然有，希望你能逃避被餵鱷魚的命運！」

白奇偉討了一個沒趣，「哼」地一聲，便向外走開去，里加度則早已全神貫注地在挖掘的地點之旁，我們三人在講些甚麼，他根本沒有聽見，我慢慢地轉頭，向四周一看，只見在山頭的所有胡克黨徒，連包圍我們的七八人在內，都望著那架正在工作的掘土機！

我低聲道：「宋大哥，寶物一現，必有一番騷動，我們可以趁此萬一之機，學美國流氓李根那樣，從山頭上滾下去。」

宋堅點了點頭，道：「別多說了，提防洩漏機密。」我知道這一次騷動是否出現，和騷動出現之際，我要滾下山去的企圖，能不能成功，實是我們生死存亡之關頭，絲毫也大意不得！

掘土機工作，進行得十分迅速，石埤首先被移開，不一會，已經掘出了一個深可兩尺的土坑，也就在此際，發出了「錚」地一聲響，里加度和白奇偉兩人，一齊俯身下去看，我和宋堅兩人，站得遠些，但因為那土坑並不是太深，所以我們也可以看到，有一只老大的，黑黝黝的大鐵箱，已有一角，露了出來！

剎那之間，山頭靜到了極點！

但是，那種異樣的沉靜，只不過維持了極短的時間，一剎那間，整個山頭上的人，都像是突然瘋狂了一樣，大叫著跳了起來！連圍住我們的七八個胡克黨徒也沒有例外，他們甚至將手中的槍械、拋上半空，狂呼亂叫，跳躍不已，向土坑湧去。

我和宋堅兩人，本來所希望的，只是一陣騷動，可以給我們立即行動的機會而已，但是在如今的情形之下，我們即使大搖大擺地向山下走去，也不會有人來干涉我們的，我們再不猶豫，立即向山下滾了下去。

我們早已看準了地形，滾下的一面，十分平坦，而且，野草豐茂，滾了下去以後，身上並沒有受任何損傷，到了山腳下，喘了喘口氣，立即挖掘了幾枚野生蕃薯之類，連泥都來不及拂乾淨，就狼吞虎咽地吃下去，在每人進食了七八枚之後，才有時間盯視苦笑！

宋堅嘆了一口氣，道：「衛兄弟，這筆財富，落在胡克黨的手中，便追不回來了！」

我想了一想，道：「宋大哥，據于廷文說，這筆財富中，有一部分，是已經成了廢物的紙幣，其餘的，只怕是黃金占多數，胡克黨徒一定要設法運出去，我們還不算沒法可想！」

宋堅道：「那我們先得設法離開這裡再說！」

這時候，我們兩人的肚中，已沒有那麼饑餓了，精神爲之一振，在草叢之中，伏著前行，只聽得胡克黨徒的高呼之聲，此起彼伏，發現寶藏的消息，顯然已經傳了開去。

四面八方，都有人向那山頭上湧去，這種瘋狂的情形，給我們帶來了極大的方便。

我們已到了海邊，那艘快艇停泊的所在，碼頭上冷清清的，一個人也沒有，想是所有的人，都到那山頭上去了。

我和宋堅兩人，迅速地來到了快艇之上，一上快艇，我們便到了後艙，我足蹬艙板，道：「紅紅，你在麼？快出聲！」

老天保佑，紅紅的聲音，從艙板下面，傳了上來，叫道：「不公平！不公平！」她一面叫，一面掀起艙板，向上面鑽了出來。

我一見她正在船上，根本不去和她多說甚麼，連忙檢查燃料，發動了馬達，三副引擎，一齊怒吼，快艇如箭離弦，向外激射而出，轉眼之間，便已從那環形島的缺口之中穿出！

直到這時候，我才聽得紅紅在我身邊，大聲叫道：「表哥，第一百三十五次，找到了寶藏沒有？第一百三十六次，找到了寶藏沒有，第一百三十七次——」我回過頭來，道：「沒有！」

紅紅怪叫一聲，道：「沒有？那我們爲甚麼離開？」我大聲喝道：「閉嘴！快去準備食物，我們已經有五天未進食了！」

紅紅道：「爲甚麼絕食呢？」我向她狠狠地咧牙一笑，道：「不錯，現在，王小姐，可以爲我們準備些食物麼？請！」

紅紅轉身走了開去。我停了兩個引擎，回頭看時，黑夜之中，只見泰肖爾島上，有著一點亮光，那當然是那個山頭上所傳過來的了。

我將快艇的行駛操縱，交給了自動操縱系統，走進了艙中，宋堅已在據案大嚼，我也老實不客氣地吃著喝著，紅紅在一旁發問，連喉嚨都問啞了，可是我們兩人，卻沒有一個人回答她，因爲我們的口中，都塞滿了各種食物！

紅紅賭氣不再理會我們，一個人坐在一角，唱起歌來，我和宋堅，相視而笑。雖然泰肖爾島之行，失敗得難以言喻，但這時候，我們口中滿是食物，又自由自在，沒有人看守，和前幾天痛苦的遭遇比較起來，大有人生若此，夫復何求之感。

足足過了大半個小時，我才抹了抹嘴，道：「紅紅，我勸你不必再冒險了，你只要試一試五日五夜，只以泥水潤喉的滋味，回到學校中，便可以勝過遠征吃人部落的同學了。」

紅紅狠狠地望了我一眼，道：「我問你們，你們不說，你們也別想問我。」「哈哈」一笑，但是笑聲未畢，我便聽出紅紅的話中有因！

我連忙道：「你有甚麼事要告訴我們的？」

紅紅卻不理會我，只是自顧自地搖頭唱著歌，我一躍而起，道：「紅紅，如今不是賭氣的時候，白奇偉和里加度勾結，他們已經掘出了寶藏！」

紅紅道：「而你們則在人家掘出了寶藏之際，匆匆忙忙地跑到船上來大嚼，不英雄！」我和宋堅兩人，面上都不由自主地紅了起來，我尷尬地笑了一笑，道：「紅紅，你舌頭也太鋒利了！」

紅紅道：「哼，如果你肯讓我也上岸去，恐怕局面便不同了！」

我不去與她多作爭辯，道：「紅紅，你有甚麼事要告訴我，快說。」紅紅道：「我前天中午，收到白素的無線電話。」

紅紅續道：「白素在無線電話中說，她已經動身到這裡來了。」

我和宋堅一聽，不禁猛地一怔！前天中午，那就是說，或今天晚上，白素已有足夠的時間，趕到馬尼拉或泰肖爾島上去了！

宋堅忙道：「只有她一個人麼？」紅紅道：「不，她和她的父親。」

我和宋堅一齊失聲道：「原來白老大也來了！」紅紅撇了撇嘴，道：「那有甚麼了不起？他們兩人來了又怎麼樣，老實說，如果你們不將坂田教授當作壞人的話，只怕事情也成功了！」

我雖然知道紅紅有一點十三點脾氣，但是聽得她如此說法，心中也不禁十分不高興，道：「紅紅，坂田是奸詐小人，你怎麼反而那樣尊重他？」

紅紅以手叉腰，道：「奸詐小人？我怎麼一點也不覺得？他不但是有名的生物學家，而且行事機智之極，我們兩個人，在那個白老大隱居地底的荒島上，取到了二十五塊鋼板，將你們弄得一敗塗地，這不是事實麼？哼，自己不行，還要埋怨別人。表哥，我在美國，將你崇拜得了不得，如今——」

她攤了攤手，道：「甚麼也沒有了！」

我也沒好氣地道：「多謝多謝，我本來不要甚麼人來崇拜我。」

宋堅直到這時候才插口道：「王小姐，你和我兄弟，是怎麼相遇的？」

紅紅道：「我本來就曾上過他的課，我被白奇偉這小子綁了去，又放出來，便遇上了他，我和他一說起自己的經歷，他便說知道你們這件事的內幕，我們這才一起行事的。」

我揮了揮手，道：「不管坂田是好是壞。白老大父女，可曾說他們要在甚麼地方和我們會面麼？」紅紅道：「不知道，因爲無線電話，根本聽不清楚，能夠聽出他們要來，已經不容易了。」

我想了一想，道：「宋大哥，白老大如果闖進泰肖爾島，只怕要吃大虧！」

宋堅道：「是啊，算來，他們也該到了，我相信他們到了馬尼拉，或是在我們出海的地方，一定會再和我們聯絡的，大可不必擔心，如今，我想先……」

他講到此處，猶豫了一下。而我則已經知道了他的意思，道：「不錯，我們該將宋富，先接上船來，共作商量。」

宋堅苦笑了一下，不好意思地道：「衛兄弟，無論如何，他是我的兄弟！」我忙道：「自然，何況他一時糊塗，未必不能開導。」

第十七部：驚天動地大爆炸

宋堅又嘆了一口氣，我到船尾，轉舵改航，將快艇向棄去宋富的小島上駛去，沒有多久，那小島已然在望，月色之下，那小島看來，像是浮在海面的一隻大海龜一樣，快艇很快地靠了岸，宋堅首先一躍而上，紅紅道：「在船上悶了那麼多天，我也到岸上去走走！」一面說，一面便要涉水而去。

我一伸手，托住了她的腰際，一聲斷喝，一運勁，將她向岸上送去！

紅紅給我送在半空，嚇得哇呀大叫，我叫道：「宋大哥，接住她！」

宋堅早已有了準備，在紅紅將要墜地之際，一伸手，將她托住，放在地上。

紅紅嚇得面都青了，但是她卻一昂頭，道：「我一點不怕！」

我隨之一躍而上，道：「誰說你害怕來？」紅紅一轉身，向前跑了開去，叫道：「教授！教授！」黑夜荒島，我唯恐紅紅有失，連忙跟了上去。

宋堅也跟在我們的後面，我們三人，奔離了岸邊，約有十來丈遠近，尚未發現宋富，我心中正在詫異，突然聽得泊在海邊的快艇，馬達震天也似地響了起來！

我心中這一吃驚，實是非同小可，連忙轉過身來，只見快艇，已經箭也似向前面，馳了開去，船尾上站著一個人，正是宋富！

不消說，那是宋富早已發現我們向這個荒島駛來，所以他便隱伏在海邊，等到我們，都上了荒島，他便靜悄悄地上了快艇，要將我們留在荒島之上！

在這一剎那間，我們三個人，全部呆了！快艇前進之勢，極其迅速，轉眼之間，深藍色的海面，便只見一條白線而已，而一眨眼間，那條白線也不見了，馬達聲也早已聽不見，四周圍重又恢復了寂靜！好一會，宋堅才嘆了一口氣。

我知道宋堅必然會感到內疚，忙道：「宋大哥，在這個島上，是不會死人的，白奇偉尚且能設法到泰肖爾島，我們怕甚麼？」

宋堅不說甚麼，只是一個轉身，向外走了開去。

紅紅低聲問我，道：「他作甚麼？」

我也低聲答道：「他因為兄弟不肖，心中十分不快樂，我們且別去打擾他，先去觀察一下，這島可有能供藏身之所？」

紅紅道：「其實，也不能怪人家，這叫做現眼報。」我聽了不禁失笑，道：「紅紅，現在，你開口比我還粗，甚麼都會說了！」

紅紅也笑了起來，我們兩人，向島中心走去。

那荒島大約還不到一英畝大小，但島上卻怪石嶙峋，頗有荒山野嶺的氣概。我們在一個石洞面前，發現了尚未熄滅的篝火，那當然是宋富留下來的。

我和紅紅兩人，在篝火旁邊，坐了下來，紅紅撥大了火頭，又加了兩塊木柴上去，道：「表哥，你聽到白素會來，一定很高興，是不是？」

我想了一想，道：「是的。」

紅紅一笑，道：「那個白奇偉，居然也對我大獻殷勤，但即使是美國人，也不會喜歡像他那一類型的人，輕薄的很！」

我心中不禁一動，道：「那麼，你喜歡甚麼類型的人呢？」

紅紅怔怔地望著火舌，忽然嘆了一口氣。

紅紅居然也會嘆氣，這當真可以說是天下奇聞，我不去打斷她的沉思。

紅紅呆了五分鐘左右，才道：「如果我的希望不落空，那麼我想，我們在天明之前，一定可以離開這個荒島。」

我不禁愕然道：「天亮之前？怎麼離開？長距離游泳麼？」

紅紅神秘地笑了一笑，道：「不是。」我並不去追問她，因為我知道紅紅的脾氣，即使你不追問她，她也決計忍不過十分鐘的！

果然，不到兩分鐘，紅紅又道：「表哥，你說坂田教授，會不會回來？」

我一聽得紅紅如此說法，更是莫名其妙，道：「他既然將我們拋棄在這個島上，如何還會回來？」紅紅笑道：「他會的。」

我不想與之再多爭執，站了起來，也就在此際，只聽得宋堅叫道：「你們快來看！」

我和紅紅兩人一齊循聲看去，只見宋堅正在一塊大石後面，向我們不斷招手，我忙問道：「甚麼事情？」宋堅一揚手，映著日光，我只見到他的手中，泛起了火也似的一團東西。

我對於珠寶玉石，有著很深闢的研究，我祖父是這方面的專家，他曾經是江南一帶珠寶業的權威。我還記得在我小的時候，祖父早已退休了，那時時常有人，鄭而重之地捧著名貴的寶石，來請他鑒定質量，因此他便將有關珠寶方面的知識，都傳授了給我！

而當時，我一看到宋堅手上，那火紅色的一團，我心中便吃了一驚！

那種光輝，那種色澤，正是最佳的紅寶石所獨有的！我連忙連奔帶跳，趕到了宋堅的身邊，宋堅一伸手，將一件東西，放在我的手心上。

我攤開了手掌，那是一塊核桃大小的紅寶石。

這時候，紅紅也已經走了過來，她一看那麼大，那麼美麗的一顆紅寶石，竟神經質地叫了起來！令得我和宋富兩人，都以爲她會因此發狂！

我五指收攏又再放開，紅紅道：「表哥，給我抓一抓！」寶石的確具有吸引力的，那吸引力，並不全部在於它的價值，好的紅寶石，固然價值不菲，但是我、宋堅和紅紅，都絕不是沒有見過世面的人，但是那塊紅寶石，對於我們來說，還是具有極大的吸引力。

我將這顆紅寶石放在紅紅雪白的手掌上。

我們三個人，望著艷紅的、但又毫不妖冶的寶石，好一會不眨眼睛。

過了好久，我才道：「宋大哥，你是在甚麼地方找到的？」宋堅向地上一指，道：「在這個草叢中，我想找一個可以休息的地方，來到這裡，踢動了一塊石頭，便發現這顆寶石了。」

紅紅道：「我叫紅紅，既然發現的是紅寶石，便應該給我。」我笑了一下，道：「紅紅，你甚麼都講究洋化，為甚麼沒發現紅寶石時，你就不講了？如果你的名字是露比的話，寶石也應歸你！」

紅紅道：「我不管，這顆寶石值多少錢，我可以照付。」宋堅道：「別吵了。」我一揚手道：「不行，拿回來！」

紅紅不肯將寶石給我，猛地向後退去，在她後退之間，她的後跟，又踢在一塊石頭上，痛得她「哇」地一聲，叫了起來。

然而，紅紅只叫了一半，我們三個人，都一齊驚呼了起來！原來，紅紅的腳跟，將那塊石頭，踢得翻轉了身，而在那塊石頭之下，卻有著一塊藍寶石！

那塊藍寶石的顏色，簡直比秋夜還要深邃，紅紅一俯身，將它拾了起來，宋堅忙道：「只怕還有……」他一面說，一面走向前去，一連翻過幾塊石頭，果然，在第四塊石頭之下，又找到了一粒鑽石。

他還想向前去找時，我心中一動，陡地想起一件事來，叫道：「宋大哥，住手！」宋堅回過頭來，道：「爲甚麼？」

我道：「宋大哥，宋富在這島上，有五六天之久，何以這些東西，他未曾發現？」

宋堅道：「壓在石下，他未必能夠找到的，我們找到，也是運氣而已。」我道：「宋大哥，咱們還是小心一點的好。」

紅紅「哼」地一聲，道：「小心甚麼？我看不出其中有甚麼危險的地方。」

宋堅也道：「是啊！」他一面說，一面又向前找去，走出了六七步，又找到了一塊寶石，紅紅也跳跳蹦蹦，向前走去，我心中總感到十分疑惑，覺得那些珠寶，這樣容易發現，其中一定有著甚麼不對頭的地方。

但是，我在急切之間，卻又實在想不起，究竟是甚麼地方不對頭！

我看著宋堅和紅紅兩人，越來越遠，聽紅紅不斷的發出叫聲，可知道他們，一直有著收獲。我眼看著他們，走出了三十碼開外，已來到了另一塊大石的附近，只聽得紅紅道：「宋先生，我們推開這塊大石看看！」宋堅道：「好！」

他們兩人，四只手已經按在那塊大石之上，我一見到這等情形，心中陡地一變，想起了一個可能來，立即大喝道：「住手，後退！」紅紅十分不滿意地轉過頭來，道：「表哥，你怎麼啦？」

我一面向前趕去，一面道：「快退後。我再向你們解釋，快！快！」

宋堅猶豫了一陣，向後退開了幾步，紅紅雖不願意，但也跟著，向後退了開來，我道：「你們看到了沒有，你們所走過的路，曾找過寶石的地方，成一條直線！」紅紅揚頭一看，道：「是又怎麼樣？」

我道：「紅紅，虧你常說有偵探的常識，這還不明白？那些東西，是故意留下來，引你們走向那塊大石的！」紅紅擺了擺雙手，道：「我又有甚麼損失？」

宋堅的態度卻和紅紅不同。

他究竟一生在江湖上走動，老江湖的經驗，使他覺得我所說的話，大是有理。他向紅紅一點頭，道：「王小姐，我們再退開些。」

我們三個人，一齊站在離那塊大石，十來碼之處，宋堅和我互望了一眼，我們兩人，都在地上，搬起了一塊十來斤重的石頭。

我又命紅紅退開了些，和宋堅兩人，一齊將手中的石塊，向著那塊大石，疾拋了出去！兩塊石頭，帶著勁風，向那半人來高的大石飛去。

只聽得「叭叭」兩聲，石塊擊在那大石之上，令得大石，搖動了一下。也就在電光火石的一瞬間，只見火光陡地一現，濃煙冒起。

緊接著，便是震天也似，「轟」地一聲巨響，大地震動，群石亂飛，簡直是世界末日一樣，我隱隱約約，聽到紅紅一聲驚呼。

但是在這樣的情形下，我和宋堅兩人，實在都絕無辦法去照顧她！

因爲，這種變故，雖然在我的意料之中，但是變故卻來得太快，實在令人措手不及，任何人在這樣的時候，都會突然呆上一呆的。

一個變故既然來得那麼快，如果有甚麼意外的話，在人們呆上一呆之際，早就發生，要搶救照顧，是絕對來不及的！

地動石搖，只不過是一剎那間的事。

在我和宋堅，一定過神來，只見紅紅正在振臂高呼，實是她的心情太激動，所以才會出現這樣反常的神態。

我趕了過去，著實不客氣地給了她一個耳光，她才靜了下來，定著眼睛，看了我好一會，才伏在我的肩上，哭道：「表哥，你救了我的性命，你救了我的性命！」我點了點頭，道：「是。」

這時候，宋堅也來到了我們的身旁，我們三個人，一齊向剛才宋堅和紅紅兩人想要推動的那塊大石看去，只見濃煙散處，那塊大石，早已四分五裂，而且被煙熏得十分黑，而地上，出現了一個足有三尺來深的大土坑！

我們三人，相顧駭然之餘。我道：「這是一個土製的地雷。」紅紅道：「是胡克黨埋的？」

我想了一下道：「小姐，你對於這類的經驗，太貧乏了，土製的地雷，若是兩日之內，沒有觸發，火藥便會因爲地面的潮氣而失效的。」

紅紅睜大了眼睛，道：「那你說，這是教授——」

我不等她說完，便道：「對了，就是你尊敬的那位生物學權威的傑作，想不到他還是一個游擊專家，土製地雷靈敏度如此之高，的確不易！」

宋堅的臉上，一陣青，一陣白，想是他心中驚到了極點，道：「這畜生，這畜生！」我正勸慰宋堅幾句，但紅紅卻已雙手插腰，氣勢洶洶地站到了我們面前，道：「表哥，剛才那樣的爆炸，要多少火藥？」

剛才的爆炸，並不是烈性炸藥的爆炸，也不是硝化甘油的爆炸。如果兩者的話，我們雖然事前有了警惕，已經來得甚遠，但是爆炸所造成的氣浪，還是會將我們震死的。

而這次爆炸，冒出來的煙又如是之濃，當然是土製火藥，或者是從槍彈、炮彈之中挖出來的火藥了，我想了一想，道：「大約一磅上下。」

紅紅道：「這就不可能是教授了，我們將他棄在島上時，他身上有火藥麼？」

我想不到紅紅會反問我這樣一句話。

這句話，倒的確令我難以回答！

因爲，宋富即使再深謀遠慮，也必然不會料到我們會將他放在這樣一個荒島上，而在身上，預先帶上一磅火藥的。

我沉吟了一下，紅紅又逼近了一步，道：「表哥，你有甚麼話說？」我只得道：「紅紅，我暫時解釋不來，但是我堅信，這件事一定是宋富做的。」

我又說道：「宋富料到我們會來接他，他便有反將我們留在島上的機會，便想將我們一齊炸死！」

紅紅一挺胸，道：「不，你完全料錯了！」

我不禁有些惱怒，道：「紅紅，你爲何堅持這樣說法？」紅紅急促地呼吸了幾下，道：「因爲他愛我，所以他不會害我！」

我和宋堅兩人，做夢也未曾料到紅紅竟會講出這樣的一句話！我們兩人，陡然一呆，我心中恍然大悟，道：「所以，剛才你說宋富一定會回到這個島上來的，那是因爲他愛你的關係？」

紅紅堅定地點了點頭。

宋堅苦笑一下，道：「王小姐，或許你還不知道我兄弟的爲人……」紅紅立即打斷了他的話頭道：「我知道，我完全了解他，你雖然是他哥哥，但是你了解他的程度，卻不及我的一半！」

宋堅道：「好，你了解他甚麼？」

紅紅又嘆了一口氣，道：「他是一個很可憐的孩子(衛按：紅紅在說這句話的時候，大概因爲心情激動，忽然說了一句英文，「孩子」乃是直譯Boy 一字來的)，他有著極深的自卑感，你知道麼？」

我和宋堅，面面相覷。

紅紅繼續道：「他從小就不受人注意，人家注意的，只是他的大哥，人人都有想被人注意的天性，他就以反常的行動，來引起人們的注意，於是，他就成了敗家子，就成了不肖的子弟，你們可知道，他對我講起這些時，曾像孩子似地哭了起來？你們可又知道，他向我暴露了一個有關他個人的最大秘密——」

紅紅滔滔不絕，講到這裡，看她的情形，本來絕無突然中止的意思。

但是，她卻突然停了下來。

因爲這時候，水面上，響起了一陣急促之極的馬達聲，紅紅停了停道：「他回來了！」她一面說，一面向海邊衝去。

我一伸手，將她拉住，道：「慢一慢！」

紅紅一掃頭髮，道：「甚麼事！」我道：「紅紅，我們在這裡隱伏下來，我要讓你看一看，他究竟是怎樣的一個人！」

紅紅道：「好，我們大家都可以看一看，他實際上是怎樣的一個人！」

我們三個，一齊退出了三四碼，伏在草叢之中，也就在這時候，馬達聲戛然而止，接著，便聽得宋富的大叫聲，傳了過來。

宋堅「哼」地一聲，道：「這畜生，當真還敢回來！」我忙道：「聽他叫些甚麼？」

我們三人，都不出聲，只聽得宋富不斷地叫道：「紅紅！紅紅！紅紅！」

我回頭向紅紅看去，紅紅雖然沒有出聲，但是眼角卻已經潤濕了。我再向外看去，只見宋富以極快的身法，掠到了爆炸的現場。

他在那土坑面前站定，四面一看，突然雙腿一曲，跪了下來，道：「紅紅……，我……的確是想立即回來的，但是馬達出了故障，紅紅，想不到你……」我絕對不能設想的事情出現了，在我印象之中，是集奸詐、狠辣，鐵石心腸之大成的宋富，竟然抽抽噎噎痛哭了起來。

我們三人，互望了一眼，又向前看去，只見宋富踉蹌站了起來，面上神色茫然，突然又叫道：「大哥，做兄弟的，又豈是存心害你？」

宋堅的眼角，也有淚水流了出來。宋富猛地一揮手，我們都清楚地看見他手中，拿著一柄手槍，看他的情形，分明是準備自殺謝罪。

我們一見這等情形，俱皆大吃一驚，紅紅首先叫道：「教授！」

宋堅也霍地站了起來，叫道：「兄弟，我們全在！」但也就在他們一前一後，兩聲呼喚發出之際，只聽得「砰」地一下槍響！

那一下槍響，令得我們三個人，都呆若木雞！三人之中，尤其是我，伏在地上，緊緊地閉住了眼睛，不願觀看。因爲，隱伏在此，偷窺宋富的行動一事，是我提議的。

而我也絕未想到，宋富的內在性格如此之烈，在後悔他鑄成了大錯之餘，竟會出諸自殺一途！

剛才的一下槍響，分明是宋堅和紅紅兩人，雖然立即出聲，但是卻未能阻止宋富的自殺，我實是無以對紅紅、宋堅兩人。

我只等紅紅狠狠地罵我，但是，出乎意料之外的，我等到的，卻是紅紅的一聲歡呼！

我睜開眼來，只見宋富額邊的頭髮，焦了老大的一片，他手中的手槍，還在冒煙，我立即一躍而起，宋堅迎了上來，道：「王小姐的一叫，令得他手震了一震，子彈在他額邊掠過。」

我鬆了一口氣，心中暗叫慚愧。我們三個人，一齊向著怔怔發呆的宋富走去，宋富直視著我們，忽然不好意思地一笑，道：「原來你們，並沒有中了埋伏？」我道：「他們兩人，差一點兒。」

宋富道：「我想不到你們會那麼快被引到地雷之旁的，我想偷偷地回來，當你們將要推動大石之際，才來嚇阻你們——」

紅紅打斷了他的話頭，道：「那樣，就可以顯得你並不是一個無能之輩，是不是？」

宋富嘆了一口氣，道：「是。」

我道：「如今，輪到我來提疑問了。這一磅火藥，是哪裡弄來的。」宋富抬頭，向我望了好一會。在那一段時間內，氣氛也十分緊張，因爲，宋富縱使對紅紅和宋堅，能恨意全消，對我是不是也一樣，卻是不得而知。

紅紅道：「教授，剛才如果不是表哥，我們都已成粉末了！」

宋富道：「沒有你這句話，我也早已決定，伸出我的手來了！」他一面說，一面伸出手來，我立即也伸出手去，和他緊緊地握了一握。

宋堅鬆了一口氣，紅紅也面露笑容。宋富道：「火藥的來源麼？說來話長，你們且跟我來。」我們都不知道他在弄甚麼玄虛。

而我們可以肯定的，是經過了這樣的一個變故之後，他對我們，都已沒有了敵意，所以我們放心地跟在他的後面。

宋富走在最前面，翻過了山頭，來到了島的後面。

那島的背面，臨海之處，全是岩石，也有著不少岩洞，宋富一面走，一面道：「我在島上幾天，沒有事情可做，便走遍了這些岩洞，因爲我聽得人說過，在菲律賓海域的岩洞中，往往可以發現不易見到的深水魚，我想捕捉幾條，作爲標本——」

宋堅忍不住問道：「阿富，那麼多年來，你竟成了日本人，究竟是在鬧甚麼鬼？」

宋富道：「大哥，這件事，咱們慢慢再說——但是，第二天，我有了意外的發現。」

他說到這裡，我們已經來到了一個岩洞面前，我們四人，一齊走了進去，宋富在地上，抬起了一個火把，那火把顯然也是在他在前兩天扎成的，燃著打火機，將火把點著。

他帶著火把，向前一照，道：「你們看。」

我們藉著火光，一齊向前看去，不禁爲之一呆。

只見在那山洞，一共有著十堆，十分完整的骸骨，白骨森森，十分可怖。

紅紅連忙緊緊靠在宋富的身邊。宋富道：「這十具骸骨，我並沒有移動過，而你們所拾到的那些寶石，連同我這裡還有一些，都是在這十具白骨之下發現的。」

紅紅道：「這十個又是甚麼人呢？」

宋堅嘆了一口氣，道：「毫無疑問，都是昔年大集會之後，七幫十八會派出來跟著青幫司庫于廷文，前來埋藏財富的十位弟兄了。于廷文在回去前，曾親將這十個人，盡皆殺死了的。」

我心中也不禁大生感慨，道：「原來他們，是死在這裡的。」

宋富道：「這十個人，顯然也不是甚麼好東西，我拾到的珍寶，當然是他們當年見財棄義藏在身上的，于廷文將他們打死，卻不曾搜他們的身，年數一久，只剩下白骨來陪他們所偷了的寶石了！」

我覺得宋富的揣想，十分有理，道：「那麼火藥也是在這裡發現的麼？」

宋富道：「不錯，有幾層油布，包著一大包火藥，我只不過取了其中的一半而已。」

他一面說，一面指了岩洞的一角，那一角上，果然有一個解開了的油布包裹！

宋堅又嘆了一口氣，道：「這十個人也罷，七幫十八會也罷，甚麼人都未曾料到，那麼龐大的一筆財富，竟會落在菲律賓胡克黨徒的手中。」

宋富聞言，面色不禁一變，道：「甚麼？已落到了胡克黨徒的手中？這是甚麼意思？」

我道：「白奇偉以他占一份，胡克黨占九份的條件，替胡克黨找到了埋藏在地下的財富。」

宋富意似不信，道：「白奇偉這小子，竟能參透那幾句毫無意義的話麼？」我道：「那幾句話，在泰肖爾島上，便不再是毫無意義的了。」

宋富問道：「爲甚麼，你詳細說。」

我便將我和宋堅兩人，在泰肖爾島上的所見和遭遇，向宋富詳詳細細地說了一遍。當然我們在說的時候，已經退出了岩洞，坐在浪花拍擊不到的一塊大岩石之上，宋富一面聽，一面緊鎖雙眉。

等我講完，宋富仍望著大海，一聲不出。

好一會，他才道：「照我看來，里加度和白奇偉兩人，仍然未曾找到那一筆財富。」我道：「我們在逃走之際，已經看到了那大鐵箱的一角！」

宋富道：「這只鐵箱，可能是空的！」

我覺得宋富的話，武斷到了極點，實是令人，難以苟同，我也不和他辯駁。宋富又道：「里加度只在四塊之間，求一個交叉點，當然太簡單，得不到正確的藏寶地點。」

我道：「可是白奇偉……」宋富道：「不錯，白奇偉的辦法，看來是科學了點，但也太簡單，于廷文當年，絕不會將財富埋在用那麼簡單的方法，便可以找得到的地方的！」

紅紅道：「我同意教授的說法。」

我笑了一笑，道：「紅紅，愛情能令人盲目的！」

紅紅白了我一眼，想說甚麼，但卻又沒有說出來，忽然又噗哧一聲笑了，顯然她心中，十分甜蜜。宋富道：「衛兄弟，我不是個固執己見的人，你想，那一句『共透金芒』是甚麼意思？」我怔了一怔，道：「不知道。」

宋富道：「我也不知道，但是我卻知道，這句話十分重要，在見到石碑，便可明白『白鳳之眼』那四句的意義之後，這一句起著總束作用的『共透金芒』，當然極其重要了！」

他講到此處，攤了攤手，道：「但是，里加度和白奇偉的尋找正確地點的方法，都忽視了這句話，所以我說他們，得不到寶藏。」

宋富講完，我仔細想了一想，對於宋富這種縝密的分析，也表示十分佩服。

但是我卻仍然難以相信那大鐵箱竟會是空的。

宋富望著大海，又道：「照我看，于廷文一定早已想到，如果這件事傳了出去，會有人照白奇偉的方法來挖掘的，因此便在那地點，埋下了一只大鐵箱，那鐵箱中不是空的，便是另有東西，那東西一定表示寶物已被人取走，好叫掘寶之人灰心，那也等於是保全了真正的財物！」

我站了起來，道：「佩服得很，你說得有理。」

宋堅道：「如果那鐵箱是空的，白奇偉會不會遭殃？」

我道：「那倒不必為他擔心，如果財富不出現，他至多像我們一樣，餓上幾天而已，倒是我們要設法，如果對付胡克黨徒才好。」

宋富道：「對策我已想到了，你們在泰肖爾島上，可曾注意胡克黨徒的食水水源，是集中的還是分散的？」我和宋堅，事實上都不知道，因此根本沒有法子回答，紅紅卻道：「我知道，在碼頭附近，有兩口深水井，將井水泵到一個大蓄水池中再輸送出去的。」

宋富喜道：「那就好辦了！」

宋堅沈聲道：「阿富，下毒藥未免太狠了些，島上至少一千人！」宋富道：「大哥，知弟莫若兄，你怎麼就知道我的意思了？」

我也覺得，如果下毒藥，將島上的一千多人都毒死，也未免太狠毒了些。但宋富說著，從袋中取出一只小小的玻璃瓶來，瓶中約莫十多西西灰褐色的藥水，他揭開了瓶蓋，道：「你聞一聞。」

我湊了上去一聞，便有一陣昏眩欲嘔的感覺，連忙側頭避了開去，問道：「那是甚麼東西？」

宋富道：「這種藥物，是我從東非洲得來的，當地土人，把它叫『冬隆尼尼。』」

我立即道：「那是在地上打滾的意思。」

宋富以極其驚訝的眼光望著我，我雖然沒有出聲，但是他的眼光，無疑地是在問：「你怎麼知道？」我當然是知道的，因爲我深通各地語言之故。

我又道：「這種藥物，放一西西在靜止不動的溪水中，便可以令得來這溪水飲水的動物，盡皆軟弱無力，倒地不起，只能在地上打滾，至少三日，等於是大病一場，失去了自衛的能力，要令得島上胡克黨徒，盡皆大病，只消三五西西就夠了。」

宋堅道：「但未必人人都在同一時候飲用了毒藥的毒水的。」

宋富道：「這『冬隆尼尼』的妙處，便在這裡，否則，中國的巴豆，不也一樣麼？『冬隆尼尼』能使得服用了的人，在兩日之內，一切正常，而兩日之後，方始發作，我想，兩日內，所有的人，總不能不飲水，而我們下毒之後，等上四日，先病的未曾復原，後病的也都已發作，泰肖爾島，就是我們的了。」

紅紅道：「我不信，你剛才說非洲土人，是用這種藥來捉野獸的，兩天後才發作，野獸早就走遠了。」宋富一笑，道：「你知道甚麼？野獸是有巢穴的，在巢穴生病，只要找到巢穴，便能捉到，還不容易麼？」

我忙道：「宋兄既然有『冬隆尼尼』這樣的妙藥，我們事不宜遲，該再到泰肖爾島去！」

紅紅第一個大為興奮，道：「對，再到肖爾島！」我笑道：「紅紅，你可是嘗到甜頭，以為這次再去，便又能成功？」

紅紅打橫跨出了一步，站到了宋堅的面前，道：「不是我自己誇口，我和教授兩人合作，你們全不是敵手，那二十五塊鋼板，不是落在我們手中了麼？」

我道：「宋兄弟，那一次，你和紅紅合作，居然能勝過了那麼多人，當真不容易之極。」宋富笑道：「那全是占了我和大哥生得一樣的緣故，好幾次，我和你在一起，你都不知道，有幾次，我幾乎和大哥碰了頭，紅紅躲在山洞中，卻是甚麼事情也沒有做過，別聽她吹牛！」

我想起宋富在那荒島上，幾次三番要害我的情形，心中仍不免有點恨意。因為，我那時如果一時大意的話，如今早就進了鬼門關了！

但是如今宋富既然和我們言歸於好，我也不便再記這些。紅紅叫了起來，道：「教授，你這樣說法，太不公平了！」我們全都笑了起來。

我們一齊來到了海邊，登上了快艇。

發動了馬達，快艇到泰肖爾島的時候，我們便停了下來。

等到天黑，我們四個人，才找到了一個小划子，向泰肖爾島上而去。

第十八部：島上巨變

我們曾力勸紅紅留在船上，但是紅紅卻堅持不肯。我們已接近泰肖爾島，我們的行動更其小心，只見那環形島的缺口處，探照燈的光芒，照得海面全亮。

我道：「我們只有兩個辦法，一個是翻山而過，另一個是潛水而入。紅紅，這兩件事，你都不能勝任，還是回船上去吧。」

紅紅「哼」地一聲，道：「爬山、潛水，隨便你說，我有甚麼不行的？」我明知勸她不聽的，也就不再多說，宋堅道：「我看還是翻山過去好些，但是翻過了山，一樣要游水的！」

他一面說，一面望著紅紅，那意思也是勸紅紅不要前去，回到快艇上去。

紅紅哇呀大叫起來，道：「你們看我不會游水麼？我非游給你們看看不可！」

宋富替她打圓場，道：「據我所知，紅紅的水性很好，定可以長途游泳。」紅紅得意道：「怎麼樣，可知公道自在人心。」

我們說著，將小划子划離了那個缺口，貼著岩石，停了下來，一齊棄船上岸，向峭壁上攀去。紅紅果然十分靈活，我們到半夜時分，已經翻過了山頭。

一翻過了山頭，我們四人，都看到海面之上，有一種十分奇異的現象。

那情形，像是有兩條魚，正在向前游著，激起一溜水花，但是，那溜水花的前進之勢，卻是快疾到了極點，竟像機器發出的一樣！

我們都弄不懂那是甚麼玩意，正想仔細再看一看時，水花卻已不見，看那情形，像是沈入了水中。

我向前望去，從那環形島，游到泰肖爾島，約莫七八百碼距離。在健泳者來說，這樣的一段距離，自然不算得甚麼。

我們向泰肖爾島上望去，只見島上燈光，明滅不定，但是卻十分疏落。分明是胡克黨徒，都已經沈沈地入睡了。從那種情形來看，胡克黨的確不像是曾經發生過喜事，也就是說，事情可能真如宋富所料，那龐大財富，並未出現！

我心中對宋富，也生出了欽佩之意。因為我和宋堅兩人一見到那只雙鐵箱出現，都毫無疑問地以為，胡克黨已得到了那筆財富。而宋富卻比我們冷靜得多，那或者是他不在現場，所以才保持了冷靜的頭腦的，所謂「旁觀者清」，就是這個道理了。

我們很快地，就將不必要的衣服，都脫了下來，放在一個岩洞中。宋富道：「我們能不能再穿這些衣服便決定我們能不能再活。」

我剛感到，宋富的話，往往顯出極度的悲觀，紅紅已道：「教授，你又來了，要知道這樣說法，可一點也不幽默——」

宋富聳了聳肩，不說甚麼。

我們四個人，一齊躍入了海中，午夜的海水，給人以十分清涼之感，紅紅一入水，便以極其優美的蛙式，向前游著。宋富和宋堅兩人，取的是傳統的中國游泳法，前進之勢，也相當快疾，我取的是最新的海豚泳法，當然更不會落在他們的後面。

當我們游出一二百碼的時候，體力便是能否持久的主要因素了，紅紅的速度慢了下來，宋富拉住了她的手臂，他們兩人才勉強跟在我們的後面。

又游了百來碼，忽然聽得泰肖爾島上，響起了「轟」地一聲巨響！

那一下巨響，震動之烈，實在是有點難以形容！

本來，海面之上，十分平靜，但是這一下巨響一起，我們向前望去，只見泰肖爾島上，好像火山爆發一樣，石塊、火光交織著，漫天飛舞。而本來是極其平靜的海面，也起了極大的波浪。

那種大浪頭的力道，絕不是人力所能夠抗拒的，一下子便將我們，衝回去了百來碼，在我們被浪頭衝倒的那一瞬間，天旋地轉，海水向我們的口中直灌，人也隨著海水直上直下，此情此景，可以說已經到了地獄！

等我感到浪頭的衝擊之勢，已緩和了下來，我才睜開眼來。

而我剛一睜開眼來，只見第二個浪頭，足有三四丈高，已挾著巨大已極的聲響，向我們壓了下來，我回頭一看，只覺得我們這四個沉沒在海上的「萬物之靈」，和被孩童抓住放在浴缸積水中當作玩具的螞蟻並沒有甚麼多大的分別！

我只聽得一聲：「我們四人靠在一起！」宋堅向我游來，我一伸手，拉住了宋富，我們四人，剛一靠在一起，那個大浪頭，便蓋了下來。

我們只覺得身子一直向下沉去，眼前甚麼也看不到，耳際甚麼也聽不到。

而接著，身子又突然被一股大力，拋了起來，拋得不知有多少高，我勉力睜開眼來，像是身在噴泉之中一般，接著身子又向下沉去！

這一次下沉，卻並未曾再有陡下深淵的感覺，我們仍浮在海面上。

但是，離開泰肖爾島，卻已十分遠了，我們已被浪頭，衝回了那個環形島上，我們四人，狼狽地爬上了岸，紅紅伏在岩石上喘氣，連站都站不直，我們三個男人，當然比她堅強得多，一爬到了岸上，立即抬起頭來，向泰肖爾島上望去。

只見泰肖爾島上，有兩處地方，兀自在冒著濃煙，噴著火焰，發出轟轟之聲，夾雜著嘈雜已極的人聲，隱隱地還可以看到有人在奔來奔去。

我們三人，相顧愕然，隔了好一會，還是紅紅先問道：「究竟發生了甚麼事？」

宋堅道：「我們也不明白，大概是發生了兩下爆炸。」宋富猛地一拍大腿，道：「對了，我們剛才，還在山頂的時候，不是看到兩道十分異樣的水花麼？」紅紅道：「你說那是魚雷？」

我忙道：「不可能，就算是菲律賓政府，也不會嚴重到出動潛艇的！」宋富道：「那麼，這是甚麼爆炸？」

宋堅道：「或則是島上的彈藥庫、汽油庫起了爆炸，也說不定的。」我們一面說，一面望著泰肖爾島，只見那兩處地方的濃煙，越來越濃，而且，還傳來了一種「隆隆」之聲，那種聲音，和打雷一樣，但卻並不是從天上傳來的，而是從那島的地底下傳來的！

我心中陡地一動，道：「宋兄弟，你一定知道，這裡乃是太平洋火山帶的範疇。」

宋富道：「我也想到了，剛才那兩下爆炸，是天然的而不是人爲的。」

紅紅尖聲叫道：「火山爆發？」宋富道：「可能是小型火山爆發，但也可能是大規模火山爆發的前奏。」我們聽了，都沈寂了下來。

就在這時，只見許多小划子、小皮艇，從泰肖爾島，一齊向外划來，爲數約有八十艘之多，每一艘上，三五人，兩三人不等。

那些皮艇划子，還未划出三百碼，一陣急驟的馬達聲，便響了起來，一艘快艇，衝浪而出，所過之處，濺起老高的浪花，將附近的十來個小划子，一齊掀翻，那快艇來到了環形島的缺口，便停了下來。快艇停下之後，我們已經可以看到，在快艇艇首，架著兩挺重機槍，除了機槍手之外，另外還站著一個人，隔得很遠，那人的面目，看不出來，只看到他手中，拿著一個擴音器。

我們正在不明白究竟是發生了甚麼事情間，海面上已充滿了里加度憤怒的聲音。

里加度的聲音，是從那擴音器中傳出來的，只聽得他怒跳道：「回去！回去！誰如果接近出口，我便下令機槍掃射了！」

可是，他僅管叫，有的划子，慢了下來，還有二三十個橡皮艇和划子，卻仍然向前衝了過去，里加度不斷地叫道：「回去！回去！」

但那些划子仍然是向前衝著。我們在這時候，已經看清，站著艇首的那個人，正是里加度，當然是因爲泰肖爾島上，發生了那樣可怕的事情，所以胡克黨徒才準備倉皇離去的。

里加度作爲首領，自然不希望因爲幾個小小的火山爆發，便失了他的部下，所以便拼命出聲遏止，眼看那不聽命的三十來只小划子，離開環形島的缺口，已經是越來越近！

只見里加度自然一揮手，叫道：「開火！」

霎時之間，只聽得驚心動魄的子彈呼嘯之聲，傳了過去，而海面之上，水柱此起彼伏，慰爲奇觀，小划子上，也有著零星的反抗槍聲，但前後不過十來分鐘，所有不聽命令的小划子，都沉下海底去了。

在划子上的那些人，自然也個個凶多吉少了，雖然是在月色之下，但是也可看出，海水上面，泛出了一片一片的殷紅！

宋堅吸了一口氣，道：「里加度的手段好辣！」

宋富道：「反正凡是胡克黨徒，沒有一個不是亡命之徒，死不足惜。」我道：「死在重機槍下的，怕不有三四百人。」

宋富聳了聳肩，道：「誰叫他們怕死呢？」

海上大屠殺停止之後，還有許多小划子，停在海面上不動，有許多還剛從島上駛出來。又有三艘快艇，掠過了海面，和里加度的快艇，排成一字，封住了出口，那些快艇上的胡克黨徒，分明全是里加度的死黨了。只聽得海面上又響起了里加度的聲音，道：「大家快回到島上去，除了這個島，我們絕對沒有第二個地方去！」

在一隻離得里加度最近的小划子上，有人大叫道：「可是島上火山爆發，咱們都得化灰！」

里加度厲聲道：「這個島的形狀，這樣奇特，本來就是火山爆發所造成的，但如今，泰肖爾島的，已經是死火山了！」

那人大叫道：「死火山怎會冒火？」更有人叫道：「我們感到地在動，山在搖！」更有的叫道：「出去有生路，在這裡是等死！」

里加度一聲大喝，道：「我說守在島上，誰要出去的，划船過來！」里加度的話一講完，海面之上，傳來了一片異樣的寂靜。緊接著，又是八挺重機槍一齊呼叫的聲響，八條火舌，數十條柱，任何不法之徒，看了也不免心悸！

八挺重機槍只響了兩分鐘。但是那兩分鐘，卻比里加度講上兩個小時還有用，海面上的小划子，紛紛向泰肖爾島上划去。

等到海面上的小划子盡皆不見之後，里加度的那四艘快艇，才向泰肖爾島上駛去。我們看到這裡，心中都不禁大是高興。宋富道：「如今，里加度是名副其實地住在火山上了。」我道：「不錯，他在海面上，可以憑著八挺重機槍。便將部下鎮住，但是他部下的陸續逃亡，只怕不可遏制！」宋堅道：「只要這樣的小爆發，再有上兩次就夠了。」

紅紅道：「你們的意見是，火山爆發對我們有利？」我道：「有利則未必，但至少對胡克黨是大害！」紅紅道：「那我們還到不到島上去？」

我和宋氏兄弟想了一想，宋堅道：「照這樣的情形看來，胡克黨不待我們去下手，也必然瓦解的了，我們還是停下來看看情形再說的好。」

我道：「你們三人不妨留在這裡，讓我到島上去看看，宋兄弟，你將『冬隆尼尼』給我帶去。」

宋富道：「為甚麼要你去？我不能麼？」紅紅尖聲道：「我也算一個！」宋堅道：「王小姐除外，咱們三人抽籤！」

紅紅大聲叫了起來，宋富忙道：「紅紅，如果我抽到了，我和你一起去，你能去的機會，反而更多！」紅紅這才點了點頭，由她去做籤，抽到長的，便獨自到島上去冒險。

抽籤的結果，是該我到泰肖爾島上去！

紅紅以一種十分可憐，幾乎可以邀得任何人同情的眼光望著我。

她忽然之間，變得這樣柔順，當然是爲了想我帶她一齊到泰肖爾島上去，但是我卻連望都不向她望一下，一聳身，便已躍入了水中。

我一直向泰肖爾島游去，在將近游到泰肖爾島時，我才潛入了水中，直到摸到了岩石，我才冒出了水面，那是泰肖爾島的側面，我攀了上去，翻過了一座山頭。

在山頂上，我看到有不少人，聚集在另一個山頭上，在那山頭上，一個老大的大洞，兀自在冒著濃煙。

這時候，天色已經大明了。

我遙遙地望著那個山頭，心想那一定是昨晚爆發的火山口了。

可是，我的心中，卻又禁不住起疑。

我曾見過許多著名的火山口，包括死火山和活火山，它們的形狀雖然不一，但是卻毫無例外地有著一股死氣，叫你一看便聯想到死亡，和聯想到自然界之大，而人類之渺小。

但是這個火山口卻不大，這個「火山口」，其實只不過像是一個兩千磅巨型炸彈所造成的沉坑，我心中極度的疑惑，又來自昨晚我們在海面上親身體會到的那兩個巨浪，如果不是火山爆發或是地震，怎麼能有那麼大的浪頭呢?這裡離海邊很遠，即使有巨型炸彈落在這裡，海上也不應該會起巨浪的。

我一面想，一面望著那「火山口」。

只見圍在「火山口」旁邊的那些人，都不敢十分接近，而且是老遠地指指點點，他們面上的神情，雖然看不清，但從他們的體態看，可知他們的心中，實是感到十分害怕。

我望了沒有多久，就下了山，到了山腳下，有兩個胡克黨徒，迎面而來，我剛想閃身趨避，或是先下手爲強時，那兩人卻一點也未曾注意到我，只是在經過我的身邊時，以十分可怖的話調道：「末日來了！」說完之後，便和我錯肩而過！

島上的胡克黨徒，不下千餘，每一個人之間，自然也不可能全認得出，但生面人至少應該注意，這兩個胡克黨徒如果不是失魂落魄的話，自然也不會認不出我是他們從來未曾見過的陌生人！

由此可見，島上那一下火山爆發，實是給胡克黨徒帶來了莫大的恐怖，他們可能在想像泰肖爾島會一下子便陸沉吧！

我想到了此處，心中也不禁生出了一股寒意，在太平洋火山帶中，一個小島的陸沉，根本是極其普遍的事情，絕不出奇。

我繼續向前走去，碰到的胡克黨徒，莫不是垂頭喪氣，不一會，我來到了島上最大的建築物——那座鋼骨水泥的倉庫附近。

只見倉庫附近，聚集著不少胡克黨徒，他們全都一聲不出地望著那倉庫。里加度是住在這所倉庫之內的，他們的態度，當然是代表了對里加度的抗議。

里加度顯然也知道這一點，因爲倉庫大門緊閉，在倉庫頂上，架著重機槍！

我繞過了倉庫，來到了碼頭邊上，到了碼頭邊上一看，我不禁呆了半晌，碼頭已經因爲剛才驚天動地的變故而毀去了！

那兩個蓄水池，也已不再存在，而兩口深水井，有一口顯然也已壞了，只有另一口，被草草地裝上了一個泵浦，深水井是沒有法子下毒的，我所需的妙藥，「冬隆尼尼」，已起不了作用了。

我在泰肖爾島上，到處走了近兩個小時，由於整個島已陷入了極度的混亂和恐怖之中，根本沒有人注意我的行動。

里加度和他的死黨(我想至少有一百名左右)，則將他們自己，關在倉庫中，我不知道白奇偉在甚麼地方，也難以去探聽他的消息。

我在島上再耽下去，也沒有甚麼好處了，因此，便翻過了山頭，游到了那個環形島上，找到宋堅、宋富、紅紅三人，將我在島上的所見，講了一遍。

宋堅道：「照這樣的情形看來，胡克黨徒，遲早會離開泰肖爾島的！」

宋富道：「不錯，但如果能再有兩個類似的火山爆發的話，將會更快些，而這樣的火山爆發，我相信是還會有的。」

他在講到「火山爆發」四字之際，特別加重語氣。我們都注意到了，我忙道：「宋兄弟，你講得那麼肯定，可是說剛才的爆發是人爲的麼？」宋富道：「我正是這個意思。」

我道：「但是海上的浪頭，怎麼解釋？」宋富道：「我們不妨等著，等下一次爆炸，便可以看清楚了，因爲剛才一次，我們自己，也身在海中。」

我心中也不能確定宋富所說的是否對，但是有一點，我卻可以肯定的，那便是我看到的那個火山口，和以前所見的不同！

我們因爲無法尋究水源來下毒，所以暫時便只能在環形島上等著。

過了中午，突然，泰肖爾島上，又冒了一股濃煙，我們四個人走在一起才站定了，只聽得「轟」地一場響，海面上，又起了一個大浪頭。

在海面上浪頭湧起之際，黑煙之中，才噴出火焰來，同時，隆隆的響聲，也驚天動地。宋富拍手笑道：「這是甚麼人，使的好妙計。」

那時，我也看出，那火山爆發是「人爲」的。因爲，即使是火山爆發，也絕不能來得如此突然，而且，更不應該濃煙一冒起之際，海上便起了浪頭。

但是這一點破綻，我相信即使是里加度，也絕不能夠覺察，因爲身在島上，害怕還來不及哩！

那一陣的轟隆聲，足足維持了半個小時，島上已經濃煙四佈。

紅紅卻還不明白，連聲向宋富追問他的話是甚麼意思。宋富道：「一定是有人利用一個死火山口，放下了巨量的炸藥，在製造假的火山爆發，在瓦解胡克黨徒！」

他話才一講完，宋堅便叫道：「一定是白老大！」

我也「啊」地一聲，道：「除了他還有誰？」

宋富的反應卻並不熾烈，道：「如果是白老大的話，我相信他一定不知道他的計策雖妙，但同時卻也冒著極大的危險！」

宋堅怪道：「甚麼危險？」宋富道：「如果被他們利用的那個死火山口，是其有活動性的話，那麼，便可能引致真正的，極其嚴重的火山爆發和地殼的變動，這樣的一個小島，在幾小時之內陸沉，也不是甚麼出奇的事情！」

宋富的神色，十分嚴肅，又道：「很難說，有時事情湊巧起來，就會這樣的了，尤其這裡是太平洋火山帶，十分難說，十分難說！」

宋富重覆地講了兩遍「十分難說」，我也看出他不是在危言聳聽。

而且，在如今這樣的情形下，他實也沒有危言聳聽的必要！

我們正在商議著，只見海面上的浪頭，已經漸漸地退了去，而泰肖爾島上所傳來的隆隆之聲，也漸漸地低了下來。

在泰肖爾島上，接著傳來的，乃是嘈雜已極的人聲，環形島和泰肖爾島相隔甚遠，島人的人聲，傳到我們的耳中，仍然是十分驚人。由此可知島上數百胡克黨徒，實在已吵到了天翻地覆的境地！

沒有多久，只見許多小划子，又划了出來，而四艘快艇，又衝了出來，一切和第一次爆炸之後所發生的，完全一樣。

所不同的是，站在快艇上首的里加度，形態也是十分慌張，而所有的小划子，卻是不顧里加度的喝阻，一直向前衝了過去！而且，有幾艘小划子上，也配備著輕機槍，在接近快艇的時候，小划子上的機槍，便向快艇，劇烈地掃射起來！

里加度在胡克黨中，雖然具有極高的威信，但是這一班亡命之徒，實則上卻全是膽小鬼，在兩次驚天動地的爆炸之後，他們只當泰肖爾島，隨時隨地，可能化為灰燼，要他們再留在島上，那簡直是沒有可能之事！

我們在環形島上，一見海面上起了戰爭，連忙各自將身子隱藏在岩石後面，隔岸觀火。

只見里加度倉皇地躲進了艙中，在他指揮之下的四艘快艇，兩艘守住了出口，兩艘卻向前直衝了過去，重機槍口火舌，噴之不已，小划子和橡皮艇，當者披靡，但是，在一隻小划子上，一個大漢卻大聲呼喝，一口氣向一艘快艇，拋出了三枚手榴彈。

那大漢在拋出手榴彈之際，離開快艇，本就已十分接近了。

三枚手榴彈一出手，快艇衝了過來，將他的小划子攔腰撞成了兩截！

那大漢怪叫一聲，被撞得飛在半空。

而恰在其時，他拋出的那三支手榴彈，也相繼爆炸了，爆炸的威力，不但使得那快艇上的一切，毀壞不堪，而且，將本來已撞在半空的那個大漢，又向上托高了五六尺。

然而，那大漢突然像是紙札的一樣，手、足、頭，都和身子分離了，相繼落了下來！我見過各式各樣的死法，但最奇的，卻是這一次。

我回頭向紅紅看去，只見紅紅的眼睛睜得老大，甚至忘記了眨眼睛！

那艘快艇，很快地便沉了下去，另一艘快艇，掉頭欲走，但是快艇的四周，卻圍滿了小划子，只見快艇上兩個重機槍手，高舉雙手，站了起來，叫道：「自己人！自己人！」

但是立即有人，跳上快艇去，罵道：「你媽的自己人！」只見彎刀起處，血濺甲板，那兩個重機槍手，早已被刺死，踢下海去！

而這時候，幾乎所有的小划子，都向那艘快船靠來，人人都爭先恐後向那艘快艇上爬，手上有刀的，刷刷地揮舞著，將已攀上船舷的人的手指，一齊砍落。

而里加度的兩艘快艇，仍然守住了出口，重機槍也在不斷地折射著。

慘叫聲、槍聲、馬達聲，以及島上似未停歇的隆隆聲，漂在海面上的斷肢殘體，被染紅了的海水，濃烈的血腥味和火藥味……這一切，交織成了可怖之極的場面，連我和宋氏兄弟三人，也不禁看得心驚肉跳。

我們一齊回去看紅紅時，只見她緊緊地咬著嘴唇，面色蒼白到了極點。

宋富連忙道：「紅紅，你沒有甚麼吧！」

紅紅道：「我不相信，我不相信！」

宋富道：「你不相信甚麼？」紅紅道：「我不相信這是事實。」我插嘴道：「紅紅，相信你一定可以勝過你那些到吃人部落的朋友了。」

紅紅深深地吸了一口氣，雙目仍是一眨不眨地看著海面上。

只見那艘快艇上的人越來越多，簡直像是一塊爬滿了螞蟻的木頭一樣，而沒有多久，那艘快艇，便因吃重不住，而沉了下去。

快艇一沉，剛才拼命搶上快艇的人，又紛紛躍了下來，向出口處游去。

那環形島和泰肖爾島之間的這片海面，這時正是落潮時分，海水向外很迅速地流去，所以，已死的，未死的，已受傷的，所有浮在水面的人，一齊向那出口處，湧了過去。

而很快地，便有幾個人，衝過了重機槍的火網，接近了里加度的快艇，並躍上了甲板。而那兩艘快艇也立即向外馳去，快艇馳去之後的情形如何，我們看不到了。

但可想而知，那幾個躍上里加度快艇的人，一定要死在里加度之手的。

快艇一走，未受傷的人，翻身上了小划子和橡皮艇，順著海流，浮了出去，已受傷或已死的人，就在海面上，重又恢復了一片平靜！

我們四人一齊鬆了一口氣，宋堅道：「經過這一場殘殺，只怕泰肖爾島上，也沒有胡克黨徒了！」

宋富道：「胡克黨徒是沒有了，但是用這個計策，將胡克黨徒趕跑的人，卻比胡克黨徒更厲害，而且，他們是何等樣人，我們也不知道。」

我一聽宋富如此說法，心中不禁猛地一動，道：「會不會是白老大和白素？」

宋富一聽，默然不語，宋堅道：「我也想到可能是他們了，我想除了白老大，只怕也難有第二人，有這樣的妙計！」

宋富顯然不服氣，道：「如果不是他們這一搞，我們的『冬隆尼尼』也還不是一樣起作用？」

我和宋堅兩人，爲了免傷和氣，便沒有和他爭辯，我心中暗忖，「冬隆尼尼」雖然也一樣可以達到打敗胡克黨徒的目的，但是比起製造假的火山爆發來，氣魄上卻不知差了多少！

宋富見我們不出聲，他便也不再說下去，我們都靜默了一會，紅紅才道：「我們還呆在這裡作甚麼？該到泰肖爾島去了！」

我連忙道：「說得是，我們不必再游水去，退回去將快艇駛進來吧！」

宋富道：「不好，島上製造爆炸的究竟是何等樣人，未曾弄明之前，我們的行藏，還是不要太暴露的好！」宋堅道：「那我們還是游泳去吧！」

我和紅紅點了點頭，我們四人，再度躍入水中，向前游去。

半個小時之後，已經先後上了岸，宋堅道：「由我領先，你們跟在我的後面。」我道：「宋兄弟照顧紅紅，我來殿後。」

第十九部：火山爆發

宋富也沒有異議，我們四人，沿著海邊，走出了幾十碼，尋找了一條羊腸小徑，向一個山頭上爬去，不一會，便到了山頂。

向下看去，只見島上所有的建築物，似乎全都毀去了，而整個島上，卻靜悄悄地，像是一個人也沒有。那個「火山口」中，兀自在冒著濃煙。

宋堅呆了一呆，道：「難道那兩下爆炸，竟不是人爲的麼？」

宋富自言自語道：「沒有可能！」

紅紅問道：「那麼，製造爆炸的人呢？」

我們都回答不出這個問題來，宋富道：「我們先到那火山口去看看再說！」

他說著，首先便向山下，衝了下去，我跟在他後面，很快地便來到了山腳下，正待向那個有火山口的山頭奔去，忽然，聽得「拍」地一聲，有一塊拳頭大小的石頭，落在我們的身旁。

我們立即循聲看去，在我們轉身去觀看之際，宋富已經立即拔槍在手！

但是，在一看之下，我們都不得不舉起手來，宋富也只得悻然地將槍棄去。

只見居高臨下，在兩塊大石的中間，白奇偉握著一柄手提機槍，正指著我們。

看白奇偉的神色，像是十分憔悴，但是他手中有著這樣厲害的武器，而且，和我們相隔甚遠，他恰好將我們制住，而我們卻難以向他撲過去！

我們面面相覷，一句話也說不出來！

白奇偉哈哈大笑，向天掃射了一排子彈，島上本已十分寂靜，這一排子彈聲，聽來更是驚心動魄，白奇偉笑道：「各位忙了幾天，結果仍舊一樣，一齊落在我的手中！」

宋堅道：「奇偉，快放下槍，令尊也到這裡來了！」

白奇偉又是「哈哈」一陣笑，道：「他老人家如果來的話，那麼到了這裡，你們已經死了，是被胡克黨徒殺死的！」

白奇偉對「被胡克黨徒殺死的」那句話，說得語音十分重。

剎那之間，我們四人都明白了他的意思，不禁一句話也講不出來！那顯然是白奇偉已下定決心，要將我們殺死，那時我們的死，算在胡克黨徒的身上，反正死無對證，他卻可以置身事外！

我素知白奇偉的陰險奸詐，心中雖然憤慨，但是不感到甚麼意外，宋堅則怒喝道：「奇偉！」

白奇偉「哈哈」大笑。

白奇偉的手提機槍的槍口，已經向下壓來，漸漸地對準了我們，手指也慢慢地緊了起來，宋富一聲大喝，待向前衝去，但卻被宋堅一按，喝道：「伏下，滾開去！」

我連忙伸腿一勾，將紅紅也勾踢在地，我們四人，一齊倒在地上，準備向外滾去，以作萬分之一機會的逃走之舉。

但是，就在此際，卻聽得斜刺裡，傳來了「嗤」地一聲響。

那一下聲響，來得急驟之極！幾乎是在同時，「錚」地一聲，白奇偉手中的手提機槍，已被甚麼東西擊中，向上猛地一揚。

就在那電光火石的一剎那間，一排子彈，呼嘯而出，但因爲槍口向上揚了一揚，所以一排子彈，都在我們頭上掠過。

而緊接著，又是「嗤」地一聲，這一下，我們都已經看清，一點銀星，奔向白奇偉的手腕，激射而出，去勢之快，無以復加！

白奇偉向旁一避，未曾避開，手腕已被擊中，痛得他「啊」地一聲，怪叫起來，手中的機槍，也落下來，我、宋富、宋堅三人，幾乎同時，一躍而起，向那柄機槍撲去。

但是，我們三人的身法雖快，卻還不如另一人快！

那人從草叢中掠了出來，身如輕煙，貼地掠來，我們只覺得眼前一亮間，那人已將手提機槍，抄在手中，我們三人，都吃了一驚，連忙站定身形，定睛看時，只見那人，白褲綢衫，長髮垂肩，不是別人，卻正是白素！

我們呆了一呆，尚未出聲，已聽得白奇偉失聲道：「妹妹！」

白奇偉這一聲「妹妹」之中，實是充滿了驚駭之意！白素回過頭去，道：「哥哥，你好事也幹得太多了！」宋堅忙道：「令尊也來了麼？」

只聽得一個蒼老的聲音接口道：「我也來了！」

我立即聽出那是白老大的聲音！

我連忙迎了上去，道：「我們早就猜到，那是你的妙計了！」

白老大向我笑了一下，道：「你們辛苦了！」

白素一出現，白奇偉的面上，便一陣青一陣白，這時，白老大一現身，但是卻又看都不向他看一下，白奇偉更是面色難看之極！

白老大和我們都握了手，伸手在宋富的肩頭上拍了拍，道：「你果然和你大哥一模一樣，那二十五塊鋼板，被你設計取去，我佩服得很！比你大哥強得多了！」

剛才，宋富和白老大，在握手之際，還顯得十分勉強，但這時聽得白老大如此稱贊他，卻喜得哈哈大笑起來，道：「白老大太客氣……」

白老大笑道：「宋兄弟，你說是不？」

宋堅道：「當然是，其實，他一直比我強，只不過脾氣執拗些罷了！」

宋富不斷笑著，顯得他心中，十分高興，可能他一生，從來也未被人如此稱贊過，當然，更重要的是稱贊他的人，是極有身份地位的白老大。

我們說笑了一會了，宋堅道：「老大，這次我們爭奪這筆財富，各出奇謀，奇偉雖然做得過份些，但年輕人難免有爭勝之心的……」

白老大一聽得宋堅說起了白奇偉，面色立即一沉，道：「宋兄弟，這畜生如此不肖，不能留了！」

我們一聽得白老大威嚴無匹地講出了這樣的一句話來，都不禁吃了一驚，白奇偉的面色，也為之一變，但是隨即他面上，又現出了極其倔強的神色來，叫道：「如果我做得過份，他們早已沒命了，好幾次落在我手中的，不是他們是誰？」我一聽得白奇偉如此說法，心中也不免生氣，冷冷地道：「白兄，你也曾落在我們手中多次，難道你竟忘了麼？」

白奇偉「哼」地一聲，道：「剛才，若不是阿爹趕到，你們又怎麼樣，可知——」

他話還未曾講完，白老大便厲聲吼道：「住口！」

白奇偉一挺身，道：「不說便不說！」

白老大面色鐵青，道：「你這畜生！」他一面罵，一面反手便摑，但宋富卻立即身形一晃，手伸處，將白奇偉推了開去！

同時，他左腕翻處，一掌迎了上去！

兩人手掌相交，只見宋富「騰」地一聲，向外跌出了一步，白老大卻仍是兀然而立！

宋富的神色，微變了一變，道：「白老大，且慢！」白老大道：「宋兄弟，你要為這畜生說情麼？」宋富道：「白老大，他年紀已不小了，縱使有錯，也要責得令他心服！」宋堅忙道：「說得是。」宋富道：「我有一個辦法，可以令他，心服口服。」宋堅忙道：

「你既有辦法，還不快說？」

宋富一笑，道：「我看，奇偉老弟，主要還是對衛兄弟不服氣，是不是？」

白奇偉冷笑一聲，低聲自言自語道：「衛斯理是甚麼東西？」我勃然大怒，正待發作，但是只覺得一隻柔軟的小手，按到了我的手背之上。

我抬頭一看，只見白素已站到了我的身邊，將手放在我手背上的正是她，她向我微微一笑。我自然可以意會得到。在她那一笑之中，不知包含了多少由別離以來，要向我傾訴的話！

我滿腔怒火，刹那之間，便煙消雲散了！

只聽得宋富道：「奇偉老弟，你並未曾找到那筆財富，是不是？」

白奇偉悻然地「嗯」了一聲。

宋富又說道：「白姑娘和白老大，是否已經有了一點頭緒？」

白老大和白素一齊搖頭道：「沒有。」宋富道：「這就好了，奇偉老弟和衛兄弟，兩人不妨各自殫智竭力，去思索那筆財富埋藏的地點，以爭長短，誰先想出來，誰便得勝！」

我一聽得宋富如此說法，心中不禁一怔。因為，那筆財富，究竟是被于廷文藏在甚麼地方，我實是毫無頭緒！我立即向白奇偉看去，只見他也大有意外之色，我知道他也一樣不知道。

既然大家都是茫無頭緒，我又豈甘示弱？因此我立即道：「好，這可比動手腳文雅多了！」

白奇偉立即道：「好就好！」

宋富一笑道：「好，那我們便一言爲定了，我看，我們大家，也可以思索一番，但是卻不能將想到的話給奇偉老弟和衛兄弟聽。」

白老大點了點頭，道：「讓他失敗一次，也好挫挫他的驕氣，別讓他自以爲自己不可一世。」

白奇偉道：「阿爹，你說我一定不如人家麼？」

白老大苦笑道：「你能夠比得過人家，我歡喜還來不及哩，只怕你不能！」

白奇偉不再說甚麼，宋富道：「我們該向那有石碑的山頭下去了。」白素道：「我們帶來的東西食物，也全在那個山頭上。」

一行眾人，一齊向那個山頭走去，一路上，我們向白老大說起了經過，白老大和白素兩人，也講述了他們趕來此處的經過。

原來，我們四人，才翻上環形島的山頭，看到兩枚水雷也似的浪花，就是白老大和白素兩人。那是白老大設計的一種小型水中推進器，負在背上，可以令人在水中迅速的前進。

而白老大在那個火山口中，佈下了大量的烈性炸藥，又在海邊上，也佈下了炸藥，同時爆炸，看來當真像真的火山爆發一樣。

我看到白老大在講述的時候，宋富好幾次待要開口說話，但是卻終於未曾出聲。

我知道宋富是想說，這樣做法，是可能令得靜止了的火山復活的那件事，他終於未曾說出來，當然是爲了尊重白老大。

我們到了那個山頂上，天色早已黑了。

在山頭上，白素和白老大兩人支起的帳篷，剛好給咱們用，白素和紅紅兩人，有說有笑，顯得十分親熱，我們燃著了一個大火堆，圍著席地而坐，吃飽了乾糧，在宋富和白奇偉的談話之中，我才知道，白奇偉和里加度兩人，提起了那只雙鐵桶，用盡心機，打了開來，箱內卻是空空如也，一無所有！

里加度一怒之下，將白奇偉關了起來，因爲兩次爆炸，震毀了建築，白奇偉才得以脫身，他根本不知白老大和白素已經來到，他是在前往查看火山口的途中，和我們遇上的。

我們談說著，在不知不覺間，已經到了午夜。

白素和紅紅兩人，已經進了一個帳篷，我們幾個人，都準備露天而臥。

在這時候，突然，遠處響起了「隆隆」的巨響，那聲音，十分沉悶，起自地底，震人心弦，緊接著，便看到不遠處的一個山頭上，冒起了一道紅光，筆也似的一道，衝向霄漢！在那一瞬間，我們都爲之呆住了！

那一道紅光，不一刻，便自隱沒，而又傳來了一陣嗤嗤之聲，有許多濃煙，噴向半空。那種隆隆之聲，也靜了下去。

我首先道：「是那個火山口！」

白素也從帳篷中走了出來，道：「爹，可是炸藥未曾全部爆發，留到現在麼？」正在說著，又是一陣「隆隆」聲，從地底下，傳了過來，整個山頭，都像是在震動！白老大霍地站了起來，道：「不是，是我曾經預料到的最壞情形出現了！」宋富道：「火山真的爆發了！」

我們都靜了下來，這時候，卻又沒有再聽得有甚麼聲音。只見從那個火山口處，濃煙卻在不斷地冒著，我連忙道：「我們快撤退吧！」

白老大等人，尙未出聲，只聽得白奇偉冷冷地道：「衛斯理，你不敢和我比試下去了麼？」

白奇偉正站在一塊石碑的面前，冷冷地望著我。

我明知在這種時候，和他去意氣鬧事，是沒有甚麼好處的，但是我卻絕對無法忍受他那種盛氣凌人的神情，我冷笑了一聲，道：「好，那麼，我們兩個人留在這裡，其餘的人先撤退好了。」

宋富站了起來，道：「我對火山還有點經驗，讓我先到火山口去看看情形如何？」

宋堅道：「兄弟，小心！」宋富道：「大哥，你放心！」

他們兩人的對話，雖然簡單，但是充滿了友愛之情。紅紅自在帳篷內，頭卻伸了出來，叫道：「教授，等一等，和我一起去。」

宋富笑道：「你不能去，怕燒焦了你的頭髮不好看。」紅紅大聲道：「不行！」

我忙道：「紅紅，別任性，宋兄弟去去就來的！」紅紅這才老大不願意地點了點頭。宋富向山下跑了下去。我們都不出聲，白奇偉繞著那四塊石碑，團團地轉著，顯然他不準備放棄任何的時間，去思索這一個問題，以求勝過我。

我知道白奇偉的智力過人，我當然不願意輸在他的手下。

因此，我也向旁走了出去，背負雙手，苦苦思索。

我知道，宋富在提出這個辦法之際，心中也是希望我獲勝。

但是，他又怎知我一定能獲勝呢？莫非他在那小島上曾說過，「共透金芒」那一句話，真的是藏寶的關鍵，而那一句話，究竟是甚麼意思，卻也難以弄懂。

我一個人，踱來踱去，足足踱了一個小時。而腦中仍是一片空白。

在這一個小時，我思路被遠處傳來的隆隆聲，打斷了兩次。遠處的火山口，看來已經現出了一團暗紅。又過了半個小時，宋富才回到了山頭上，他的面色，十分難看，道：「情形不十分好。」

白老大忙道：「怎麼樣？」

宋富道：「光從那個火山口，還看不到甚麼厲害，和普通的小型火山爆發差不多，即使有熔岩，也不足爲害，但是我在一路上，卻發現有三個地方，裂開了七八碼長的裂口，有白煙冒出！」

白老大吃了一驚，道：「你是說，這整個島下，也是一個火山口麼？」

宋富道：「我不敢肯定，但是看這情形，卻是十分像。」白老大來回踱了幾步，道：「我看，還是留我一個人在這裡的好。」

宋堅忙道：「這是甚麼話，我們又不是真的要看白奇偉和衛兄弟兩人，爭強鬥勝，還不是爲了七幫十八會弟兄的這筆財富？要走就一齊走。」

白老大道：「我相信，如果真的島下有火山口的話，我們到時，根本沒有機會！」

我揚頭向白奇偉看了一眼，冷冷地道：「我不走！」

白素叫道：「你——」

我望著白奇偉有些微微變色的面孔，道：「留在這裡，不僅可比比智力，也可以比比勇氣！」

白素叫道：「那是匹夫之勇！」

我笑道：「是不是情況真的那麼嚴重，還未可逆料哩！」

白素頓足道：「阿爹，你看他！」白老大道：「別吵，我們且等到天明再說，看看是不是會有意外的變化。」宋堅道：「今晚上——」白老大道：「我看今晚絕不會有甚麼劇烈的變故的。」

宋富道：「不錯，我們且等到天明再說，別為山九仞，功虧一簣！」

白素堅持道：「我始終認為，咱們不值得冒這個奇險！」我想了一想，道：「這險是值得冒的，但是卻沒有必要這麼多人，一齊冒險，我看，還是留我和白奇偉兩人在這裡好了。」

白老大目視宋富，道：「宋兄弟，你剛才勘察的情形，究竟怎樣？」宋富苦笑了一下，道：「白老大，你該知道，火山和女人一樣，是最難捉摸的，一分鐘之前，平靜無事，一分鐘之後，便能毀滅一切！」

白老大來回踱了幾步，便道：「好，那我們便先撤到環形島上去，留衛兄弟和奇偉兩人，在這個島上，但如果情形一有異樣的變化，你們兩人，也必須立即撤退！」

白素道：「爹，照我說，他們兩的意氣之爭，不繼續下去也罷。」

白老大向我望來，顯然是他心中也有這樣的意思，如今是正在徵求我的同意。

我在經過剛才和白奇偉的爭持之後，早已決定了絕不示弱，因此忙道：「如果白兄認為不必堅持，我也就不會反對！」

白奇偉身在兩三丈開外，立即大聲道：「才講得好好地，誰又想反悔？」

白老大面色一沉，道：「好，那我們先離開泰肖爾島再說！」白素面上，現出了極其憂慮的神色來。其實，我焉有不知道留在一個火山已在開始蠢動的島上，是危險之極的事？但是，連白奇偉都表示了不畏懼，我又豈能怕事畏縮，我向白素走了過去，低聲道：「你放心，我答應你，如果情形不妙，我一定不爭這口閒氣，儘快離開泰肖爾島！」

白素勉強一笑，四面一望，只見眾人正在收拾著行囊，準備離去，並沒有注意我們，她便低聲道：「你可有頭緒？」

我搖了搖頭，白素道：「我和爹都研究過了，認爲關鍵，在於『共透金芒』這四個字，而且——」白素顯然還有些心得，想要再講下去，但是我卻立即阻住了她的話題，道：「你別說了！」

白素愕然道：「爲甚麼，這對你有利啊！」

我道：「不錯，但是我和你哥哥的鬥智，卻要公平才行，我不想占他的便宜，因爲我自認絕不會比他差，勝也要勝得心服！」

白素望了我半晌，面上現出了十分欽佩的神色，最後，低下頭去，道：「我總算沒有認錯人！」她一面說，一面雙頰又自飛紅起來，嬌羞一笑，翩然向外，奔了開去，我只覺得心頭有著說不出來的甜蜜，望著她忙碌收拾行囊的背影發怔。

沒有多久，他們已經下了那個小峰，離開了泰肖爾島了，我站在山頭上，一直看他們走得看不到了，才轉過身來，只見白奇偉對於周圍發生的一切事，像是根本未曾注意一樣。

他以一隻手指，插在那塊刻有鳳凰圖形的石碑的那個小孔之中，雙眉緊皺，苦苦地思索著。

我看到他那樣用心，也立即將野馬似的思緒，收了回來，因為我絕不想落在白奇偉之後，而白奇偉已經思索了兩個小時，我卻還未曾開始探索，非加快追上去不可了！

我也踱到了一塊石碑附近，停了下來。

那塊石碑上刻的，是龍形的圖案。我手撫摸著石碑，心中翻來覆去地吟著那二十五塊鋼板後面所刻的幾句話，念了十七八遍，心中仍是一片茫然。

我也同意，這幾句話中的關鍵，是在於「共透金芒」這四個字。

然而，「共透」是甚麼意思呢？「金芒」又是甚麼意思呢？如果說「金芒」是代表著光芒的話，那麼，「共透金芒」，當然是那四個眼孔，一齊有光芒透過。然而，白奇偉照著這個方法，尋求到的地點，卻是只掘出了一個空箱子。

我知道，于廷文當年，留下那幾句話，一定是另有奧妙在內的，這奧妙，說穿了可能很簡單，但在未明究竟之前，卻又可能使人，絞盡腦汁。

我呆呆地站在石碑之旁，一面思索著，一面也學白奇偉，將手指插入龍眼之中，這本來是在無聊之際的一種下意識的舉動。

只是，我的手指，在孔眼之中，插了一會之後，我卻忽然有所發現，我發現，我所插的那個孔眼，竟是斜的，所以，孔眼看來，是扁圓形，也更像是眼睛。因爲孔眼是斜的，所以，前次白奇偉以電筒透過孔眼照射之際，光線才會投在遠處的地面上。

那麼，如果在石碑的另一面，以電筒照射的話，光線透過孔眼，便應該向天上投去了。那筆財富，當然不會埋在天上的。

但是，我們如今所立的這個山峰，卻不是最高的，如果有強烈的光線的話，只能在透過那四個石碑的孔眼之後，會在另一個山峰上，出現一個焦點。強烈的光線，不是可以被稱爲「金芒」的麼？

我心中不禁大喜，連忙踱出幾步，在地上取起了白老大他們，所留下來的一具腳踏發電，電光十分強烈的電筒，將之搬到了青龍形的石碑之旁，踏動了摩電輪，電筒立即射出了一道強光來。

我的行動，引起了白奇偉的注意，他冷冷地向我，望了過來。

白奇偉冷笑了一下，道：「怎麼，空鐵箱還掘不夠麼？」我並不出聲，先將電筒，湊在石碑正面的孔眼上，強光投在山頭，那是白奇偉曾經掘過的地方。

白奇偉不住的冷笑道。然而，我立即身形一轉，轉到了石碑的反面。

我不斷地踏著摩電輪，使得電筒的光芒，更其強烈，如同小型探照燈一樣。

然後，我又將電筒，湊到了孔眼之上。

只見一道強光，向上直射了開去，在黑暗之中，劃空而過，十分刺目，那道光芒，足足射出了兩百多碼，停在對面的山頭之上。

我看得非常清楚，光芒停留的地方，長著一棵松樹，松樹下面，還有著一塊十分平整的大石！

我心頭不禁劇烈地跳動起來！

當我回頭去看白奇偉時，只見他的面色，顯得十分地難看。

我連忙又將電筒，搬到了虎形石碑之前，將電筒的光芒從孔眼之中，射了上去。只聽得白奇偉「哈哈」大笑，我面上不禁一陣發熱！

原來，那一道光芒，並沒有如我所想像的那樣，也照到了那棵松樹之下大石上，而是向無邊無際的黑暗，射了過來，連個落點也沒有！

白奇偉笑了半晌，道：「空中寶藏，是不是？」

我冷冷地道：「和掘出空箱倒有異曲同工之妙！」

白奇偉狠狠地瞪了我一眼，我們兩人，都不再說甚麼，又苦苦地思索起來。

剛才，我還以爲自己的發現，已經接近了成功的邊緣，可是，那由虎眼透過的光芒，竟向空中射去，寶藏自然不會在半空，這個方法，無疑是失敗了。

看了看手錶，已經是午夜一點鐘了，我和白奇偉兩人，都沒有睡意，我們不住地踱來踱去，忽然之間，從地底下，又傳來一陣隆隆之聲！

那陣隆隆之聲，像是以島上某一點作中心，波浪一樣，向外擴展出去的！

而當隆然之聲，傳到我們的腳底之際，我覺得整座小山頭，在輕輕地搖動。而緊接著，我們又聽得一種異樣的「嗤嗤」聲，放眼望去，只見島上有好幾處地方，正冒出白煙來。

我還看到，我們所站的那個山頭之下的一條小溪的溪水，迅速地在向下流去，像是溪底突然漏了一樣，轉眼之間，滿溪的溪水，都不知去向，溪底的石塊，醜惡地暴露在月光之下，許多蟾蜍，在漫無目的地跳著，發出「咯咯」的叫聲。

我和白奇偉都同時注意到了那條小溪的溪水突然乾涸一事。我們兩人，相互望了一眼，都講不出話來，就在這個時候，白老大留下來的那具無線電對話機，發出了「滴滴」的聲音，傳了過來，道：「島上怎麼了？」

我道：「感到全島都有輕微的震動！」

白老大又道：「沒有其他的變化麼？」我道：「有，一條小溪，無緣無故，溪水都乾涸了！」

只聽得宋富「啊」地一聲，道：「那是地層已經變化，溪水從斷裂的裂縫中洩走了！」

我又聽得紅紅叫道：「表哥，你沒有事麼？」

然後，便是白老大的聲音，道：「奇偉呢？」白奇偉踏前一步，道：「我在。」白老大道：「你還要繼續留在島上麼？」

白奇偉濃眉軒動，吸了一口氣，道：「是。」

白老大道：「好，可是如果再有變化，我命你們離開，你們一定要離開！」白奇偉道：「到那時候再說吧！」白老大「嗯」地一聲，像是在對環形島上的其他人道：「別對他們通話，打擾了他們的思緒。」

通話機靜了下來，我又呆了一會，向小山下望去，月色仍是十分皎潔，在我目光所及的地方，總有十七八處地方，是在冒著白煙的，而冒白煙之處，地上都有著又寬又深的裂縫。

那個曾被白老大投以巨量炸藥的火山口處，另有一種沉悶的，如同密集的鼓聲也似的聲音，傳了過來，聽了令人驚心動魄。

我知道，我們再在泰肖爾島上耽下去，實是隨時隨地，都可能發生危機！

但是我卻並沒有就此退卻的意思。

那不僅是爲了好勝心，而且，還爲了那一筆財富，如果火山爆發變成了事實，那麼，這一筆驚人的財富，也將化爲灰燼了！

我又回到了那四塊石碑之旁，不斷念著著那幾句話，只見白奇偉蹲在地上，將那幾句話，以小石塊在地上劃了出來，他寫的是「朱雀之眼，白鳳之眼，白虎之眼，青龍之眼，共透金芒，唯我弟兄，得登顛毫，重臨之日，重見陽光。」

他寫完之後，也是一眨不眨地對那幾句話看著，我走了近去，看了一遍，冷笑一聲，道：「奇偉兄，你將第一句和第二句的次序顛倒了，第一句是『白鳳之眼』，第二句才是『朱雀之眼』！」

白奇偉「哼」地一聲，道：「那有甚麼關係，還不是一樣的？」

第二十部：秘密揭開龍爭虎鬥

我在指出白奇偉這一句錯誤之際，心中也以為第一和第二句的次序顛倒，無關宏旨。可是給白奇偉那麼一說，我心中不大服氣，立即道：「你怎麼知道沒有關係？」我一面說，一面心中才想是啊，這四塊石碑，在二十五塊鋼板之後的文字中，有著次序的，那次序是否有關係呢？

白奇偉卻冷冷地望了我一眼，不再睬我。

我又將他寫在地上的那幾句話，看了幾遍，在看到最後一句的時候，我心中，陡地一變！陽光！對了，只有陽光，才配得上「光芒」，那麼，共透金芒，一定是那四個孔眼，共同為陽光射過了，那一定是在陽光昇起的十幾小時之中，有那麼一剎那，陽光是共同射過那四個孔眼，而聚在一個地點的，所以才叫「共透金芒」！

我心頭大喜，搓了搓手，可是，我只高興了幾分鐘，心中卻又冷了下來。

原來，我立即發現，那四塊石碑所豎立的方向，絕不可能同時透過陽光。除非天上有四個太陽，從四個不同的方向來照射！

我頹然地在地上坐了下來。

然而，我心中卻知道，我已向事實邁進了一步，因為我已經想到了，「金芒」乃是指陽光而言。

我一面思索著，一面看著白奇偉。

只見白奇偉忽然一躍而起，抬頭看了看天上，面上現出歡喜的神情，又向那四塊石碑望去，但沒有多久，他面上歡喜的神情，也化為烏有了！

我一見了這等情形，心中不禁好笑！

從白奇偉的神情來看，他分明也和我一樣，想到了陽光，但是也隨即發現，要陽光同時射過石碑上的孔眼，是沒有可能的事。

我笑了一下，道：「最好有四個太陽，是不是？」

白奇偉面露驚訝之色，似乎頗奇怪我能夠看穿他的心事，頓了一頓，惡狠狠地道：「你見過四個太陽麼？」

我心平氣和地道：「沒有，但是我見過幾個月亮。」我本來是和白奇偉開玩笑的，見他怒視不言，我立即道：「杭州西湖的三潭印月，那三個空心的銅柱，不是可以將月亮的影子，在湖面之上，化為九個——」我才講到此處，我自己的心中，便猛地一動！

而看白奇偉時，他的身子，也是猛地震動了一下！

我們兩人，在陡地一呆之後，幾乎又在同時，「啊」地一聲，叫了起來，我自地上，一躍而起，道：「你也已經想到了？」

白奇偉望了我半晌，道：「我想到是我的事，你問我作甚麼？」

我道：「好，我也並沒有說你想到了，是因為我的話的提示，但我們至少是同時想到這一點的。」白奇偉道：「究竟是不是，如今也不知道，又有甚麼可以多爭的？」

我又想了一想，道：「除非這筆財富，不在泰肖爾島上，要不然，除了這次想到的辦法之外，絕不會再有第二個辦法了。」

白奇偉道：「你倒說說，是甚麼辦法？」

我一笑道：「你何不先說說？」我們兩人僵持了片刻，當然誰也不肯先說。

過了五分鐘，我道：「好，我想到的這個辦法，在尋找寶藏的地點之際，要動用一件小小的道具。」白奇偉：「我想到的也是這個辦法。」

我道：「好，那麼我們不妨翻過身，背對背，然後，將這件道具，取在手中，再拿出來比一比，看看大家所想到的可相同。」

白奇偉忙道：「好！」我們兩個人，一齊轉過了身去。

我伸手在衣袋中，取出了一件東西，握在手中，然後道：「你準備好了沒有？」白奇偉沉聲道：「我早已準備好了！」

我道：「好，我我叫一二三，一齊翻過身，伸出手來。一——二——三——」

我那個「三」字，才一出口，身子一轉，轉了過來，看到白奇偉也已轉過身來。然而，就在我們要互一伸手之際，只聽得一聲震天動地的巨響，同時，眼前突然呈現了血也似的紅色，只見白奇偉的整個人，像是一個火人一樣，而也就在那同時，我們的身子，都晃動了一下，撲倒在地下！

直到跌倒在地上，我才定了定神，只見那種充滿了死氣的紅光，籠罩著整個泰肖爾島，我自己全身，也變成了這種暗紅色。我伏在地上，定眼看去。

只見那種光芒，是從那個火山口所發出來的，那火山口附近，有著蠕蠕而動，暗紅色岩漿，向下流去，而大大小小，如同燒紅了的煤塊也似的石塊，卻如同正月裡的花炮一樣，向半空之中射出，落下之處，樹木都起火燒了起來。轟轟隆隆的聲音，震得人臉門也發漲。我站了起來，才聽得無線電對話機，「滴滴滴」不斷地在發著響聲。

我連忙走了過去，才一開掣，便聽得白老大的聲音，在叫道：「──撤退，快撤退，撤退，快撤退！奇偉，衛兄弟，你們聽得到我的聲音麼？撤退，快撤退，快撤退！」

同時，只聽得白素焦急地道：「爹，怎麼沒有他們的回音啊？」

我連忙道：「我們全沒事。」我一面說，一面望了望白奇偉，只見白奇偉面色蒼白，茫然地站著。白老大道：「快退！」

我搖了搖頭──當然白老大是看不見的──道：「不，只要天一亮，我們便可以找到準確的藏寶地點，在找到了準確的藏寶地點之後，我們兩人合力，如果順利的話，有兩個小時，便可以發現寶藏了！」

白老大不等講完，便道：「放棄了這筆寶藏吧，你們兩人，再在這島上，太危險了！」我「這要看奇偉兄的意思如何。」

白奇偉大踏步地向前走來，道：「不！」

我立即道：「我也同意，現在已經是凌晨三時了，再過五六個小時，如果沒有過劇的變化的話，我們就可以發現寶藏了！」

白老大道：「不行，我命你們，立即撤退。」

只聽得宋富道：「白老大，他們兩人，既然不願，你又何必相逼？我看，我們這環形島，也未必是安全的地方哩！」

白老大厲聲道：「奇偉，你聽到我的話？」白奇偉突然一俯身，捧起了一塊大石。在我還來不及阻止他之前，他已經將那塊大石，向著通話機砸了下去，將通話機砸成了粉碎，白老大的話，當然也聽不見了！

我呆了一呆，自然知道他這樣做法的意思，是不願意撤退，我站了起來，道：「好，我們要大家拿出來看一看的東西是甚麼，該揭曉了！」

他點了點頭，我們一齊伸出手來。

在我們伸出手來的時候，我們還是握著拳頭的。然後，我們將手一鬆，各自向對方的手心之中看去。只見兩人的手心中，全是一面小小的鏡子！

白奇偉面上的神色，微微一變，道：「如果我們的想法不錯的，那麼，這一次比試，又是不分勝負了？」我哈哈一笑，道：「以後還怕沒有比麼？」

白奇偉道：「既然我們兩人的想法一樣，那我們應該合作才是。」

我道：「我也正這樣想，島上的火山，隨時可能爆發，甚至整個島上也可能陸沉，我們的動作，越快越好，但首先要等太陽昇起。」

白奇偉點了點頭。

我續道：「我的看法是，那白鳳之碑上的孔眼，是向著東方的，在太陽昇起之後不久，陽光一定會從孔眼中透過，從白鳳之眼中透過的陽光，以鏡子折射，引到朱雀之眼中去，令之在朱雀之眼中透過，再以鏡子，引到白虎之眼，然後，到最後，從青龍之眼中射出的光芒，所照射的地點，便是正確的地點了。」

白奇偉點頭道：「我想的也正是這樣。」

我四面望了一望，忽然發現，就在附近的一個山頭之上，幾排樹木，正在搖晃著。

我不禁陡地一呆，然而，就在我一呆之際，那幾株又粗又大的樹木，卻像是被一只無形無質的手掌，當作小草一樣地連根拔了起來，拋向一旁！

而緊接著，如同火車頭一樣，山頭上的深坑之中，冒出了白煙，立即，巨響便傳了出來，紅光迸射，暗紅色的岩漿，已像開鍋一樣地湧了出來！

這一切，可以說前後還不到一分鐘！

我和白奇偉兩人，都不禁看得呆了。

由於那個新爆發山頭，就在附近，因此，我們所站的這個小山，也搖晃得特別厲害。而不斷湧出的岩漿，向山下緩緩地瀉來，眼看要將我們存身的這個山頭，盡皆包圍了起來！我立即向白奇偉望去。

只見白奇偉面色變了白，昂頭望著天，道：「咱們如今，來比比勇氣。」

我心中倒也的確十分佩服白奇偉的這股子勁，這股子硬幹的勁，白奇偉總算也有可取之處。

我自然不甘示弱，道：「好得很。」

我看了看手錶，離天亮還有些時，便向山下奔去。這時候，鄰近山頭的那個大洞，已越來越大，岩漿已不是湧出，而是噴了出來，我在向山下奔去之際，好幾次，險些為岩漿或是激射而出的石塊射中，我好不容易，來到了山腳下，只見岩漿已經湧了過來！

原來是一條小溪的地方，已經滿是冒著火焰，流著死意的岩漿了！

我一見到這等情形，便知道極其可能，在兩個小時，甚至不用兩個小時，我們所在的這個山頭，便會全為岩漿所圍，而沒有了出路！

而且，附近的山頭，既然已經冒出了岩漿，我們所在的那個山頭，也是隨時隨地，可以冒出熔岩來的！我一面想，一面仍在接近著熔岩。

熔岩的溫度，高達攝氏數百度，我未來到近前，已經是滿面油光，身子熱到了極點，我心中在急速地轉念，思忖著是不是要立即召喚白奇偉，趁有退路之際離開。

當然，我知道白奇偉既是一味蠻幹，我招他撤退，也非向他認輸不可，這卻是我所不願的，然而，比起退路為熔岩所封來，是不是值得呢？

我正在想著，只聽得白奇偉叫道：「快上來——快上來——」我昂起頭來，白奇偉的聲音，更清晰地傳入我的耳中，道：「不必——等天亮了——」

我一個轉身，向山頭奔了過去，但是只奔了兩步，便聽得身後，傳來了白素的聲音，叫道：「理——」我一聽得白素的聲音，突然傳入我的耳中，不禁大大吃了一驚。

我連忙回過頭來，只見白素披頭散髮，衣衫破爛，樣子十分狼狽，正在如飛向山腳之下掠來，我連忙向前迎了過去，一面奔，一面叫道：「你怎麼也——」

可是，我下面「來了」兩個字，尚未出口，只聽得泰肖爾島的四面八方，都傳來了轟隆隆、轟隆隆的震動之聲，而腳下的地面，更如同風浪中的小舟一樣，劇烈地抖動了起來！

我因為正在向前飛奔，所以身子一個站不穩，便撲倒在地上。

我立即以肘支地一躍躍了起來，只見眼前，一片濃煙迷漫。在濃煙之中，隱隱可見遠處冒起了兩堆紅色的、蠕蠕而動的物事，可知熔岩已不止從一個火山口處，冒出來了。

我一躍起來之後，立即大叫道：「白素！」

只聽得就在我的身旁，也在同時，響起了白素的聲音道：「斯理！」

原來我們兩個人，相隔不到兩尺，但因為天動地搖，濃煙密佈，灼熱的空氣，湧擠而來，更形成了一股力量奇大的強風，令得樹拔草偃。如果真有所謂世界末日的話，那麼我們所處的這個環境，便是真正的世界末日了！

在這樣的情形下，令得我和白素兩人，相隔雖然只有兩尺，卻在相互大聲呼叫。

我一聽得白素的聲音就在近側，便立即轉過身來，剛好，白素也轉過了身來，我們兩人，立即緊緊地擁在一起，白素喘著氣，櫻唇煞白，道：「……快走……快走！」

我忙道：「你來的時候，路上情形是怎麼樣？」

白素頓足道：「別再多問吧，總之，再要不走的話，就沒有出路了！」

她一面說，一面便要拉著我向外走去。

我忙道：「不行，你哥哥還在山上哩！」白素立即揚頭叫道：「哥哥，哥哥！」但這時候，島上充滿了不正常的旋風，白素的聲音一發出來，立即便被旋風捲走了，根本就不可能傳到山頭上。

我忙道：「不必多耽擱時間了，我上去叫他，你在附近，勘察退路。」

白素點了點頭，緊緊地捏了捏我的手，道：「你小心！」我一個轉身，便向山頭上衝去，速度之快，連我自己，也有點出乎意料之感。

我一到了山頭上，便看到白奇偉正將馬達燈，固定在「白鳳」之眼上，電光由「眼」中射出，到達他挖出大鐵箱的地方，他人已蹲在那地方，以一面小鏡子，承接著光芒，將光芒反射到「朱雀之眼」中去，光芒已從「朱雀之眼」中透過，落在另一處地方。

他見我來，便立即道：「來得好，你快將那道光芒，以鏡子折射到『青龍之眼』，我已經算出，日光只有在如今燈光所照的這個角度，才能由『白鳳之眼』中射過。」

我連忙來到了他的身邊，道：「你妹妹也來了！」

白奇偉道：「好啊，我們正少一個人幫手哩。」

我立即道：「咱們不找這個寶藏了，快撤退吧！」白奇偉抬起頭來，道：「為甚麼，寶藏眼看就可以到手了，為甚麼不找？」

我道：「我上山來的時候，我們這個山頭，也有的地方，在冒白煙，白素來時，已經十分困難，再要不走，我們都得在這裡化為灰燼了！」

白奇偉突然「啊哈」一聲，道：「我知道了，看你面色發青，你一定是害怕了，是不是？」

我不禁被他的態度和他的話，激得無名火起，道：「誰害怕了？」白奇偉道：「自然是你，你要走，你只管走好了！」

我實是忍無可忍，一躍而前，反手一掌，便已向他的肩頭攻出，白奇偉身手一側，一拳反擊我的腰際。

我因為看出白奇偉其人，不可理喻，和他多說，只有多耽誤時間，不如將之擊倒，帶著他下山，儘快離這個可以隨時將我們化為灰燼的泰肖爾島再說，所以我這一掌，出手極重。

但是，我在急切之間，卻忘了白奇偉也是在中國武術之上，有著極高造詣的人，我是不能三拳兩腳，便將他擊倒的！

這是我所犯的最大一個錯誤。

因為，如今每一分每一秒的時間，對我們的逃生來說，都是極其寶貴的，而我和白奇偉兩人，一動上了手，在山頭之上，卻足足打鬥了十多分鐘！

在這十多分鐘中，雖然我占著上風，但白奇偉卻是一直纏鬥著，我們兩人，都打得極其凶狠，直到再一下大震動，將我們兩人震倒在地，我們才不得不停下手來，相互狠狠地對視著。

也就在此際，白素匆匆地奔了上來，她一眼便看出我們兩人，曾經經過了一場激烈的打鬥，她柳眉倒豎，道：「你們還在打架？」

白奇偉冷笑一聲，道：「好妹妹，沒有將你的心上人打壞了！」

白素頓足道：「哥哥，山下面，已全是熔岩了，只有一處地方，還可以通行，但我看，不到兩個小時，一定也被岩漿填滿，你走不走？」

我竭力遏制著心中的怒意，道：「而且，島上其它地方的情形怎樣，還不知道，快走吧。」

白奇偉卻一聲冷笑，道：「半個小時，再有十分鐘，我便可以發現寶藏了，誰害怕的，誰就請便，又沒有人拉住你們！」

白素尖聲叫道：「哥哥！」

白奇偉冷冷地道：「你心中那有甚麼哥哥，當心你的衛先生，莫給他嚇破了膽！」

在這個時候，我犯下了第二個錯誤，我怒不可遏，和這個性格近乎瘋狂的白奇偉鬥起氣來，一聲冷笑，道：「笑話，看看我和他兩人，是誰先害怕，誰先想離開！」

白素稍一失色，尖聲道：「你們兩個人，可是都瘋了麼？」

我不再回答她，一個箭步，來到了「白虎之眼」的那塊石碑之旁，喝道：「將燈光折過來！」

白奇偉蹲下身去，移動著小鏡子，對於在一旁尖聲叫嚷的白素，一點也不加理睬。

我看到白奇偉的面上，有一種近乎瘋狂的神采，我心中也不禁有一點後悔。但是我卻不能再退縮了，因為我實是無法忍受白奇偉狂妄的態度。

不一會，光芒已經從他手上那面小鏡子中，折射了過來，從「白虎之眼」中穿過，落在一處地方，我趕到了那個地方，取出小鏡子來，光線射在鏡子上，立即反射了出去。

這時候，我移動著鏡子，令那股光線從「青龍之眼」中，射了出去！每塊口碑的「眼」中，都有光芒透過，正合了「共透金芒」這一句話！

我定眼從「青龍之眼」中透出的光線看去，只見光線停止在一塊岩石上。那塊岩石的位置，是在這座山頭唯一的一面峭壁之上。

這山頭的上面，都十分平坦，上落也容易，要不然，里加度也沒有法子將掘土機搬了上來，我和宋堅，也不能滾下山去逃命了。但是，那山頭卻有一面峭壁，而且，十分陡峭。

我和白奇偉兩人，一見光線落在那塊岩石上，都一齊叫了一聲，向那塊岩石撲去。

我們撲到了一半，只見人影一閃，白素已經攔在我們的面前。

我立即停下來，但是白奇偉卻身形一側，繞過了白素，繼續向前撲去！白素道：「你們究竟是不是瘋了！」我沉聲道：「剛才的情形，你是看到的了，我有甚麼法子！」

我一面回答白素的話，一面抬頭向白奇偉看去，只見白奇偉已經來到了那塊岩石的旁邊，正抱住了那塊岩石，在用力搖晃。

也不知道是我眼花，還是這時候，根本是整個山頭，都在動搖，我竟看到，在白奇偉的搖晃之下，那塊大岩石，正在動搖。

我連忙飛奔著向前趕去，也就在我將要趕到之際，突然間，又是一陣轟隆隆地響處，整個山頭，都動了起來，我被一股不知由何而來，不可抗拒的大力，掀翻在地。也就在此際，我看到那塊大石，陡地向峭壁下跌了下去。

而由於白奇偉本來，是抱住那一塊岩石的，所以，他雖然鬆手得快，但是被那塊岩石，向下跌去的勢子一帶，再加上山頭在震動不已，身子向外一斜，也向峭壁之下跌去！

我一見這等情形，沒命也似，向前撲去，手伸處，一把抓住了他的衣服。

不知是由於我用的力道太大，還是他下跌的勢子太猛，我伸手一抓之間，雖然將他的衣服抓住，但是「哇」地一聲響過處，他衣服，卻裂開來！

衣服一裂，白奇偉的身子，自然仍向下跌了下去，但是，卻總算給我阻了一阻下跌的勢子，我再伸手一撈間，恰好來得及將他的足踝抓住。

但是這一來，我的身子，卻也被拖得向前一俯，幾乎跌下峭壁去。

我緊緊地抓住他的足踝，不敢放鬆，俯首由下看去，只見白奇偉也正揚起頭來看我。

他的身子被弔著，一點憑藉也沒有，若不是我千鈞一髮之際，抓住了他的足踝，他早已向下落去了，而在峭壁之下，熔岩像小溪一樣，冒出暗紅色的火焰，在向前緩緩流去。

那塊大岩石，已經落在熔岩之上，白奇偉落了下去，自然是屍骨無存！

所以，當白奇偉揚起面，和我打了一個照面之際，他的面色，顯得十分尷尬。

我回過頭去，叫道：「快來！」白素一個箭步趕到，和我兩人，合力將白奇偉拉了上來，白奇偉向我望了一眼，像是要說甚麼話，但是，他卻又沒有說出來。

正在此際，只聽得白奇偉叫道：「你們看！」

我們一齊循他所指看去，只見那塊岩石墜下之後，原來聳立著岩石的地方，出現了一個大洞，有著石級，通向下面去！

我和白奇偉兩人，又互望了一眼。

毫無疑問，誰都可以知道，在這樣的情形之下，這個洞，便是通向于廷文埋財富之所的。

但是，我們的發現，卻是在這樣的一個時候！

白素連忙道：「快走！快走！」但是白素儘管催促得十分認真，我和白奇偉兩人，卻都默然不應。白素急道：「你們究竟怎麼啦？」

白奇偉吸了一口氣，道：「妹妹，我沒有甚麼意見，一切聽衛大哥調派如何？」

白素直視著我，道：「你別在發神經了！」我也深深地吸了一口氣，空氣中，充滿了火焰灼熱的味道，也充滿了死亡的危機。

我的心中，實在也難以決定！

試想，我們費盡了心機，經歷了多少鬥爭，才得以找到了那筆財富埋藏的正確地點。眼看一筆龐大已極的財富將可以落入我們的手中了，如果就此離去，實在難以甘心！

但是，眼前的情景，又是如此危急，遲一分鐘走，危險的程度，便增加一分！

白素見我們兩人，盡皆不出聲，怒極而笑，道：「虧你們還是男子漢大丈夫，這有甚麼決定不下的？要錢就不要命，要命就不要錢！」

我立即道：「你這話可不對了，錢又不是我們自己的，奇偉可能還有份，我連份兒都沒有！」白奇偉叫道：「衛大哥，咱們別聽婦人之言！」

白素「呸」地一聲，道：「哥哥，你胡謅些甚麼，你得想想，若是你死在島上，爹那麼大的年紀，怎受得起打擊？」

白奇偉道：「爹是奇人中的奇人，他甚麼打擊，都受得起的！」

我聽到他們兄妹兩人，在這樣緊要關頭，還在爭論不休，心中實是又好氣又好笑，忙道：「有時間爭論，不會去尋一尋麼？」

我的話才一出口，整個山頭，突然又傳來了一陣激烈的震動！

我們三人，本來就是站在那個土洞的口子上的，山頭一陣震動，我們三人，都站立不穩，身子一側，便向洞中跌了下去。

我們三個人，一齊跌進了洞中，我首先一個翻身，躍了起來，但也已滾下了十七八級石級，已經來到了洞底上，白奇偉「哈哈」笑道：「既來之，則安之，妹妹，你也不必反對了！」

白素嘆了一口氣，我和白奇偉兩人，早已四面察看形勢。

石級下面，乃是由大石塊砌成，不過丈許見方的一間斗室。

在那間石室中，除了一個壁角上，堆著三隻老大的麻袋之外，空無一物，而石室的四壁，也全是石塊，看來毫無別的通道。

這時候，雖然我們身在這間石室之中，但是山頭的震動，我們仍然可以感覺到，我們像是被關一隻籠子中，而那隻籠子，卻在不斷地震蕩一樣，我們三人，都在東跌西撞，才能站穩身子。

白素大聲道：「甚麼也沒有，我們該走了，再遲，甚麼都來不及了！」

白奇偉面上露出不可相信的神色，不斷地道：「甚麼都沒有，不應該甚麼都沒有的啊，不應該甚麼都沒有啊！」

我心中也是奇怪之極，因為我們所發現的一切，無疑是正確的埋寶物的地點，但是何以，斗室之中，只有三隻麻袋呢！

我一想到麻袋，心中便猛地一動！

那三隻麻袋，漲鼓鼓地，塞滿了東西，又何以見得麻袋中的，不是財富呢？寶藏是不一定要放在藏寶箱中，也可能放在麻袋中的啊。

就在我想到這一點的時候，白素已經一把抓住我的肩頭，向我拖去，白奇偉望著我苦笑，道：「衛大哥，不得了，還未曾拜堂，便打老公了！」

白素怒道：「哥哥，到這時候，你還在瞎嚼甚麼舌根子？」

我的一面身子，被白素拉得向後退去，一面伸出手來，指向那三隻大麻袋，叫道：「奇偉，那三隻麻袋！」

白奇偉顯然未曾明白我的意思。他正站在那三隻麻袋的旁邊，一聽我指著三隻麻袋叫喝，提腿便是一腳，踢在一隻麻袋之上，道：「冒著生命危險，卻得了三隻——」

他下面的話，尚未講出，便突然收住了口。

而在那霎時之間，我和白素兩人，也不禁為之陡地一呆！

只見那隻麻袋，被白奇偉踢的一腳，滾動了一下，麻袋縫上的麻繩，立時崩斷，從麻袋口滾出來的，全是一紮一紮的美鈔！

白奇偉呆了一呆之後，立即俯身，拾起了兩紮來，叫道：「五百元的，一千元的，全是大面額的美鈔！」在那一霎間，我也呆了。

因為我們事先，雖已料到了這一筆財富，為數十分地龐大。

但是我們卻未曾料到兩點。第一，未曾料到會全是現鈔。那當然是于廷文昔年南來之際，已將一切的寶物，都變成了美鈔的緣故。

第二、我們未曾料到，現鈔的數字，竟然會龐大到這一程度！

五百元面額的，一千元面額的美鈔，一百張一紮，裝滿了三大麻袋！我相信除非是銀庫的管理人，否則，實是任何人難以有機會見到那麼多的現鈔的！

我們三人，在發現了那三麻袋美鈔之後，不知不覺地發著呆。

這一段時間，大約有十來分鐘，而我們都幾乎忘了環境之險。

我們三人之中，還是白素最先省起，猛地叫道：「還不走麼？」

在我們未曾發現這筆財富之前，心中只是記掛著費了那麼大的心血，不應該說那樣半途而廢，所以對於白素的催促，總是未曾放在心上。

但這時候，我們兩人，一聽得「還不走麼」四字，卻不由自主，一齊跳了一跳，白奇偉連忙負起了一只麻袋，道：「一人一隻，快！快！」

既然財富已被發現，帶不帶走，都是一樣，白素自然不會反對。

我們三人，一人負著一隻麻袋。那一麻袋美鈔，大約在一千五百萬到兩千萬上下，若不是我們三人，都自小便受過嚴格的中國武術的訓練，如何負它得動？

我們三步並作兩步地出了地洞，又站在山頭之上。

然而，我們尚未起步向山下走去，只是四面一看間，我們都不禁呆了。

從我們被震跌下那山洞，到如今負著美鈔，又到了山頭，其間只不過是半小時不到的時間。然而，就在這半個小時不到的時間中，泰肖爾島上的情形，竟已發生了驚天動地的變化！

我們所站的這個山頭上，已經沒有甚麼樹木了，放眼望去，濃煙四起。向下面看時，許多地方，都在蠕蠕而動，暗紅色的岩漿，幾乎已經截住了每一個去處。

在這樣的情形之下，倒是白素顯得最是鎮靜，她立即道：「跟我來，剛才，我曾勘探到一條道路，這時大概還可以通行。」

我們立即跟在她的後面，向山頭之下奔去，一路上，躍過了幾道大裂縫，裂縫中，「嗤嗤」地冒著白煙，好不容易到了山腳下，熔岩像是倫敦火車站的路軌一樣，縱橫交錯，四面八方全是，向前流動著，但奇怪的卻是，各有各的「路線」，並不混亂。

如果這些熔岩，不會威脅我們生命的話，那的確是一種空前未有的壯觀，有好幾次，我們不得不躍過一道一道，寬可三五尺的熔岩，向前覓路。在熔岩上躍過之際，我們都有自己已經是烤餅的感覺。

到了山腳下，又走了五分鐘，白素才道：「你們看！」

我們循她所指，向前看去，只見她所指的，是一道土崗。

那道土崗蜿蜒向前通去，因為高出地面四五尺，所以，土崗上面，還沒有熔岩。

我們心中一喜，白奇偉一聲歡呼，身形一展，已經躍上了那土崗，向前疾馳而出。我和白素，也躍了上去，我問道：「這土崗可以通向何處？」

白素顯然還在負氣，道：「別問我，我們離不開這個島，也不是我的錯。」

我嘆了一口氣，心中暗想，真的要是離不開這個島，那我們自然是百死無生了，多難過著急，也是一點用處也沒有的，不如將心情放樂觀些好，因此，我便笑道：「我們離開了島，第一件辦的大事是甚麼？」

白素自然知道我的意思，「呸」地一聲，並不回答，便向前奔出。轉眼之間，我們已到了那土崗子的前面。

向前望去，我們不禁放下心來，因為前面，呈現著一片綠色，看情形地面上連裂縫也沒有，樹木也未曾被連根拔起。

我們三人，一齊向前奔馳著，越是接近海邊，我們便越是興奮，因為我們，終於將可以離開泰肖爾島了——不是空手，而是帶著當年由青幫司庫于廷文經手埋藏的巨大財富！

可就在這時，只見一道其寬無比的熔岩，就橫亙在我們的前面！

而到了這地方，地面的震動，也是劇烈到了極點，我們簡直不是向前走著，而像是被地面的震動，推得向前，跌出去的。

前面有熔岩阻路，自然難以越過。我們又順著這道熔岩的去向，飛奔而出。

因為熔岩前流的速度，並不是太快，如果我們追上了它的頭，便可以繞過去了。

奔出了幾十步，我們已到了那股熔岩的盡頭。

這時候，我們三人，都已經滿身大汗，額上更是汗如雨下，連視線都為之迷糊了。我們索性不去抹汗，因為抹了也沒有用，轉眼之間，汗又淌下來了。

找到了熔岩的盡頭，我們便立即繞了過去，向著海邊奔去。

我喘著氣，道：「奇偉，如果我們出不了這個島，那其錯在我了。」

白素道：「關你甚麼事？」她顯然還在責怪她的哥哥。而白奇偉則一聲不出，只是向前飛奔，我們只揀高地走，沒有多久，便已經可以看到海了！

白奇偉一馬當先，奔上了一個土墩，停了下來，大聲歡嘯！

我們離海只有百來碼了，實在也值得歡嘯，我和白素，來到了那土墩上之後，也停了下來。

我們都望著海，都想立即便可以帶著三麻袋美鈔，離開泰肖爾島了。

然而，一切的變化，都是那樣地突如其來，在幾秒鐘之內，就已經甚麼都不同，甚麼變化都完成了！

我們首先，只覺得異乎尋常的一陣震蕩，接著，便是震耳欲聾的聲音，我們三個人，一齊撲在地上。當我們再站起來，我們發覺，我們所站立的那個土墩，四面全被熔岩所包圍了！

包圍著我們的熔岩，寬達十公尺，土墩上的草木，迅速地焦黃。

那種死亡的灼熱，那種難以想像的旋風，令得我們在片刻之間，不知怎樣才好。

海就在面前，海水也十分平靜，但是我們，卻陷入了岩漿的包圍之中！還幸虧我們在土墩上停了一停，要不然，這時候我們已被熔岩吞沒了！

白奇偉回過頭，向我望來。白素的聲音，卻顯得十分平靜，道：「還是那句話，要錢不要命，要命不要錢！」白奇偉道：「這是甚麼意思？」

白素一聳肩，放下肩上的麻袋，道：「這三大麻袋美鈔，可以供我們墊腳！」

我和白奇偉兩人一聽，不禁呆了！

但是，土墩上連石頭也沒有一塊，除了這個辦法之外，實是別無他法！白奇偉叫道：

「不！」但是白素一揮手，已將她手中的麻袋，拋了出去，落在丈許開外，我立即飛身躍起，

落在她拋出的麻袋之上，手一振，又將我肩上的麻袋，向前拋去。白奇偉一聲怪叫，連躍而

下，和我站在同一只麻袋之上，拋出他的那一只麻袋，白素也在這時，躍了過來。

靠著那三麻袋美鈔的墊腳，我們總算躍過了這一道寬達十公尺的熔岩。

我們向前奔出了十幾步，回過頭來，那三麻袋美鈔，正在發出老高的火焰。這，大概是有

史以來，最珍貴的火焰了！

儘管我們想憑弔一番，但我們卻不敢久留，奔到了海邊，向環形島游去。

我們離開了泰肖爾島，但卻是兩手空空！

兩天後，我們一行人，回到了馬尼拉。四天後才回去。宋富在下機時，拍了拍我的肩頭，

道：「我答應過告訴你一個秘密的，那就是近幾年來，活躍國際的大毒販就是我！」

我陡地呆了一呆，宋富又道：「我決定洗手了，一個月後，你可以向警方報告，說消滅了

這龐大的販毒機構，是你的功勞！」

我和他緊緊地握了握手，依依說道：「祝你和紅紅快樂。」

他和紅紅，連停都不停，就馬上聯袂飛往東京去了。

我回到家中，白老大仍舊過著他地底的生活，白奇偉和我已言歸於好，但是和白素卻還時時爭論。

爭的當然還是泰肖爾島上的事，一個說如果聽他的，便能將錢帶出，另一個則說不聽他的，只怕連人也變成灰燼了。

我則保持「中立」，因為這兩個，誰也不能得罪，白素已儼然是我的未婚妻了，你敢得罪未婚妻和未婚妻的哥哥嗎？

〈完〉

倪匡奇幻精品集04

非常人傳奇之

通神

倪匡經典奇幻，網羅一切你想不到的異能量！

一枚中國三千年前的玉瑗，為何流落到南美洲地底的深洞？
昔日的愛人不知去向，玉瑗能否解開未知之謎？……

年輕探險家樂天熱愛冒險，一次在南美洲自一位印地安少女手中得到一枚中國三千年前的玉瑗，後又跟隨少女祖父下到一個深不見底的黑洞，洞內竟然有兩扇中國式的門，而那玉瑗，正是其中一只門環！玉瑗上刻著四個蝌蚪文：「望知之環」。這玉瑗似乎有種神奇的力量，似乎可以使人知道想知道的事。樂天的父母是一對外人看來恩愛幸福的神仙眷侶，然而，樂天的母親方婉儀心中其實藏有一段傷感的回憶。這成了方婉儀心中一輩子的謎與痛，而現在，她打算用兒子帶回的一對玉瑗，尋找她心中之謎的答案……

倪匡奇幻精品集06

非常人傳奇之

太虛

大考驗

一場珍奇錢幣拍賣會上，出現一名競爭者阿爾道夫・希特勒，而這名希特勒似乎有用不盡的財富。年輕人好奇探究下，發現這位希特勒正在尋找一位女子，土耳其皇和奧麗卡公主也相繼捲入這場事件，鬧出一場大風波。究竟這名希特勒是不是當年那位德國元首？他欲尋找的女子是不是情婦伊娃？……

太虛幻境

一切都是由一個神秘的俱樂部開始的，當列傳集中心力，注視著那個水晶球中的迷惑時，變化就發生了。他不知道變化是如何發生的，只知道他身上的衣服突然不見了，心理上的束縛也完全消失了。他身上籠著輕紗，半躺在一個銀白色的軟兜上，被八個全身籠著煙霧一樣的女人抬著走，身心都感到無比舒暢，他突然進入了「夢幻境界」……

倪匡奇幻精品集07

非常人傳奇之

魚人

魚人

小男孩天生腳板大得異於常人，像兩片鴨掌，只要一入海中，立刻如遊魚般靈活自在。他的父親替他取名為「都連加農」大海之神的名字……

兩生

阿尼密是一個靈媒，他將臨終的寶德教授研究思想投注到一個新生的嬰兒腦中。終於在三十年後，阿尼在新畿內亞的穴居人部落，找到轉世的教授……

主宰

為了尋找橡膠樹而深入密林的史保，在半夜竟莫名地被移動半哩！而唯一可能做出這種事的，就是森林裡的樹！這個世界，到底是由誰主宰？

泥沼火人

他看到那人身上的泥漿向下淌著，順著他的腳來到地面上，聚起一大堆泥漿這種情形實在是令人心悸，這個泥沼，看來不像是大坑底部的泥潭，卻又明明是泥漿，那人究竟在泥漿裏幹什麼？又如何可以在泥漿裡呢？

倪匡珍藏限量紀念版 2

衛斯理傳奇之邂逅

作者：倪匡
發行人：陳曉林
出版所：風雲時代出版股份有限公司
地址：10576台北市民生東路五段178號7樓之3
電話：(02) 2756-0949　　傳真：(02) 2765-3799
執行主編：朱墨菲
美術設計：許惠芳
行銷企劃：林安莉
業務總監：張瑋鳳
出版日期：2023年10月倪匡珍藏限量紀念版二刷
版權授權：倪匡
ISBN ：978-626-7153-74-1
風雲書網：http://www.eastbooks.com.tw
官方部落格：http://eastbooks.pixnet.net/blog
Facebook：http://www.facebook.com/h7560949
E-mail：h7560949@ms15.hinet.net
劃撥帳號：12043291
戶名：風雲時代出版股份有限公司

風雲發行所：33373桃園市龜山區公西村2鄰復興街304巷96號
電話：(03) 318-1378
傳真：(03) 318-1378
法律顧問：永然法律事務所 李永然律師
北辰著作權事務所 蕭雄淋律師

行政院新聞局局版台業字第3595號 營利事業統一編號22759935

定價：340元

國家圖書館出版品預行編目資料

衛斯理傳奇之邂逅 ／ 倪匡著. -- 三版. --
臺北市：風雲時代出版股份有限公司，2022.11
面；公分　倪匡珍藏限量紀念版

ISBN 978-626-7153-74-1（平裝）

857.83　　111018517